Don Winslow
Manhattan Blues

Don Winslow
Manhattan
Blues
Roman

Aus dem Amerikanischen von
Hans-Joachim Maass

Piper
München Zürich

Die Originalausgabe erschien 1996 unter dem Titel »Isle of Joy«
bei Dutton, New York.

Der Abdruck der Songtexte erfolgt mit freundlicher Genehmigung
der Rechteinhaber:
Lorenz Hart, Richard Rodgers: MANHATTAN. © 1925 by Ed-
ward B. Marks Music Company
Frank Loesser: IF I WERE A BELL. © 1950 by Frank Music Corp.
Cy Coleman, Carolyn Leigh: A DOODLIN' SONG. © 1959 by
Notable Music Co., Inc. / Warner Bros. Publications U.S. Inc.

ISBN 3-492-03882-4
© Don Winslow 1996
Deutsche Ausgabe: © Piper Verlag GmbH, München 1997
Gesetzt aus der Sabon-Antiqua
Satz: Uhl + Massopust, Aalen
Druck und Bindung: Graphischer Großbetrieb Pößneck, Pößneck
Printed in Germany

Inhalt:

Gutes altes Stockholm

Walter Withers war bei der CIA nicht unglücklich. Ihm fehlte einfach nur New York.

Oder, wie er zu Morrison sagte, seinem künftigen Exkollegen bei Scandamerican Import/Export: »Nicht, weil ich die Firma weniger liebe, sondern weil ich Manhattan mehr liebe.«

Walter glaubte nicht eine Sekunde, daß Morrison die Anspielung auf Shakespeare verstehen oder den Aphorismus goutieren würde, doch das Vergnügen an einem wohlformulierten Satz liegt letztlich nicht beim Hörer, sondern beim Sprecher.

Aber Walter wußte aus ihrer dreijährigen Zusammenarbeit, daß Morrison für Vergnügen nicht wirklich zu haben war. Die Erdanziehungskraft schien sein ohnehin schon langes Gesicht jede Woche noch ein wenig länger werden zu lassen. Morrison, dachte Walter, hatte die Dunkelheit des schwedischen Winters verinnerlicht und zu einem Teil seiner Seele gemacht. Zwar war Morrison mit dem gleichen Eifer hinter den langbeinigen skandinavischen Frauen her wie alle anderen, doch seinen Bemühungen haftete ein grundsätzlicher Pessimismus an.

Dabei gelang es Morrison durchaus, Frauen ins Bett zu locken. Die Laken hatten sogar kaum Zeit abzukühlen. Nein, das Problem lag ganz woanders: Selbst wenn er seine Begleiterin schon auf der Treppe zu seiner Bude im zweiten

Stock hatte, unter dem durchsichtigen Vorwand, ihr seine Sammlung amerikanischer Jazzplatten vorzuspielen, machte sich Morrison schon Sorgen. In seiner Phantasie fuhr die junge Dame schon vor Tagesanbruch in einem Taxi weg oder saß im Wartezimmer ihres Gynäkologen *oder* – das schauerlichste aller seiner Wahngebilde – enthüllte ihrem sowjetischen Führungsoffizier seine sexuelle Technik. Morrison stellte sich dabei einen schmierigen, krötenhaften dicken Mann vor, der eine billige, stinkende sowjetische Zigarette nach der anderen rauchte, während er sich mit einem schiefen Grinsen die Erzählungen von Morrisons Tölpelhaftigkeit im Bett anhörte.

Diese letzte Phantasie war so etwas wie eine sich selbst erfüllende Prophezeiung geworden.

»Immer noch besser, als beim Baseball die Punkte zu zählen«, hatte Walter bemerkt, als Morrison ihm eines Abends in betrunkenem Zustand sein Dilemma gestand.

»Was meinst du damit?«

»Also«, begann Walter und suchte nach Worten, »manche Männer – das habe ich jedenfalls mal gehört – denken an Baseball, wenn sie versuchen, das ... Unvermeidliche hinauszuzögern. Deine ... Bremse ... ist ein imaginärer KGB-Operateur, das ist alles.«

»Das ist *alles*?« krächzte Morrison. Er legte den Kopf auf den Tisch, schloß die Augen und stöhnte leise. »Außerdem ist es keine *Bremse*. Es läßt mir total die Luft raus.«

»Wenn das so ist«, sagte Walter, »machst du dir einfach zu viele Gedanken.«

Morrison schlug ein Auge auf, richtete es auf Walter und sagte anklagend: »Es liegt an dem, was wir ihnen antun, nicht wahr?«

Walter erkannte dies als rein rhetorische Frage. Er war im Dunstkreis der Gemeinde der Geheimdienstleute Nordeuropas tatsächlich dafür berühmt, *es ihnen anzutun*. Manchmal hatte es den Anschein, als hätte Walter *der Hurendompteur*

Withers für so gut wie jeden osteuropäischen Konsulatsbeamten schöne Bettgefährtinnen besorgt, für jeden halbherzigen Mitläufer und hartgesottenen sowjetischen Spion in Skandinavien. Walter führte einen Rennstall ernster Schwedinnen, einfallsreicher Däninnen und hingebungsvoller Norwegerinnen, die ihre Liebhaber aus den Warschauer-Pakt-Staaten mit olympischer Sex-Gymnastik verwöhnten – zum Vergnügen, für Geld und für Walters Mikrophone.

In dem wundervoll freizügigen Schweden von 1958 besaß Walter Withers eine erotische Bibliothek, die Kinsey vor Neid hätte smaragdgrün werden lassen. Walter war zu sehr Gentleman, um den Schmeicheleien, dem Drängen und den Bestechungsangeboten seiner Kollegen zu erliegen, die sich für einen pikanten Abend in den eigenen vier Wänden einmal ein Tonband ausleihen wollten. Er lehnte es auch ab, eine Freundin ins Büro zu schmuggeln, damit einer der Kollegen mithören konnte, und wollte es nicht einmal zulassen, daß sich im Hinterzimmer ein paar Jungs mit seiner Tonbandsammlung statt einer Stripperin vergnügten. Und Walter selbst hatte viel zu viele von diesen verdammten Bändern gehört, um sie auch nur andeutungsweise erotisch zu finden.

Nein, für Walter war das alles ein Geschäft, wenn auch ein schmutziges, und er brachte es nicht übers Herz, seinen lüsternen Kollegen zu verraten, daß das beste Geschäft nicht mit schönen Mädchen zu machen war, sondern mit schönen Jungen. Es hatte schließlich nur einen geringen Erpressungswert, einem Osteuropäer mittleren Alters Tonbanddokumente seiner sexuellen Eskapaden mit einer hinreißenden jungen Blondine vorzuspielen. Eheliche Untreue war für sie keine Schande, und das Abspielen ihrer vokalen Exzesse machte ihnen nur Appetit auf mehr. Wenn man ihnen jedoch Beweise für eine homosexuelle Verbindung präsentierte, war das etwas ganz anderes.

Das war Schmutz, der bezahlt wurde.

Sexuelle Erpressung war jedoch ein bloßer Vorwand. In

Walters Augen war sie nur der Auftakt zu der Symphonie der Anwerbung, in der er selbst Dirigent, Konzertmeister und Erste Klarinette in einer Person war. Erpressung war die Entschuldigung, die eine Zielperson brauchte, um sich bereitwillig umdrehen zu lassen. Doch Walter wußte, was in Wahrheit gekauft wurde – Stil.

Sein Stil.

Walter hatte einen Teil seines Stils von seinem Vater geerbt, einem Börsenmakler, einem der wenigen, die sich nicht mit riskanten Geschäften bis zur Halskrause verschuldet hatten. So wurde er nur verletzt und nicht tödlich verwundet, als der Schwarze Freitag kam. Walters Vater hatte ihm beigebracht, wie man sich anzieht – eine gute, teure Grundausstattung mit ein paar Farbtupfern –, wann und wie man in einer größeren Runde die Rechnung übernimmt und wie man sehr hart an einem bestimmten Deal arbeitet, ohne es sich anmerken zu lassen.

Manches von Walters Stil war eine Gabe, die er in seiner Zeit an der Privatschule von Loomis und in den Nächten als Erstsemester in Yale wie durch Osmose erworben hatte. Viele dieser Nächte hatte er in der Stadt verbracht, wo er etwas über Mixgetränke lernte und wann man Champagner pur reichen mußte. Nebenbei hatte er auch etwas über den Umgang mit den komplizierten Frauen erfahren, die im Ruban Bleu und dem Spivey's Roof gefühlvolle Schnulzen sangen.

Und den Rest seines Stils hatte Walter systematisch anhand der seidigen, schwarzweißen Bilder erworben, die in der dunklen Stille der Kinos flackerten. Walter brachte zu diesen kinematographischen Unterrichtsstunden eine ruhige Selbsterkenntnis mit, das Wissen, daß er niemals Bogart, Cagney oder Wayne werden würde. Walter wußte, daß er eher ein Typ wie Leslie Howard, Fred Astaire oder Charles Boyer war. Er war Cary Grant – ohne den Akzent oder das Aussehen, obwohl Walter Withers ein gutaussehender Junge war mit seiner Stupsnase, den rosigen Wangen und dem glatt zurückgekämmten sandfarbenen Haar.

Nein, Walter Withers war kein harter Bursche. Walter Withers tötete mit Charme. Über seine romantischen Eroberungen bewahrte er Stillschweigen wie ein Trappistenmönch, prahlte beim Poker nie mit Triumphen und sprang nur dann über das Tennisnetz, wenn er ein Match *verloren* hatte.

Jeder in Yale liebte Walter – obwohl er es abgelehnt hatte, einer der Korporationen beizutreten, weil er es für sich als etwas zu klischeehaft empfand –, und nach einer ereignislosen Dienstzeit bei der Navy während des Krieges hatte er sein Examen in Geschichte gemacht. Kurze Zeit darauf lud ihn ein Professor zum Lunch ein und sagte, er kenne eine Firma, die einen Mann wie Walter gebrauchen könne.

So kam Walter zur CIA und wurde der *Große Skandinavische Lude* und *Tödliche Anwerber*, der seinen Stil für Gott und Vaterland einsetzte. Nur wenige seiner Zielpersonen brachten es über sich, seinem Stil ein glattes Nein entgegenzusetzen. Walter schien nämlich in jeder seiner eleganten Bewegungen und in all seinem Handeln zu sagen – obwohl er es natürlich nie *wirklich* sagte –, daß sein Stil der westliche Stil sei und sein Lebensstil der der großen kapitalistischen Demokratien. Den Zielpersonen aus den grauen Staaten der Betonköpfe sagte er etwas wie: »Wenn Sie wollen, kann das alles Ihnen gehören.« Angefangen beim Schnitt seines Jacketts bis zu den Bügelfalten seiner Hosen, von der Art, wie er seine Dunhill-Zigaretten aus der Tasche zog, bis zu der Art, wie er zwei Zigaretten mit einem Steichholz anzündete, von der Art, wie seine Augen stumm den Kellner an den Tisch brachten, bis zu der Art, wie er die Rechnung diskret in der Hand verschwinden ließ – alles geschah mühelos, mit Understatement, alles irgendwie spielerisch und unaufdringlich. Walter Withers machte es den Menschen leicht, sich in seiner Gegenwart wohl zu fühlen.

Die Zielpersonen konnten ihm nicht widerstehen. Dazu

hatten sie nie eine Chance – oder etwa doch? –, diese armen Bastarde mit ihren winzigen Wohnungen im Hochparterre, die sie mit Mami teilten, diese Typen, die zu Hause zwei Stunden anstehen mußten, um ein Stück minderwertiges Fleisch zu kaufen, diese Frauen, deren sozialistisches Arbeiterparadies es nie schaffte, sie auch nur mit einem Hauch der neuesten Kosmetik zu versorgen, die Walter so unnachahmlich schüchtern aus der Tasche ziehen und anbieten konnte, als wäre es eine Kleinigkeit, die er in der chemischen Reinigung als Zugabe erhalten hatte.

Und er gab ihnen nie das Gefühl, minderwertig zu sein, o nein, so etwas tat Walter nie. Statt dessen gab er ihnen das Gefühl, als wären sie alle gleichberechtigte Mitspieler in dem großen Spiel des Wohlstandes, und natürlich war es nur ein kleiner Schritt von diesem Spiel bis zum nächsten, wenn Walter sie an die Jungs mit den nie lächelnden Gesichtern weiterreichte, die etwas über Getreideproduktion erfahren wollten oder Etatzahlen oder neugierig darauf waren, wer bei den großen Konferenzen neben wem saß.

Solche Fragen stellte Walter seinen Zielpersonen nie. Er schmeichelte ihnen, verführte, verwöhnte sie, hörte sich ihre Probleme an, lud sie zum Essen und zum Trinken ein, verschaffte ihnen Betten und Bettgefährtinnen, lieh ihnen Bargeld und hielt ihnen die Hände. Er mochte seine Zielpersonen wirklich, obwohl diese Zuneigung ihn nicht davon abhielt, sich mal mit einer, die zu pampig wurde, hinzusetzen und etwas zu sagen wie: »Jetzt hören Sie mal zu, mein Guter, entweder Sie stellen sich jetzt wieder ins Glied, oder *unsere* Jungs mit den steinernen Gesichtern lassen mal ein Wort bei *euren* fallen, und dann...« Dann verstummte Walter und überließ es der Zielperson, sich vorzustellen, wie sie vor der Betonwand irgendeines Behördenkellers auf die Kugel in den Hinterkopf wartete.

Doch dann zündete Walter eine Zigarette an und steckte sie der Zielperson in die zitternde Hand oder füllte den Drink auf und dachte sich ein bißchen Spaß für den Abend aus. In dieser Zeit suchte sich Walter einen günstigen Moment aus, um der Zielperson seelenvoll in die Augen zu sehen und zu fragen: »Vertrauen Sie mir?«, worauf die Antwort unfehlbar »ja« lautete, und dann waren sie wieder Freunde.

Walter war mit jedermann gut befreundet. Frauen liebten ihn, weil er sie in elegante Lokale führte, sie zu gutem Essen einlud, ihnen zuhörte und nie den Versuch machte, sie ins Bett zu bekommen, bevor sie ihm klar und deutlich zu verstehen gegeben hatten, daß er es sollte. In diesen Fällen ging er vor dem Frühstück, vergaß nie, ein Briefchen und Blumen zu schicken, und deutete später nie durch ein Wort, einen Blick oder eine Geste an, daß er sie auch nur vor der Haustür geküßt hatte. Männer mochten ihn, weil er ein ganzer Kerl war. Er konnte über Politik sprechen, über Sport und Literatur, spielte ein anständiges Tennis, pokerte um hohe Einsätze und zahlte immer seinen Anteil an den Rechnungen.

Die meisten Geheimdienstleute in dem nordeuropäischen Agentengeschäft mochten Walter, sogar die Briten, die sonst niemanden mochten, nicht einmal und ganz besonders einander. Die einzigen Figuren, die Walters Charme nicht erlagen, waren die braven Leute vom schwedischen Innenministerium, die, immer auf der Hut vor dem benachbarten sowjetischen Bären, der Meinung waren, Walter Withers sei in seinem Job vielleicht ein wenig zu gut. Tatsächlich standen sie kurz davor, ihn auszuweisen, als er urplötzlich seine starke Sehnsucht nach New York entwickelte.

In den Fluren erzählte man sich, der Alte höchstpersönlich habe Walter gefragt, was für einen neuen Posten er jetzt gern hätte, da die Schweden ihn hinauswerfen wollten. Ein Gerücht besagte, sie hätten in den Tiefen des Hamburger Ratskellers gesessen, den der Alte bei seinen seltenen Besuchen in der Alten Welt bevorzugte, und es persönlich besprochen. Dies war eine große Ehre, denn der stellvertretende Direktor verließ sein Büro nur selten, um mit einem normalen Agenten zu sprechen.

Darüber, woher der stellvertretende Direktor seinen Spitznamen hatte, gab es unter den rangniederen Männern der Firma etliche Theorien. Am glaubwürdigsten klang die, daß er von seinem jahrelangen Herumsitzen in seinem fensterlosen Büro herrühre, wo er bei seiner zwanghaften Suche nach angeblichen sowjetischen Maulwürfen über den Akten brüte.

Walter Withers hatte stolz behauptet, den Spitznamen des stellvertretenden Direktors erfunden zu haben, als ein Kollege bei einer Cocktailparty bemerkt hatte, der stellvertretende Direktor habe schon vor Marx gegen den Kommunismus gekämpft, und ein anderer sagte, er sei so alt wie Adam. »Älter«, hatte Walter entgegnet. »Ich weiß aus sicherer Quelle, daß er hinter der Schlange steckte, die Eva *umgedreht* hat. Der stellvertretende Direktor ist der Alte persönlich.«

Ein Gerücht wollte wissen – und Morrison hatte es aus einer glaubwürdigen Quelle –, daß es so etwas wie ein Schock war, als Walter lächelte und erwiderte: »In Wahrheit, Sir, würde ich im Augenblick gern meinen Spind zuschließen und mich in der Privatwirtschaft tummeln.«

Zuverlässige Zeugen behaupten, der Alte sei bei diesen Worten noch ein wenig blasser geworden, aber altgediente Männer der Firma, die diese Geschichte hörten, erklärten, das sei nicht möglich – der stellvertretende Direktor sei blutarm und deshalb ohnehin schon von tödlicher Blässe.

Der Alte ignorierte Walters Antwort und flötete: »Ich sage sicher nichts Unerlaubtes, wenn ich erkläre, daß Europa für Sie eine Zeitlang tabu ist, doch wenn eine angemessene Zeit verstrichen ist, kann ich Ihnen einen sehr interessanten Posten in Asien anbieten.«

Walter wollte sich weder so noch so erklären, doch Morrison hörte, daß Walter auf die Leichenblässe des Mannes geblickt habe, der genau wußte, wo – buchstäblich – sämtliche Leichen begraben waren, und gesagt haben soll: »Das ist ein verlockendes Angebot, Sir, aber ich möchte wirklich wieder nach New York.«

»Die Firma ist in New York aber nicht tätig«, bellte der Alte und bat Walter damit, die offenkundige Lüge zu schlucken, daß die CIA ihre schmutzigen Füße nicht auf den jungfräulichen Boden setzte, auf dem unter anderem die ergiebigen Jagdgründe der Vereinten Nationen lagen.

»Genau«, erwiderte Walter. Er zog sein Dunhill-Päckchen aus der Jackentasche und bot dem stellvertretenden Direktor eine Zigarette an, obwohl ihm sehr wohl bewußt war, daß der Alte nicht rauchte. Als der alte Mann den Kopf schüttelte, nahm sich Walter eine Zigarette und tippte damit auf die Tischplatte. Dann beugte er sich über die billige geschliffene Schale mit der brennenden Kerze und zündete sie an.

»Sie würden die Firma verlassen, junger Mann?« zischte der Alte.

»Nicht, weil ich die Firma weniger liebe, sondern weil ich Manhattan mehr liebe«, erwiderte Walter.

»Julius Cäsar«, murmelte der Alte, »dritter Akt, zweite Szene, in der Brutus erklärt, weshalb er Cäsar den Dolch in den Rücken gestoßen hat.«

Und damit war die Diskussion beendet, wie es in der Geschichte hieß, und die Replik hatte bei dem Alten so gut funktioniert, daß Walter sie Morrison noch einmal auftischte.

»Blödsinn«, sagte der.

»Nichts als die reine Wahrheit«, erwiderte Walter und hielt die rechte Hand hoch, als leistete er einen Eid.

Morrison verzog den Unterkiefer zu einer schiefen Grimasse, die bei ihm einem Lächeln am nächsten kam. »Walter, wie kannst du mich an diesem kalten und desolaten Ort zurücklassen?«

»Ich bin sicher, du wirst dir irgendeinen Trost besorgen«, entgegnete Walter.

»Der Trost ist nicht das Problem«, stöhnte Morrison. »Es ist das Besorgen.«

Nicht übel, Morrison, dachte Walter. Das hätte ich dir gar nicht zugetraut.

Laut sagte er: »Die Welt ist kein großer Fliegenfänger, mußt du wissen.«

Morrison sah ihn mit ungläubigen Augen an.

»Die Welt, Walter«, sagte er, »ist nichts weiter als ein großer Fliegenfänger.«

Walter zuckte die Schultern, schnippte seine Zigarettenschachtel auf und bot Morrison eine an. Er zündete erst Morrisons Zigarette an, dann seine.

Morrison starrte ihn an.

Walter hob die Augenbrauen.

»New York, du lieber Himmel«, sagte Morrison schließlich.

»New York, *mein* Himmel«, entgegnete Walter.

»Wirst du die schwedischen Frauen nicht vermissen?« fragte Morrison herausfordernd.

Walter setzte sich auf die Ecke von Morrisons Schreibtisch und sagte: »Als ich in Greenwich lebte und noch ein Kind war, putzte meine Mutter meine Schwester und mich immer kurz nach Thanksgiving heraus und verfrachtete uns in einen Zug. Wir stiegen an der Grand Central Station aus, die ich damals für den Mittelpunkt des bekannten Universums hielt, und wenn es nicht gerade sehr kalt war, gingen wir zu Fuß zum Rockefeller Center, um uns den Weihnachtsbaum anzusehen. Er war so hübsch, Michael – das Dunkelgrün der Nadeln vor dem Hintergrund von Mr. Rockefellers grauen Gebäuden ... die funkelnden Lichter ... all dieser Baumschmuck ... aus irgendwelchen verborgenen Lautsprechern kam Weihnachtsmusik, und die Leute von der Heilsarmee läuteten mit ihren Glocken, und wenn wir lange genug in der Menge gestanden und den Baum angestarrt hatten, gingen wir zur Fifth Avenue, um mit unseren Weihnachtseinkäufen zu beginnen. An eins erinnere ich mich besonders gut, um die Frage zu beantworten, die du vorhin gestellt hast: Schon damals glaubte ich, daß die schönsten Frauen der Welt dort herumspazierten. Schon als Junge bewunderte ich ihren Stil, ihren Schick, ihr Selbstbewußtsein, ihre Anmut, und starrte sie einfach nur ehrfürchtig an. Ich habe allen Grund zu der Annahme, Michael, daß sie immer noch da sind.«

»Und jetzt, wo du ein großer Junge bist, möchtest du wieder hin, um deine schmutzigen Kindheitsphantasien zu verwirklichen?« fragte Morrison.

»Es paßte alles zusammen, mußt du wissen«, erwiderte Walter. »Die Grand Central Station, das Rockefeller Center, der Weihnachtsbaum, die Fifth Avenue, und, ja, ich nehme an, auch die schönen Frauen.«

»Na dann viel Glück, Walter«, sagte Morrison und stand auf, um Walter die Hand zu schütteln.

»Dir auch viel Glück, Michael«, erwiderte Walter.

Eine Stunde später stieg Walter auf Skeppsholmen, einer der drei Inseln in der Stadtmitte Stockholms, aus einem Bus, ging am Wasser entlang zu einem alten zweistöckigen Haus, ging die Treppe zum zweiten Stock hinauf und klopfte an die Tür.

Anne Blanchard machte ihm auf, lächelte breit und küßte ihn auf den Mund. Dann wischte sie ihm den Schnee vom Kragen seines schwarzen Wollmantels, nahm ihn bei der Hand und führte ihn in die Wohnung.

»Liebling, du mußt ja ganz durchgefroren sein«, sagte sie. »Bist du zu Fuß gegangen?«

Er schüttelte den Kopf. »Ich nahm den Bus von Centralen, bin aber dann am Wasser entlanggegangen. Ein Abschiedsspaziergang.«

»Ich mache uns Tee« sagte sie. »Es sei denn, du möchtest lieber Kaffee. Ich glaube, ich habe noch etwas.«

»Wenn du die Absicht hast, mich aufzuwärmen«, meinte Walter, »wäre mir noch ein Kuß lieber.«

Sie kuschelte sich ihm in die Arme und küßte ihn lange. Dann machte sie sich frei und setzte den Kessel auf den Herd. Walter zog sich Hut und Mantel aus, hängte sie am Kleiderständer auf, setzte sich auf das kleine Sofa und sah ihr zu.

Anne Blanchard war eine kleine Frau, einen Meter fünfundfünfzig in Strümpfen, und die Kolumnisten, die über Nachtclubs schrieben, nannten sie meist »zierlich«, was ihr gefiel, oder »elfenhaft«, was sie ärgerte. Ihr blondes Haar war kurzgeschnitten und gewellt. Ihre Augen waren grau – die Farbe des Atlantiks kurz vor einem Sturm, wie Walter einmal bemerkt hatte.

An diesem späten Nachmittag im März war sie ganz in Schwarz gekleidet – sie trug eine schwarze Bluse über einem langen schwarzen Rock und schwarze Ballett-Slipper. Sie hatte sich ihre übergroße Schildpattbrille aufgesetzt, ohne die sie so gut wie blind war, und ihr Markenzeichen aufgelegt, blutroten Lippenstift.

Walter liebte sie bis zum Wahnsinn.

Er merkte der Wärme der Küsse und dem Abdruck auf dem Kissen an, daß sie auf dem Sofa gelegen und gelesen hatte. Ein Buch Sean McGuires, *The Highway By Night*, lag aufgeschlagen neben der Tischlampe auf dem Beistelltisch. Die Wohnung war eine Einzimmerwohnung, was Immobilienmakler erst seit kurzem ein »Studio« nannten. Die wenigen Möbelstücke waren aus gebleichter Kiefer mit billigen Bezügen. Der Fußboden bestand aus breiten Dielen, die auf Hochglanz gebohnert waren. Ein billiger, rechteckiger Teppich verlieh ihm etwas Wärme.

An der Wand reichte ein Bücherregal vom Fußboden bis zur Decke. Die Regale waren mit übergroßen Fotobüchern, afrikanischen Skulpturen, Dutzenden von Taschenbüchern und einer teuren Stereoanlage gefüllt, zu der ein Plattenspieler gehörte und ein Tonbandgerät. Vor der Bücherwand stand ein Klavier – Anne konnte nie ohne Klavier sein.

Ein großes Aussichtsfenster füllte den größten Teil der

gegenüberliegenden Wand aus. Draußen nahm der Himmel über dem schwarzen Wasser des Mälarsees allmählich zarte Pastellfarben an. Der Schnee, der auf das Kopfsteinpflaster der Straße fiel, zeichnete sich glitzernd im Licht der Straßenlaternen ab.

Anne hatte die Wohnung von einem jungen schwedischen Pianisten gemietet, der gerade eine Deutschland-Tournee machte. Sie versuchte immer eine Wohnung zu mieten, wenn sie ein längeres Engagement in einer Stadt hatte, weil sie ein Klavier brauchte und Hotels haßte. Das war in der verschworenen Gemeinschaft amerikanischer Jazzmusiker nicht allzu schwer, denn sie arbeiteten meist in Europa, da es in den Staaten nicht genug Jobs gab.

Anne hatte ihm erklärt, daß die meisten der amerikanischen Heimatflüchtlinge Neger seien – wie das Trio, das sie begleitete. Sie zögen wegen des Rassismus oder vielmehr wegen seines Fehlens Europa vor. Paris sei ihre europäische Basis geworden, und Stockholm belege knapp dahinter den zweiten Platz, weil die Schweden ganz verrückt nach Jazz seien.

Walter blätterte in *The Highway By Night* und fragte: »Wie ist das Buch?«

»*Fabel*haft«, sagte sie begeistert. »Er erfindet die Prosa in einer Weise neu, wie es seit James Joyce und dem *Ulysses* niemand mehr geschafft hat.«

Walter wünschte, Joyce hätte sich gar nicht erst die Mühe gemacht, die Prosa neu zu erfinden. James Jones war ihm ohnehin lieber, doch er verkniff sich, das zu sagen. Anne hielt ihn auch so schon für bürgerlich genug.

»Hast du schon alles gepackt?« wollte sie wissen.

»Alles gepackt und fertig. Was ist mit dir?«

Sie goß das heiße Wasser in eine Teekanne, wirbelte sie herum und sagte: »Fast alles gepackt, aber nicht ganz abreisebereit. Ich bin nie ganz bereit, Europa zu verlassen.«

Sie hatten sich in Stockholm kennengelernt – bei einer von

Morrisons berühmten Partys zum amerikanischen Unabhängigkeitstag – und ihre Affäre quer durch Europa weitergeführt. In den Anfangsjahren ihrer Karriere hatte Anne in Paris gelebt und in kleinen Clubs gesungen; sie war nur nach New York zurückgekehrt, um ihre erste Platte aufzunehmen, die ihr ein wenig Berühmtheit eingebracht hatte.

Kurz danach hatte sie Walter kennengelernt. Er begleitete sie von Morrisons Party zu dem Club, in dem sie sang, blieb vier Auftritte lang und verliebte sich in sie. Danach war er gereist, um sie so oft zu sehen, wie es das *Geschäft* erlaubte, blieb mal eine Nacht in Hamburg oder ein Wochenende in Kopenhagen. Er erinnerte sich auch an den wundervollen August an der Côte d'Azur, als er Urlaub hatte und sie in den Hotels sang. Es fiel ihm jedoch nicht allzu leicht, sehr oft nach Paris zu kommen, so daß sie beide glücklich waren, als sich für drei Monate das Stockholmer Engagement ergab.

Doch jetzt mußte sie wieder nach New York zurück, um ihre zweite Platte aufzunehmen und in den großen Clubs zu singen.

Sie goß zwei Tassen dampfenden Tees ein, stellte sie auf den Couchtisch und setzte sich neben ihn auf das Sofa.

»Willst du mich heiraten?« fragte er zum vielleicht hundertsten Mal.

Sie schüttelte den Kopf

»Wir werden zur Abwechslung gleichzeitig in derselben Stadt leben«, brachte er in Erinnerung. »Eine solche Gelegenheit kommt so schnell nicht wieder.«

Sie waren seit fast zwei Jahren zusammen, hatten aber nie mehr als drei Monate zusammen am selben Ort gelebt.

»Du weißt, daß ich wieder auf Tour muß, wenn die Platte erschienen ist. Wahrscheinlich kriege ich wieder hier in Europa ein Engagement. Was würde mein lieber Ehemann dann tun?«

»Ich würde auf dich warten.«

»Das ist zuviel verlangt.«

»Das hast du gar nicht. Ich habe es angeboten.«

»Das kann ich nicht annehmen.«

Er sprach leichthin, in dem Tonfall, den er bei ernsten Anlässen immer benutzte, als wollte er mit ihr besprechen, ob sie vor oder nach dem Theater essen gehen sollten.

»Würde dir zur Abwechslung nicht mal ein richtiges Zuhause Spaß machen?« fragte er.

»Ich habe ein richtiges Zuhause«, entgegnete sie.

Sie besaß eine Wohnung in der Nähe des Washington Square, die sie an einen jungen Dichter aus Wyoming vermietet hatte.

»Ich bin zwar nie da«, fügte sie hinzu, »doch es ist trotzdem mein Zuhause, und, ja, es würde mir Spaß machen, zur Abwechslung mal wieder zu Hause zu sein.«

»Dann heirate mich und gib es auf«, sagte er. »Ich kann uns beide anständig ernähren.«

»›Ich werde dich aus all dem hier herausholen?‹« äffte sie ihn nach.

»Etwas in der Richtung«, sagte er.

»Und das Singen soll ich auch aufgeben?«

»Als Beruf.«

»Ich liebe dich«, erwiderte Anne. »Das tue ich wirklich, sogar sehr, das weißt du.«

Walter nickte. »Aber?«

»Aber das Singen ist nun mal mein Beruf.«

»Ich weiß.«

Sie nippte an ihrem Tee, stellte die Tasse hin und sagte: »Außerdem würdest du mich nicht lieben, wenn ich nicht sänge.«

»Wie kannst du so etwas Schreckliches sagen!«

»So etwas *Wahres* sagen.« Sie stand auf und zog die Vorhänge zu. »Sosehr ich dich auch liebe, ich werde dich nicht heiraten, Liebling. Jetzt noch nicht.«

Sie ging zu der Stereoanlage hinüber und schaltete das Tonbandgerät ein.

»Arthur überlegt, ob er von der neuen Platte ein paar Live-Mitschnitte verwendet«, sagte sie, »und außerdem gibt es da etwas, was ich schon immer tun wollte.«

»Und das wäre?«

Sie lächelte schelmisch. Sie stand da und sah ihn an, als entschlösse sie sich gerade zu etwas.

»Was denn?« sagte Walter lachend.

Sie blickte ihn ernst an, als überlegte sie, ob sie eine Chance ergreifen sollte.

»Dich verführen, während ich singe«, sagte sie.

»Liebling«, sagte Walter, »du verführst mich immer, wenn du singst.«

Klaviermusik erfüllte die kleine Wohnung.

Sie schüttelte den Kopf. »Das ist in einem Nachtclub, und es gibt Dinge, die ich in einem Nachtclub nicht tun kann.«

»Wie etwa?«

»Wie etwa...«

Sie nahm ihre Brille ab und stellte sie auf das Bücherregal. Vom Tonband ertönte ihre hohe und kristallklare Stimme.

»I'll take Manhattan,
The Bronx and Staten Island, too...«

»Du hast das geplant«, sagte Walter anklagend. Das Tonband hatte genau an der richtigen Stelle angefangen.

Sie nickte mit dem Kopf, als sie zur Musik kleine Tanzschritte machte und dabei den obersten Knopf ihrer Bluse öffnete.

»It's such fun going through
The zoo...«

Sie streifte ihre Bluse ab, dann ihren schwarzen Spitzen-BH. Für eine so kleine Frau hatte sie große Brüste. Ihre Brustwarzen, dachte Walter, haben die Farbe der Dämmerung an einem Frühlingsabend.

»It's very fancy
On Old Delancey Street, you know...«

Er hatte ihre Stimme einmal als eine Messerklinge aus purem Silber beschrieben, die flüssiges Gold durchschneidet, und so war es jetzt auch, als er ihr zusah und ihr zuhörte und sich ihm die Kehle dabei zuschnürte. Sie sang weich und zart, trug jede Note in perfekter Tonhöhe vor und sprach jede Silbe klar aus.

»The subway charmes are so...
When balmy breezes blow...
To and fro...«

Sie streifte mit den Füßen die Slipper ab und ließ Rock und Höschen an den Beinen entlang auf den Teppich gleiten: Die Nacktheit zwischen ihren Beinen ließ ihn wieder an das Bild von flüssigem Gold denken.

»Wenn ich ein Liebeslied singe«, sagte sie und sah ihm in die Augen, »stelle ich mir vor, daß du in mir bist.«

»Nun, das haben wir gemeinsam«, sagte er gepreßt und wollte aufstehen.

Aber sie schob ihn wieder aufs Sofa zurück, griff hinunter und machte seine Hosen auf.

»And tell me what street
Compares with Mott Street in July...«

Sie bewegte sich langsam auf ihm und hielt sich aufrecht, als ihre Stimme einen langen Ton hielt, dann ließ sie sich heruntergleiten, als der Ton in einen warmen Akkord überging.

»Sweet pushcarts slowly
Gliding by...«

Er preßte sie eng an sich, und sie vergrub das Gesicht an seinem Hals.

»The great big city's a wondrous toy
Made for a girl and a boy...«

»Du fühlst dich so gut an«, murmelte sie.
   »Du.«
   »Je t'aime«, murmelte sie.
   Er antwortete: *»Je t'aime aussi.«*
   Er liebte sie tatsächlich, mehr als sonst etwas auf der Welt.

Erstes Kapitel

Weihnachten in der Stadt
Mittwoch, 24. Dezember 1958

Sie läuteten den Heiligen Abend in einer Kutsche im Central Park ein.

Es war Walters Idee, wie meist, wenn ihre Affäre von Zeit zu Zeit von seinen wildromantischen und sentimentalen Einfällen überrollt wurde. Er war leicht angetrunken, als ihm jetzt die Idee kam. Anne ebenso, als sie einander die Arme auf die Schultern legten und an einem kalten Abend in Manhattan die 55. Straße entlang schwankten.

Walter war plötzlich auf der Straße stehengeblieben, hatte sie an die Brust gezogen, ihre rote Nase geküßt und gesagt: »Laß uns eine Kutschfahrt durch den Park machen.«

»Du bist ein Romantiker.«

»Komm, laß uns fahren.«

»Es friert!« protestierte sie.

»Wir werden schmusen, um uns warmzuhalten.«

»*Schmusen?*«

»Es ist ein Wort«, sagte er feierlich.

»Ein wunderschönes Wort«, bestätigte sie. Dann machte sie sich von ihm frei und lief auf die Fifth Avenue und den Central Park zu. Sie rief zu ihm zurück: »Na komm schon! Wenn du vorhast, mit mir zu schmusen, möchte ich wissen, daß du auch Stehvermögen hast!«

»Ich werde dir zeigen, was Stehvermögen ist!« brüllte er und rannte hinter ihr her.

»Leere Versprechungen, nur Versprechungen!«

Sie stemmte beim Laufen die Arme in die Hüften und brüllte: »Ich liebe New Yooorrkk! Ich liebe Walter Witherrrs! Ich liebe New Yooorrkk!«

Seit unserer Rückkehr aus Stockholm hat es nichts gegeben, was ich nicht geliebt habe, dachte Walter.

Sie hatte ihre Wohnung im Village behalten, und er hatte sich ein kleines Apartment in Murray Hill gemietet. Sie lebten getrennt zusammen. Sie verbrachte manchmal eine Nacht bei ihm oder er bei ihr. Manche Nächte verbrachten sie getrennt.

Doch die meisten Abende und Nächte verbrachten sie gemeinsam in Gesellschaft der Stadt. Er verbrachte den frühen Abend oft damit, daß er irgendwo essen ging, in The Palm oder Dempsey's oder L'Amérique, um sich dann am Broadway vielleicht einen Film anzusehen, wonach er in einen der Clubs ging, in dem Anne sang, um noch ihren letzten Auftritt zu erwischen.

Sie war seit der Rückkehr immer beschäftigt gewesen, hatte tagsüber in Jersey Plattenaufnahmen gemacht und war pro Abend zwei- oder dreimal vor den Spesenrittern in den großen Clubs in Midtown aufgetreten, um dann meist dem Village zuzustreben oder dem »Downstairs at the Upstairs«, um für die *In*-Leute ihre gesuchten Jazzstücke zu singen. Die Clubbesitzer liebten sie, weil sie pünktlich und nüchtern erschien und ablieferte, was das Publikum hören wollte.

Nach ihren Shows war sie eher aufgedreht als müde, so daß sie und Walter meist in einem der Jazzlokale im Village blieben – The Five Spot, The Vanguard oder The Blue Note –, um sich einige Jam Sessions von Jazzmusikern anzuhören, die nach ihren Auftritten hierher kamen, und ein paar Drinks zu sich zu nehmen. Manchmal durchstreiften sie downtown die Cafés auf ein Gespräch und ein paar Zigaretten mit Annes linken Freunden.

Selten waren die Abende, an denen sie einfach nach Hause gingen, ein paar Platten auf der Hi-Fi-Anlage spielten, eine späte selbstgekochte Mahlzeit einnahmen oder etwas, was sie vom Chinesen mitgebracht hatten, um sich dann im Bett zusammenzukuscheln.

Heute abend aber nicht. Sie hatte ihren freien Abend im Blue Angel, und sie waren ausgegangen, um die Stadt unsicher zu machen. Erst Dinner im Club 21, dann zum Broadway zur Premiere von Comden und Greens *A Party*, dann gingen sie tanzen, dann folgte eine Runde von Drinks in der Hälfte aller Kneipen in Midtown. Sie gingen ins The Living Room, um sich Bobby Short anzuhören, dann ins Bickford's, dann zum Goldie's New York, um sich Goldie und Sanders anzuhören, die Rücken an Rücken Klavier spielten. (Goldie's war für Walter ein magisches Lokal, weil er zufällig an dem Abend dort gewesen war, an dem Gene Kelly und Fred Astaire an ihrem Tisch ein improvisiertes Tanzduett hingelegt hatten.)

Dann sprangen sie in ein Taxi und fuhren zum Duane Hotel an der 37. Ecke Madison hinunter, wo ein zotiger junger Komiker namens Lenny Bruce mit seinen Sprüchen Walter ärgerte, Anne aber vor Begeisterung heulen ließ. Um ihn zu versöhnen, erklärte sich Anne mit einer stillen Runde in Billy Reeds Little Club Ecke 55. Straße und Sixth Avenue einverstanden, von wo es nur ein kurzer Fußweg zum Baq Room war, so genannt, weil es am hinteren Ende eines recht anständigen irischen Pubs mit dem anspruchslosen Namen The Midtown Bar lag. Walter wäre vollkommen damit zufrieden gewesen, die wohltuende Wirkung eines Single Malt Whiskey im Vorderzimmer zu probieren, erklärte sich aber einverstanden, Anne ins Baq zu begleiten, wo Janice Mars zum Vergnügen der Leute aus dem Actors' Studio an ihrem Stutzflügel hofhielt. Dann gingen sie auf unsicheren Beinen zur Third Avenue hinüber und saßen in der schwarz-weiß karierten Cocktailbar des Blue Angel, wo sie immer noch trinken und hören konnten, wie Tom Lehrer – der Anne ärgerte und Walter zum Lachen brachte – im großen Saal auftrat.

Jacoby, der spindeldürre französische Mitbesitzer des Lokals, kam zu ihnen an den Tisch, um Anne hallo zu sagen und sie zu einem Drink einzuladen. Sie tranken noch etwas mehr und fanden sich dann irgendwann auf der Straße wieder, wo sie erfolglos versuchten, sich an die Worte der ›Internationale‹ zu erinnern und statt dessen die Marseillaise sangen. Anne hatte gerade geschmettert »Avant, les citoyens!«, als Walter vorschlug, sie sollten eine Kutschfahrt machen.

Nach einem halben Straßenblock hatte er sie eingeholt. Sie stand auf dem Bürgersteig der Fifth Avenue und krümmte sich, um nach Luft zu schnappen, als er sie erreichte und es ihr nachtat.

»Stehvermögen«, schnaufte er.

»Ich werde dir zeigen, was Stehvermögen ist«, keuchte sie.

Sie lachten und umarmten sich, als eine weiße Limousine neben ihnen hielt. Die hintere Seitenscheibe ging surrend herunter, und eine Frau mittleren Alters steckte den Kopf heraus und fragte in einem europäischen Akzent, der ebenso stark wie vielfältig war: »Darlings! Alles in Ordnung mit euch?!«

»Großartig!« sagte Walter lachend.

Es war die Contessa, die reiche und vielgeliebte Gönnerin der Jazzmusiker in New York. Beide kannten sie gut aus allen Clubs in der Stadt und der Hälfte der Clubs in Europa. Die Contessa fuhr spätabends durch die Gegend, und wenn sie anderweitig zu tun hatte, schickte sie einfach ihren Fahrer Theo los, der nach Musikern Ausschau hielt, die betrunken oder high waren und gefahren werden oder einfach nur irgendwo übernachten wollten. In der Halbwelt des Jazz war es zum geflügelten Wort geworden: »Ein Künstler, der ganz unten angekommen ist, fährt mit der Contessa«, sagte man.

Sie unterhielt eine Suite im Stanhope Hotel und brachte ihre Schützlinge oft dorthin. Sie legte allerdings nie Hand an sie, es sei denn, sie hielt ihnen den Kopf fest, wenn sie sie mit

Suppe fütterte, oder sie wiegte sie, wenn sie das Delirium tremens hatten oder Entzugserscheinungen nach Heroin. Walter hatte sie traurig erzählen hören – an einem der seltenen Abende, an denen sie angesäuselt war –, wie Charlie Parker in ihrer Suite gestorben sei – er sei zusammengebrochen, als er Tommy Dorseys *Just friends* hörte –, weil der Hotelarzt sich geweigert habe, für einen »Nigger« einen Hausbesuch zu machen.

»Wir wollten gerade eine Kutschfahrt machen«, erklärte Anne.

»Meine Lieben, ich glaube, ihr habt die Pferde vergessen«, sagte die Contessa. »Und die Kutsche!«

»Hab ich doch gewußt, daß da was fehlt«, sagte Anne.

»Springt rein, ich nehme euch zum Park mit.«

»Um keinen Preis der Welt«, wandte Walter ein. »Wir haben unseren Stolz!«

»Und Idioten sind wir auch«, fügte Anne hinzu.

»Und Idioten sind wir auch«, sagte Walter wie ein Echo.

Die Contessa warf ihnen eine Kußhand zu, die Limousine fuhr los, und Walter und Anne marschierten – immerzu singend – die Fifth Avenue zur Grand Army Plaza hinauf, wo Walter einen Kutscher anhielt, der sich auf dem Kutschbock in Decken gehüllt hatte.

»Eine Runde durch den Park, guter Mann!« sagte Walter. »Und ich möchte hinzufügen, daß ich das schon immer habe sagen wollen.«

»Und darf ich sagen«, trällerte der Kutscher mit einem starken irischen Akzent, »daß ich das Gefühl habe, daß Sie einen über den Durst getrunken haben.«

»Nicht nur einen«, sagte Walter, als er Anne auf den Rücksitz der Kutsche half. Der Kutscher reichte ihnen eine Decke.

»Ich habe versprochen, mit ihr zu schmusen«, sagte Walter.

»Nehmen Sie die Decke«, riet ihm der Kutscher.

Walter zog die Decke um sich und Anne und ließ dann den Arm darunterzugleiten, um Anne zu sich heranzuziehen.

Der Kutscher schnalzte mit der Zunge, worauf das Pferd mit einem langsamen Klipp-Klapp lostrabte, das der leise fallende Schnee dämpfte. Der Park bei Nacht war eine Studie in Schwarz und Silber. Die Bäume glitzerten vor Eis und funkelten im Mondschein.

»Du bist *doch* ein Romantiker«, sagte sie. »Küß mich, Dummkopf.«

Er küßte sie fast züchtig auf die Lippen und sagte: »Es ist Heiligabend.«

»Oh, und jetzt willst du wohl deine Geschenke aufmachen?« sagte sie spöttisch. »Vergiß es, mein Kleiner, es ist viel zu kalt. Ein Mädchen könnte erfrieren, wenn sie in einer solchen Nacht ihre Tugend opfert. Obwohl ich sonst die Liebe *al fresco* durchaus genieße.«

»Ich dachte gerade über die Schönheiten der Jahreszeiten nach«, sagte Walter unschuldig.

»Ach, tatsächlich?«

»Ja, das habe ich.«

Sie rückte näher an ihn heran.

»Sag mir eins«, flüsterte sie. »Gehöre ich auch zu den Schönheiten der Jahreszeit?«

»Du bist die größte.«

»Ich liebe dich.«

»Wie ich dich«, sagte er. »Oder so ähnlich.«

»Laß uns mit dem Schmusen anfangen.«

Sie küßten sich und schmusten, und der Kutscher sang leise ein gälisches Lied vor sich hin, aber in Wahrheit für sie. Und wenn Walter sich hätte wünschen können, an diesem Morgen des Weihnachtstages irgendwo auf der Welt zu sein, konnte er sich nicht vorstellen, wo dieser Ort liegen könnte.

Nach ihrer Kutschfahrt fuhren sie mit einem Taxi zu ihm in die Wohnung und fielen ins Bett.

Anne schüttelte Walter wach.

»Liebling?« sagte sie. »Ich glaube, du hast einen bösen Traum gehabt.«

Obwohl er noch ganz benommen war, dachte Walter sofort, nicht *ein* böser, *der* böse Traum. Der *gleiche* böse Traum.

»Habe ich etwas gesagt?« fragte er.

»Nein.« Sie sah verwirrt aus. Und verschlafen. Und wunderschön.

»Es ist früh«, sagte Walter. Es war 5.43 Uhr, zwei Minuten bevor der Wecker klingeln sollte. »Schlaf weiter.«

»Ist mit dir alles in Ordnung?«

»Jetzt, wo du den Schwarzen Mann verjagt hast?« fragte er. »Mir geht's bestens.«

Sie küßte ihn weich auf die Lippen, drehte sich zur Seite und vergrub sich unter den Decken. Anne Blanchard liebte den Schlaf.

Walter haßte ihn. Das lag zum Teil daran, daß seine natürliche Energie dagegen ankämpfte. Vor allem lag es daran, daß er den Traum fürchtete. Es war natürlich nie genau der gleiche, doch seine Hauptmerkmale blieben sich auf schauerliche Weise gleich: Es war immer Nacht, und seine Agenten – *seine* Agenten – klammerten sich an einen großen Felsen wie die Überlebenden eines Schiffsuntergangs. Dann kamen die Wellen. Sie schwollen vom Ozean her immer mehr an und wurden zu massiven, unaufhaltsamen Mauern aus Wasser und spülten seine Agenten nacheinander ins Meer – einen nach dem anderen. Einen, dann noch einen und wieder einen. Und er selbst? In seinem Traum lag er am Rand dieses Felsens am Meer. Er streckte die Hände aus und versuchte seine Agenten zu erreichen, versuchte sie heraufzuziehen, sie zu retten. Manchmal schaffte er es sogar, ihre kalten Hände zu berühren, bevor sie ihm entglitten. Einer nach dem anderen, einer nach dem anderen. Unausweichlich wie die Wellen, die sich aus dem Meer erhoben. Einer nach dem anderen, einer nach dem anderen.

Es braucht keinen Sigmund Freud, um diesen Traum zu analysieren, überlegte er, als er unter die Morgendusche taumelte, und auch noch so viele Stunden auf der Couch würden ihn nicht verschwinden lassen.

Nein, dachte Walter, als er in der Dusche stand und sich von dem fast brühheißen Wasser besprühen ließ, meine Agenten sind ohne Zweifel tot. Tot oder schlimmer noch als tot, sie leiden irgendwo in einer Zelle. Von dem »angeblichen« Maulwurf dorthin verfrachtet.

Ich bin tatsächlich Der Große Skandinavische Lude und Tödliche Anwerber, dachte er. Betonung auf »Tödliche«. Ich habe sie verführt und angeworben, habe sie aber nicht beschützen können. Einer nach dem anderen ist verschwunden, bis sogar der Alte genug davon hatte.

Und wäre ich nicht der Sohn meines Vaters, dachte er, als er aus der Duschkabine in die kühle Wohnung trat, hätte man mich vielleicht selbst in irgendeine Zelle verfrachtet, um mich anschließend zu verhören und auszuquetschen, bis der Alte zufrieden und überzeugt war, daß ich nicht selbst der Maulwurf bin.

Der Alte hatte es ihm in der realen Version ihrer Unterhaltung in Hamburg tatsächlich so gesagt. Ganz anders als in der offiziellen Legende.

»Wenn Sie nicht der Sohn von Sam Withers wären«, hatte der Alte gesagt, »würde ich Sie fast für verdächtig halten. Ihr Vater war ein guter Mann.«

»Das war er.«

»Und ein sehr guter Freund von mir«, sagte der Alte. »Ich vermisse ihn.«

»Das tue ich auch.«

»So kann das nicht weitergehen, mein junger Withers«, hatte der Alte gemurmelt. »Die Hälfte Ihrer Agenten ist verschwunden, und die andere Hälfte ist unrettbar kompromittiert. So wie Sie.«

Walter hätte sich am liebsten zur Wehr gesetzt und sich für

den Verbleib in Stockholm ausgesprochen, um den Maulwurf zu finden. Er hatte jedoch keine guten Argumente dafür. Der Maulwurf konnte sich überall befinden. Jeder konnte dieser Maulwurf sein. Walter war in Stockholm erledigt. Er konnte sogar nur für die Gegenseite von Nutzen sein, und zwar als eine Art negativer Sicherheitstest. Er konnte nur eins tun: die unzuverlässigen Leute der Gegenseite anwerben, die wiederum entlarvt werden würden.

Und so mußte Walter gehen, um in dem langweiligen Job, den die Firma für ihn gefunden hatte, eine Art von Leben aufzubauen. Und mit Ausnahme der Träume war es bis jetzt nicht schlecht gewesen. Er war in New York, er war verliebt, und ein Mann mit seiner Vergangenheit mußte vielleicht einfach mit bösen Träumen leben.

Er rasierte sich und machte sich bereit, ins Büro zu gehen. Bei Forbes und Forbes wurde er erst zu einer zivilisierten Zeit erwartet, nämlich um neun, aber trotzdem hatte er es sich zur Gewohnheit gemacht, schon um sieben dort zu sein.

Wenn du der Neue bist, hatte ihm sein Vater gesagt, *brauchst du zu Anfang zwei Stunden mehr am Tag, um ein Gefühl für den Job zu bekommen. Wenn du länger bleibst, gibst du dir den Anschein, als wärst du entweder ein Streber oder wolltest dich einschmeicheln. Am besten ist es, morgens früh zu kommen. Du erledigst deine Arbeit, und alle anderen glauben, du wärst nur ein paar Minuten vor ihnen erschienen.*

So war es in seinen acht Monaten bei Forbes und Forbes zu Walters Ritual geworden, die Stunden zwischen sieben und neun dazu zu nutzen, unerledigte Papiere vom Schreibtisch zu bekommen. Außerdem lag ihm die Howard-Akte auf der Seele.

»Papierkram ist mein Leben«, erklärte er Anne, als er an diesem Morgen aus der Dusche kam. Anne hatte sich die Decke bis zur Nase hochgezogen und starrte ihn an.

»Wie langweilig«, erwiderte sie.

»Nicht wirklich«, entgegnete Walter und nahm ein frisches weißes Button-down-Hemd von dem Stummen Diener. »Wie deine Beatnik-Kumpel vielleicht sagen würden, hat Papierkram was.«

»Schlafen hat auch was«, sagte sie und zog sich die Decke über den Kopf.

Er zog sich wie gewohnt schwarze Socken an und ein paar wollene Gabardinehosen und sagte: »Du arbeitest nachts.«

»Das tust du auch«, kicherte sie unter der Decke. »Und zwar hart.«

Und dann spiele ich auch noch bis zum frühen Morgen, dachte er.

Er nahm eine rot-grün gestreifte Weihnachtskrawatte aus dem Regal, knotete sie, entfernte dann die Schuhspanner aus Zedernholz aus seinen schwarzen ungarischen Schuhen, setzte sich auf die Bettkante und zog sich die Schuhe mit einem Schuhlöffel an. Er stand auf, bürstete die Schultern eines grauen Wolljacketts ab und zwängte sich hinein.

»Der perfekte leitende Angestellte«, sagte sie und riskierte einen Blick über die Decke. »Der Mann im grauen Anzug.«

»Darauf bin ich stolz«, entgegnete er. Er beugte sich vor, um sie zu küssen, und sagte: »Bis heute abend.«

»Bis dann«, murmelte sie.

Er wußte, daß sie nach ein paar Sekunden schon wieder schlafen würde.

Er zog sich seinen schwarzen Wollmantel an, einen roten Schal, setzte seinen grauen weichen Filzhut auf, ging aus der Wohnung im ersten Stock hinunter und trat auf die 36. Straße. Er kaufte sich eine Notausgabe der *New York Times* – die Auslieferung wurde gerade bestreikt –, und da es kalt und er müde war, hielt er für die schnelle Fahrt zum Rockefeller Center Nummer eins auf der Second Avenue ein Taxi an. Während der Fahrt überflog er das nur aus zwei Seiten bestehende Blatt und war froh zu sehen, daß Brooks Atkinson *A Party* eine hymnische Rezension gewidmet hatte, nämlich wegen »des Stils, des Geschmacks, der Maß-stäbe und der Manieren«. Das waren Tugenden der Alten Welt, die immer mehr in Vergessenheit gerieten, die Walter jedoch von Herzen schätzte.

Ich, mein verstorbener Vater und die Dinosaurier, dachte Walter, als das Taxi vor dem Rockefeller Center hielt.

Sogar der Weihnachtsbaum sieht kalt und verschlafen aus, dachte Walter, als er den Fahrer bezahlte, auf die Rockefeller Plaza trat und auf sein Gebäude zuging.

»Sie kommen aber früh, Mr. Withers«, sagte der Portier. Er war ein älterer, rotgesichtiger Ire, der dies jeden Tag sagte, seit Walter bei Forbes und Forbes angefangen hatte. Tatsächlich sah Walter jeden Tag eine Reihe von Mallons, da der älteste des Clans es im Lauf der Jahre geschafft hatte, seine drei strammen Söhne ebenfalls in dem Bauwerk unterzubringen. So war die Mannschaft unten in der Halle allgemein unter dem Namen »Mallon und die Mallonettes« bekannt. Mallon reichte Walter einen dampfenden Kaffeebecher und einen in eine Papierserviette eingewickelten Kopenhagener.

»Oder ich gehe spät, Mr. Mallon«, erwiderte Walter, wie es das Ritual verlangte. Er überreichte ihm eine Weihnachtskarte. »Mit den besten Wünschen zum Fest.«

Mallon riskierte einen Blick auf den Zehndollarschein, der in der Doppelkarte steckte, und sagte: »Für Sie auch, Mr. Withers. Große Pläne für morgen?«

»Will nur schnell mal nach Greenwich, um die Familie zu besuchen. Und Sie?«

»Die Enkelkinder.«

»Nun ja, Weihnachten ist für Kinder da«, sagte Walter. »Sind Sie schon dagewesen, um sich den Baum anzusehen?«

»Jedes Jahr, seit sie klein waren. Sie werden so schnell groß«, sagte Mallon. »Haben Sie Kinder?«

»Nicht daß ich wüßte, Mr. Mallon.«

Sie lachten beide über den alten Witz, dann beugte sich Mallon vor und vertraute Walter an: »Ich und die Mannschaft werden uns im Lauf des Tages einen kleinen Eggnog genehmigen. Sie wissen, was ich meine. Kommen Sie runter, wenn Sie Zeit haben, und trinken Sie einen Becher mit.«

Er zwinkerte verschwörerisch.

»Ja, das werde ich gern tun«, zwinkerte Walter zurück. »Haben Sie vielen Dank.«

Von seinem Büro bei Forbes und Forbes konnte Walter den Weihnachtsbaum nicht sehen. Nicht daß es ihn störte. Als Neuer hatte er Glück, überhaupt ein eigenes Büro zu haben, mochte es auch ein schmales Handtuch sein mit einem Fenster, das eine Aussicht nach Osten auf die Fifth Avenue bot statt nach Süden auf die Rockefeller Plaza. Das Gebäude auf der anderen Straßenseite blockierte ihm fast das gesamte Blickfeld, obwohl er die Turmspitze der St.-Patricks-Kathedrale und zwei der Eingangstüren von Saks sehen konnte, wenn er das Fenster aufmachte und den Hals reckte. Das bot ihm, wie er Forbes jr. gegenüber einmal bemerkte, »eine Aussicht auf Gott und den Mammon zugleich«.

Doch wenn er an seinem Schreibtisch saß und sich mit seinem Stuhl drehte, um aus dem Fenster zu starren, wurde sein Blickfeld von dem Bürogebäude gleich gegenüber beherrscht – einem riesigen grauen Steinbau mit Säulen und langen Reihen rechteckiger Fenster. Walter hatte eine Art Beziehung zu mehreren der Büroangestellten im sechzehnten Stock des Nachbargebäudes entwickelt, denen er manchmal zuwinkte, besonders zu einem gehetzt wirkenden leitenden Angestellten in dem Fenster, das Walter als »16 C« bezeichnete, das dritte von links, wenn er hinüberblickte. Der Mann in 16 C stand oft am Fenster und hielt einen Pappbecher in der Hand, der vermutlich mit Kaffee gefüllt war. Walter fühlte sich versucht, ihm einen richtigen Becher zu kaufen und als Weihnachtsgeschenk hinüberzuschicken. Bis jetzt hatte er der Versuchung jedoch widerstanden, weil er befürchtete, 16 C könnte die Geste mißverstehen. Außerdem zögerte er, die Büro-Rituale eines Mannes zu stören, denn er wußte, daß die für die Arbeit eines Menschen oft genauso wichtig sind wie ein Kugelschreiber, ein Schreibtisch oder eine Rechenmaschine.

Walter goß seinen Kaffee – Sahne mit zwei Stück Zucker – in einen richtigen Becher, trank ihn schnell aus und aß seinen Kopenhagener, während er aus dem Fenster starrte. Dann machte er sich an die Arbeit.

Als erstes war der »Tägliche Spesenbericht« an der Reihe, eine Angelegenheit von großer Bedeutung und nie enden wollendem Kummer für Mr. Tracy, der den unvermeidlichen Spitznamen *Dickless* Tracy trug, den Büro-Gnom, der sich vergeblich abmühte, die Ausgaben der Versicherungsdetektive unter Kontrolle zu halten. Privatdetektive, selbst die, die für Großfirmen wie Forbes und Forbes arbeiteten, gingen notorisch nachlässig mit ihren Belegen um, und im Büro wurde gewitzelt, daß die wöchentlichen Spesenberichte von Tracys Schreibtisch direkt zum Pulitzer-Preis-Komitee für Belletristik wanderten.

»Quittungen«, hatte Tracy an Walters erstem Arbeitstag zu ihm gesagt. »Ich wünsche Quittungen. Wenn Sie Ihr Geld erstattet haben wollen, müssen Sie sich Quittungen geben lassen.«

Tracy liebte Walter. Walters Spesenberichte waren wahre Kunstwerke – sauber, akkurat, und die Auslagen waren bis aufs I-Tüpfelchen belegt.

»Nicht wie bei diesem Scheißkerl Dietz«, wie Tracy Walter eines Tages zuzischte. Walter hatte mit sehr ernstem Gesicht zugehört, obwohl er schon wußte, daß Bill Dietz von der Abteilung für Ehesachen versucht hatte, Dickless buchstäblich *den Garaus zu machen*, indem er eine Quittung über 3428 Dollar für einen nagelneuen Lincoln Continental einreichte und als »Fahrtkosten« deklarierte.

Vor allem gab Walter Tracy Quittungen. Dieser wußte jedoch nicht, daß Walter auch allen anderen Quittungen gab. Walter besaß eine verblüffende Sammlung Blanko-Quittungen von Taxiunternehmen, Restaurants, Autobahnzahlstellen, Parkplätzen, Eisenbahnlinien und all den anderen Dienstleistungsunternehmen, welche die Kollegen bei ihrer Arbeit in Anspruch nahmen. Jeder Detektiv, der einen Beleg in einer Jackentasche vergessen oder sonstwie verlegt oder einfach nur vergessen hatte, sich überhaupt einen geben zu lassen, durfte sich ohne weiteres in der untersten rechten Schublade von Walters Schreibtisch bedienen. Walter hatte nur eine Strafe für einen Kollegen, der diesen Service mißbrauchte, um damit eine private Ausgabe reinzuwaschen: Er blieb auf ewig aus der Sammlung Withers verbannt.

»Verbannung?« hatte Jack Griffin – Versicherungsbetrug – gefragt, als ihn Walter auf der Herrentoilette mit einem Beleg der New Haven Railroad konfrontierte, der unmöglich in Ordnung sein konnte. »Für wie lange?«

»Lebenslang«, hatte Walter geantwortet.

»Himmel, Walt, lebenslänglich?« hatte Griffin gestöhnt. Sein kleines Kaninchengesicht hatte sich in Falten gelegt, als er ein Stück Toilettenpapier abriß und fragte: »Das ist ein bißchen hart, meinen Sie nicht auch?«

Walter gab sich gar nicht erst die Mühe, ihn daran zu erinnern, daß es vor nur lächerlichen sechs Monaten noch keine Quittungs-Bibliothek gegeben hatte, aus der man hatte ausgeschlossen werden können, sagte jedoch einfach: »Lebenslänglich, kann bei guter Führung aber in dreißig Tage umgewandelt werden.«

Echo der Stimme seines Vaters: *Lege bei anderen Leuten nicht die gleichen Maßstäbe an, die ich bei dir anwende oder du bei dir selbst. Diese Meßlatte ist ziemlich hoch, mein Sohn, und die Beine der meisten Menschen sind nicht lang genug, sie zu überspringen.*

An diesem Morgen nahm Walter also die Quittungen von gestern aus dem für sie reservierten Fach in der Brieftasche und breitete sie neben dem Spesenbericht aus. Es waren nur drei, da er den größten Teil des Tages an seinem Schreibtisch verbracht und schon vorher auf der Rückseite jeder Quittung Datum, Zeit und Verwendungszweck vermerkt hatte. Jetzt trug er die Fallnummer in die linke Spalte des Berichts ein, worauf Datum, Betrag und Verwendungszweck folgten. Anschließend heftete er die Quittungen in chronologischer Reihenfolge an die Rückseite des Berichts und befestigte diesen mit Büroklammern an den beiden vorherigen Tagesberichten der Woche. Die gesammelten Tagesberichte gingen jeden Freitag an Tracy.

Als nächstes kam das Buch mit den Tätigkeitsberichten auf den Tisch, in dem Stunde für Stunde nachgewiesen werden mußte, wie der Detektiv seine Zeit verbracht und seinen jeweils wichtigsten Fall bei Forbes und Forbes bearbeitet hatte, denn das Unternehmen ließ sich von seinen Kunden stundenweise bezahlen. Der Tätigkeitsbericht war auch das Netz, in dem sich betrügerische Ausgaben unentwirrbar verhedderten. Natürlich mußten Ausgaben mit der jeweiligen Tätigkeit in Einklang gebracht werden; ein Detektiv konnte beispielsweise keinen Beleg für ein Motelzimmer in Yonkers einreichen, wenn er sich zur selben Zeit angeblich in Brooklyn befunden hatte, um jemanden zu beschatten.

Walter staunte immer wieder, wie viele Detektive, deren ganzer Job darin bestand, Ungereimtheiten in den Belegen anderer Menschen aufzudecken, ihre eigenen Spesenabrechnungen nicht mit ihren Tätigkeitsberichten in Einklang bringen konnten. Jack Griffin war hoffnungslos darin, und gerade Jack Griffin war mit Recht dafür berühmt, »das Wunder in der 35. Straße« aufgedeckt zu haben, einen ärztlichen Bericht über das Opfer eines Autounfalls namens Alice Guggenheiser, in dem nicht nur von Schürfwunden die Rede war, sondern auch von Hodenquetschungen.

»Dieser verlogene Quacksalber hat so viele gefälschte Berichte geschrieben, daß er sie irgendwann einfach durcheinandergebracht hat«, hatte Griffin einem verzückt lauschenden Auditorium in der Kantine erzählt.

Doch selbst Griffin schaffte es nicht, seine Belege miteinander in Einklang zu bringen.

Walter hatte damit keine Mühe. Erstens war er ehrlich. Zweitens trug er immer ein kleines Notizbuch bei sich, in dem er alles notierte, was er jeweils tat, und zwar gleich an Ort und Stelle. Walter beendete seinen Bericht im Tätigkeitsbuch, erlaubte sich, eine Minute aus dem Fenster zu starren und seinen Kater zu kultivieren, nahm dann zwei weiße Blatt Papier, steckte Kohlepapier dazwischen, drehte sie in seine Underwood-Maschine und begann, seine Ermittlungsberichte zu tippen.

Walter arbeitete in der Abteilung für Personalüberprüfungen – nicht zu verwechseln mit der Personenschutzabteilung, was jedoch dennoch oft geschah. Walters Job bei der Personalüberwachung bestand darin, neue Angestellte der Großunternehmen unter die Lupe zu nehmen, die Kunden von Forbes und Forbes waren.

»Personalüberwachung«, hatte Forbes jr. bei seiner offiziellen Willkommen-an-Bord-Plauderei zu Walter gesagt, »ist das Herzblut unserer Agentur. Das und Versicherungsbetrug, natürlich. Zusammen machen diese Aufgabenbereiche sechsundachtzig Prozent unserer Einnahmen aus.«

Forbes und Forbes war eine Fabrik für Personalüberwachung. Die Lebensgeschichten anderer Menschen wurden hier verarbeitet und anschließend mit einem von drei Etiketten versehen wieder ausgespien: ein grünes Fähnchen für »sauber«, ein gelbes Fähnchen für »fraglich« und ein rotes für »Alarm«.

»Hier sollte es ein schwarzes Fähnchen sein«, hatte Dietz zu Walter gesagt, »der arme Kerl ist nämlich tot.«

Walter erfuhr auch, daß die Agentur von den meisten ihrer Unternehmenskunden fallweise bezahlt wurde, nämlich pro Bewerber, und nicht nach Stunden. Folglich war es für die »Rentabilität« wichtig (Forbes' jr. Lieblingswort), daß die Maschine schnell und reibungslos lief.

»Es funktioniert so«, sagte Forbes jr., der seine Pfeife mit zusammengepreßten Kiefern festhielt, »die Akten gehen erst an ›Aufnahme und Zuteilung‹ – das macht der alte Charlie DeWitt –, wo sie mit ›normale‹ oder ›besondere Aufmerksamkeit‹ klassifiziert und dann einem Detektiv zugeteilt werden. Die Besonderen haben einen blauen Aufkleber auf dem Aktendeckel. Ein besonderer Fall liegt immer dann vor, wenn leitende Angestellte eingestellt oder befördert werden oder es sich um Personen handelt, die zu den vertraulichen Informationen oder Geheimnissen des jeweiligen Unternehmens Zugang haben werden.

Wir müssen die normale Bewerbung billiger abwickeln, als es ihre eigenen Personalabteilungen könnten. Machen Sie sich also wegen dieser Sachen nicht verrückt. Prüfen Sie nur die Adresse, rufen Sie beim letzten Arbeitgeber und vielleicht noch bei ein oder zwei Referenzen an. Wenn der Bewerber dumm genug ist, einen Strafregistereintrag zuzugeben, prüfen Sie ihn nach. Diebstahl, Drogen oder Sexualdelikte bekommen ein rotes Fähnchen.

Es liegt auf der Hand, daß die besonderen Fälle auch besondere Aufmerksamkeit erhalten. Diese Überprüfungen stellen wir bei den Kunden stundenweise in Rechnung, also seien Sie gründlich. Ein bißchen Beinarbeit kann nicht schaden. Überprüfen Sie die Finanzen. Wenn die fragliche Person über ihre Verhältnisse lebt, möchten wir wissen, woher das Geld kommt. Prüfen Sie die politische Einstellung und die private Lebensführung. Keine Kommunisten, keine Homos. Unsere Kunden wollen wissen, wem sie die Schlüssel zum Waschraum für leitende Angestellte geben, falls Sie wissen, was ich meine.

Wenn Sie mit einer Überprüfung fertig sind, versehen Sie sie mit einem Farbcode. Bei den normalen Bewerbern genügt das. Die besonderen Fälle erfordern einen zusätzlichen Bericht, besonders dann, wenn Sie ihn mit einem roten Fähnchen versehen wollen.

Büroboten gehen zweimal am Tag herum – um zehn und um drei –, um die fertiggestellten Akten aus Ihrem Ausgangskorb zu holen. Nur so kommen Ihre Akten wieder ins System. Übergeben Sie sie also nicht persönlich. Kommen Sie auch nicht zu mir, um darüber zu diskutieren oder so, denn dann geht die Rentabilität zum Teufel. Schreiben Sie einfach gute Berichte und füttern Sie die Maschine damit.«

An diesem Morgen des Heiligen Abends tippte Walter zwei besondere Berichte über harmlose künftige leitende Angestellte, deren Lebensführung den anerkannten Maßstäben farbloser Konformität entsprachen, und legte sie in den Ausgangskorb. Inzwischen war es fast neun. Er zündete sich eine Zigarette an, als er aus dem Fenster blickte und sah, wie in 16 C das Licht anging. Er winkte hinüber, fügte ein mit dem Mund geformtes »Fröhliche Weihnachten« hinzu und machte sich dann über den Aktenstapel im Eingangskorb her.

Dort lagen vier neue Akten, die DeWitts »Fledermäuse« von der Nachtschicht hingelegt hatten.

»Wieso ›Fledermäuse‹?« hatte Walter Dietz gefragt.

»Weil sie nachts herumfliegen und Scheiße auf dich fallen lassen«, hatte Dietz erklärt.

Die erste Akte war eine normale Bewerbung für einen Vorarbeiter-Job in einem Kunststoff-Unternehmen. Walter rief die Hauswirtin an und fand heraus, daß der Mann seine Miete pünktlich zahlte und weder schwer trank noch seine Frau verprügelte. Dann rief er die erste Referenz an. Wie sich herausstellte, war es der Football-Coach des Bewerbers von der High School. Walter entschuldigte sich, weil er ihn weckte, und erfuhr, daß der Bewerber Teamgeist besaß und ein erstklassiger Abwehrspieler war. Walter beendete das Gespräch mit einer Plauderei über das Spiel der Giants gegen die Colts am Sonntag

Walter klebte ein grünes Fähnchen an die Akte und legte sie in den Ausgangskorb. Das Ganze hatte siebzehn Minuten gedauert. Ein hübscher Gewinn für Forbes und Forbes, dachte Walter. Er beeilte sich auch, weil er sich noch vor Mittag die Howard-Akte vornehmen wollte.

Die beiden nächsten Akten, beides »normale« Fälle, hatte er ähnlich schnell bewältigt, als Dietz in der Tür erschien.

»Du bist aber früh dran«, bemerkte Walter. Es war erst 10.15 Uhr, und Dietz ließ sich normalerweise nur selten vor elf im Büro blicken.

»Ich habe eine Matinee«, erklärte Dietz.

In Walters Augen war Bill Dietz das, was Huckleberry Finn geworden wäre, wenn er in New York aufgewachsen wäre und bei der Polizei schon früh seinen Abschied genommen hätte. Bill Dietz war ein schlaksiger Rotschopf mit einem ewigen Grinsen im Gesicht. Freunde sagten, er habe das gleiche Grinsen im Gesicht gehabt, als er irgendeinen unbedeutenden Mafioso auf den Rücksitz seines Streifenwagens gestoßen und ihn mit der Pistole malträtiert hatte. Damit hatte er sichergestellt, daß er nie einen höheren Rang erreichen würde als Sergeant. Eine Woche später gab Dietz seine Dienstmarke ab und fing auf der zivilen Seite bei Forbes und Forbes an.

An diesem Morgen trug Dietz außer seinem Grinsen eine karierte Sportjacke mit einem pinkfarbenen Hemd und einer schwarzen Krawatte. Sein rotes Haar war mit Haaröl glatt zurückgekämmt, und am Hinterkopf sah man die Andeutung eines Entenschwanzes. Vielleicht war es ein gemeinsames Gefühl für Frisuren, das ihre Freundschaft ausgelöst hatte – Walter und Bill waren fast die einzigen Männer bei Forbes und Forbes, die sich weigerten, den üblichen Bürstenhaarschnitt zu tragen.

»Dieses Hemd...«, sagte Walter.

»Der Schnitt ist gerade modern«, entgegnete Dietz.

»Leider.«

»Wie sieht's im Reptilienfonds aus?« wollte Dietz wissen.

»Ich kenne im ›Easy Lay‹ einen Hausdetektiv, der den Weihnachtsmann erwartet, nur weil Weihnachten ist. Der geldgie-

rige Scheißkerl will jedesmal fünf Dollar, wenn er mich rauf-
fahren läßt. Ich hätte nicht übel Lust, einen Kumpel auf der
Wache anzurufen, damit er wegen Parkens in der zweiten
Reihe eine Abreibung kriegt.«

»Easy Lay« war Bills Spitzname für das Hotel Elysee, das
für den lebhaften Zustrom von Nachmittagsgästen berühmt
war.

»Der Fonds ist flüssig«, erwiderte Walter. Er griff in die
unterste linke Schublade und zog einen braunen Umschlag
voller Bargeld hervor. »Obwohl er es durchaus vertragen
könnte, wieder ein bißchen aufgefüllt zu werden.«

Walter und Bill hatten den Reptilienfonds mit Hilfe der
diskreten Vorlage gefälschter Ausgabenbelege gegründet. Er
sollte für Ermittlungen jederzeit Bargeld zur Verfügung stellen. Mit anderen Worten, er war für Bestechungen gedacht.

In den vorgedruckten Spesenberichten gab es zwar eine
Ausgabenkategorie für »Sonderzuwendungen«, doch Forbes
jr. sah es nur höchst ungern, wenn in dieser Rubrik viel Geld
auftauchte. Er war der Meinung, daß Detektive ermitteln und
ihre Informationen nicht einfach bei Kanarienvögeln kaufen
sollten. Die Detektive waren dagegen der Meinung, daß Forbes jr. eine etwas naive Weltsicht hatte.

Es waren nicht nur Berufs-Informanten, wie Walter wußte.
Es waren Hotelportiers, Pagen, Zimmerkellner, Hausmei-
ster, Bankkassierer, Hauswirte, Hauswirtinnen, Poliere auf
dem Bau, Buchmacher, Wetteinnehmer, Prostituierte, Cops
und Türsteher, um nur einige zu nennen. Alle mit dem Wissen
des New Yorkers geboren, daß Informationen einen Markt-
wert haben.

Und man brauchte Bargeld, um auf diesem besonderen
Markt tätig zu sein. Walter überreichte Dietz den Umschlag.

»Warum läßt du dich nicht in die Ehe-Abteilung verset-
zen?« fragte Dietz. Er entnahm dem Umschlag einen Fünfdollarschein. »Da gibt es was zu lachen, und du mußt nicht
ständig hinter einem Schreibtisch sitzen.«

»Ich soll meine bunten Aufkleber verlassen?« fragte Walter.

»Wenn du die Sachen sehen könntest, die ich zu sehen bekomme...«, sagte Dietz mit einem lüsternen Seitenblick und gab Walter den Umschlag zurück.

Ich habe die Dinge gesehen, die du nie zu sehen bekommst, dachte Walter. Immer und immer wieder. Ich habe sogar genug davon gesehen. Besten Dank.

»...und miterleben könntest, was ich miterlebe...«

»Ach, weißt du, Bill«, begann Walter, »du bist ein robuster Mann, der mit dieser Art sexueller Stimulation umgehen kann. Ich dagegen bin der geborene Bürohengst.«

»Du bist ja ein richtiger Angsthase.«

»Sag ich doch.«

Walter wußte, daß Dietz' sexuelles Draufgängertum nur eine Tarnung war, eine bewußte Legende, die er sich ausgedacht hatte, um sein Grinsen im Gesicht festgeklebt zu halten. Er war seiner Frau Mary absolut treu und liebte sie sehr, was die zentrale Tragödie seines Lebens war.

»Wer ist an der Reihe, in den Fonds einzuzahlen?« fragte Dietz.

»Du.«

»Mist«, sagte Dietz. »Kann ich mir eine Quittung leihen?«

»Nur unter der Bedingung, daß du dann gehst und mich wieder in Ruhe arbeiten läßt«, erwiderte Walter. Er wählte eine Quittung der Pennsylvania Railroad und gab sie Dietz.

»Frohe Weihnachten, Walter.«

»Frohe Weihnachten, Bill«, sagte Walter. »Bitte auch für Mary.«

»Ich werde es ihr ausrichten.«

Dietz ging, und Walter hatte sich gerade der nächsten Akte zugewandt, als seine Gegensprechanlage piepte.

»Withers. Personalüberprüfung.«

»Mr. Withers, Mr. Forbes würde Sie gern gleich in seinem Büro sehen. Wenn es Ihnen recht ist.«

Es ist mir ganz und gar nicht recht, besten Dank, dachte Walter, als er die neue Akte zuklappte und aufstand, um sein Jackett anzuziehen.

Im Büro von Forbes jr. hatte man tatsächlich Aussicht auf den Weihnachtsbaum. Und die Rockefeller Plaza, die Eisbahn und das NBC-Gebäude.

Forbes jr. starrte tatsächlich aus dem Fenster und versuchte gerade, seine Pfeife anzuzünden, als seine Sekretärin, die unnachahmliche Miss Bradley, Walter ins Zimmer geleitete. Forbes jr. führte einen ständigen Kampf mit der Wissenschaft der Thermodynamik, was Pfeifentabak anging. Walter kam es vor, als hätte der Eigentümer und höchste Chef von Forbes und Forbes bei jeder ihrer persönlichen Begegnungen mit dieser Pfeife zu kämpfen. Seine dünnen Wangen sogen, sein großer Adamsapfel hüpfte, und seine knochigen Finger drückten unablässig den Tabak fest. Der Mann schaffte es einfach nicht, seine verdammte Pfeife am Brennen zu halten.

»Withers«, inhalierte er. »Vielen Dank, daß Sie vorbeigekommen sind. Setzen Sie sich bitte.«

Walter entschied sich für einen Stuhl aus schwarzem Leder und Chrom, der genauso unbequem war, wie er aussah.

»Sie leisten gute Arbeit für uns«, sagte Forbes jr., der die glühende Pfeife zuversichtlich mit den Zähnen festhielt. »Der aufstrebende junge Mann der Personalüberprüfung.«

Forbes jr. zwängte sich in einen Stuhl hinter seinem Schreibtisch. Jetzt, wo Walter wirklich darüber nachdachte, ähnelte der Körper von Forbes jr. einem Pfeifenreiniger, wenngleich einem Pfeifenreiniger in grauem Flanell mit einer goldenen Armbanduhr und kurzgeschnittenem Haar. Forbes jr. sog an der Pfeife, tat, als inhaliere er Rauch, und fragte: »Sie haben die Howard-Akte in der Mache, nicht wahr, Withers?«

»Buchstäblich in der Mache«, erwiderte Walter. »Ich fürchte nur, ich habe sie nicht mitgebracht.«

Forbes jr. tat nicht mehr so, als würde die Pfeife brennen,

stopfte den Tabak wieder fest, riß ein Streichholz an und hielt es an den Pfeifenkopf. Er inhalierte und sagte dann: »Er ist doch der mögliche Vizepräsident bei AE, richtig?«

»Volltreffer«, erwiderte Walter. Michael Howard stand in der engeren Auswahl für eine Beförderung zum Vizepräsidenten der Forschungs- und Entwicklungsabteilung bei American Electronics, einem von Forbes' größten Kunden.

»Nun, das wollen wir ganz gewiß nicht sausen lassen«, bemerkte Forbes jr. traurig.

»Ich bin gerade dabei, mit der Beobachtung anzufangen«, sagte Walter.

»Irgendwas Verdächtiges?« hakte Forbes jr. nach.

»Eigentlich nicht«, sagte Walter. »Ich versuche nur gründlich zu sein.«

Der Hauptkonkurrent von American Electronics war dem Unternehmen in den letzten achtzehn Monaten mit zwei neuen Produkten zuvorgekommen. Damit war der häßliche Duft des Mißtrauens in die Büros des Unternehmens gesikkert.

»Nun ja, dann sind Sie beschäftigt«, sagte Forbes jr. unglücklich.

Walter sagte: »Sie sehen aus wie ein Cef, der einen Angestellten bitten muß, abends weiterzuarbeiten.«

Das Gesicht von Forbes jr. hellte sich auf. »Ich hasse es, den Sklaventreiber zu spielen, Withers, aber ich frage mich, ob Sie für heute abend schon Pläne haben.«

Nur eine Tischbestellung im Rainbow Room, dachte Walter.

»Nichts Besonderes, Chef. Wieso?«

»Kennen Sie Carter vom Personenschutz?«

»Nur vom Wasserspender, wenn ich mir was zu trinken hole.«

Forbes jr. ließ seinem Mund stolz eine Rauchwolke entströmen und sagte: »Er hatte für heute abend einen Auftrag, scheint aber krank geworden zu sein.«

Wie nicht anders zu erwarten, dachte Walter.

»Ich würde mich freuen, wenn ich einspringen kann«, sagte er.

»Ich würde es ja selbst tun, aber ... familiäre Verpflichtungen, Sie wissen schon.«

Die Pfeife war wieder ausgegangen.

Walter fragte sich, wie ein so sichtlich ungeschickter Mann ein so erfolgreiches Unternehmen wie Forbes und Forbes geschaffen haben konnte. Forbes jr. war der einzige Forbes von Forbes und Forbes. Es gab zwar noch einen Forbes senior, doch der war Armeechirurg gewesen. Forbes jr. hatte die Armee im Rang eines Hauptmanns verlassen und seine Erfahrungen bei der Militärpolizei dazu benutzt, sich in der Branche der privaten Ermittlungsdienste zu etablieren. Er war der Meinung, daß Forbes und Forbes sich anspruchsvoller anhörte als nur Forbes. Die meisten Angestellten nannten ihn Mr. Forbes oder Mr. Forbes jr., doch Dietz nannte ihn hartnäckig nur »und Forbes«.

»Wir Junggesellen erwarten es nicht anders, als daß man uns auch an den Feiertagen zum Dienst preßt«, sagte Walter. »Was ist zu tun?«

»Personenschutz für eine kleine Party im Plaza«, sagte Forbes.

»Ich bin nicht gerade das, was man einen harten Burschen nennen könnte.«

Außerdem muß es in der Personalkontrolle ein rundes Dutzend muskelbepackter Junggesellen geben.

»Trotzdem«, erwiderte Forbes. »Dieser besondere Auftrag erfordert nicht so sehr Muskeln, sondern vielmehr, wie soll ich sagen, Feingefühl und Urteilsfähigkeit?«

»Wer ist der Kunde?« wollte Walter wissen.

Forbes setzte etwas auf, was zweifellos ein verschämtes Lächeln sein sollte, und schob eine Zeitung über den Schreibtisch. Dort, unter den riesigen Schlagzeilen über Castros Vormarsch in Kuba und den schauerlichen Schulbrand in Chi-

48

cago fand sich ein angenehmes Foto eines gutaussehenden Paars beim glücklichen Weihnachtseinkauf auf der Fifth Avenue.

Senator Joseph und Mrs. Madeleine Keneally.

Für Walter waren sie immer »der Prinz und die Prinzessin im Reich der Demokratischen Partei« gewesen, nämlich der recht monarchistischen Theorie zufolge, daß eine Nation ein königliches Paar nominiert, wenn es keins besitzt.

Der erwählte Prinz war ein irischer Prachtkerl, dessen Raubritter-Familie beim Schmuggeln von Schnaps während der Prohibitionszeit ein ungeheures Vermögen gemacht hatte, das sie jetzt zu legitimieren versuchte. Er war Kriegsheld, wie es einem Prinzen zustand, Demokrat und vor allem jung. Der Senator, dachte Walter, ist vielleicht der erste Kandidat, der die bloße Jugend in politisches Kapital umzumünzen versteht.

Und der König ist alt, dachte Walter. Ike ist alt – seine zwei Amtszeiten sind bald vorbei –, und jetzt möchte der Prinz König sein. Komisch, daß sich niemand Dick Nixon als Kronprinzen vorstellt, es nicht einmal *kann*, obwohl er der offiziell gesalbte Nachfolger ist.

Nein, der junge demokratische Senator ist der Kronprinz, dachte Walter, und das ist hauptsächlich der Tatsache zu verdanken, daß er eine Prinzessin geheiratet hat. Sie stammte nicht von Schnapsschmugglern ab, sondern von altem Geld. Der Raubritter-Prinz hatte sie nach Rapunzel-Manier aus dem am Meer gelegenen Schloß ihres Vaters in Newport entführt. Hatte ihr wie im Märchenbuch den Hof gemacht und in die High Society eingeheiratet. Beide Katholiken – ein echtes Problem für einen potentiellen König in einem protestantischen Land –, doch ihr Katholizismus war aristokratisch und französisch, und das dämpfte das irisch-katholische Image ein wenig, das von Priestern beherrscht wurde. Der Raubritter-Prinz hatte das alte Geld nach klassischer Manier erobert, indem er es von den Füßen riß und in sein Bett trug.

Walter hatte durchaus nichts dagegen einzuwenden. Ihm gefiel der eher archetypische Aspekt dieses weltlichen Märchens, und da er selbst altem Geld entstammte, wußte er, daß es ein wenig frische Luft vertragen konnte. Außerdem war er selbst ein Demokrat, vielleicht der einzige Angestellte in der zugegeben kurzen Geschichte der CIA, der per Briefwahl für Adlai Stevenson gestimmt hatte. Für den Prinzen würde er mit noch mehr Begeisterung stimmen – das heißt, wenn dieser es schaffte, die Nominierung zu erreichen –, weil der Prinz jung war und überdies ein Krieger, der gegen den Bären in die Schlacht ziehen wollte.

Wie Walter.

»Ich hätte gedacht, Keneally hat einen eigenen Personenschutz«, sagte Walter zu Forbes und schob die Zeitung wieder über den Tisch.

»Das hat er auch«, erwiderte Forbes. »Die Keneallys sind über die Feiertage in der Stadt und spielen bei dieser kleinen Soiree für rund hundert oder so ihrer engsten Freunde die Gastgeber. Jedenfalls wünscht er uns für die Dame.«

»Wir sollen seine Frau im Auge behalten?« fragte Walter.

»Das will er«, sagte Forbes. »Und er hat uns außerdem informiert, daß sie es eher unauffällig wünscht.«

»Nun, dann bin ich der Richtige«, erwiderte Walter.

Ich bin wahrhaftig für meine Unauffälligkeit berühmt.

Forbes jr. sog an der Pfeife und sagte: »Es sollte eine Kleinigkeit sein. Geben Sie Miss Bradley Ihre Größen, dann wird sie Sie mit dem erforderlichen Smoking ausstatten. Drinks werden um acht gereicht, dann kaltes Buffet und Tanz. Sie wollen die Gäste um Mitternacht wieder draußen haben.«

Bevor ihre Kutschen zu Kürbissen werden und ihre Lakaien zu Mäusen, dachte Walter.

»Ich habe passende Kleidung«, sagte er.

Forbes zog eine Augenbraue hoch und sagte dann: »Wissen Sie, ich habe mir schon gedacht, daß Sie für diesen Job besser geeignet sein würden als Carter. Sie haben den Hintergrund.«

Das habe ich tatsächlich, mußte Walter ihm recht geben.

Forbes jr. legte die Pfeife hin, machte seine Schreibtischschublade auf und überreichte Walter einen kleinen Umschlag.

»Tut mir leid, Ihnen den Weihnachtsabend zu verderben«, sagte er. »Dies ist ein kleines Zeichen meiner Wertschätzung, weil Sie es so gut aufgenommen haben.«

»Das ist nicht nötig, Mr. Forbes.«

»Zwei Karten für das Spiel der Giants gegen die Colts am Sonntag im Yankee Stadium?«

»Das akzeptiere ich«, fügte Walter hinzu. »Football ist eine meiner wenigen Leidenschaften.«

»Sie führen ein behütetes Leben«, bemerkte Forbes jr.

Dein Wort in Gottes Gehörgang, dachte Walter.

Mittagszeit am Heiligen Abend auf der Fifth Avenue, dachte Walter, als er auf dieser Straße entlangging. Im Herzen des Tages, im Herzen der Stadt, im Herzen der Welt. Die königliche Stadt am besten Tag des Jahres.

Die Fifth Avenue um die Mittagszeit des Heiligen Abends hatte eine fast greifbare Aura gutmütiger Hektik. Passanten, die in letzter Minute Geschenke kauften und überquellende Einkaufstüten in den Armen hielten und das Kinn in den Mantel gesteckt hatten und in wütender Konzentration starr geradeaus blickten, unterwegs zum nächsten Kauf, eilten von einer Tür zur nächsten. Ehemänner und Freunde stapften in dieser letzten möglichen Lunch-Stunde unsicher am Rande des Stroms der Fußgänger auf und ab und hofften, die Inspiration aus einem Schaufenster leuchten zu sehen. In Gestalt *des Geschenks.* Die Weihnachtsmänner und Soldaten der Heilsarmee standen wie Inseln im Strom und hofften, Treibgut des kapitalistischen Überschusses würde an ihre Strände gespült werden. Das Klirren des Kleingelds in ihren Sammelbüchsen betonte die sentimentale Konservenmusik, die von Ladenfront zu Ladenfront wechselte, sich aber dennoch gleichblieb. Schuhe, die zu einem Taxi eilten, knirschten auf dem festgetretenen schmutzigen Schnee. Freunde begegneten unerwartet anderen Freunden und tauschten Nachrichten darüber aus, was in welchem Geschäft noch zu haben war. Besorgte Augen blickten über die Menge hinweg, um nach dem geliebten Menschen Ausschau zu halten, der zu spät zu dem vereinbarten Lunch erschien, und inmitten von all dem beschattete Walter Withers fröhlich Michael Howard.

Fröhlich, weil Howard hochgewachsen und in der Menge leicht auszumachen war. Fröhlich, weil Walter froh war, nicht mehr hinterm Schreibtisch sitzen zu müssen. Fröhlich, weil Walter jetzt das unverkennbare Vibrato der Three Chipmunks ausmachen konnte, die *Christmas, Christmas time is here*... sangen (sangen?), den Weihnachtshit des Jahres. Aus Gründen, die weder er noch sonst jemand ermessen konnte, mochte Walter die Three Chipmunks, besonders den einen mit Namen Alvin, der immer angebrüllt wurde. Fröhlich, weil es Heiligabend um die Mittagszeit auf der Fifth Avenue war und es keinen anderen Ort in der Welt gab, an dem Walter jetzt lieber gewesen wäre.

Fröhlich, weil es eine Kunst war, sich auf einem überfüllten Bürgersteig einer solchen Stadt zu bewegen.

Nun, »Kunst« ist vielleicht ein bißchen hoch gegriffen, gestand Walter sich ein, aber ganz entschieden ein Handwerk. Man muß die Öffnungen riechen, bevor sie sich auftun, die Lücken im Gewimmel ahnen und sich rechtzeitig in Position bringen, um sie auszufüllen. Man muß ausweichen, um auch die engste Lücke auszunutzen, und dann mit Volldampf wieder losmarschieren, um möglichst schnell zur nächsten zu gelangen. Plötzlich versperrt einem jemand unabsichtlich den Weg, mögliche Angreifer kommen einem entgegen, und so muß man geschickt, schlau und geschmeidig sein, und ich bin all das. Ich habe möglicherweise nicht genug auf die

Waage gebracht, um bei Loomis anzufangen, und auch nicht das Talent besessen, für Yale zu spielen, bin aber trotzdem der König der Bürgersteige.

Michael Howard war allerdings auch keine Niete, wie Walter bemerkte, als er sich abmühte, mit ihm Schritt zu halten. Was ihm an Stil fehlt, macht er durch seine Schritte wieder wett, der athletische Scheißkerl.

Walter hatte gegen Leute wie Michael Howard Tennis gespielt, hochgewachsene, muskulöse Typen ohne Finesse, aber mit großer Reichweite. Grundlinienspieler mit wunderschönen Aufschlägen und sauberen Returns. Wenn man ihnen aber einen Topspin vor die Füße knallt, fällt ihr Spiel auseinander. Die geschickte Beinarbeit beherrschen sie nicht.

Bei Michael Howard ging es heute nur unbeirrt vorwärts. Kein Stehenbleiben vor einem Schaufenster, kein Auge für den leeren Restauranttisch, kein Seitenblick auf die eleganten Frauen. Michael Howard hatte ein Ziel auf der geraden Linie, der kürzesten Verbindung zweier Punkte; eine einfache Strategie auf dem Straßennetz von Midtown Manhattan.

Ist es die Zielstrebigkeit des Unschuldigen oder die Hast des Schuldigen? fragte sich Walter, dem die Volksweisheit durch den Kopf schoß, daß der Weihnachtsabend für die Ehefrauen da ist und der Weihnachtsnachmittag für die Geliebten. Oder mit den Worten von Dietz aus der Abteilung für Eheangelegenheiten: »Um Weihnachten herum flitze ich mehr durch die Gegend als die Rockettes.«

Aus diesem Grund hatte Walter es sich auch so angelegen sein lassen, schon lange vor der Mittagszeit in der Halle des Midtown gelegenen Hauptsitzes von American Electronics herumzulungern.

Es hatte wie immer in den Akten gestanden. Neunzig Prozent der Dektektivarbeit finden am Schreibtisch statt, die mühselige, peinlich genaue, ausführliche Prüfung von Dokumenten. Und genau dort, in Howards Dokumenten, in der auf den jüngsten Stand gebrachten Zusammenfassung, fand sich der erste kleine Riß in dem sonst so makellosen Gewebe.

Es war nicht die Tatsache, daß Howard Mitglied in einem Fitneßclub war. Das war zwar ein wenig ungewöhnlich, jedoch nicht verdächtig, und überdies war Howard ganz gewiß ein Sportlertyp. Was Walter auffiel, war der Standort des Fitneßclubs. Das kleine, etwas obskure Gramercy Gym lag Ecke 23. und Park, und Walter hatte sich gefragt, wie ein vielbeschäftigter, ehrgeiziger leitender Angestellter etliche bessere, prestigeträchtigere und *näher gelegene* Clubs überging, wenn er sich während der Mittagspause nur kurz mal fit machen wollte.

Und als Howard ihn auf der Fifth Avenue in einem stürmischen Tempo in Richtung Gramercy führte, schoß Walter der Gedanke durch den Kopf, daß niemand, nicht einmal der fanatischste Bodybuilder, an Heiligabend eine Stunde opferte, um Gewichte zu stemmen.

Folglich war Walter nicht überrascht, als Howard in die 23. einbog und direkt am Gramercy Gym vorbeiging.

Und jetzt sind wir auf dem offenen Feld, dachte Walter und ließ den Abstand zwischen sich und seiner Zielperson etwas größer werden, als sie ein Wohnviertel abseits der belebten Hauptstraße erreichten. Jetzt wird es schwierig, ihn zu beschatten, denn wenn Howards Ziel nicht koscher ist, wird er sich umsehen, bevor er hineingeht, dachte Walter, und ich darf mich keinesfalls sozusagen kalt erwischen lassen.

Als Howard sich folglich auf der Lexington nach Süden wandte, ging Walter auf die Ostseite der Straße hinüber, bevor er in Richtung Downtown weiterging. Er stellte sich vor, parallel zu seiner Zielperson weitergehen zu können, zumindest zwei Straßenblocks, bis der Gramercy Park ihm das Blickfeld versperren würde.

Der Park wird ein Problem sein, dachte Walter. Wenn Howard sich in die Büsche schlagen will, wird er es genau dort tun. Wenn er einmal herumgeht und dann wieder zurück, muß der Verfolger sich entweder zurückziehen oder sich festnageln lassen. Also, triff eine Entscheidung. Geh zum Südende und bleib dort, selbst wenn er wieder in Richtung Uptown Manhattan zurückgeht. Laß ihn gehen und warte auf einen anderen Tag.

Beruhige dich, sagte sich Walter. Dein Mann ist Amateur, vielleicht ein Geschäftsmann, der einen Deal wittert, aber kein Profi, der sein Handwerk versteht. Vielleicht ist er auch nur zu einem romantischen Abenteuer unterwegs. Einem eiligen Austausch von Körperflüssigkeiten und anderen Geschenken, bevor er wieder zur Weihnachtsfeier im Büro geht, dem Zug nach Darrien und der obligaten Ehefrau und zwei Kindern und einem Weihnachtsabend, an dem man Modellbahngleise zusammenfummelt oder Lasche A in den falschen Schlitz von B steckt.

Als Howard den Park erreichte, bog er nach Osten ab und ging direkt auf Walter zu.

Er geht sozusagen ans Netz, dachte Walter. Eine kühne Entscheidung für einen Grundlinienspieler, und außerdem hast du mich auf dem falschen Fuß erwischt. Ich kann nicht einfach stehenbleiben und ganz gewiß nicht auf dem Absatz kehrtmachen, um dir zu folgen. Also eins zu null für dich.

Walter ging auf der Lexington in südlicher Richtung weiter und ließ Howard auf der 21. Straße hinter sich auf die Ostseite hinübergehen. Er ging den halben Häuserblock weiter und blieb dann stehen.

Am schlauesten wäre es jetzt, für heute aufzugeben, dachte Walter. Versuch es noch einmal und laß ein paar Männer in der Gegend warten, so daß Howard *selber* im Netz landet, wenn er ans Netz geht. Doch das würde kostspielig werden und dazu noch riskant, denn wenn Howard ihn tatsächlich entdeckt hatte und in Industriespionage verwickelt war, würde er beim nächsten Mal mit Sicherheit einen anderen Treffpunkt wählen.

Nein, am besten ist es, davon auszugehen, daß Howard der unberechenbare »unschuldige« Fremdgänger ist, und dann hefte ich mich wieder an seine Fersen.

Walter eilte auf der Lexington wieder in Richtung Uptown und bog auf der 21. gerade rechtzeitig nach Osten ab, um zu sehen, wie Howard auf der Downtown-Straßenseite zwischen Lexington und Third Avenue in einem Klinkerhaus verschwand. Walter ging schnell auf die andere Straßenseite und trabte zu der Stelle, von der er die Vorderseite des Klinkerbaus aus einem Winkel sehen konnte. An der Westseite im zweiten Stock wurde gerade ein Vorhang zugezogen.

Wegen der Ungestörtheit, dachte Walter traurig, als er wieder zur Straßenecke zurückging.

Dort blieb er mehr als eine Stunde stehen, trat gelegentlich von einem Fuß auf den anderen, stampfte mit den Füßen auf und hielt die Hände in den Manteltaschen vergraben. Einmal pro Minute oder so warf er einen ungeduldigen Blick auf seine Armbanduhr und suchte prüfend die auf ihn zukommenden Autos ab, als hielte er Ausschau nach jemandem, der ihn zu spät abholte.

Er hoffte, daß Howard bei einer Frau war. Schlechte Neuigkeiten für Mrs. Howard, aber gute für die American Electronics.

Vielleicht aber auch nicht – wenn das Unternehmen mit einem Maulwurf infiziert war, wäre es besser, es schnell herauszufinden.

Walter wußte, daß für jedes Unternehmen nur wenige Dinge schlimmer waren als die Furcht, es könnte sich ein Verräter eingenistet haben. Dieser Gestank des Mißtrauens war ein Giftgas, das das Leben in einer Firma ersticken konnte. Kollegen bekamen Angst, miteinander zu sprechen, Produkt-Informationen wurden auf einen immer engeren Personenkreis beschränkt, womit der Strom frischer Ideen abgeschnitten wurde, was wiederum neues Mißtrauen auslöste. Immer mehr Energie des Unternehmens wurde darauf verwendet, den Maulwurf zu enttarnen, immer weniger davon auf die wirkliche Arbeit, bis berufsmäßige Paranoia zur Losung des Tages wurde. Danach gab es dann Dinge wie Pech oder nachlässige Arbeit nicht mehr, ebensowenig die Tatsache, daß die Konkurrenz einen ausgestochen hatte. Alles wurde zu Sabotage, was letztlich zu dem Ergebnis führte, daß nur noch eine Herde ängstlich-wachsamer Individuen übrigblieb, von einem Unternehmen jedoch keine Rede mehr sein konnte.

Walter überlegte, daß er in einem Unternehmen keinen Maulwurf unterbringen, sondern das Gerücht von einem Maulwurf verbreiten würde, wenn er ihm wirklich den Garaus machen wollte. Ein Maulwurf konnte aufgespürt und vernichtet werden, ein Gerücht blieb ewig und starb nie.

Der Gedanke ließ ihn weiterhin in der Kälte stehen, in Sichtweite der East 21st Street Nummer 322, bis Michael Howard schließlich auf die Straße trat und beim Park ein Taxi anhielt.

Walter wartete noch weitere zwanzig Minuten, um zu sehen, ob sonst noch jemand die Wohnung verließ. Er war fast dankbar, als niemand erschien, denn das deutete meist darauf hin, daß sich im Haus noch eine Geliebte in postkoitaler Mattigkeit aufhielt. Ein russischer Führungsoffizier hätte rund zehn Minuten gewartet, bevor er sich selbst aus dem Staub machte.

Es bestand die Möglichkeit, daß die Wohnung ein Briefkasten war, daß Howard die Stunde damit verbracht hatte, seine Informationen auf einer Schreibmaschine weiterzugeben, die nicht aufzuspüren war, oder über ein abhörsicheres Telefon.

Eine Sekunde lang bekam Walter das Zittern. Nicht von der Kälte, sondern beim Gedanken an die alte Zeit, bei dem Gedanken, daß die Gegenseite für Howard vielleicht Babysitter hatte. Wenn ja, befänden sie sich noch in der Gegend und hätten ihn längst ausgemacht.

Er liebäugelte mit dem Gedanken, Healy bei der Einsatz-zentrale anzurufen, um ein paar Jungs anzufordern, die ihn abschirmten, wenn er ins Haus ging. Doch es war Heilig-abend, die Party im Büro war ohne Zweifel in vollem Gang, und er wollte nicht in den Ruf kommen, ein nervöser Angst-hase zu sein.

Das hier ist New York, sagte er sich, nicht Berlin oder Wien oder auch nur Kopenhagen. Und die Opposition ist Electric Dynamics Inc., nicht die Sowjets oder die Tschechen oder die Ostdeutschen. Wegen der Toaster-Technologie wird nie-mand umgebracht.

Trotzdem schwitzte er unter seinem Mantel, als er auf der 21. Straße zurückging und die Treppenstufen zur Hausnum-mer 322 hochstieg. Er öffnete die Tür und betrat den Haus-flur, der auf der ganzen Welt der schlimmste Ort sein würde, wenn die Gegenseite ihre Leute auf der Straße hatte.

Erst ein schneller Blick aufs Schloß. Ein verschiebbarer Riegel, keine schützende Metallplatte.

Dann die Briefkästen. Zweiter Stock, nur zwei Wohnun-gen. Merk dir die Namen und versuche gar nicht erst, nach Schritten zu lauschen, die auf der Treppe hinter dir herkom-men.

2 A – *Rubinsky, Mr. und Mrs.* Möglich, aber nicht wahr-scheinlich. Das ist kein Name, den man erfindet.

2 B – Oder Nichtsein. *H. Benson.* Der erste Anfangsbuch-stabe ein tödlich sicherer Hinweis auf eine alleinlebende Frau. Aber vielleicht ist sie nicht allein. Vielleicht hat sie Michael Howard.

Walter trat wieder auf die Straße und ging diesmal nach Osten. Niemand folgte ihm. Er sah auf seine Armbanduhr und entdeckte, daß es erst Viertel nach zwei war.

Er konnte leicht zu Bill Dietz in die Wohnung gehen und etwas Zeit mit dessen Frau Mary verbringen, bevor Bill nach Hause kam.

Bills Schwester öffnete die Tür.

»Du solltest nicht herkommen«, sagte sie.

Sie sah ebenso gut aus wie Bill. Flammend rotes Haar umrahmte ein starkes Gesicht und müde blaue Augen.

»Ich dachte, du könntest etwas Zeit für dich brauchen«, erwiderte Walter. »Letzte Weihnachtsbesorgungen oder so was. Darf ich reinkommen?«

Die Wohnung war dunkel, doch das waren die meisten Apartments in dem massiven Tudor-City-Komplex. Die Wohnzimmervorhänge waren offen, und Walter konnte den East River und ein Stück vom Gebäude der Vereinten Nationen sehen. Ein kleiner künstlicher Weihnachtsbaum, wunderschön geschmückt, stand auf einem Tisch an der Wand. Die Wohnung war überheizt und stickig.

Ein Fernsehgerät tauchte das Zimmer in ein düsteres, flackerndes Licht.

»Was siehst du dir gerade an?« fragte Walter.

»*Das Fernsehgericht*«, gluckste Sarah.

»Und wie lautet dein Urteil?«

»Ich habe nicht so aufmerksam hingeguckt.«

»Ah, verstehe.«

»Du mußt doch selbst noch Dinge zu erledigen haben«, sage Sarah leise.

»Eigentlich nicht. Ich habe mich zu einer Überwachung verabschiedet, damit ich Mary eine Zeitlang im Auge behalten kann.«

Er konnte ihr Zögern sehen, den Kampf ihres Pflichtgefühls mit dem Angebot von ein bißchen Freiheit. Sie focht jedesmal den gleichen Kampf mit sich aus, wenn Walter kam.

Er sagte: »Ich bin beleidigt, wenn du nein sagst.«

»Ich habe tatsächlich ein paar Dinge...«

Kein Wunder, dachte er, mit einem Ehemann und einem Kind zu Hause. Ihre Mutter paßte auf das Kind auf, wenn Sarah Mary Dietz pflegte. Die Domino-Theorie der Krankheit.

»Erledige sie«, erwiderte Walter. »Geh einen Kaffee trinken. Mach einen Spaziergang. Geh.«

»Ist es kalt draußen?« fragte sie und gab damit zu erkennen, daß sie sein Angebot annehmen wollte.

»Es friert.«

Er nahm Hut und Mantel ab und legte sie auf das Sofa, als wollte er die Sache damit entscheiden.

»Würdest du bitte ausgehen?« fragte er.

Sie holte ihren Mantel – aus rotem Stoff – von der Garderobe.

»Sie schläft«, sagte sie.

Walter öffnete behutsam die Tür zum Schlafzimmer. Mary Dietz lag auf drei Kissen gestützt. Ihr schwarzes Haar war verschwitzt, und Strähnen klebten an der blassen Haut ihres Gesichts, an einer Haut, die vor den scharfen Umrissen ihrer Schädelknochen durchsichtig wirkte. Ihre Augen waren geschlossen, doch sie machte keinen friedvollen Eindruck. Eine Grimasse verzog den Mund, obwohl Walter nicht erkennen konnte, ob es Schmerz war oder ein Symptom der Krankheit.

»Es stellt deinen Glauben auf die Probe, nicht wahr?« fragte ihn Sarah über seine Schulter hinweg.

»Das tut es.«

»Bist du Christ, Walter?«

Er nickte. »Ein schlechter.«

»Gibt es eine andere Art?« fragte sie. »Sie hat einen schlimmen Tag hinter sich. Ich weiß nicht, wie lange Bill sie noch bei sich behalten kann. Selbst wenn ich immer rüberkomme... Ich wollte ihr heute morgen das Haar waschen, aber...«

»Du leistest großartige Arbeit, Sarah.«

Sie knöpfte ihren Mantel zu und setzte sich den Hut auf.

»Eine Stunde?« fragte sie.

»Zwei, wenn du magst«, erwiderte er. »Ehrlich, ich habe wirklich nichts zu tun.«

Als sie ging, zog er die Schuhe aus und ging ins Schlafzimmer. Auf der Kommode standen Bilder von Bill und Mary in

60

glücklicheren Tagen. Die Fotos zeigten eine auffallend schöne Frau. Dann hatte die Krankheit ihr den Gebrauch ihrer Beine unmöglich gemacht, dann ihre Arme gelähmt, und jetzt hatte das Leiden ihr Rückgrat und die Lungen angegriffen.

Walter hatte die Geschichte von Benoit in der Einsatzzentrale gehört. Daß Bill sie pflegte und ihr die Hand hielt und daß seine Schwester für ihn einsprang, wenn er bei der Arbeit war.

Eines Nachmittags, als er sicher sein konnte, daß Bill an einem Fall arbeitete, ging Walter zu der Wohnung und stellte sich Sarah vor. Nach einigen Mühen gelang es ihm schließlich, sie zu überreden, eine Pause zu machen, und ihr das Versprechen abzunehmen, über alles zu schweigen.

»Warum?« hatte sie gefragt. »Warum tun Sie das, und warum soll es ein Geheimnis bleiben?«

»Bill ist ein Kollege«, erklärte Walter. Das schien ihm zu genügen.

Mary war es damals ein wenig besser gegangen, und Walter verbrachte an drei Nachmittagen in der Woche ein oder zwei Stunden bei ihr und las ihr vor. Jetzt schlief sie meist, doch er las ihr trotzdem etwas vor.

»Hallo, Schönheit«, flüsterte er, als er ihr mit einem Handtuch die Mundwinkel abwischte. Er ging ins Badezimmer und hielt einen Waschlappen unter den Wasserstrahl, prüfte die Wassertemperatur, bis sie richtig war, ging dann wieder ins Schlafzimmer und wischte ihr behutsam das Gesicht ab.

Ein verblichenes Bild von Jesus, dessen Augen sanft dreinblickten und der ein schwaches, gütiges Lächeln auf den Lippen hatte, hing über dem Kopfende des Bettes.

»Herzlichen Glückwunsch zum Geburtstag«, sagte Walter zu dem Bild. »Du hättest ein bißchen länger hierbleiben sollen, Kumpel.«

Dann kniete Walter nieder, zog unter dem Bett ein Buch hervor und setzte sich in den Schaukelstuhl.

»Wo waren wir stehengeblieben, Mary?« fragte er. Er fand die Stelle in dem vergilbten Taschenbuch, Mickey Spillanes *Menschenjagd in Manhattan*, und sagte: »Ach ja, richtig. Wir fangen mit einem neuen Buch an.«

Er hüstelte leicht und gab sich die größte Mühe, seiner Stimme einen dramatischen Tonfall zu geben, als er las: *»Erstes Kapitel: Niemand ging je über diese Brücke, nicht in einer Nacht wie dieser. Der Regen war so fein, daß er fast wie Nebel wirkte, ein kalter grauer Vorhang, der mich von den bleichen weißen Ovalen trennte, Gesichtern, die hinter den beschlagenen Scheiben der auf zischenden Reifen vorbeifahrenden Autos eingesperrt waren. Selbst das strahlende Leuchten in der Ferne, das nächtliche Manhattan, war zu ein paar verschlafenen gelben Lichtern geworden.«*

Er las nur wenige Minuten, bevor er das Buch auf den Schoß legte und einschlief.

Er war bei Dietz aus seinem Nickerchen aufgewacht, kurz bevor Sarah wiederkam, hatte ein paar Minuten mit ihr geplaudert, Mary auf die Wange geküßt und war hinausgeeilt. Er war gerade noch rechtzeitig ins Büro gekommen, um mit Mallon und dessen Söhnen einen Eggnog zu trinken, nach Hause zu hetzen, zu duschen, sich zu rasieren und sich in seinen Smoking zu zwängen. Und Anne anzurufen.

»Tut mir leid, Liebling«, sagte er, als er sich meldete, »aber ich muß heute abend arbeiten.«

»Sei nicht traurig. Ich muß heute abend auch arbeiten.«

»Ich wollte aber dabeisein.«

Er erklärte, was es mit der Party im Plaza auf sich hatte.

»Du wirst also den jungen Prinzen und seine Prinzessin beschützen«, sagte sie.

»Strenggenommen nur die junge Prinzessin.«

»Vor dem jungen Prinzen?«

»Vielleicht«, sagte er lachend. »Wenn ich ihr Leibwächter sein soll...«

»Das Scheunentor könnte aber weit offen stehen«, sagte Anne.

»Zieh die Krallen ein.«

»Der junge Prinz ist ein Scheißkerl«, sagte sie.

Anne und ihre Neigung zu voreiligen Schlüssen, dachte Walter. Das kommt davon, daß sie so viele populäre Songtexte singt.

»Ist die Party noch im Gang, und bin ich eingeladen?« fragte er sie.

»Sie ist es, und du bist willkommen.«

Eine Weihnachtsfeier im Cellar unter den In-Leuten des Village.

»Ich werde ein Dinnerjackett tragen«, warnte er sie, als er an ihre Freunde aus der Boheme dachte. »Es sei denn, du sagst mir, ich soll erst zu Hause vorbeifahren und mich umziehen.«

»Tu's nicht. Sie werden dich für wunderbar aufgedonnert halten.«

»Ich komme, so schnell ich kann«, versprach er.

Walter schaffte es, um sieben im Plaza Hotel zu sein.

Er ließ sich an der Ecke Fifth Avenue und Central Park South absetzen, weil die Auffahrt vor dem Haupteingang des Plaza mit Lieferwagen, Taxis und Limousinen vollgestellt war. Außerdem war das Plaza von dieser Ecke aus einer von Walters Lieblingsanblicken, besonders an einem funkelnden, feierlichen Abend wie diesem. Zu seiner Rechten glitzerte der Park von frischgefallenem Schnee, und zu seiner Linken strömte silbrigglänzendes Wasser aus dem Springbrunnen auf der Grand Army Plaza. Direkt vor ihm präsidierte das Plaza Hotel wie eine Königin über Untertanen, die jetzt ankamen, um sie in ihrem besten Sonntagsstaat zu begrüßen.

Walter kam die ganze Szene wie bei einer dieser Spielzeugkugeln vor, in denen künstlicher Schnee auf hübsche Miniaturgebäude fällt.

Und die Geräusche: das Hupen der Autos, das Stimmengewirr, das stetige Trapp-Trapp der Kutschpferde, das der Schnee dämpfte, als sie aufgeregte Kinder und träumende Liebespaare zu einer Fahrt unter den Bäumen des Central Park entführten.

Ein leichter Schneefall am Heiligen Abend ist das erste und beste Geschenk, dachte Walter. Es mildert einen sonst harten Tag.

Er hatte keine Mühe, Keneallys Personenschutz zu erkennen, drei dicke Iren aus South Boston, die auf den Treppenstufen des Plaza mit den Füßen stampften, Zigaretten rauchten und so glücklich und zufrieden wirkten wie drei Seeleute in der Sonntagsschule.

Kein Wunder, daß sie jemanden mit meinem unbestreitbaren *je ne sais quoi* haben will, um den Raum im Auge zu behalten, dachte Walter mit einem selbstzufriedenen Glucksen. Die Kerlchen dort mögen zwar recht geschickt sein, wenn es darum geht, einen Verwaltungsbeamten auf dem Land dazu zu bringen, die Namen verstorbener Wahlberechtigter herauszurücken, aber in einem Festsaal des Plaza fallen sie auf wie die sprichwörtlichen weißen Raben.

Der Mann, der bei ihnen stand, sah jedoch etwas anders aus. Schlank wie ein Frettchen und elegant gekleidet in Smoking und Mantel. Seine Augen blickten prüfend auf die näherkommende Menge, um nach Anzeichen von Freund oder Feind Ausschau zu halten. Dieser Junge, dachte Walter, kann in jedem Zimmer seinen Willen durchsetzen, besonders in einem Hinterzimmer.

Walter ging zu ihm und stellte sich vor.

»Walter Withers«, sagte er und streckte die Hand aus. »Von Forbes und Forbes.«

Die drei Sicherheitsbeamten schenkten ihm ein mürrisches Kopfnicken. Der dünne junge Mann streckte die Hand aus und sagte: »Verzeihen Sie den Mangel an Manieren. Ich bin Jimmy Keneally.«

»Der Bruder«, sagte Walter.

Der berühmte oder berüchtigte jüngere Bruder Joe Keneallys, je nach Standpunkt. Dessen Stabschef, Berater, Vertrauter und Mädchen für alles. Er hatte nichts von der Überredungskunst, dem Charme oder dem Draufgängertum seines Bruders, war aber kühl und tüchtig.

»Der Bruder«, sagte Keneally und lachte. »Diese Typen hier sind Callahan, Brown und Cahill. Callahan ist der Chef.«

Callahan war wie ein Steinblock gebaut. Er hatte die Schultern eines Boxers und das Gesicht eines Schlägers. Er musterte Walter von oben nach unten und fragte dann: »Sie sollen also dafür sorgen, daß niemand das Tafelsilber einsteckt, habe ich recht?«

»Etwas in der Richtung«, gab Walter zurück.

Callahan schnaubte, was Brown und Cahill zu erlauben schien, ein schiefes Grinsen aufzusetzen.

»Forbes hat Sie eingewiesen?« fragte Jimmy Keneally.

»Aber sicher.«

»Im Grunde wollen wir von Ihnen, daß Sie ungebetene Gäste hinauskomplimentieren. Unauffällig«, fuhr Jimmy fort. »Ich erwarte einen netten langweiligen Abend, aber man kann nie wissen.«

»Wahrscheinlich kriegen Sie rein gar nichts zu tun«, ergänzte Callahan. »Wir werden das Gebäude sichern. Wenn was passiert, rufen Sie uns. Kapiert?«

»Kapiert.«

»Ich fahre mit Ihnen nach oben«, sagte Jimmy. »Ich muß jetzt mein Partygesicht aufsetzen.«

Im Fahrstuhl fragte Jimmy: »Sie haben noch nie für uns gearbeitet, nicht wahr?«

»Ich hatte noch nicht das Vergnügen«, gab Walter zurück.

»Ich hätte mich nämlich wahrscheinlich an Sie erinnert«, sagte Jimmy. Er musterte Walter mit einem langen Blick und sagte dann: »Ja, Sie sind genau richtig.«

»Ich werde mein Bestes tun, danke«, sagte Walter.

Madeleine Keneally hatte sich gedacht, daß es Spaß machen würde, über die Feiertage in New York zu sein.

Sie konnte einkaufen, es gab das Theater, und außerdem lebten so viele liebe Freunde in der Stadt.

»Außerdem ist es in Newport so windig«, erklärte sie Walter. »Und auch auf Cape Cod ist es so ... windig. Und wie sehr sie sich auch bemühen, da ist diese trostlose puritanische Aura. Man scheint sie nicht abschütteln zu können. Wissen Sie, was ich meine?«

»Das weiß ich genau«, erwiderte Walter, »weil ich auch diese trostlose puritanische Aura habe, die auch ich nicht abschütteln kann.«

»Versuchen Sie es denn überhaupt, Mr. Withers?« wollte sie wissen.

Er hob sein Glas.

»Bis zum Umfallen, Miss Keneally.«

Er konnte nicht erkennen, ob ihr Lachen aufrichtig war, oder ob es nur eine gesellschaftliche Fähigkeit war, die sie an Miss Porters Schule geübt hatte. Das paßte zu allem anderen. Sie besaß die Gabe, jedem Menschen, mit dem sie zusammen war, das Gefühl zu geben, als wäre er in einem überfüllten Raum der einzige Gesprächspartner und die interessanteste Persönlichkeit in einer erlesenen Gesellschaft.

Diese war tatsächlich erlesen. Walter hatte das Gefühl, als wetteiferten die Hälfte aller Sterne am New Yorker Firmament an Glanz in diesem einen kleinen Raum.

Der Komponist der *West Side Story* bückte sich, um mit dem Autor von *Frühstück bei Tiffany* zu plaudern. Für Walter sahen sie aus wie eine musikalisch-literarische Kombination à la Tom und Jerry, die im Moment von einem dunkeläugigen Essayisten eifersüchtig beobachtet wurde, einem Amerikaner mit einem gleichwohl lateinischen Namen, an den Walter sich nicht erinnerte. »Fidel« war es jedoch nicht, denn dessen Guerilleros rückten selbst in diesem Moment noch auf Havanna vor, doch es war ein ähnlicher Name. Überdies hatte Walter die vage Vorstellung, daß es irgendein entfernter Verwandter von Madeleine war. In einer anderen Gruppe erkannte er die abscheuliche Klatschkolumnistin – ein Beruf, der für Walter auf einer Stufe mit Geldeintreibern stand. Dorothy Kilgallen hielt vor ihrer Entourage hof, die darauf hoffte, in ihrer nächsten Kolumne erwähnt zu werden. Eine Fernseh-»Persönlichkeit«, die Walter vor allem deshalb erkannte, weil das NBC-Gebäude ganz in der Nähe seines Büros lag, beobachtete die Szene mit einem höhnischen Grinsen. Sein Blick begegnete dem von Walter in gemeinsamem Abscheu. Der Mann war der momentane »König der Late-Night-Shows«, wie Walter wußte. Allerdings nur bei Leuten, die spät abends vor dem Fernseher hockten und zusahen, wie eine Persönlichkeit mit einer anderen plauderte. Walter erkannte ferner einige der prominenten Figuren aus der aktuellen Kunst- und Theaterszene, einen Richter oder zwei, eine Horde von Politikern, ein paar Debütantinnen als »Hofpersonal« sowie ein paar New Yorker Damen, die nichts weiter waren als New Yorker Damen. Eine ansehnliche Blondine mit einem gewagten Dekolleté fügte der Versammlung ein wenig gefährlichen Sex-Appeal hinzu.

Der Saal glitzerte ebensosehr wie die Gäste. Jemand hatte sich größte Mühe gegeben, ihn in ein winterliches Wunderland zu verwandeln. An der Decke hingen große Schneeflokken an Schnüren, und mit Silberfarbe besprühte Kränze schmückten die Wände. Die Tische waren mit weißem Leinen gedeckt, und darauf hatte man weiße Kunststoffglöckchen drapiert. Hinter den Tischen standen unglücklich dreinblikkende Kellner, die als Zwerge verkleidet waren. Sie tranchierten Truthähne und schnitten Schinken, während andere Zwerge herumgingen und den Gästen Horsd'œuvres und Champagner anboten.

Der Star der Party war Madeleine Keneally.

Walter hatte sie beobachtet, wie sie sich anmutig im Saal bewegte. Sie war hochgewachsen und elegant, lächelte hier jemanden an und berührte dort einen anderen, lachte über jede witzige Bemerkung, so daß ihre großen braunen Augen bei jeder Anekdote größer zu werden schienen. Ihr für diesen Anlaß bemerkenswert einfach geschnittenes Kleid changierte zwischen Silber und Weiß und kontrastierte wirkungsvoll mit ihrem kastanienfarbenen Haar, das im Nacken streng geschnitten war. Gelegentlich wehte ihre Stimme zu ihm herüber, kehlig und weich.

Intim, dachte er. Das ist es. Sie gibt jedem Menschen die Illusion, eine intime Unterhaltung mit ihr zu führen.

Und jetzt war er an der Reihe. Es beeindruckte ihn, daß sie sich ebenso warmherzig, interessiert und charmant verhielt wie bei allen anderen Gästen, obwohl sie wußte, daß er nur einer der Domestiken dieses Abends war.

»Aber Sie trinken ja Ginger Ale!« protestierte sie. »Warten Sie, ich hole Ihnen etwas Champagner.«

»Aber ich bin doch im Dienst.«

Sie verzog das Gesicht und hätte um ein Haar einen Schmollmund gemacht. »Meinetwegen, wie ich fürchte.«

»Ganz im Gegenteil«, gab er zurück. »Meinetwegen brauchen Sie sich *nicht* zu fürchten.«

Sie sah plötzlich so ernst aus, daß es ihn betroffen machte. »Ist das wahr?« fragte sie.

Ich habe es zwar als Wortspiel gemeint, dachte er, aber es ist wahr.

Er hielt die rechte Hand hoch und sagte: »Ich schwöre als Puritaner.«

Sie sah peinlich berührt aus und schien unsicher zu sein, was sie als nächstes sagen sollte, so daß Walter sich zu ihr beugte und flüsterte: »Soll ich Ihnen als Leibwächter mal ein Berufsgeheimnis verraten?«

Sie sah erleichtert aus, weil das gesellschaftliche Spiel weiterging.

»Bitte tun Sie das. Ich liebe Spannung.«

»Es ist sehr schwer«, sagte Walter, »jemanden zu bewachen, wenn man neben der betreffenden Person steht.«

»Wie kommt das?« flüsterte sie.

»Weil man dann nur die Person sehen kann und nicht die Gefahr«, erwiderte er. »Das gilt besonders, wenn die fragliche Person so schön und charmant und nett ist wie Sie.«

Er trat einen Schritt zurück und mimte den professionellen Leibwächter.

»Was für eine reizende Art, mir zu sagen, daß ich gehen kann«, sagte sie. »Ich habe das Gefühl, als müßte ich jetzt die Hand ausstrecken, um sie von Ihnen küssen zu lassen.«

»Tun Sie das nicht«, sagte Walter. »Ich könnte der Versuchung nicht widerstehen, und dann würde Ihr Kavalier eifersüchtig werden und mich zu einem Duell herausfordern. Das würde die Party ruinieren, vom Weihnachtsfrieden ganz zu schweigen.«

Sie drehte sich um, um Joe Keneally anzusehen, der sich im Saal von einer Gruppe zur anderen vorarbeitete. Der Senator sah tatsächlich glänzend aus, wie er gerade einigen Leuten offenbar einen unanständigen Witz erzählte, darunter auch dem Fernsehstar und der üppigen Blondine. Er war hochgewachsen und sah jugendlich aus. Seine Schultern waren schwer und ein wenig nach vorn geneigt wie bei einem Boxer, der zum entscheidenden Schlag ansetzt. Sein braunes, leicht hochgekämmtes Haar hatte einen nur leichten Hauch von Rot. Er *war* ein Prachtkerl von einem Iren, der jedoch mit einem silbernen Löffel im Mund zur Welt gekommen war und nicht in einer Fischerhütte. Er fing Madeleines Blick auf und lächelte. Es war ein Lächeln, das Spitzbüberei und Romantik verhieß.

»Glauben Sie, er würde das für mich tun?« fragte sie. »Sich für mich duellieren?«

»Das würde jeder Mann tun.«

Sie drehte sich um und sah wieder Walter an.

»Bin ich wirklich ›nett‹?« fragte sie.

Eine ernste Frage.

»Das sind Sie wirklich, Mrs. Keneally«, erwiderte er.

»Madeleine, bitte.«

Sie machte einen kleinen Knicks vor ihm und entschwebte.

Als Walter sah, wie sie sich den nächsten Gästen zuwandte, war er sich zweier Dinge sicher. Erstens: Madeleine Keneally gefiel ihm sehr. Zweitens: Sie steckte irgendwie in Schwierigkeiten.

Das war der Moment, an dem der Krawall begann.

Manchmal kommt das Geräusch von Radau plötzlich wie ein Gewehrschuß, und alles, was man in diesem schrecklichen Augenblick tun kann, ist, zu erkennen, daß man etwas falsch gemacht hat, und zu beten, daß der Fehler keine tödlichen Folgen hat.

Doch manchmal kommt ein Krawall erst allmählich. Man hört ihn kommen und hat ein paar gnädige Augenblicke, in denen man noch etwas verhindern kann, und so war es auch an diesem Weihnachtsabend im Plaza Hotel.

Walter hörte es als erster, einen Chor schriller Stimmen vor den Türen des Saals. Das Geräusch war gedämpft und laut zugleich, so daß er davon ausging, daß es vom Treppenhaus heraufkam.

Was mir ein bißchen Zeit läßt, dachte er, damit ich mich an die Situation gewöhnen kann. Er stellte sein Glas ab und schlenderte wie beiläufig zur Tür. Er war in der Vorhalle, als eine laute, betrunkene Stimme von unten heraufdrang: »Kann die Prinzessin rauskommen und spielen?! Ob Rapunzel ihr Haar herunterlassen kann?!«

Walter hörte, wie das Partygeplauder hinter ihm allmählich erstarb. Die Gäste waren sich des Eindringlings jetzt zweifellos bewußt geworden, so daß ihm nicht viel Zeit blieb. Er schaffte es noch rechtzeitig, die Tür zum Treppenhaus zu erreichen, als diese aufging und ein Mann in die Halle torkelte.

Er war hochgewachsen und gut gebaut. Dichtes schwarzes Haar hing ihm über die Stirn bis auf die gebrochene Nase herab. Sein blaues Jeans-Hemd war unter seiner offenen blauen Matrosenjacke zu sehen. Seine baumwollenen Twill-hosen und die Arbeitsstiefel waren naß von Schnee, und er hielt eine Flasche Bier und eine Strickmütze in der rechten Hand. Er blickte über Walters Schulter hinweg auf die Szene im Saal und sagte: »Himmel, das ist ja Wien im Jahre 1914.«

Das Gesicht kam Walter vertraut vor, doch er brauchte ein paar Sekunden, um sich zu erinnern, wo er es schon mal gesehen hatte. Es hatte etwas mit Anne zu tun. Mit ihrer Wohnung in Stockholm. Auf dem Schutzumschlag eines Bu-ches. *The Highway By Night*. Sean McGuire.

McGuire hatte einige Berühmtheit erlangt, seitdem sein Buch in der *Times* hymnisch rezensiert worden war. In dieser Besprechung war McGuire als Verkörperung der »Beat«-Generation bezeichnet worden. Die Kulturpresse hatte den Begriff »Beatnik« geprägt, um diese jüngste gegen das Esta-blishment gerichtete Bewegung zu bezeichnen. Walter erin-nerte sich, daß McGuire Fullback der Footballmannschaft der Columbia University gewesen war, bevor er den Ruf des Highway bei Nacht hörte.

Er ging vor Walter hin und her und sagte: »Ich bin hier, um ein Gedicht abzuliefern.«

»Ich habe Sie eher für einen Prosaschriftsteller gehalten«, bemerkte Walter.

McGuires blaue Augen flackerten überrascht.

»Ist doch das gleiche, Poesie und Prosa«, brummte er. »Sollte es jedenfalls.«

»Ah.«

»Ich bin hier, um ein Gedicht abzuliefern«, wiederholte McGuire.

Vier weitere Männer kamen hinter ihm durch die Tür. Alle vier waren wie Helden der Arbeiterklasse gekleidet. Alle grinsten betrunken. Den Mageren erkannte Walter aus einem von Annes Gedichtbänden. Die anderen hatte er noch nie gesehen.

»Wie viele Männer sind nötig, um ein Gedicht abzuliefern?« fragte Walter.

McGuire grinste und sagte: »Kommt darauf an, wie viele Kerle sie aufzuhalten versuchen.«

Walter zuckte die Schultern. »Ich mag Gedichte.«

Walter hörte, wie hinter ihm die Fahrstuhltür aufging, und warf einen Blick hinüber. Er sah, wie Callahan und Cahill ausstiegen. Warum haben sie der Sache nicht schon unten ein Ende gemacht? Die Leibwächter gingen auf McGuire zu, zögerten aber, als Walter den Kopf schüttelte.

Das bremste sie jedoch nicht. Was sie bremste, war Jimmy Keneallys Kopfschütteln.

»Ich werde Ihnen mal was sagen«, sagte Walter zu McGuire. »Geben Sie mir das Gedicht, und ich werde es für Sie abliefern.«

McGuire hob die Flasche, nahm einen kräftigen Schluck und schüttelte den Kopf.

»Es ist nicht *geschrieben*«, sagte er verächtlich. »Es ist kein geschriebenes Gedicht. Es strömt wie mein Herzblut.«

Das jeden Moment in Strömen fließen wird, wenn diese Sicherheitsfiguren ihr Spiel abziehen, dachte Walter.

»Ein Gedicht für Madeleine Keneally!« dröhnte McGuire. »*Madeleine, traurige Madeleine, Königin des Reiches! Sie . . .*«

»Was soll das alles?« fragte Joe Keneally, der plötzlich neben Walters Schulter auftauchte.

Walter drehte sich um und sah Madeleine in der Tür stehen. Ihre Wangen waren gerötet, und sie preßte die Lippen fest aufeinander. Hinter ihr versammelten sich andere Gäste. Die Klatschkolumnistin zog ein Notizbuch aus der Handtasche, während der Fotograf mit seinem Blitzlicht kämpfte.

»Ich werde mich darum kümmern, Senator«, sagte Walter.

McGuire fuhr fort: »*. . . tanzt mit dem König, der auf dem* westlichen Thron von Jeffersons verlorenem Land sitzt und alles un-amerikanisch nennt, was nicht altes Geld ist...«

»Vorsicht jetzt, sonst fangen Sie noch an zu reimen«, sagte Walter.

»...während Plastik-Weihnachten Plastik-Nägel in dem blutenden Jesus sieht, der immer ruft ›Madeleine, Madeleine, Madeleine...‹«

»Sie fangen an, sich zu wiederholen«, ermahnte ihn Walter.

Aus dem Augenwinkel sah er einige der jüngeren Männer der Party näherrücken, offenbar bereit, Madeleine und ihre Kaste zu verteidigen. Er konnte spüren, wie sich Keneallys Schultern strafften, daß er sich für einen Kampf bereit machte. Was die Sicherheitsleute anging, hatten sie sich schon blamiert, so daß es ihnen jetzt einen Riesenspaß machen würde, diese Beatnik-Eindringlinge zusammenzuschlagen und die Treppe hinunterzuwerfen.

Die drei, die der Tür am nächsten standen, würden kein Problem sein. Eine angetäuschte Gerade, und sie würden um ihr Leben rennen. Aber McGuire, nun ja, er hat die Hände eines Hafenarbeiters, die Schultern eines Footballspielers und eine gebrochene Nase. Von der Bierflasche ganz zu schweigen.

»Madeleine, ach wie traurig, schaurig, Madeleine...«

Es würde eine gewaltige Prügelei geben. Was in den morgigen Zeitungen ziemlich häßlich aussehen würde, und noch schlimmer in meiner Personalakte, dachte Walter. Es gibt nur eine Möglichkeit, einen Schriftsteller davor zu bewahren, Dummheiten zu machen.

»Ich bin ein besserer Dichter«, sagte Walter.

McGuire blieb wie erstarrt stehen und funkelte ihn an.

»Ich bin ein besserer Dichter als Sie«, wiederholte Walter.

McGuire warf den Kopf in den Nacken und murmelte: »Beweisen Sie's.«

Walter baute sich in der Pose eines Poeten auf, der etwas

deklamieren will, räusperte sich laut und verkündete: »Ein Gedicht für Sean McGuire! Eins, das sich reimt.«

»Lassen Sie hören«, sagte McGuire.

Walter mimte ernste künstlerische Konzentration.

»*Es geschah in der Nacht vor Weihnachten*«, fing er an.

Einige kicherten, und sogar McGuire setzte ein dümmliches Grinsen auf.

»*Und in dem vollen Saal des Plaza...*«, fuhr Walter fort.

»Finden Sie mal einen Reim auf *das*«, warf McGuire ein.

»*Ein paar Möchtegern-Dichter lärmten und lachten...*«

Beifall von den Gefährten McGuires. Dieser, dessen Selbstgefühl herausgefordert war, wartete auf den Reim.

Ebenso Walter. Er hielt die Stille, als er nach einem Wort suchte.

»*...und störten la casa*«, sagte er schließlich.

Beifall und Jubelrufe, wie Walter bemerkte. Immer noch eine Massenszene, doch war die Masse jetzt jedenfalls auf seiner Seite. McGuire lächelte und verneigte sich ritterlich vor ihm. Walter erwiderte die Verbeugung und hielt dann die Hand hoch, um die Leute zum Schweigen zu bringen.

»*Die Feinen und die Provos*«, fuhr er fort, »*haben sich alle landfein gemacht...*«

Gejohle und Gelächter.

»*Denn sonst hätten sich der Weihnachtsmann und Sartre schlapp gelacht.*«

Walter bahnte sich den Weg zu McGuire, nahm ihm die Bierflasche aus der Hand und nahm einen langen Schluck daraus.

»Macht durstig, diese Poesie«, meinte er dazu. Er behielt die Flasche und ging auf den Fahrstuhl zu. »*Als plötzlich mit Geschrei aus der Halle...*«

Er zeigte auf die Sicherheitsleute und zwinkerte ihnen zu, »*zwei irische Jungs herbeistürzten, zu beenden die Randale!*«

Gespielte Buhs und Hochrufe. Da sie nicht wußten, was

sie sonst hätten tun können, verneigten sich jetzt auch die verlegenen Sicherheitsleute.

Walter betrat den Fahrstuhl und warf einen schnellen Blick auf die Knöpfe. Ein Hotel-Wachmann hatte auf »Halt« gedrückt. Walter drückte den Knopf »Halle« und verließ den Fahrstuhl wieder.

»Was wir hiermit verkünden, und damit ist die Sache beendet«, sagte er und ließ die Bierflasche vor McGuire baumeln wie eine glänzende Weihnachtskugel.

McGuire trat vor, um sie zu schnappen, doch Walter trat in den Fahrstuhl zurück. Er wußte, daß McGuire keinen Rückzieher machen würde. Er durfte nicht wie ein Narr dastehen. Er würde versuchen, die Flasche an sich zu bringen.

»Schnell genug?« fragte Walter den Schriftsteller.

Er stellte die Flasche auf den Boden des Fahrstuhls.

McGuire täuschte Desinteresse vor und begann sich abzuwenden. Dann machte er einen Satz, um an die Flasche heranzukommen. Als er es tat, drückte Walter auf den Knopf für »Erdgeschoß«. Die Türen gingen zu. Walter schaffte es noch, herauszukommen, McGuire nicht mehr. Der Fahrstuhl fuhr mit dem Poeten nach unten.

»Allen ein fröhliches Weihnachtsfest und allen eine gute Nacht«, sagte Walter.

Gelächter und Applaus.

McGuires Kumpane rannten die Treppe hinunter, um ihren Freund zu suchen.

»Sie sollten lieber hinterhergehen«, sagte Walter zu Callahan. Und dann, mit sanfter Stimme: »Vergessen Sie nicht – tun Sie ihnen nicht weh. Sie schulden mir noch was.«

»Tolle Leistung«, sagte Jimmy Keneally wenige Minuten später zu Walter. Sie waren wieder auf der Party. Madeleine hatte sich an Keneallys Schulter gehängt.

»Ich wünschte nur, ich hätte eine Chance gehabt, dem Mistkerl eine runterzuhauen«, sagte Joe.

»Mehr brauchen wir nicht«, sagte Jimmy.

»Betrunkene Schriftsteller mögen sich zwar wünschen, in der Zeitung zu sehen, wie sie Präsidentschafts-Aspiranten verprügeln«, sagte Walter, »aber Präsidentschafts-Aspiranten wünschen nicht in der Zeitung zu sehen, wie sie auf betrunkene Schriftsteller einprügeln.«

Joe Keneallys funkelnder Blick wurde zu einem breiten Lächeln: »Was bringt Sie darauf, ich könnte ein Präsidentschafts-Aspirant sein?«

»Wir haben doch die Jahreszeit der Hoffnung, Senator.«

Keneally wandte sich an Madeleine und sagte: »*Kennst* du diesen Scheißkerl, Madeleine?«

»Ich kenne seine Arbeit«, erwiderte sie. »Ich habe sein Buch gelesen.«

»Dieser Knallkopf hat ein Buch geschrieben?« fragte Keneally. »Keinen Gedichtband, wie ich hoffe.«

»Einen Roman«, sagte Madeleine.

»Er machte aber wirklich den Eindruck, als würde er dich kennen«, sagte Keneally und starrte sie an.

Walter schaltete sich ein: »So was passiert, wenn man seine Partys in den Zeitungen ankündigt, Senator. Da haben Sie unweigerlich einen Konflikt: Sie wollen die Publizität, aber nicht das Publikum.«

Keneally antwortete: »Wenn das das Publikum ist, kann ich auf die Leute verdammt gut verzichten.«

»Doch jetzt höre ich, daß die Band loslegt«, sagte Walter, »und Ihre Gäste warten darauf, daß Sie tanzen.«

Madeleine nahm Keneallys Arm.

»Zeit, die perfekten Gastgeber zu spielen, Darling«, sagte sie, als sie ihn wegführte. Sie drehte sich zu Walter um und formte mit den Lippen die Worte: »Vielen Dank.«

»Ach, nicht der Rede wert, Ma'am, das ist doch nur mein Job«, murmelte Walter mehr zu sich selbst.

»Den Sie aber fabelhaft erledigt haben«, sagte die ansehnliche Blondine zu ihm. Sie hielt ihm ein Champagnerglas hin.

»Es ist Heiligabend in Manhattan, und schöne Frauen bieten mir immer wieder Champagner an, den ich nicht trinken darf«, antwortete Walter. »Ist Ihr Akzent schwedisch oder dänisch?«

Ihr dichtes, platinblondes Haar hing ihr bis auf die nackten Schultern. Ihr weißes Wickelkleid verbarg kaum ihre Brüste, aber es war trotzdem ihr Gesicht, das die Blicke auf sich zog und festhielt. Vielleicht lag es daran, daß ihre dunkelblauen Augen ein wenig weiter auseinander lagen, als es dem Vollkommenheitsideal entsprochen hätte. Vielleicht war es die kaum merkbare, unskandinavische Krümmung ihrer Nase. Oder die hohen, scharfen Wangenknochen, an denen ein Schiff zerschellen und untergehen konnte. Oder es waren ihre schwellenden Lippen, die taktile Freuden versprachen.

Ein winterliches Wunderland, wahrhaftig, dachte Walter.

»Sowohl als auch«, erwiderte sie und stellte das Champagnerglas wieder auf den Tisch. »Mein Vater war Däne, meine Mutter Schwedin. Ich bin in Kopenhagen groß geworden, bin dann aber nach Schweden zurückgegangen, um Filme zu drehen.«

Natürlich, dachte Walter.

»Möchten Sie denn tanzen«, fragte sie, »wenn Sie schon nicht trinken können?«

Nichts lieber als das, dachte Walter.

»Es geht nicht darum, was ich wünsche«, sagte er. »Es kommt darauf an, was ich bin. Ich nehme an, es hat sich schon herumgesprochen, daß ich hier der Bodyguard bin.«

Sie verlegte ihren Tonfall vom Salon ins Schlafzimmer.

»Und wessen Body bewachen Sie?« fragte sie.

»Mrs. Keneally.«

»Die Glückliche.«

Sie blickte zu Madeleine und Keneally hinüber, die gerade Walzer tanzten.

»Im Augenblick scheint sie aber gut versorgt zu sein«, bemerkte sie.

Keneally sah Madeleine über die Schulter, entdeckte Walter mit der Blondine und ließ ein Grinsen unter Männern aufblitzen.

»Sind Sie in die Staaten gekommen, um Filme zu machen?« fragte Walter.

»Um es zu versuchen«, sagte sie. Sie streckte die Hand aus. »Ich heiße Marta Marlund.«

»Walter Withers.«

»Ist mir ein Vergnügen.«

»Ganz meinerseits.«

Wie kommt es, fragte sich Walter, daß deine Haut wie eine duftende Frühlingswiese riecht und gleichzeitig nach warmen, zerknüllten Bettlaken?

»Habe ich einen Ihrer Filme gesehen?« fragte er.

»Woher soll ich das wissen?« fragte sie lachend. »Haben Sie schon viele schwedische Filme gesehen?«

»Zahllose«, erwiderte Walter. Ganz zu schweigen von endlosen.

»Dann haben Sie mich vielleicht gesehen.«

»Da bin ich sicher.«

»Ich fühle mich geschmeichelt.«

Sie legte die Hand auf ihre Brüste, eine Geste der Bescheidenheit, die Aufmerksamkeit erregen sollte. Durchsichtig, aber effektiv, ebenso wie das Kleid.

»Darf ich sehr offen sein?« fragte er.

»Bitte.«

»Sie lenken mich ab.«

»Jetzt bin ich die Glückliche.«

»Von meiner Arbeit«, fügte er hinzu.

»Wann ist Ihre Arbeit beendet?« fragte sie. »Wenn Madeleine sicher im Bett liegt?«

Er nickte.

»Dann brauchen Sie ihren Body nicht mehr zu bewachen?« fragte sie und riß die Augen mit gespielter Unschuld auf.

»Bitte, bitte«, tadelte er.

»Sie ist sehr hübsch, nicht wahr?«

»Auf eine teure Art und Weise, würde ich sagen«, erwiderte er.

Marta verstand es nicht.

»Jetzt lasse ich Sie wieder an Ihre Arbeit gehen«, sagte sie. »Aber vielleicht sehe ich Sie später noch?«

»Ich habe herausgefunden, daß dies eine Welt voll unendlicher Möglichkeiten ist«, gab er zurück.

Als sein Blick den Madeleines fand, sah er, daß sie ihn anstarrte.

Einige Zeit später ging Senator Keneally zur Stirnseite des Saals und tippte mit einem Löffel gegen sein Champagnerglas. Als die Musik verstummte und das Partygeplauder zu erwartungsvoller Stille verebbte, streckte er den Arm nach Madeleine aus, die an seine Seite trat.

»Madeleine und ich«, begann Keneally, wobei sein breiter Bostoner Akzent den Vokal dehnte, »möchten Ihnen allen für Ihr Erscheinen danken. Wir sind entzückt, den Heiligen Abend mit all unseren New Yorker Freunden verbringen zu können. Wir hoffen, Sie haben die Party genossen.«

Er machte eine Pause, um den Beifall abzuwarten, grinste breit und fügte hinzu: »Besonders das improvisierte Gedicht.«

Die Menge lachte. Dadurch ermutigt, fügte Keneally hinzu: »Ich kann nur hoffen, daß meine Frau zu den Partys im Weißen Haus bekanntere Poeten einlädt...«

Die Anwesenden lachten und jubelten. Als Keneally Madeleine den Arm um die Schultern legte, sagte sie: »Liebling, solltest du je die Gedichte von Poeten lesen, die noch am Leben sind, werde ich sie nur zu gern einladen.«

»Meine Frau hält mich für einen Banausen«, verkündete Keneally, und nachdem das Gelächter sich gelegt hatte, fuhr er fort: »Wahrscheinlich hat sie recht. Wir waren vorhin noch in einer Ausstellung mit ›Moderner Kunst‹, und es war nur gut, daß sie dabei war, um sie mir zu erklären.«

Der Mann hat wirklich Charme, dachte Walter, als er die versammelten Gäste beobachtete. Sie hingen an seinen Lippen.

Keneally fuhr fort: »Ich möchte auch denen von Ihnen danken, die uns bei unserem Wahlkampf Unterstützung angeboten haben.« Er machte wieder eine Pause, wie sie ein Bühnenschauspieler mit Sinn für professionelles Timing nicht besser hinbekommen hätte, und sagte dann: »Für all diejenigen, die – noch – nicht geholfen haben: Sie können Ihre Schecks bei Jimmy abliefern, wenn Sie den Saal verlassen.«

Madeleine versetzte ihm einen sanften Rippenstoß, und Keneally sagte leise: »Doch im Ernst: Madeleine und ich empfinden es als herzerwärmend, daß Sie uns mit Rat und Tat und Ihren guten Wünschen unterstützen.

Ein Mann sollte ein hohes politisches Amt nicht um des Amts willen anstreben, sondern um dessentwillen, was es leisten kann. Ebensowenig sollten die Menschen einen Kandidaten danach beurteilen, was er ist, sondern nach dem, was er bewirken kann. Und dieser Kandidat sollte sein Land nicht nur so betrachten, wie es ist, sondern erkennen, was es zu leisten vermag. Und es gibt eine Menge, was wir gemeinsam tun können, um aus dieser Nation das Land zu machen, das es sein könnte. Eine Nation mit Möglichkeiten für alle Bürger, ein Land der Gerechtigkeit und der Freiheit für alle seine Bürger. Eine Nation, die als ein Leuchtfeuer der Freiheit dasteht, und zwar nicht nur für seine eigenen Menschen, sondern für alle Völker der Welt.

Das, so denke ich, ist die Herausforderung unserer Generation. Wenn wir den Staffelstab übernehmen, um unseren Teil des Rennens zu bewältigen, müssen wir den Blick auf das Ziel richten und tapfer laufen und schnell dazu.«

Walter sah, daß die Gäste verstummt waren und Keneally wie gebannt lauschten. Die gehen morgen auf die Straße und arbeiten für den Mann, dachte er.

Ich würde es auch tun.

Keneally fuhr fort: »Nun, es tut mir leid, daß es jetzt zu einer politischen Rede geworden ist. Was ich wirklich wollte, war etwas anderes: Ich möchte Ihnen allen, auch im Namen von Madeleine und Jimmy, frohe Weihnachten und ein wundervolles neues Jahr wünschen. Gott segne Sie.«

Die kultivierten Gesellschaftslöwen antworteten unisono: »Gott segne Sie.«

Später, nachdem die meisten Gäste gegangen waren – von denen einige Jimmy Keneally einen Umschlag oder einen Scheck zugesteckt hatten –, trat der Senator an Walter heran.

»Ich möchte Ihnen für Ihre gute Arbeit danken«, sagte Keneally. »Außerdem glaube ich, daß man uns noch gar nicht miteinander bekanntgemacht hat.«

»Walter Withers, Senator. Ist mir ein Vergnügen.«

»Joe Keneally.«

»Ja, ich weiß«, sagte Walter, als sie sich die Hand gaben.

»Nun, frohe Weihnachten, Walter.«

»Ihnen auch, Senator.«

Keneally flüsterte: »Ich habe da noch eine kleine Arbeit für Sie . . .«

»Das sollten Sie sich lieber aus dem Kopf schlagen, Senator.«

»Ein Mann mit Grundsätzen, was?«

»Jedenfalls Gehaltsempfänger.«

»Ich verstehe«, erwiderte Keneally. »Wie auch immer: Trotzdem frohe Weihnachten. Und ich frage mich, ob Sie als letzte Verpflichtung an diesem Abend Mrs. Keneally vielleicht zu ihrem Zimmer begleiten können?«

Madeleine sagte: »Joe, ich . . .«

»Ich muß noch ein bißchen politisieren«, sagte ihr Keneally. »Cognac, Zigarren. Ich muß noch einige Deals festklopfen.«

»Joe, es ist Heiligabend«, protestierte sie.

»Ich weiß. Es hört nie auf, nicht wahr?« sagte er. »Also, Walter, wenn Sie so liebenswürdig sein wollen . . .«

Keneally küßte Madeleine auf die Wange und geleitete sie zu Walter, der ihren Arm nahm.

Vor ihrem Zimmer sagte sie: »Also, gute Nacht, Mr. Withers. Und vielen Dank.«

»Ich kann unten in der Halle warten, bis der Senator hinauffährt«, erbot sich Walter.

Sie lachte. »Nein, vielen Dank. Sie würden vielleicht lange warten müssen.«

»Das macht mir nichts aus.«

Sie blieb einen Augenblick in der Tür stehen und sagte dann: »Nein. Ich werde eine Tablette einnehmen und einschlafen. Und ich bin sicher, daß die Herren aus Boston jeden Augenblick heraufkommen werden, um die Welt draußen zu halten.«

»Das glaube ich auch.«

»Und mich drinnen«, seufzte sie. »Gute Nacht. Frohe Weihnachten.«

»Frohe Weihnachten.«

Sie machte Anstalten, die Tür zu schließen, doch dann überlegte sie es sich.

»Wie geht es übrigens ihrer eintönigen puritanischen Gemütslage?« fragte sie.

»Hat sich erheblich aufgehellt.«

»Dann ist es eine gute Party gewesen«, sagte sie und zog die Tür zu.

Jimmy Keneally sah Walter unten in der Halle und ging zu ihm.

»Gute Arbeit heute abend«, sagte Jimmy.

»Vielen Dank.«

»Ich habe für Sie ein Zimmer reservieren lassen.«

»Danke, aber das wird nicht nötig sein«, erwiderte Walter. »Ich wohne in der Stadt.«

»Ja, ich weiß.« Jimmy zeigte ein schiefes, verlegenes Lächeln. »Würde es Ihnen trotzdem was ausmachen, einfach hierzubleiben, Walter?«

»Darf ich fragen, warum?«

»Wir müssen dafür sorgen, daß ein kleines Treffen neugierigen Augen vorenthalten bleibt«, sagte Jimmy.

Außerdem braucht ihr ein desinfiziertes Zimmer, dachte Walter.

»Sie wollen also, daß ich nur einchecke und dann verschwinde«, sagte er.

»So habe ich es mir vorgestellt«, erwiderte Jimmy. Dann fügte er hinzu: »Forbes sagte, Sie hätten Teamgeist.«

Wie treffend, dachte Walter. Ich, der Mannschaftsspieler. Ihm war nicht ganz wohl bei dem Gedanken, denn es gefiel ihm nicht, daß sein Name anderen als Tarnung diente, selbst den Keneallys nicht. Aber Forbes hatte ihn offenbar angeboten, und es war wahrscheinlich besser, es einfach zu tun und es dann mit Forbes zu besprechen.

»In Ordnung«, sagte Walter.

»Guter Mann«, sagte Jimmy. »Ich werde in der Halle auf Sie warten.

Walter ging zum Empfang und trug sich ein.

»Haben Sie Gepäck, Sir?« fragte der Portier, nachdem er Walter den Schlüssel gegeben hatte.

»Ich reise mit leichtem Gepäck«, gab Walter zurück.

»So reist man am besten«, flötete der Portier, als er die Hand von der Glocke nahm.

Walter ging zu Jimmy hinüber und gab ihm den Schlüssel.

»Falls jemand Sie fragt«, sagte Jimmy, »haben Sie hier geschlafen. Okay, Walter?«

Ah, dieses Doppelspiel, dachte Walter. Eine Bedingung des Menschen, vor der es kein Entrinnen gibt, nicht mal in der besten Stadt der Welt am Abend der Geburt unseres Erlösers.

»Aber sicher«, bestätigte Walter.

»Wir werden Sie anrufen«, sagte Jimmy, als er sich umdrehte und wegging.

Walter hätte vielleicht nicht weiter darüber nachgedacht,

sondern nur geglaubt, daß die Keneallys sich mit irgendeinem New Yorker Politiker trafen, der den Senator nicht öffentlich unterstützen wollte. Doch plötzlich bekam Walter Lust auf einen einsamen Drink im Oak Room, bevor er zu der vermutlich hysterischen Party im Village fuhr.

Ein stiller Drink in einer alten dunklen Bar. Das hörte sich gut an und würde ihm die Chance geben, auch den Barkeepern frohe Weihnachten zu wünschen. Also trottete er in die altehrwürdige Oak Bar, um dort über das Leben, die Politik, die Liebe und die Schönheit eines Single Malt nachzugrübeln.

Er hätte es auch genossen, wenn da nicht Joe Keneally mit ein paar Kumpanen in einer dunklen Ecke gehockt hätte, eingehüllt in eine sprichwörtliche Wolke aus Zigarrenrauch. An einem Tisch auf der anderen Seite des abgedunkelten Raums saß Marta Marlund allein. Walter sah, wie Jimmy Keneally bei ihr vorbeiging und ihr den Schlüssel auf den Tisch legte.

Und er sah, wie Joe Keneally hochblickte und lächelte.

Walter beschloß, auf den Drink zu verzichten.

Der Gitarrist lächelte und nickte, als Walter sich durch das Gedränge im Cellar einen Weg bahnte.

Elvin Page war bei ihren festen Engagements Annes Begleiter. Er lieferte die kühlen Akkorde, um die ihre Stimme sich ranken und von der sie sich entfernen konnte, um dann zu seinem Grund-Beat zurückzukehren. Jetzt saß er auf dem kleinen Podium und spielte ein Solo. Seine langen Finger glitten über die Saiten und die Tonleiter hinauf und hinunter. Er spielte lieber ohne Plektrum, da er das Gefühl hatte, mit seinem dicken, schwieligen Daumen einen besseren Sound zu erreichen. Er war wie immer korrekt gekleidet und trug heute abend einen tiefblauen Anzug mit einem weißen Hemd und einer blutroten Krawatte. Sein rundes braunes Gesicht glänzte vor Schweiß.

Walter winkte, als er sich aus seinem Mantel zwängte. Er

hielt in dem übervollen Club nach Anne Ausschau, sah sie aber nicht.

Der Cellar war gedrängt voll mit Angehörigen der Boheme. Schwarz war bei der Ostküsten-Avantgarde die Modefarbe der Saison, und die Dichter, Musiker und Künstler sahen in dem dichten Zigarettendunst aus wie Schatten. Wahrlich eine kosmopolitische Gruppe, das gestand ihnen Walter ohne weiteres zu. Heimatlose Iren in Tweedjacketts brüteten über Bierbechern, während sie versuchten, schick ausgemergelte Typen mit korrektem Haarschnitt und Rollkragenpullovern von etwas zu überzeugen. Elegant gekleidete schwarze Jazzmusiker in dunklen Anzügen, weißen Hemden und schmalen schwarzen Krawatten hörten geduldig zu, wenn sie von den jeanstragenden Überresten der Alten Linken in ernste Gespräche über Bürgerrechte verwickelt wurden. Einige Künstler, deren Hemden ostentativ mit Farbe beschmiert waren, tranken billigen Wein und musterten die schlanken College-Mädchen in ihren schwarzen Trikots und Strumpfhosen.

Der Cellar paßte zu dieser bewußt düsteren Kleidung. Der Stuck an den Wänden war abgeschlagen worden und hatte kahle rote Klinkersteine freigelegt. Einige Film-Poster – *Fahrraddiebe, Denn sie wissen nicht, was sie tun,* und *Jules und Jim* – waren bewußt schief an die Wände geklebt worden. Die Stühle und Tische waren buchstäblich Abfall und stammten vom Sperrmüll der Stadt. Man hatte sie abgebeizt und mit etwas Firnis wieder aufgemöbelt. Die niedrige Decke war voller Wasserflecken, die verrotteten Leitungen tropften, und die freiliegenden Kabel konnten in jedem Moment eine Massenhinrichtung auslösen. Es war der amerikanische Underground der Ostküste, und die Tatsache, daß er sich in einem Keller traf, war eine rein zufällige Symbolik.

Walter schluckte seine Abneigung herunter und konzentrierte sich auf die Musik, als Elvin Page mit klaren, präzisen

Tönen die Kakophonie aus politischem Geschwätz, Süßholz-geraspel, klirrenden Gläsern und dem Summen eines Mixers durchschnitt, der irgendein übles Gebräu zusammenrührte.

»Wo ist die Braut?« fragte Mickey Evans, als er Walters Dinnerjackett sah.

»Habe ich auf der Hochzeitstorte zurückgelassen«, gab Walter zurück. Er schüttelte dem Saxophonspieler die Hand. »Frohe Weihnachten...«

»Ho-ho-ho«, erwiderte Evans.

Walter dachte wieder einmal, daß Evans der untypischste Musiker war, den er je gesehen hatte. Niemand würde glauben, daß er Jazzsaxophonist war. Er war hochgewachsen, mager, blond, ein weißer Junge aus dem sonnendurchglühten Farmland in der Nähe von Bakersfield. Er hatte große und grobknochige Handgelenke, und sein Gesicht war verwittert von einer Jugend, die er auf den Feldern verbracht hatte. Er hatte gepflügt, Stacheldrahtzäune gezogen und dem Vieh Heuballen vorgeworfen. Mit dem Saxophon hatte er angefangen, weil er in der Marschband seiner High School mitspielen wollte, um dann zu entdecken, daß er nicht marschieren wollte und die High School haßte. Das Saxophon aber liebte er.

»Kalifornien«, sagte er zu Walter.

»Ja?«

»Es ist warm da drüben.«

Walter sah Evans in die Augen. Sie waren so leer wie die Wüste. Der Mann war vollgepumpt mit Heroin.

»Und die Sonne geht über dem Meer unter«, sagte Walter.

»Ach ja?«

»An der Ostküste geht sie auf«, erklärte Walter. »Man muß im Morgengrauen aufstehen, um es zu sehen.«

»Oder es auf dem Heimweg erwischen«, sagte Evans.

»So geht's natürlich auch«, gab Walter zu. »Hast du Anne gesehen?«

»Sie ist hier irgendwo.«

Walter gefiel es nicht, daß sie hier irgendwo war. Er hatte sie lieber unter einem kleinen Spotlight in einem hochklassigen Saal. Oder bei einem Spaziergang am Fluß. Oder bei einem stillen Essen für zwei. Oder im Bett.

Aber nicht irgendwo in der Menge.

Es jagte ihm aus irgendeinem Grund, den er sich nicht genau erklären konnte, Angst ein. Er holte sich an der Bar einen Wodka und lehnte sich zurück, um Elvin zuzuhören und nach Anne Ausschau zu halten. Vielleicht hatte sie keine Lust mehr gehabt, auf ihn zu warten, und war gegangen.

Elvin kehrte zum Thema zurück.

Walter erkannte es als *East of the Sun, West of the Moon*, als er Anne entdeckte, die sich gerade aus dem schmalen Durchgang zwängte, der zu den Toiletten und dem Hinterausgang führte. Sie unterhielt sich mit einer jungen Frau, die hinter ihr ging, einem kleinwüchsigen schwarzen Mädchen in Trikot und Rock.

Anne entdeckte ihn und winkte, sprach dann wieder mit dem Mädchen, küßte sie auf die Wange und bahnte sich ihren Weg durch die Menge zur Bar.

Walter bemerkte, daß sie immer noch ihre Nachtclub-Aufmachung trug, ein tiefausgeschnittenes rotes Satinkleid, aber die gewohnten Ohrringe und die Halskette abgenommen hatte. Sie sah großartig aus, eine umwerfende Mischung aus Unschuld und Sinnlichkeit. Sie hatte auch das innere Glühen der erfolgreichen Sängerin. Sie mußte die Leute im Rainbow Room hingerissen haben.

»Wie wär's mit uns beiden, Sailor?« fragte Anne, als sie sich neben ihn setzte.

»Bedaure, aber ich warte auf jemanden«, antwortete er. Sie küßten sich.

»Wie geht's dir?« fragte sie.

»Müde«, sagte er.

»Sei bitte kein Spielverderber, ja?«

»Laß das bloß niemanden hören.«

Nicht von Walter Withers, dachte er. Der immer als letzter geht, die Bar schließt, dann frühstücken geht und Orangensaft zum Champagner bestellt. Der einen krummen Aufschlag retournieren kann, schnell einen anständigen Martini mixt und gleich wieder zurück ist, um einen gefühlvollen Lob zu landen. Wer weiß schon, was für Bosheit in Männerherzen lauert.

Wenn wir schon vom König der Late-Night-Shows reden wollen.

Er flüsterte: »Laß uns zu dir gehen.«

»Platz, Boy«, lachte sie und fügte dann hinzu: »Aber aus reiner Neugier: Was schwebt dir vor, Sex oder Schlaf?«

»Erst das eine und dann das andere«, gab er zurück. »Die Reihenfolge spielt keine Rolle.«

»Wie schmeichelhaft.«

»Nun ja«, sagte er. »Willst du singen?«

»Mit dem Singen bin ich durch«, sagte sie. »Ich hatte einen *sehr* duften Auftritt mit Elvin und Mickey. Mickey war heute abend sehr out.«

»Out« im Gegensatz zu »in«. Walter hatte inzwischen etwas vom Jargon der Jazzmusiker gelernt. Ein Musiker, der mit seinen Improvisationen recht eng an der Melodie blieb, war »in«, einer, der sich davon entfernte und eigene Wege ging, war »out«.

»Er hält sich in letzter Zeit für John Coltrane«, fügte Anne hinzu.

»Er ist aber nicht Coltrane.«

»Das ist niemand«, sagte Anne. »Er ärgert aber die anderen Musiker.«

»Warum spielen sie dann mit ihm?«

»Er hat eine Quelle für Stoff gefunden«, erwiderte sie. »Es ist heutzutage schwer, saubere Nadeln zu finden, habe ich mir sagen lassen.«

»Nun, heute abend ist Mickey ziemlich high«, sagte Walter.

»Warum sollte es heute abend anders sein als sonst?«

»Der falsche Feiertag.«

»Er wird sich wohl schon bald von der Contessa herumkutschieren lassen«, sagte Anne traurig. Anne nahm seinen Arm und legte ihren Kopf an seine Schulter. »Trotzdem bin ich traurig, daß du unseren Auftritt verpaßt hast. Nachdem ich im Rainbow Room drei Auftritte für die Spießer hingelegt habe, war es ein Kick für mich, ein bißchen richtigen Jazz zu singen.«

»Ich mag den Rainbow Room«, sagte Walter. »Und die Songs, die du dort singst. Aber ich bin eben auch nur ein Spießer.«

»Weißt du, Silvester kannst du gern wieder Spießer sein«, sagte sie. »Für den großen Abend geben sie mir eine Big Band. Wirst du dasein?«

»Ich werde nirgendwo sonst sein«, versicherte ihr Walter. »Wie wär's, wenn du mir jetzt einen Drink bestellst?«

Sie lud ihn zu einem Wodka-Tonic ein und führte ihn zu einem Tisch in der Nähe des Podiums. Elvin beendete sein Solo mit einem klaren Akkord und übergab an den Bassisten Ronald Henson, einen hochgewachsenen, dünnen, hellhäutigen Schwarzen mit einem bleistiftdünnen Schnurrbart, der gekleidet war wie ein Engländer: Harris-Tweed-Jacke, Twillhosen und Strickkrawatte. Elvin verließ das Podium und ging an die Bar, scheinbar, um sich einen Drink zu holen, doch Walter erkannte es als Manöver, um die Aufmerksamkeit auf das Baß-Solo zu lenken.

Walter hatte ohne die leiseste Animosität den Verdacht, daß Anne etwas für Ronald Henson übrig hatte. Tatsächlich sah der Bassist gut aus wie ein Filmstar und war sehr kultiviert. Anne hatte einmal zu Walter gesagt, Bassisten schienen anders als alle anderen Musiker ihre Instrumente beim Spielen zu lieben. Walter vermutete, daß der Baß von allen Instrumenten am meisten einem Frauenkörper ähnelte, wenn auch einem von Modigliani gemalten. Und Walter konnte sich leicht ein liebendes Paar vorstellen, so wie Henson das Instrument an die Brust hielt und seine langen Finger über die Saiten gleiten ließ und sie zupfte und dem Baß dabei lange, tiefe und leise Stöhnlaute entlockte. Ja, Walter konnte sich sehr leicht einen Liebesakt vorstellen.

Wie anscheinend auch der Drummer Les Blake, der mit geschlossenen Augen hinter seinem Schlagzeug saß und seine Besen in einem sanften Rhythmus über die Becken gleiten ließ. Les, der Anne bei all ihren Plattenaufnahmen mit den Besen begleitete, die er so sanft rührte, als wäre es ein Sommerkuß. Les mit seinem drahtigen roten Haar, den dicken Wangen und seinem vanillefarbenen Teint.

»Und wie geht's der königlichen Familie?« fragte Anne.

»Den Keneallys?«

»Wem sonst.«

»Sie hat einen charmanten Eindruck gemacht«, erwiderte er. »Und er hat eine wunderschöne Rede gehalten.«

»Du schwärmst ja richtig!«

»Ich schwärme ganz und gar nicht«, gab er zurück. »Dreiunddreißig Jahre alte Männer aus Connecticut schwärmen nicht. In Wahrheit sind wir für unser feines Gefühl für Understatement bekannt.«

»Keneally ist ein Scheißkerl.«

»Das hast du gesagt«, schnurrte Walter. »Trotzdem glaube ich, daß ich für ihn stimmen werde.«

Anne sah ihn aufrichtig schockiert an. »Hast du das HUAC vergessen?«

Das passend so bezeichnete Komitee für unamerikanische Umtriebe, das sie wie »whack« aussprach. Was hatte Mort Sahl gesagt? Jedesmal, wenn die Russen einen Amerikaner ins Gefängnis werfen, wirft das Komitee ebenfalls einen Amerikaner ins Gefängnis, um den Russen zu zeigen, daß sie nicht damit durchkommen?

Er sagte: »In der Blütezeit des Komitees war ich in Übersee. Wenn wir schon dabei sind – du übrigens auch.«

»Na schön, aber was ist mit dem Senatskomitee für innere Sicherheit?« fragte Anne. »Da sitzt Keneally. Damals nicht, Liebling, *jetzt*. Es ist das gleiche wie HUAC, es hat nur einen anderen Namen.«

»Ja: ›SISC‹«, entgegnete Walter. »Vielleicht sollten wir Joe Keneally Cisco Kid nennen. Dann kann ich Pancho sein.«

»Ich finde das nicht komisch.«

»Anscheinend nicht«, entgegnete Walter. »Hör zu, wir können wieder Adlai nominieren und Nixon zum Präsidenten machen.«

»Es ist wirklich zum Kotzen«, sagte Anne.

»Oder Lyndon Johnson«, schnarrte Walter.

»Dann nehme ich Adlai.«

»Dann verlierst du.«

»Lieber mit Adlai verlieren«, sagte sie, »als mit einem Kommunistenfresser und Kalten Krieger wie Joe Keneally gewinnen.«

»Ich bin auch ein Kalter Krieger«, sagte Walter.

»Dummes Gewäsch.«

Er zuckte die Schultern, nippte an seinem Drink und wandte seine Aufmerksamkeit der Band zu. Er hatte keine Lust, sich Heiligabend von Anne in einen Streit verwickeln zu lassen.

»Jedenfalls«, sagte Anne, »ist Keneally ein Hund.«

»Ich dachte, er wäre ein Scheißkerl.«

»Ein Hund und Scheißkerl.«

»Ah.«

Anne sagte: »Er ist ein Kumpel von Jacoby. Er hat früher immer im Angel herumgehangen und versucht, die Sängerinnen aufzureißen. Er hat wohl gedacht, für das Minimum von zwei Drinks könnte er mit den Sängerinnen auch ins Bett gehen.«

»Hat er versucht, dich aufzureißen?« fragte Walter.

»Wie du schon betont hast, befand ich mich damals in Europa.«

»Woher weißt du es dann?«

»Gespräche unter Mädchen«, erwiderte Anne. »Die Dinge werden immer weitererzählt, mußt du wissen. Wenn ein Mädchen in den Clubs auftritt, muß es wissen, wer vermutlich die Nase in ihre Garderobe steckt.«

»Die Nase?«

»Ich wollte es diplomatisch ausdrücken.«

»Ein guter Vorsatz für das neue Jahr?«

Sie lauschten der Musik.

»Streiten wir uns wegen irgendwas?« fragte sie nach einigen Augenblicken.

»Nein, wir streiten uns um nichts.«

»Wollen wir damit aufhören?«

»Definitiv.«

Sie stießen mit den Gläsern an.

Elvin beendete sein Solo mit einem gehämmerten Akkord. Einige Leute klatschten Beifall, und einige schnippten mit den Fingern.

Das Handwerk der Straße endet nicht, wenn man sie verlassen hat. Walter spürte, wie ihn jemand beobachtete, und er nutzte die Musikpause, um den Raum mit den Augen abzusuchen und zu lächeln, als genösse er es, in einem Raum voller Freunde zu sein.

»Deine Freundin mag mich nicht«, sagte er zu Anne.

»Welche Freundin?« fragte Anne zurück.

»Die, mit der du dich unterhalten hast, als du reinkamst.«

»Alicia?«

»Sie starrt mich an.«

»Weil du in deinem Party-Zwirn so großartig aussiehst.«

Das glaube ich nicht, dachte Walter. Es ist ein wütendes Funkeln, als stellte sie Fragen und als wüßte sie schon, daß ihr die Antworten nicht gefielen.

»Was macht diese Alicia eigentlich?« fragte er.

»Sie schreibt Gedichte.«

»Kennst du sie schon lange?«

»Sie gehört zur Szene. Sie ist Kellnerin im Good Night.«

»Ist schon etwas von ihr veröffentlicht worden?« wollte Walter wissen. »Wie ist ihr Nachname? Vielleicht habe ich etwas von ihr gelesen.«

Obwohl er seit Owen und Sassoon keinen Dichter mehr gelesen, Eliot unverständlich gefunden hatte und der Meinung war, man hätte Ezra Pound auf der Stelle als Verräter erschießen müssen.

»Du bist nicht bei der Arbeit, Liebling. Hör auf, Fragen zu stellen.«

»Ich versuche nur, Interesse zu zeigen«, sagte er.

»Du machst mich noch eifersüchtig, wenn du weiter nach ihr fragst«, sagte Anne.

Er schürte das Feuer. »Weißt du, Liebling, sie ist sehr hübsch.«

»Das ist sie, und wenn du sie anrührst, breche ich dir den Arm«, sagte sie honigsüß. »Können wir jetzt gehen?«

»Ich war schon bereit, als ich herkam.«

Sie warf ihm einen bösen Blick zu.

»Tut mir leid, Süße«, sagte er. »Diese Leute hier sind einfach nicht mein Geschmack.«

»Aber meiner«, gab sie zurück. »Und ich habe gar nicht die Absicht, nach Hause zu gehen. Ich muß mich noch auf einer Party im Good Night sehen lassen. Oh, sieh mal! Ist das nicht Sean McGuire?«

Diesmal hatte er allerdings einen Kaffeebecher in der einen Hand und ein zerknülltes Blatt Papier in der anderen. Seine Matrosenjacke hatte er über den Arm gelegt. Er wirkte nüchtern, fast feierlich.

Die Menge verstummte, als McGuire mit Mickey Evans im Schlepptau aufs Podium stakste.

McGuire gab Elvin die Hand, setzte sich dann auf den Barhocker und wandte sich den Zuhörern zu.

»Ich habe ein Gedicht für Sie«, sagte er leise.

Einige Beatniks schnippten mit den Fingern, was in Walter

den Drang auslöste, mit ihren Fingern etwas ganz anderes zu machen.

»Amerikanischer Herbst«, sagte McGuire.

Wunschdenken? fragte sich Walter. Wenigstens scheint es ein geschriebenes Gedicht zu sein.

»Im Amerikanischen Herbst wird das smaragdgrüne Feld braun«, las McGuire.

Seine nüchterne Stimme hörte sich wesentlich besser an, sanft und leise, ganz anders als das heisere Stakkato seines betrunkenen Geschreis.

»Wenn windzerzauste Hengste keuchend nach der kühlen Herbstluft schnappen.«

Evans blies einen scharfen, hohen Ton, den er dann abbrach.

»Und ich sehe die Pferde taumeln und stolpern...«

Wieder ein Riff von Dantzler.

»Amerikanischer Herbst.«

Höre ich da ein Versmaß heraus? fragte sich Walter.

»Im Amerikanischen Herbst fallen fremde Namen durcheinander«, fuhr McGuire fort, »wie Karten auf den Tischen von Ellis Island...«

Walter hatte den Eindruck, daß der Mann traurig aussah, als dächte er an etwas Kostbares, das er verloren hatte. Und das blaue Jeanshemd und die Twillhose sahen jetzt nicht prätentiös aus. Jetzt wirkten sie wie die Kleider eines zu groß geratenen Kindes.

»Olszewski, Nomellini, Gonzaga, McCord...«

Was ist mit Donner, Dancer, Prantzer, Blitzen, dachte Walter. Doch er wollte sich nicht über den Mann lustig machen; das Gedicht fing an, ihm zu gefallen.

»Modzelewski, Blanda, Unitas, Rote,
Fremde Namen fallen auf Amerikanischen Boden
Und werden im Fallen Amerikanisch
Amerikanischer Herbst.«

McGuire hob seinen Becher zu Dantzler, der den Wink aufgriff und ein klagendes Solo intonierte.

»Es gefällt mir«, flüsterte Anne, »aber ich habe nicht die leiseste Ahnung, worum es geht.«

»Football«, erwiderte Walter.

»Sean McGuire schreibt über Football?!« fragte Anne.

Ich würde gern wissen, ob ich außer McGuire der einzige hier bin, der es weiß, daß er für Columbia Halfback spielte, bis er sich das Bein brach, dachte Walter.

»Ich habe die Hengste im Stadion galoppieren sehen,
Gekrümmte Daumen runter für sie und mich,
Rennen, aber nicht weit genug,
Die Linie überschritten, um zu siegen, aber doch nicht genug,
* um zu siegen,*
Das Pferd, das ich reite, doch mein Pferd erreicht die Linie
* nicht,*
Und wir stürzen beide.
Amerikanischer Herbst.«

Das Publikum folgt ihm nicht, dachte Walter. Die Leute verstehen die Bilder nicht. McGuire machte eine Pause und starrte auf die Seite, als versuchte er die Wörter zu erkennen. Er sieht erschöpft aus, weder betrunken noch ganz nüchtern, aber...

Nun ja, *geschlagen*, dachte Walter. Das ist das richtige Wort dafür.

»Doch ich liebe es immer noch zu sehen, wie die Pferde die kühle Herbstluft schnauben«, rezitierte McGuire.

»Die Rösser zerstampfen die Erde und greifen an
Hin und her, quer über das geneigte Feld,
Ich stürme mit ihnen,
Ich stampfe und schnaube und renne,

Doch man rennt nie weit genug,
Man kann nie weglaufen
Im Amerikanischen Herbst.«

McGuire ließ den Kopf sinken und blickte während des etwas verwirrten Beifalls zu Boden. Er beugte sich so weit vor, daß es aussah, als würde er vornüberfallen und zusammenbrechen. Dann stellte er den Becher auf den Boden des Podiums, richtete sich auf und ging nach hinten ab.

Und Walter hatte eine Vorstellung davon bekommen, was Madeleine Keneally vielleicht angst machte.

Der beißende Geruch von Marihuana brannte Walter in der Nase, als Anne ihm die Zigarette hinhielt.

»Puh«, krächzte sie und behielt den Rauch in den Lungen. Er schüttelte den Kopf. »Nein, danke.«

Sie waren wieder in ihrer Wohnung am Washington Square East. Ihre Wohnung war klein. Leute, die zum ersten Mal dort waren, bezeichneten sie unfehlbar als »gemütlich«. An drei ihrer vier Wohnzimmerwände reichten Bücherregale aus massiver Eiche vom Fußboden bis zur Decke. Die vierte Wand hatte französische Fenster, die zu einem Balkon mit Blick auf den Triumphbogen im Washington Square Park führten.

Vom Wohnzimmer führte ein schmaler Flur in die kleine Küche. Vom Flur gingen ein Badezimmer und zwei Schlafzimmer ab. Eins der Schlafzimmer hatte Anne in ein Studio verwandelt, in dem sie ein Klavier stehen hatte, eine Hi-Fi-Anlage, ihre Schallplatten sowie ganze Stapel von Noten. Ihr Bett hatte vier Bettpfosten, auf denen einige ihrer zahlreichen Hüte hingen. An den matt-weißen Wänden hingen einige impressionistische Drucke — Anne hatte eine Vorliebe für William Merritt Chase. Dicke blaue Vorhänge hielten das Sonnenlicht draußen, damit sie bis in den Nachmittag schlafen konnte, wenn sie in Clubs arbeitete, aber keine Plattenaufnahmen zu machen hatte.

Doch jetzt saßen sie im Wohnzimmer und waren bemüht, sich in einen anständigen Streit hineinzusteigern.

In Wahrheit hatte er schon auf der Party im Good Night begonnen, wo Anne nach ihren Auftritten oft sang, um an »den Jungs und den Mädchen« ihr eher avantgardistisches Repertoire auszuprobieren.

»Was?« hatte Walter gefragt, als sie den Ausdruck zum ersten Mal benutzte.

»Hör mal«, hatte sie gesagt. »An den Jungs und den Mädchen. An den Jungs, die mit Jungs gehen, und den Mädchen, die mit Mädchen gehen.«

»Ah.«

»Ah«, hatte sie gespottet und die Tatsache genossen, daß es ihm die Sprache verschlagen zu haben schien.

Das Good Night war ein zweistöckiger Klinkerbau an der West 4th Street, und Walter kannte es seit der Zeit, als es noch ein übriggebliebenes Speakeasy namens The Peppermill gewesen war. Das Erdgeschoß war eine herkömmliche Bar mit einer kleinen Bühne – in Wahrheit eher ein Podium –, gerade groß genug für ein Klavier und eine Sängerin. Das Obergeschoß war allerdings alles andere als herkömmlich. Über die Hintertreppe – eine architektonische Tatsache, die zu manchem üblen Scherz Anlaß gab – erreichte man einen großen Raum, der nur den Jungs und den Mädchen und deren geladenen Gästen diente.

Das Obergeschoß wurde von einer distinguierten alten Tunte aus dem Süden geleitet, einem Mann namens Jules Benoit, einem Strohmann, dem der Laden nach außen hin gehörte. Die Wahrheit, wie Walter wußte, war anders: Das Good Night gehörte wie alle anderen Schwulenkneipen im Village der Mafia.

Die eigentümliche Ökonomie des Lasters, dachte Walter. Ob es nun um illegales Glücksspiel geht, Prostitution, Drogen oder Perversionen, jede Erscheinungsform des menschlichen Verhaltens, welche die Gesellschaft nicht anerkennen will, zwingt sie in den Untergrund, wo die Mafia sie übernimmt und gegen einen Aufpreis anbietet.

Ebenso wie das Sittendezernat. Walter wußte, daß die Cops gut dafür bezahlt wurden, daß sie im Good Night nicht die Hintertreppe hinaufgingen.

Walter und Anne waren zum Good Night hinübergezogen, gleich nachdem McGuire sein Gedicht beendet hatte. Von dem Moment an, in dem sie den Club betreten hatten, begannen sie mit einem dieser stummen Kämpfe, wie sie bei altgedienten Paaren vorkommen, denn Anne begann sofort, jeden im Raum zu umarmen und zu küssen, worauf Walter bei einem Martini und einer Haltung distanzierter Höflichkeit Zuflucht suchte.

Das lag jedoch weder an der vorherrschenden Homosexualität der Gäste noch an der Tatsache, daß einige von ihnen Frauenkleider trugen – sehr teure dazu –, auch nicht an der offenen Küsserei zwischen den Männern.

Doch, daran liegt es doch, gestand er sich ein. Es störte ihn. Seltsam, weil es ihn in Europa nicht gestört hatte, nicht bei seinen Aufenthalten in Amsterdam und Kopenhagen, und ganz gewiß nicht bei seinen Expeditionen durch die Männerbordelle Hamburgs, wo er auf der Suche nach jungen Talenten Köder für seine Fliegenfänger eingekauft hatte.

Homosexualität kam ihm jedoch irgendwie unamerikanisch vor. Nicht in dem Sinn von *anti*-amerikanisch, ganz gewiß nicht, vielleicht war *nicht*-amerikanisch der genauere Ausdruck. Sie erschien ihm wie ein europäisches Laster, das irgendwie im Widerspruch stand zu der aggressiven Fruchtbarkeit Amerikas. Homosexuelle Amerikaner hier hatten die leicht hysterische Energie von Eingesperrten, da sie in den Untergrund getrieben wurden. Walter kannte den schauerlichen Druck, Geheimnisse wahren zu müssen, die beengende Notwendigkeit, sich so tief zu verstecken, daß man sich nur in kurzen, zwanghaften Ausbrüchen zu erkennen gibt, selbst wenn man sich sicher fühlen kann.

Diese klischeehafte Schrillheit der Homosexuellen, schloß Walter daraus, ist das Pfeifen des kochenden Wasserkessels.

Und an diesem Weihnachtsabend pfiff der Kessel besonders fröhlich.

Der Raum war wunderschön eingerichtet, genau in dem Art-deco-Stil, den Walter besonders schätzte. Das Lokal hatte die Aura einer eleganten Kneipe der Prohibitionszeit und war für Weihnachten genauso herausgeputzt worden wie der Saal im Plaza. Nur geschmackvoller, dachte Walter und lachte über sein Vorurteil. Doch es war tatsächlich so. Die weißen, schwarzen und silbernen Art-deco-Ornamente waren mit Lametta, Weihnachtsbäumen aus Aluminium und schwarzen Scherenschnitten aus Karton auf Weihnachten getrimmt worden. Diese zeigten den Schlitten des Weihnachtsmanns, Rehe, Spielzeugsoldaten und Puppen. Auf dem langen Tisch mit dem Buffet in der Mitte des Raums war eine Modellbahn kunstvoll aufgebaut worden, und die Lokomotive dampfte mit ihren Güterwagen fröhlich um die Platten mit Fleisch, Käse, Brot und Salaten herum. Der Kohlenwagen transportierte Oliven.

Die Versammlung der Feiernden glitzerte nicht weniger. Da ihnen hier kein Smoking-Zwang Beschränkungen auferlegte, sah man eine elegante Mischung von Stilen, angefangen bei den dunklen Tweed-Anzügen der Schriftsteller – Walter erkannte einen der erfolgreichsten Romanciers des Jahres und einen mächtigen Kritiker – bis hin zu weiten, smaragdgrünen oder feuerroten Seidenhemden über engen schwarzen Baumwollhosen, wie sie die Theaterleute bevorzugten. Einige trugen Krawatten, doch mehr hatten sich Halstücher umgelegt, und die meisten trugen offene Hemdkragen.

Die Lesbierinnen hatten sich etwas förmlicher gekleidet. Walter sah mehrere Dinnerjacketts mit Fliegen, einen Smoking und sogar ein paar Mützen mit Quasten und Troddeln. Einige Frauen waren wie englische Gelehrte gekleidet oder trugen altmodische Kleider und Schnürschuhe.

»Sind Sie Annes Walter?«

Ein hochgewachsener, dünner, älterer Mann nahm Walters Hand und stellte die Frage.

»Ich bin Annes Walter«, erwiderte Walter. »Walter Withers.«

»Jules Benoit«, sagte der Mann. »Ich bin so froh, daß Sie endlich diese Treppe bestiegen haben.«

»Anne liebt den Laden«, sagte Walter.

»Umgekehrt gilt das genauso.«

»Es wird sie freuen, das zu hören.«

»Walter, Sie sind hier sehr willkommen«, fuhr Jules fort. »Wir bitten Sie nur um Diskretion.«

»Natürlich.«

Ich bin wegen meiner Diskretion berühmt, Mr. Benoit.

»Es überrascht mich aber, daß Paulie nicht hier ist«, fuhr Walter fort.

Es gefiel ihm zu sehen, wie sich die Haut in Jules' Gesicht ein wenig straffte.

»Paulie kommt nie nach oben«, sagte Jules. »Woher kennen Sie Mr. Martino?«

Walter zuckte die Schultern, was etwa besagte, jeder, der in der Stadt etwas darstellt, kennt Paulie. Paulie Martino war Soldat in der D'Annunzio-Familie, ein Buchmacher, der Geld wusch, indem er es in Lokale wie das Good Night investierte. Außerdem war es gut, Jules wissen zu lassen, wie diskret er sein konnte.

»Sie sind aber keiner von den Jungs«, überlegte Jules. »Sind Sie ein Spieler, Walter?«

»Von Zeit zu Zeit wette ich im Football«, erwiderte Walter. »Aber ich hoffe, sie behandeln dieses Wissen ebenfalls mit Diskretion.«

»Nun, viel Spaß bei der Party, Walter.«

»Ich mag es, wenn es voll ist.«

Jules seufzte: »Um Weihnachten herum werde ich immer wahnsinnig.«

Die Konversation, von der Walter hier und da einen Fetzen aufschnappte, war reichlich eklektisch. Er lauschte dem gewohnten New Yorker Smalltalk über Bücher und Theaterstücke, Restaurants und Bars, darüber, wer mit wem schlief, wer nicht mehr mit wem schlief und wer bald mit wem schlafen würde.

Er war überrascht zu hören, daß der Romancier, den er im Plaza gesehen hatte, und ein anderer Typ, der nichts weiter sein konnte als Bühnenschauspieler, über das bevorstehende Spiel der Giants sprachen.

»Sport ist ein wesentlicher Bestandteil jeder demokratischen Gesellschaft«, bemerkte der Schriftsteller. »Sport ist der große Gleichmacher. Jeder kann über ein Footballspiel sprechen, mehr noch, jeder tut es auch. Reich, arm, links, rechts, hetero, homo. Damit wird das Eis gebrochen, damit ein demokratischer Diskurs stattfinden kann.«

Das führte zu einer angeregten Debatte darüber, ob ein Footballspiel ein homoerotisches Ereignis sei. Walter schaltete sich in die Diskussion ein und bemerkte, die meisten Footballspieler seien immerhin keine Homosexuellen, worauf der Romancier entgegnete, Walter würde sich wundern.

»Grundgütiger Himmel, ich muß schon sagen«, sagte der Essayist. »Wie heißen Sie?«

»Walter.«

»Um Himmels willen, Walter«, sagte der Essayist, »da haben Sie eine ganze Reihe von Männern, die sich hinhocken und sich präsentieren, und der Quarterback langt mit der Hand hinunter und greift jedem einzelnen von ihnen in den *Schritt* und taucht mit dem *Ball* auf, Walter, und dann versuchen sie alle gemeinsam, die Linie der anderen Männer zu penetrieren. Ich meine, du lieber Himmel, Walter das ist genug unterdrückte Homosexualität, um Freud auf den Plan zu rufen! Und, und bitte verstehen Sie mich jetzt nicht falsch, aber kenne ich Sie nicht von irgendwoher?«

»Vielleicht aus dem Plaza.«

»*Definitiv* aus dem Plaza, und Sie sind der clevere Bursche, der Sean McGuire hinauskomplimentierte«, sagte der Essayist. Und fügte dann hinzu: »Da wir gerade von Footballspielern sprechen ...«

»Wie auch immer«, unterbrach ihn Walter. »Wen mögen Sie in dem Spiel?«

»Darling, ich mag sie alle, aber wenn Sie mich fragen, wen ich gern gewinnen sehen möchte, sind es die Giants. Übrigens, da wir gerade von Freud sprechen ...«

Walter unterhielt sich also wirklich gut, wenn man davon absah, daß er sich keinen Reim darauf machen konnte, weshalb Anne ihm eisige Blicke zuwarf. Tatsächlich, je mehr er sich zu amüsieren schien, um so eisiger wurden ihre Blicke. Als man sie bat zu singen, kündigte sie mit fast boshafter Schadenfreude an, sie werde nur im Duett mit *ihrem* Freund auftreten.

Er nahm den Fehdehandschuh auf und setzte sich ans Klavier.

Es war ein albernes kleines Duett, das sie zum ersten Mal an einem feuchtfröhlichen Abend in Cannes vorgeführt hatten, als er zu ihr auf die Bühne gekommen war, um zu beweisen, daß er nicht singen konnte. An diesem Abend im Good Night tat er das gleiche und lieferte das »Scou-be-do-be-do-ba« nach ihrem Refrain.

Die Truppe im Good Night jubelte, als sie den Anfang sang:

»*Why don't you come and join the group?*
It's better than being a party poop.«

worauf Walter einfiel:

»*Schu-bi-du-bi-du-ba*
Schu-bi-du-bi-du.«

Dabei hatte er einen Ausdruck wie Stan Laurel im Gesicht und schlug leise und falsch mit dem Fuß den Takt dazu.

Die Leute waren völlig bezaubert, als Anne trällerte:

»Say you love me, really love me, say you love me true«,

worauf Walter mit einem total falschen, aber von Herzen kommenden

»I love you«

einfiel.

Obwohl Anne alles andere als bezaubernd war, wie Walter wußte. Er spürte, wie ihre Augen hinter der Fassade der Entertainerin wie Dolche auf ihn gerichtet waren, selbst als die Nummer beendet war und sie sich errötend verbeugte.

Und als er draußen auf der Straße die Arme in den Nachthimmel reckte und losschrie: »Himmel, wie ich diese Stadt liebe!« und sie nichts dazu sagte, wußte er, daß ihr schon eine Rache für das einfallen würde, was er ihr angetan hatte, was immer es sein mochte.

Er brauchte nicht lange zu warten. In der Sekunde, in der sie die Mäntel ausgezogen hatten, hatte sie den Joint aus ihrer Handtasche genommen, angezündet und sich auf den Fußboden gesetzt.

Er gab sich Mühe, sich nicht darüber zu ärgern, ärgerte sich aber doch.

»Ist das eine neue Angewohnheit?« fragte Walter und reckte das Kinn in Richtung Marihuana-Zigarette.

Sie waren beide der Meinung, daß er lächerlich wirkte – eine entrüstete blaustrümpfige Sonntagsschullehrerin.

»Es ist keine Angewohnheit«, sagte sie. »Versuch's doch mal.«

»Woher hast du das Zeug?«

»Alicia hat es mir gegeben.«

»Alicia«, sagte er. »War es das, was du gerade getan hattest, als ich in den Club kam? Hast du draußen auf der Straße mit Alicia Pot geraucht?«

Sie nahm noch einen tiefen Zug und sagte dann spöttisch: »Ja, Aleeesha. Ich weiß, was du denkst, Walter. Exotische, sexbesessene Negerinnen mit Voodoo-Giftgebräu führen unschuldige weiße Mädchen ins...«

»Das ist lächerlich.«

»Schnüffler Withers«, krächzte sie und hielt den Rauch in den Lungen. »So solltest du heißen, ›Schnüffler‹ statt ›Walter‹.«

»Und warum, wenn ich fragen darf?« fragte er, obwohl er es wußte.

»Weil du draußen stehst und zusiehst«, sagte sie. »Nein, nicht draußen, *drüber*. Du stehst über allem in deiner moralischen Überlegenheit und verziehst höhnisch das Gesicht über uns arme, fleischliche Sterbliche, die all die Dinge *tun*, die du beobachtest.«

In vino veritas, dachte er. In Marihuana was?

»Was, wenn ich fragen darf, habe ich nicht getan, um diese Attacke zu provozieren?« fragte Walter.

Sie schüttelte den Kopf. »Das ist es ja gerade, genau das. Du hast es gerade getan. Du verwendest Wörter und deinen hochnäsigen, herablassenden, überlegenen Intellekt, um Menschen auf Abstand zu halten, um dich zu distanzieren, damit du genug Platz hast, hinunterzublicken und zuzusehen.«

»Ah, ich verstehe.«

»Und grinst höhnisch«, fügte sie hinzu. »Du bist so verdammt spießig! Du verläßt diesen *neureichen* faschistischen Abschaum im Plaza und kommst dann hinunter, dorthin, wo ich lebe, und grinst höhnisch über meine Freunde.«

»Ich bin nicht sicher, ob der *Reichtum* der Keneallys wirklich so *neu* ist«, sagte er, »und ich glaube auch nicht, daß sie etwas mit Mussolini oder Hitler zu schaffen hatten. Und außerdem habe ich nicht höhnisch gegrinst.«

»Du grinst innerlich. Du bist nur zu verdammt höflich, es offen zu tun«, entgegnete Anne. »Dein Hohn verbirgt sich hinter noch größerer Höflichkeit, noch mehr Charme, noch mehr Witz, noch mehr Vollkommenheit. Der heilige Walter.«

»Wäre heiliger Schnüffler nicht besser?«

»Das ist sogar dein Job«, sagte sie. »Du schnüffelst hinter Leuten her. Das ist dein Job, Leute zu beobachten.«

Er seufzte und sagte: »Ich bekenne mich schuldig, für meinen Lebensunterhalt zu arbeiten, ja.«

»Haßt du deinen Job nicht?«

»Er gefällt mir sogar.«

»Leute zu beschnüffeln«, beharrte sie.

»Genau das tue ich«, entgegnete er und betonte das *tue* fast unmerklich, obwohl sie es nicht bemerkte.

»Mach mal Pause«, sagte sie und hielt ihm wieder die Marihuana-Zigarette hin. »Mach mit bei der Party.«

»Sie brennt nicht«, sagte er.

»Dann zünde sie an.«

Er hatte sein Feuerzeug in der Manteltasche gelassen, und so nahm er sich ein Streichholzbriefchen aus einer Schüssel auf dem Beistelltisch.

Walter riß ein Streichholz an und hielt es an die Zigarette. Sie sog daran, bis die Spitze glühte, und reichte sie ihm dann.

Er inhalierte tief und gab sie ihr zurück.

»Glücklich jetzt?« fragte er. »Frohe Weihnachten? Ich liebe dich wieder, Walter?«

»Ich liebe dich sehr.«

Sie reichte ihm wieder das Stäbchen.

»Warum bedeutet dir das überhaupt etwas?« fragte er und inhalierte den Rauch.

»Weil du dich dahinter versteckst, daß du alles richtig machst«, entgegnete sie. »Du versteckst dich hinter deiner Selbstbeherrschung.«

»Ich habe gar nicht gewußt, daß Selbstbeherrschung so

schlecht ist, Anne«, sagte er. Ein feines Lächeln verriet den Doppelsinn. Er versteckte sich hinter dem Scherz.

Sie sah jedoch ernst aus.

»Bitte sei nicht so ein Heiliger, Walter«, sagte sie. »Dann bekomme ich Angst, daß ich nicht mit dir mithalten kann.«

Der heilige Judas, überlegte er, als er an Joe Keneally und Marta Marlund dachte, die jetzt im Bett lagen. Und an Michael Howard und H. Benson. An Madeleine Keneally und Sean McGuire. Und an Anne. Und an sich selbst.

Er setzte sich neben sie auf den Fußboden, hielt sie an den Schultern, sah ihr ins Gesicht und sagte: »*Je t'aime.*«

»*Je t'aime aussi.* Aber ich fürchte, ich lasse dich im Stich.«

»Das könntest du gar nicht.«

»Du kennst mich nicht, ich ...«

Er legte ihr die Finger an die Lippen und schüttelte den Kopf. »Es ist Weihnachten«, sagte er, »und bald haben wir Neujahr. Die Zeit für einen Neubeginn und einen frischen Anfang.«

»Glaubst du wirklich?«

»Ich weiß nie so recht, was ich glaube«, sagte er, »nur, was ich hoffe.«

Für dich und mich, für Gott und die Vergebung der Sünden.

Als sie ins Bett gingen, führte sie ihn ohne viel Federlesens und nach wenig Vorspiel schnell in sich hinein. Als sie ihn küßte, war es feucht und tief, und sie atmete seinen Atem ein, als versuchte sie, Leben zu saugen ... nicht gerade *aus* ihm, das niemals ... aber *von* ihm. Und als sie kam, blickte sie mit ihren grauen Augen starr in seine, als versuchte sie, eine Antwort auf eine unausgesprochene Frage zu finden.

Er lag hinterher noch lange wach, dachte an sie, an Weihnachten und das neue Jahr. Er strich ihr behutsam über den Flaum auf ihrem Unterarm und betrachtete sie im Schlaf.

Für dich und mich, für Gott und die Vergebung der Sünden.

Zweites Kapitel:

Blue Monk
Donnerstag, 25. Dezember 1958

Nach einem kurzen schlechten Schlaf wachte Walter früh am Weihnachtsmorgen auf. Er stand auf, zog sich einen Morgenmantel an und holte sich das Pamphlet von der Treppe, das während des Streiks als die *Times* figurierte. Er rauchte seine erste herrliche Zigarette des Tages, als er sich einen Topf Kaffee machte und die Nachrichten überflog.

Ich scheine der Welt überdrüssig zu werden, dachte er, als er die Schlagzeilen überflog, weil ich der Welt überdrüssig bin. Gromyko drohte, die sogenannte freie Welt wegen Berlin zu zerschmettern, und das Pentagon prahlte, wir hätten die Atlas-Interkontinentalrakete in einem Jahr »einsatzbereit«. Ike behauptete, es gebe Beweise dafür, daß es keine Raketenlücke gebe, während Keneally behauptete, es gebe sehr wohl Beweise dafür. Dabei fiel Walter ein weiteres Bonmot Mort Sahls ein –»Wir sollten den Russen unsere gesamten wissenschaftlichen Geheimnisse geben, dann wären *sie* zwei Jahre zurück.« Eine positivere Nachricht lautete, man habe »unter der strahlenden Dezembersonne« in Jerusalem die Barrikaden beseitigt, nämlich zu Ehren des heiligen Tages. Walter fiel angenehm auf, daß israelische Polizisten und jordanische Soldaten »sich im Niemandsland wie selbstverständlich miteinander unterhielten«, doch es verwirrte ihn, daß das einzige, was Juden und Moslems erlaubte, »sich miteinander zu unterhalten«, ein christlicher Feiertag war, der auf germanische Heiden zurückging.

Nun, ich bin der Welt tatsächlich überdrüssig, und morgen werden die Barrikaden wieder aufgerichtet werden, dachte Walter.

Und wenn ich schon von aufrichten spreche ...

»Guten Morgen«, sagte er zu Anne, als sie in die Küche trottete. »Du bist schon früh auf.«

»Ist der Weihnachtsmann gekommen?« fragte sie. Ihre Augen waren verquollene Schlitze, ihr Haar ein wirres, strähniges Knäuel, und ihren Morgenmantel hätte man mit viel Wohlwollen als »tantenhaft« bezeichnen können.

»Gekommen, aber gleich wieder weg«, erwiderte Walter. »Aber er hat wenigstens Kaffee gemacht.«

»So ein lieber Kerl«, murmelte sie. »Ich habe immer gewußt, daß es einen Grund dafür gibt, daß ich diesen netten dicken alten Mann liebe.«

»Warum bist du bloß so früh aufgestanden?«

»Ich muß aufs Land fahren«, murmelte sie. »Meine Eltern besuchen.«

»Bist du sicher wegen Greenwich?«

»Absolut.«

Walter goß ihr eine Tasse Kaffee ein und gab reichlich Sahne und Zucker dazu, bis das ganze wie *café au lait* aussah. Dann fand er ein Baguette im Küchenschrank, schnitt es der Länge nach auf, dann quer, bestrich es mit Butter und reichte ihr eine Hälfte. Sie setzte sich an den Küchentresen, tauchte das Brot in den Kaffee und schien dann ein wenig zu sich zu kommen.

»Frohe Weihnachten, Darling«, sagte sie.

»Frohe Weihnachten.«

»Wollen wir die Geschenke auspacken?«

»Gute Idee.«

Sie setzten sich im Wohnzimmer auf den Fußboden und betrachteten die Geschenke, die sie vor ein paar Tagen unter den kleinen Baum gelegt hatten. Sie hatte seine Pakete in glänzendes rotes Papier mit großen, von Hand gebundenen Schleifen gewickelt. Er hatte sich die Pakete von Verkäuferinnen bei Saks, Bonwit's, Bergdorf's und Brentano's einwickeln lassen.

»Erst du«, sagte er.

»Wir wechseln uns ab.«

Er schenkte ihr zwei Perlen-Ohrringe, einen langen Seidenschal, ein Paar Winterhandschuhe, einen braunen Männer-Filzhut, zwei große Broschen, wie sie gerade Mode waren, Ferlinghettis *A Coney Island of The Mind* und Cheevers *The Housebreaker of Shady Hill* sowie ein weiteres Jahresabonnement der *New Republic*. Ihre Geschenke für ihn waren eine Sportjacke aus Tweed, ein Geldclip, ein Pullover, ein Abonnement für *Sports Illustrated* sowie Plattenalben: Mahlers *Erste Symphonie*, *Coltrane and Monk*, *The Modern Jazz Quartet* und Ahmad Jamals *At the Pershing*, von dem sie sagte, es sei die Jazzplatte des Jahres.

Dann noch etwas: ein Tonband.

»Was ist das?« fragte er.

»Ein paar Mitschnitte aus dem Studio«, sagte sie verschmitzt. »Ich wollte, daß du ein Band hast, da einige von ihnen nicht kommerziell genug sind, um sie im Album dabei zu haben. Ich hoffe, es gefällt dir.«

»Ich bin entzückt.«

Sie betrachtete die Geschenke, die sich auf dem Fußboden stapelten.

»Für ein paar Bohemiens«, sagte sie, »sind wir mit Sicherheit sehr konventionell.«

»*Du* bist eine Bohemienne.«

»Und du der leitende Angestellte«, gab sie zurück. »Tut mir leid, daß wir uns gestern abend gestritten haben.«

»Mir auch.«

Sie sagte: »Ich glaube, es liegt daran, daß wir wieder in Amerika sind. Der Druck, sich anzupassen, verschärft unsere Gegensätze.«

»Sind wir in Amerika?« fragte Walter. »Ich dachte, wir wären in New York.«

»Und New York ist nicht Amerika?« fragte sie.

»Es ist eine magische Insel in einem Meer des Konformismus.«

»Tatsächlich?«

»Es kann jedenfalls sein.«

»Ich weiß nicht.«

Er beugte sich vor und löste die Schlaufe ihres Morgenmantels. Dieser ging auf, und er griff nach ihrer Körpermitte, und schob ihre Beine so weit auseinander, daß er sie dort berühren konnte.

»Es kann es sein«, wiederholte er.

Er schob sie behutsam hinunter, und das Geräusch von zerknülltem Einwickelpapier unter ihr hörte sich an wie das Knistern eines Feuers, als sie sich liebten.

»Du siehst müde aus, Walter«, sagte seine Mutter, als sie ihm einen Teller mit Truthahnfleisch reichte. »Bekommst du immer genug Schlaf?«

Mütter, dachte Walter, sind die einzige Konstante in einer sonst unberechenbaren Welt. Und um die Wahrheit zu sagen, Mutter, bin ich bei Anne aufgewacht, habe sie auf die Wange geküßt, mir meinen zerknüllten Abendanzug angezogen, einen jüdischen Taxifahrer gefunden, um dann nach Hause zu fahren, wo ich geduscht und mich rasiert habe. Dann habe ich mir einen anständigen Weihnachtsanzug ausgesucht, den MG aus der Garage geholt und sämtliche Geschwindigkeitsbegrenzungen von zwei Staaten mißachtet, um rechtzeitig zum Sherry vor dem Dinner hier zu sein.

Er sagte jedoch: »Ja, Mutter. Wieso, sehe ich müde aus?«

Seine Schwester Elizabeth verdrehte die Augen.

»Und wie geht es Anne?« fragte Barbara Withers. »Triffst du dich noch mit ihr?«

Das mütterliche Radar. Feinfühlig, genau, tödlich.

»Gerade erst letzte Nacht, um genau zu sein«, erwiderte Walter.

Sein Schwager Roger, selbst nach den Maßstäben eines Schwagers ein Kretin, grinste sogar in seinen Kartoffelbrei. Die Eifersucht des Mannes in Fesseln, dachte Walter. Wenn meine Schwester mit der Peitsche knallt, bekommt er es immer ab.

»Zu schade, daß du sie nicht mitgebracht hast«, sagte Elizabeth.

»Sie verbringt den Tag mit ihrer Familie«, erwiderte Walter. Du wirst dir deine Unterhaltung also woanders suchen müssen.

»Und wo leben sie?« fragte seine Mutter.

»Irgendwo weiter auf dem Land.«

»Nun, wir würden sie gern mal bei uns begrüßen«, sagte Mrs. Withers mit gnädiger Unaufrichtigkeit. Mrs. Withers hatte nichts gegen Anne, ganz und gar nicht, doch sie brachte es einfach nicht über sich, ihren Sohn mit einer Nachtclubsängerin in Verbindung zu bringen. Obwohl er Privatdetektiv geworden war. Barbara Withers hatte die Rolle einer Ehefrau aus gutem Haus mit Anstand erfüllt. In diese Verantwortung war die Verpflichtung eingeschlossen, mit Anstand *zu altern*. Seit dem Tod ihres Mannes vor fünf Jahren und der zusätzlichen Bürde, die Familie zusammenzuhalten, hatte sie etwas von George Withers' *gravitas* angenommen, allerdings ohne sein aufbrausendes Temperament. An diesem Weihnachtsmorgen war ihr schneeweißes Haar perfekt frisiert, ihr graues Kleid saß anmutig, und die Perlenkette, die sie, wie nicht anders zu erwarten, trug, war deshalb nicht weniger elegant.

Barbara Withers hatte mit ihrem Mann den Glauben geteilt, daß Menschen das Recht haben, von anderen Menschen bestimmte Dinge zu erwarten, denn sonst sei ein Zusammenleben unmöglich, »dann könnten wir genausogut wieder auf die Bäume klettern und uns gegenseitig mit Früchten bewerfen«.

Sie wußte, was von einer guten Hausfrau in Connecticut erwartet wurde, und noch mehr von einer Witwe.

»Eine Ehefrau«, hatte sie ihrer Familie einmal gesagt, »darf vielleicht mal bei der Weihnachtsfeier des Country Club flirten. Eine Witwe darf es nicht – es könnte ernst genommen werden.«

Barbara Withers wußte also, daß eine Mutter ihrem dreiunddreißigjährigen Sohn zwar zu verstehen geben darf, daß er sich mit den falschen Frauen abgibt, doch sie darf es nie offen sagen oder ihn auch nur bitten, so etwas zu beenden. Diese Art direkte Einmischung mag vielleicht südlich der Mason-Dixon-Linie üblich sein, aber ganz gewiß nicht in einem Villenvorort von Greenwich. Außerdem hatte sie es vermieden, ihrem Sohn allzu viele Fragen zu stellen, seit George sie eines Tages beiseite genommen und ihr erzählt hatte, ihr Sohn sei in die Dienste der Regierung getreten, doch es sei am besten, Freunden einfach zu sagen, der junge Walter arbeite jetzt »in der Wirtschaft«.

»Wie geht's im Privatschnüfflergeschäft?« fragte Roger, wieder mit einem schiefen Grinsen. Roger war an der High School der Stadt stellvertretender Schulleiter. Im Verein mit Elizabeths geerbtem Vermögen erlaubte ihm das ein angenehmes Leben. Er machte sich nie die Mühe, sein selbstgefälliges Amüsement über Walters Dasein als »Privatschnüffler« zu verbergen.

Dieser fühlte sich manchmal versucht, Roger darüber aufzuklären, daß seine Hauptbeschäftigung im Leben darin bestand, für Elizabeths Hauptbeschäftigung im Leben das Sperma zu liefern, für das Herausputzen ihrer drei Kinder, die herumliefen, als wären sie Schaufensterpuppen. Die Kinder, Roger jr., Eleanor und Margaret, hatten begriffen, was von ihnen erwartet wurde, und benahmen sich fast wie Kunststoff-Kinder, obwohl sie amüsant und sogar bezaubernd sein konnten, wenn ihre Eltern ihnen erlaubten, Kinder zu sein.

»Wie die Bezeichnung schon andeutet, ist es eine Privatangelegenheit«, antwortete Barbara an Walters Stelle. »Würdest du mir bitte die Kartoffeln herüberreichen, Roger?«

Was Neu-England-Jargon war für: *Wir sprechen nicht über das, womit Walter seinen Lebensunterhalt verdient. Damals nicht, heute nicht, niemals. Das macht die Konversation bei Tisch vielleicht ein bißchen mühsamer, aber wer den Vermögens-Fonds der Familie genießen will, muß diese Kröte schlucken.*

Wir verstehen uns darauf, Geheimnisse zu wahren, dachte Walter über seine Familie. Das können wir gut. Wir haben nicht nur die Wertschätzung der Neu-Engländer für ein ungestörtes Privatleben, sondern auch die Erfahrung von zwei Generationen in geheimen Diensten, was naturnotwendig auch ein Leben im Verborgenen bedeutet. Von den Leistungen seines Vaters im Zweiten Weltkrieg hatte er während seiner Ausbildung nur gerüchteweise gehört. Veteranen der Firma hatten nur Andeutungen darüber gemacht, wie Withers senior die spanische Währung manipuliert hatte, um sicherzustellen, daß dieses Land nicht auch nur im Traum daran dachte, plötzlich abzuspringen und seinen faschistischen Seelenverwandten gegen die Alliierten beizustehen.

Als Walters Mutter sagte: »Es ist schön, dich über Weihnachten zu Hause zu haben«, wußte er, daß sie ihn nach seinem Krieg in Europa willkommen hieß.

Es war vielleicht ein Kalter Krieg, aber immer noch ein Krieg, dachte Walter. Man kommt ohne Medaillen und Ruhm nach Hause, aber mit einer wasserdichten Legende und gefälschten Referenzen, die sie stützen.

Selbst das Haus scheint seine Geheimnisse zu wahren, dachte Walter, wenn er es einmal mit den Augen eines Veteranen betrachtete. Schließlich war das Haus in der Zeit gebaut worden, als ein Haus die Welt noch ausschließen und nicht hereinlassen sollte. Keine großen Fenster, keine Glas-Schiebetüren, keine Innenhöfe in dem Haus, in dem er aufgewachsen war – oder nicht erwachsen geworden war, so, wie die Dinge lagen. Nein, das Zuhause der Withers war ein altes, solides, zweistöckiges Rechteck mit massiven Türen und einem Steinfundament. Ein Haus, in dem Geheimnisse sicher untergebracht waren.

»Und es ist schön, zu Hause zu sein, Mutter«, erwiderte Walter.

Also reichten sie die Kartoffeln herum, den Truthahn, die Sauce, die Erbsen und Karotten. Dann gab es Kürbis-Pie, Apfelpastete und die Platte mit Weihnachtsgebäck. Anschließend wurde der Tisch abgeräumt. Sie erledigten den Abwasch selbst, weil Barbara nicht zulassen wollte, daß ihre Haushaltshilfen am Weihnachtstag ihre Familien allein ließen.

Dann zogen sie sich ins Wohnzimmer zurück, wo Roger das Kaminfeuer wieder in Gang brachte, während Barbara es sich mit einer Tasse Tee gemütlich machte. Anschließend wurden Geschenke ausgetauscht. Die Kinder hatten ihre natürlich schon am Morgen aufgemacht. Jetzt kamen nur noch die von Großmutter und Onkel Walter.

Wie gewohnt hatte Onkel Walter Manhattan durchkämmt, um die scheußlichsten und lärmendsten Spielzeuge zu erstehen, die überhaupt denkbar waren. Er hatte glückliche Stunden bei Schwartz verbracht und Geschenke ausgewählt, die im Haushalt der Kenners die größtmögliche Unruhe und das größte nur denkbare Chaos auslösen mußten, und jetzt freute er sich diebisch über Elizabeths Gesichtsausdruck, als ihre Kinder auspackten. Zum Vorschein kamen Trommeln, Spielzeuggewehre mit Zündplättchen, drei Hula-Hoop-Reifen, ein Malkasten, eine Ausrüstung für »Kinder-Detektive« mit Stempelkissen für Fingerabdrücke sowie ein Chemiebaukasten, in dem es von unappetitlichen, aufdringlichen Düften nachgerade wimmelte. Die Teppichreinigung würde noch viel Geld verdienen. Die aufgeregten Schreie »Vielen Dank, Onkel Walter!« quittierte er mit einem bescheidenen Lächeln, einem Achselzucken und »Wißt ihr, ich hoffe nur, ihr könnt die Sachen gut gebrauchen«, während Roger ihm mißbilligende Blicke zuwarf.

Roger schenkte er sehr guten Pfeifentabak von Dunhill, seiner Schwester Parfum von Saks und seiner Mutter eine antike Schmucknadel, die er im Village gefunden hatte, *Frühstück bei Tiffany* und einen Seidenschal.

Onkel Walter wiederum erhielt von Roger und Elizabeth schottische Socken »für diese Privatschnüffler-Schuhe«, von den Kindern ein kleines Reise-Schachspiel und von seiner Mutter einen Kaschmir-Blazer.

»Sieht aus, als wäre Batista jetzt am Ende«, bemerkte Roger, nachdem alle Geschenke ausgepackt waren und die Kinder begonnen hatten, ihre neuen Besitztümer mit dem gebotenen Ernst zu untersuchen. »Sieht aus, als würde Castro gleich in Havanna einmarschieren und Walzer tanzen... oder sollte ich vielleicht lieber ›Samba‹ sagen?«

»Hast du was dagegen, Roger?« fragte Walter.

»Gegen Castro?« fragte Roger zurück und gab sich Mühe, sein pädagogischstes Stirnrunzeln aufzusetzen. »Der Mann ist Kommunist.«

»Eher Sozialist, würde ich sagen«, gab Walter zurück.

»Das ist doch das gleiche«, bemerkte Roger.

Walter sagte: »Wie auch immer: Was soll's?«

»Neigst du jetzt den Roten zu, Walter?« höhnte Roger.

»Ich halte den Kommunismus für eine wunderschöne Idee«, sagte Walter.

»Lieber Himmel, Walter...«

»Er nimmt dich auf den Arm, Roger«, warf Elizabeth ein.

»Nein«, widersprach Walter. »Ich halte ihn wirklich für eine wunderschöne Idee. Oder vielmehr ideal. Ich halte es für eine Tragödie, daß er nicht praktikabel ist.«

»Nun, was ist?« fragte Roger, dessen Lippen irritiert zuckten. »Bist du dafür oder dagegen?«

»Den Kommunismus?«

»Ja.«

Weil er wußte, daß es Roger ärgern würde, erwiderte Walter: »Sowohl als auch. Ich halte ihn für ein schönes Ideal, das nicht funktionieren wird, weil es mit der menschlichen Natur bedauerlicherweise total unvereinbar ist.«

Roger setzte sich in Positur und nahm den Ausdruck eines Schulrektors an, der einen aufsässigen Schuljungen herunterputzt, und fragte: »Gegen genau welche Aspekte der menschlichen Natur hast du etwas einzuwenden?«

»Die Selbstsucht.«

»Die Selbstsucht?« wiederholte Roger.

»Ja«, erklärte Walter. »Die einfache Habgier. Das Fehlen christlicher Nächstenliebe.«

»Kommunisten sind Atheisten, Walter«, erklärte Roger geduldig und mit einem Seitenblick amüsierter Herablassung zu seiner braven Ehefrau.

»Trotzdem«, erwiderte Walter, »wenn Jesus heute wieder auf die Erde käme, bestünde für mich nicht der geringste Zweifel, daß er dann mindestens Sozialist, wenn nicht gar begeisterter Trotzkist wäre.«

»Walter!« sagte seine Mutter entsetzt, obwohl er ihr ansah, daß sie sich königlich amüsierte.

Elizabeth bemerkte spitz: »Dein Sohn verbringt ein paar Abende in Greenwich Village, und schon fängt er an zu agitieren wie eine Dorothy Day.«

»Walter könnte nie Katholik sein«, sagte Mrs. Withers. »Von billigem Wein bekommt er Kopfschmerzen.«

»Was nicht in Ordnung mit Dorothy Day?« fragte Walter.

»Sie ist katholisch und Kommunistin«, erwiderte Elizabeth.

»Aber Kommunisten sind doch Atheisten«, erinnerte Walter sie sanft. »Das hat Roger gesagt.«

»Ich habe es gesagt, und sie sind es«, beharrte Roger.

»Hast du dir schon eine bombensichere Unterkunft gegraben?« fragte Walter.

Seine Mutter warf ihm einen strengen Blick zu.

»Wir werden einen Bombenkeller einbauen«, sagte Roger ernst. Als er Walters amüsiertes Lächeln sah, sagte er: »Das tun wir wirklich! Und das ist sehr klug, Walter! Du solltest dir auch so ein Ding bauen lassen.«

»Ich wohne in einem Mietshaus«, gab Walter zurück. »Aber ich bin überzeugt, daß du mich in deinen Keller einladen wirst.«

»Da wäre ich nicht so sicher«, knurrte Roger.

Während die Kenners später ihre zweifelhafte Beute in den Kombi luden und Walter seine Mutter kurz unter vier Augen sprechen konnte, fragte er sie: »Bist du enttäuscht von mir?«

Sie machte ein verblüfftes Gesicht und erwiderte: »Ganz und gar nicht. Natürlich nicht.«

»Von meinem Beruf, meine ich«, erklärte Walter. »Bist du enttäuscht, daß ich nicht in Vaters Firma eingetreten bin?«

Sie legte eine mütterliche Hand auf seine und sagte: »Walter, dein Vater wußte, daß er ein sehr starker und sehr erfolgreicher Mann war, und das machte ihm Sorgen. Nicht um seiner selbst willen, sondern wegen seiner Kinder. Er war besorgt, ihr könntet davor Angst haben, nicht neben ihm bestehen zu können. Dein Vater war dein Vater und sehr stolz auf dich. Das bin ich auch. Stimmt was nicht?«

»Alles in Ordnung.«

»Du ärgerst dich doch nicht über diesen törichten Roger, oder etwa doch?« sagte sie lachend.

»Ein wenig schon«, gab er zu.

»Er weiß nicht, daß hinter seinem Tellerrand noch eine ganze Welt liegt«, erwiderte sie. »Du solltest ihn aber nicht so mit deinen Bemerkungen quälen.«

»Ich weiß, aber ich kann einfach nicht widerstehen«, erwiderte Walter. »Warum kommst du nicht bald mal in die Stadt? Wir essen bei Sardi's, und dann ins Theater? Ich werde uns Karten für *Sunrise at Campobello* besorgen.«

»Ein Stück über Roosevelt?!« Sie wich in gespieltem Entsetzen zurück. »Dein Vater würde sich im Grabe umdrehen.«

»Dann eben *Flower Drum Song.*«

»Hört sich wundervoll an, beides.«

»Abgemacht?«

»Nach den Feiertagen.«

Er gab ihr einen Kuß und umarmte sie, verabschiedete sich von Schwester, Schwager, Nichten und Neffe, stieg in seinen Wagen und fuhr zurück zur Arbeit.

Das Haus der Howards war neu, gehörte zu jener jüngsten Generation von Vorortvillen, die mehr sein wollten als Massenbauten. Das Haus war einstöckig, lang und niedrig, hatte große Aussichtsfenster, eine Parkbucht und eine Garage für zwei Wagen. Das Haus machte einen kostspieligen Eindruck und sah nach einer großen Anzahlung und einer saftigen Hypothek aus. Andererseits bezog Howard bei American Electronics ein gutes Gehalt.

Die Familie hielt sich im Vordergarten auf.

Walter konnte sie gut beobachten, als er auf der anderen Straßenseite in einiger Entfernung vom Haus parkte.

Er war von Greenwich nach Darien hinübergefahren, weil es in der Nähe lag und dies eine gute Gelegenheit war, sich das Haus und vielleicht auch die Familie anzusehen, ohne den halben Tag hin- und herfahren zu müssen.

Die Kinder trugen glänzende Schneeanzüge. Der des kleinen Jungen war über etwas gezogen, was wie ein neuer Football-Helm aussah, und er hielt einen Football umklammert, als er um seinen Vater herumwatschelte und auf seinen vermeintlichen künftigen Ruhm zumarschierte. Das kleine Mädchen hatte mehrere große Puppen und ein gewaltiges Kunststoffpferd auf einen Schlitten gepackt und versuchte ihn zu ziehen. Eine der Puppen fiel immer wieder herunter.

Mrs. Howard bannte das alles auf 8-mm-Schmalfilm. Sie konnte Michael und den Jungen dazu bringen, stehenzubleiben und zu winken, doch das kleine Mädchen konzentrierte sich hartnäckig auf sein neues Spielzeug und wollte nicht hochblicken.

Zu Walters Überraschung war Mrs. Howard eine auffallende Erscheinung, eine wirklich gutaussehende Frau mit dunkelbraunem Haar, vollen Lippen und einem bemerkenswert hübschen Gesicht. Was ist es, fragte sich Walter, was sie ihm nicht geben kann oder will ... oder worum er sie nicht bitten kann ... was ihn nachmittags zu diesen heimlichen Spritztouren in die 21. Straße East Nummer 322 eilen läßt?

Und sie hat keine Ahnung, dachte Walter. Das war klar, als sie zu ihrem Mann hinüberging, sich bei ihm einhängte und den Kopf an seine Schulter legte, als sie ihren Kindern beim Spielen zusahen. Sie lächelte und lachte in dem Glauben, ihr Glück sei sicher.

Diese Vorort-Idylle, dachte Walter. Dieser neue amerikanische Traum, weder Stadt noch Land, sondern eine banale Mischung aus beidem. Eine Gesellschaft, die durch das Fernsehen und das Auto und sonst wenig zusammengehalten wird, wenn man von dem desperaten, auch vom Fernsehen genährten Wahn absieht, daß wir alle das gleiche wollen, ein Haus im Grünen.

Oder vielleicht bin ich derjenige, der sich täuscht, dachte er, weil ich mich an meine Phantasie von einem New York klammere, das nicht mehr existiert, das von den immer mehr wuchernden Vororten erstickt wird.

Noch ein paar Jahre, und die Clubs werden tot sein. Die Gäste, die einst in der Stadt lebten und schnell auf einen Drink hereinschauten, auf ein paar Songs und ein gutes Lachen, leben jetzt in den Vororten. Und da man von dort eine lange Anfahrt hat, einen Parkplatz und vielleicht einen Babysitter suchen muß, ist es leichter, einfach den Fernseher einzuschalten und die gleichen Sänger und Sängerinnen anzusehen, die früher in den Clubs spielten und jetzt für Jack Paar oder Steve Allen oder Joe Pine auftreten. Das Cabaret findet jetzt im Wohnzimmer statt – oder wie lautet dieser scheußliche Ausdruck, den Elizabeth und Roger verwenden: das »Familienzimmer«? Und wenn die Clubs aussterben, werde ich vermutlich einer der wenigen Trauergäste bei ihrer Beisetzung sein. Der Rest von Amerika wird in den bombensicheren Kellern der Vororte sitzen und auf der Mattscheibe die anscheinend endlose Parade von Cowboy-Shows ansehen.

Unterdessen versinkt meine magische Insel im Sonnenuntergang.

Hier sitzt also Mrs. Howard, weder Stadtmaus noch Landmaus, und ihr Ehemann ist nachts eine Vorortmaus und tagsüber eine Stadtmaus, und daneben hat er noch eine Stadtmaus, die in einem geheimen Stadtnest versteckt wird.

Und hier sitze ich und beobachte sie.

Frohe Weihnachten, Mrs. Howard, dachte Walter.

Und frohe Weihnachten auch für mich.

Er lehnte sich in den Fahrersitz und wartete, bis sie wieder ins Haus gingen. Als sie es taten, ließ er den Motor an und fuhr in die Stadt.

Es war dunkel, als er in Manhattan ankam.

Er brachte den Wagen in die Garage, ging in seine Wohnung und machte das Geschenk von Forbes und Forbes auf. Er goß nicht gerade knapp von dem zwölfjährigen Scotch auf ein paar Eiswürfel, legte Thelonious Monks *Blue Monk* auf und setzte sich hin, um sich gehenzulassen und über sich selbst nachzudenken.

Walters Apartment war anzusehen, daß sein Bewohner nicht viel Zeit in ihm verbrachte. Es hatte ein recht großes Wohnzimmer mit zwei Fenstern zur 36. Straße, ein Sofa mit bequemen Kissen, das seine Mutter gekauft und Walter gleichgültig angenommen hatte, zwei dazu passende Lehnsessel und einen Couchtisch aus Eiche. All diese Möbelstücke standen auf einem Perserteppich mit verblichenen Rot-, Blau- und Goldtönen.

An einer der mattweißen Wände reichte ein Bücherregal vom Boden bis zur Decke. Die Regale hatte Walter umgebaut, um seine neue Hi-Fi-Anlage von Webcor und seine ständig wachsende Sammlung von Jazzplatten unterzubringen. Platten von Prestige, Blue Note, Riverside und Verve – Annes Label. Er hatte sie alphabetisch geordnet – Basie, Blanchard, Blakey, Coltrane, Davis, Ellington – und in spezielle Plastiktüten gesteckt, die er in einem gutausgestatteten kleinen Laden in der Nähe des Sheridan Square bezog. Das Bücherregal enthielt sogar ein paar Bücher. Robert Ruarks *Der alte Mann und der Junge*, Hemingways *Fiesta*, Maughams *Des Menschen Hörigkeit* und die gesammelten und in Walters Augen traurig verstümmelten Werke von F. Scott Fitzgerald.

Doch mit Ausnahme dieser wenigen zerlesenen Bände, das gestand Walter sich ohne weiteres ein, war er ein kein großer Leser. Er gab Zeitschriften den Vorzug, vor allem den illustrierten Blättern, und sein Zeitschriftenregal quoll über von alten Ausgaben von *Life, Look, Time* und besonders *Sports Illustrated*. Selbstverständlich hatte er den *New Yorker* abonniert, dessen Cartoons er liebte, ebenso einige der Short Storys, kaufte sich gelegentlich das *Atlantic Monthly*, wenn ihm danach war, und kaufte seit kurzem auch die *National Review*, was Anne zwar unendlich ärgerte, doch Bill Buckley war ein Kommilitone aus Yale und seit Robert Benchley der bei weitem geistreichste Kolumnist New Yorks und ein großartiger Trinkkumpan im White Horse.

Die linke Tür führte in die schmale Küche, eine klassische Junggesellenküche mit einem kaum benutzten Herd und einem nie benutzten Backofen, einer Spüle aus weißem Porzellan und einem nagelneuen Frigidaire – bei diesem Namen zuckte Walter immer zusammen, da er dann sofort an irgendeine Französin denken mußte, bei der alle Bemühungen vergeblich waren. Der Kühlschrank enthielt in diesem Augenblick nur ein Dutzend Eier, zwei Päckchen Butter, eine Flasche Orangensaft, zwei kleine Flaschen Stolitschnaya-Wodka und mehrere Flaschen teuren skandinavischen Aquavit. Die Küchenschränke waren mit säuberlich aufgereihten neuen Gläsern und Geschirr gefüllt, die er sich bei der Rückkehr in die Staaten gekauft hatte, einem Karton Corn Flakes,

genügend Weingläsern für eine kleine Party und den wenigen
französischen Champagnerflöten, die den Transport über
den Atlantik überlebt hatten.

Sein Schlafzimmer und das Bad befanden sich auf der
anderen Seite des Wohnzimmers. Walter meinte, den größten
Teil seiner knappen Zeit zu Hause in dem einen oder dem
anderen zu verbringen. Das Bett war recht einfach, ein Bett-
kasten mit Holzrahmen und einem Kopfteil aus Eiche mit
einem Bücherregal und zwei Schränkchen. Die Tapeten hatten ein dezentes Muster, das seine Mutter ausgesucht hatte,
damit es zu dem blauen Bettbezug und den Kopfkissenbezü-
gen paßte, die sie ebenfalls ausgewählt hatte.

Der Badezimmerfußboden war mit achteckigen schwarzweißen Kacheln belegt und enthielt ein altes weißes Waschbecken und eine Badewanne mit Dusche, obwohl Walter nie
badete. Sein Medizinschrank hinter dem Rasierspiegel enthielt Rasiercreme, eine Flasche Old Spice, einen Sicherheits-
Rasierer von Schick, Heftpflaster, einen blutstillenden Stift,
ein Fläschchen Aspirin, Listerine, Vitalis, die lebensnotwen-
digen Päckchen mit Alka-Seltzer und der Zeichnung des
kretinhaften kleinen Schlaumeiers, der nie einen Kater bekam, sondern nur über den grinste, den man selbst hatte, eine
Zahnbürste und eine Tube Colgate-Zahncreme.

Die Wohnung war aufgeräumt, weil Walter eine Zugeh-
frau hatte, die einmal pro Woche kam, um hinter Anne
aufzuräumen und weil Walter nur selten da war. Er ging früh
zur Arbeit, ging abends meist aus und verbrachte die meisten
Wochenenden unten im Village mit Anne.

Doch an diesem leicht melancholischen Weihnachtsabend
war er bei seinem dritten Scotch angelangt und hatte sich
gerade entschlossen, Albert Schweitzers Beispiel zu folgen
und nach Afrika zu gehen, als es an der Tür läutete.

»Ich habe Ihre Adresse vom Portier im Plaza«, sagte Madeleine Keneally. »Ich hoffe, ich störe Sie nicht.«

Sie trug einen leuchtendroten Mantel und eine schwarze

Baskenmütze. Sie sah umwerfend gut aus, wie sie da im Flur stand.

»Ich habe Ihnen ein Geschenk mitgebracht«, sagte sie. Sie hielt ihm das Päckchen hin wie eine Opfergabe.

»Darf ich Ihnen etwas zu trinken anbieten?« fragte er, als er ihr den Mantel abnahm. Er hängte ihn in der Garderobe auf, und sie setzte sich aufs Sofa.

»Haben Sie gerade getrunken, Mr. Withers?«

»Ja, und bitte nennen Sie mich Walter«, erwiderte er. »Soll ich das jetzt aufmachen?«

Es war eine Schachtel mit Godiva-Pralinen. Sie hatte sie wohl von jemandem geschenkt bekommen, und in der Eile war ihr nichts Besseres eingefallen.

»Sie ist schön«, sagte Madeleine traurig. »Und sehr sexy, wie ein Filmstar.«

»Wer?«

Ihre Augen wurden zornig. »Ihre Marta.«

»Ich bin nicht so sicher, ob sie meine Marta ist«, sagte er.

»Ist sie wunderbar?«

»Was meinen Sie?« fragte er zurück.

»Sie wissen, was ich meine.«

»Die Nocturnes von Chopin«, antwortete er und nickte in Richtung der Lautsprecher. »Gefallen sie Ihnen?«

Sie schwiegen einige Momente und hörten der Musik zu.

»Wie haben Sie es geschafft, am Weihnachtstag wegzukommen?« fragte er.

»Ich habe einfach gesagt, daß ich Walter Withers ein Geschenk bringen will«, sagte sie. »Das hielten alle für eine wundervolle Idee.«

»Der Senator auch?«

Sie sah verwirrt aus. »Ja. Warum haben Sie getrunken, Walter?«

»Ich finde diesen Feiertag ziemlich traurig.«

»Alle Geschenke sind ausgepackt, und Sie sitzen hier ganz allein?« fragte sie.

»So ungefähr«, sagte er. »Warum sind Sie wirklich hier, Mrs. Keneally?«

»Madeleine.«

»Warum sind Sie wirklich hier, Madeleine?«

»Das habe ich Ihnen doch gesagt.«

Hoffentlich bist du nicht gekommen, um mir Fragen nach deinem Mann und Marta Marlund zu stellen. Ich bin zu betrunken, um zu lügen, aber nicht betrunken genug, um die Wahrheit zu sagen.

Sie sagte: »Vielleicht wollte ich Sie nur noch einmal sagen hören, daß ich eine nette Person bin.«

»Sie sind auch heute eine nette Person«, sagte er. »Vielleicht wollten Sie mir auch etwas über sich und Sean McGuire erzählen.«

Sie biß sich auf die Lippe und fragte: »Sieht man es mir so deutlich an?«

»Keine Angst«, sagte er. »Nur der Schatten weiß Bescheid.«

Er stand auf, ging in die Küche und machte eine Flasche mit gutem Rotwein auf. Er goß ihr ein Glas ein, weitere zwei Fingerbreit Whiskey für sich und kehrte ins Wohnzimmer zurück.

»Ich habe ihn leider nicht dekantieren können«, sagte er und reichte ihr den Wein. »Bitte halten Sie mich nicht für einen Priester, obwohl ich Schnaps trinke.«

»Ich bin nicht gekommen, um Absolution zu erhalten.«

Trotzdem erzählte sie ihm alles.

Sie sei Kunststudentin gewesen, als sie sich kennenlernten. Sie war in die Stadt gekommen, um dem Schloßturm zu entfliehen und sich eine Zeitlang von den goldenen Ketten zu befreien. Sie hatte sich gründlich getummelt, war in die Boheme abgetaucht, hatte die Teepartys des Smith College mit schmuddeligen Kaffeehäusern vertauscht, die Salons von Newport mit Buden im Village. Und Sean McGuires Bett.

»Ich liebte ihn«, flüsterte sie Walter zu. »Er sah gut aus,

war gefährlich und spielte nicht Tennis. Wir hatten unsere Affäre auf nackten Matratzen in geliehenen Lofts.«

»Ich möchte wirklich nicht hören, wie...«

»Und dann stieg er in ein Auto und verschwand und brach mir das Herz, und ich stand wie eine dumme Gans da«, sagte sie. »Als Sean zwei Jahre später zurückkam, kannte ich Joe schon, doch Sean wollte mich wiederhaben. Ich sagte ihm, es sei vorbei. Er sagte, er liebe mich. Ich erklärte ihm, ich hätte mich in Joe verliebt. Er sagte, das sei ihm egal. Er ließ mich einfach nicht in Ruhe. Er folgt mir bis heute, kreuzt überall auf. Ich habe Angst vor ihm.«

»Haben Sie es dem Senator erzählt?«

Sie schüttelte den Kopf. »Ich fürchte, er hat einen Verdacht«, sagte sie. »Wenn er *wüßte*, daß ich eine Affäre mit Sean gehabt habe, würde er es nicht ertragen, noch bei mir zu bleiben.«

Walter fühlte sich versucht, ihr die Wahrheit über Marta zu erzählen, verkniff es sich aber. Weder sie noch Keneally würden die Symmetrie erkennen.

Sie fügte hinzu: »Und ich habe Angst vor dem, was er tun würde.«

»Würde er Ihnen etwas antun?« fragte Walter.

»Sean, nein«, erwiderte sie. »Ich habe Angst, Joe würde ihn verprügeln oder...«

»Ihn verprügeln lassen?« fragte Walter.

Oder ihm noch Schlimmeres antun, dachte er.

Madeleine fing an: »Und dann, so fürchte ich...«

»Was?«

»Ich schäme mich, davor Angst zu haben...«

»Sie fürchten«, sagte Walter, »daß dieser Teil Ihrer Vergangenheit Sie einholt.«

Sie nickte.

Er fuhr fort: »Weil es für Sie so etwas wie ein Privatleben nicht mehr gibt. Wenn der Senator nominiert wird – und wir glauben beide, daß es so kommt –, werden Sie nicht nur von der Presse unter die Lupe genommen werden, sondern...«

»Auch vom FBI.«

»Lustig, daß Sie das sagen, denn ich wollte es auch gerade.«

Als guter CIA-Mann, selbst als vorzeitig pensionierter, verachtete Walter das FBI. Eine Schlacht im kleinen, wie er vermutete – zwei rivalisierende Ameisenvölker, die sich um die gleichen Kieselsteine schlagen –, doch er verabscheute Hoover persönlich. Während beide Behörden mit ähnlichen Methoden arbeiteten (woher nahm ausgerechnet der Große Skandinavische Lude und Tödliche Anwerber das Recht, über sexuelle Erpressung zu nörgeln?), glaubte Walter jedenfalls, daß die CIA zumindest dem Land zu dienen versuchte, während das FBI in allererster Linie dem Direktor persönlich diente, dieser verabscheuungswürdigen Kröte. Und Jedgar (so nannte Walter meist den verehrten Direktor) würde dieses Wissen als Festessen betrachten, dachte Walter. Er würde vor Freude Luftsprünge machen und sich den Kopf zerbrechen, wen er damit erpressen konnte und wie. Er würde Keneally sogar davon abhalten können, sich um die Nominierung zu bemühen, oder ihn einfach laufen lassen, konnte ihn sogar gewinnen lassen, um ihn dann zu besitzen.

Was wohl letztlich der Grund ist, weshalb ich immer noch als Gast im Plaza registriert bin.

»Hoover haßt Joe«, sagte Madeleine und fügte hinzu: »Aber nicht so sehr wie Jimmy.«

»Und beruht das auf Gegenseitigkeit?«

»Sie können es nicht abwarten, ihn rauszuschmeißen«, sagte Madeleine. »Und Sean ist durchgedreht, wissen Sie, er...«

»Durchgedreht im Sinn von wütend oder verrückt?«

»Ich glaube, beides ist richtig«, sagte Madeleine. »Er wird von Impulsen beherrscht. Ich habe schon Angst, in seinem nächsten Roman zu erscheinen oder einer Klatschkolumnistin gegenüber erwähnt zu werden oder auf dem Times Square ein Plakat zu sehen, auf dem er seine unendliche Liebe erklärt, oder...«

Man kann die armen Menschen nur bedauern, die nicht als Spione erzogen wurden. Sie schreiben Dinge auf.

»Haben Sie einander Liebesbriefe geschrieben?« fragte er.

»Ja.«

»Erotischer Natur?«

Sie zwang sich, ihn offen anzusehen.

»Ich war in ihn verliebt.«

»Natürlich«, erwiderte er. »Ihnen ist doch klar, daß diese Briefe ein Problem darstellen.«

»O ja.«

»Wenn er sie aufgehoben hat...«

»Das hat er bestimmt.«

»Ich will Ihr feminines Ego keineswegs verletzen«, sagte Walter, »aber wenn Sean sie aufgehoben hat und Hoover von ihrer Affäre Wind bekommt, würde der Direktor alle Hebel in Bewegung setzen, um sie in seine dicken kleinen Finger zu bekommen. Ich will Sie aber nicht erschrecken.«

»Werden Sie mir helfen?«

Meinetwegen brauchst du keine Angst zu haben, dachte Walter und erinnerte sich an das, was er ihr erst am Abend zuvor gesagt hatte.

»Vielleicht hält McGuire den Mund, wenn man ihm etwas zahlt«, sagte er.

»Geld bedeutet Sean gar nichts«, sagte sie. »Und bei dem Erfolg seines Buches...«

»Er trinkt mehr, als er schreibt«, sagte Walter. »Ich könnte mir vorstellen, daß wir die Briefe kaufen können.«

Sie trank ihr Glas Wein leer und stellte es auf den Tisch.

»Ich habe das Geld nicht«, sagte sie.

»Ihre Familie...«

»...hat Grundeigentum, kein Geld«, sagte sie. »Das ist ein Unterschied. Meine Familie hat sogar sehr wenig Geld. Als Spieler ist mein Vater nicht so talentiert wie als Trinker.«

»Die Party gestern abend hat ein hübsches Sümmchen gekostet«, wandte Walter ein.

»Geld zieht Geld an.«

Sie hielt den Ringfinger hoch.

»Ich bin vielleicht das lukrativste Stück Eigentum meines Vaters«, sagte sie.

»Ah.«

Père Keneally ist pleite und braucht frisches Geld. Joe Keneally möchte Präsident werden und braucht eine passende First Lady. Und künftige First Ladys haben keine Affären in ihrer Vergangenheit gehabt, schon gar keine wohldokumentierten Affären mit berühmten Beatnik-Schriftstellern. Die leidenschaftlichen Ergüsse der armen Madeleine könnten den Deal durchkreuzen.

Sie fügte hinzu: »Ich liebe Joe wirklich.«

»Natürlich.«

»Können Sie mir helfen?«

»Wie kommen Sie darauf, daß ich es könnte?«

»Sie sind gestern abend mit Sean fertig geworden«, sagte sie. »Ich habe gehofft, Sie könnten es noch einmal schaffen. Ich kann Ihnen allerdings nicht viel zahlen.«

Walter fuhr mit der flachen Hand durch die Luft. Eine schnelle, kurze Gebärde, um keinen Gedanken an Bezahlung aufkommen zu lassen.

Er sagte: »Ich werde mit Mr. McGuire sprechen.«

»Aber Sie werden doch nicht –«

»Ihm weh tun?« fragte er. »Das ist nicht mein Stil.«

»Er war betrunken.«

»Es war mehr als nur das, und Sie wissen es.«

»Was läßt Sie glauben, ich könnte ihn ›retten‹?«

Ich bin nicht mal sicher, ob ich mich selbst retten kann.

»Instinkt?« sagte sie mit einem Schulterzucken. »Außerdem sind Sie als mein fahrender Ritter verpflichtet, es zu versuchen.«

»Dann habe ich wohl keine Wahl.«

»Da ist noch etwas.«

Grundgütiger Himmel.

»Noch etwas?«

Madeleine Keneally war den Tränen nahe.

»Können Sie ihn retten?« fragte sie.

»Ihn *retten*?«

»Er hat etwas verloren«, sagte sie. »Ich habe es im Plaza gesehen. Früher war ein Licht in seinen Augen, und plötzlich war es nicht mehr da. Er sah schwer aus und aufgedunsen und... hatte tote Augen.«

»Er war betrunken.«

»Es war noch etwas anderes, und das wissen Sie.«

»Weshalb glauben Sie, ich könnte ihn ›retten‹?« Ich weiß nicht einmal, ob ich mich selbst retten kann.

»Instinkt?« Sie zuckte die Achseln.« Außerdem haben Sie als mein weißer Ritter die Verpflichtung, es zu versuchen.«

»Dann habe ich vermutlich keine andere Wahl.«

»Wie kann ich Ihnen danken?«

Er nahm den Deckel von der Pralinenschachtel und wählte sorgfältig eine aus.

»Sie haben mir einen traurigen und einsamen Weihnachtsabend vergoldet«, sagte er. »Was will ich mehr? Sie sollten jetzt lieber gehen, denn sonst fangen die Leute an, über uns zu reden.«

Er half ihr in den Mantel und begleitete sie zur Tür.

»Machen Sie sich keine Sorgen«, sagte er. »Ich werde mich darum kümmern.«

Sie küßte ihn auf die Wange und ging.

Aber wie soll ich mich darum kümmern? fragte sich Walter. Ist das nicht immer die Frage?

Jemand hatte Sean McGuire nach Strich und Faden zusammengeschlagen.

Das sah Walter selbst dem schmalen Stück Gesicht an, das er hinter der Türkette erkennen konnte. Das Auge, das ihn hinter der Tür anfunkelte, war purpurrot und fast geschlossen. McGuires Unterlippe war geschwollen und aufgeplatzt.

»Frohe Weihnachten«, sagte Walter.

»Ich habe das Geld nicht«, murmelte McGuire.

»Ich komme nicht von Martino«, sagte Walter. »Darf ich reinkommen? Ich würde gern mit Ihnen sprechen.«

»Mir ist nicht danach zumute.«

McGuire machte Anstalten, die Tür zuzumachen.

»Sie kennen mich vom Heiligabend im Plaza«, sagte Walter.

Die Tür ging zu und dann wieder auf. McGuire schlurfte zu einer nackten Matratze auf dem Fußboden und setzte sich langsam. Er lehnte sich gegen die Wand, kippte eine Flasche Knickerbocker um und starrte Walter an.

»Das ist es«, sagte McGuire. »Dachte ich es mir doch, daß Sie ein bißchen zu klein sind, um für Joe Keneally den Muskelmann zu spielen.«

Walter sagte: »Ich fürchte, ich verstehe nicht ganz. Haben wir Ärger mit Paulie Martino oder Joe Keneally?«

McGuire zuckte die Schultern.

»Wie kommen Sie darauf, daß Senator Keneally Schlägertrupps einsetzt?« hakte Walter nach.

McGuire schnaubte. »Ich bin in Massachusetts aufgewachsen. In einem Dreckloch von Sägemühlenstadt. Ich kenne die Keneallys.«

Walter zündete zwei Gauloises an und reichte eine McGuire.

»Wer sind Sie also?« fragte McGuire.

Walter nahm Hut und Mantel ab und legte sie auf den saubersten Teil des schmierigen Küchentisches. Die Wohnung war eine typische Barrow-Street-Bude, Wohn- und Schlafzimmer in einem mit Kochnische und einem kleinen Badezimmer. Die Behausung war schmutzig und roch nach getrocknetem Schweiß.

»Ich bin gekommen, um Ihnen zu sagen«, sagte Walter, »daß Sie gut beraten wären, Ihren kleinen Auftritt im Plaza nicht zu wiederholen, wie amüsant er auch gewesen sein mag.«

»Hat Keneally Sie geschickt?«

»Ich habe mich selbst geschickt.«

»Ach, tatsächlich? Wie kommt das?«

»Ich bin Ihr Schutzengel«, sagte Walter. »Sie kennen mich sicher aus dem Plaza. Sie erinnern sich aber nicht, daß ich auch im Cellar war.«

»Ich war betrunken.«

Walter sagte: »Sie haben ein Gedicht vorgelesen. Ich war vielleicht der einzige Anwesende dort, der es verstanden hat. Ganz gewiß war ich aber der einzige, der von Paulie Martinos zwei gebrochenen Daumen wußte. Wissen Sie übrigens, wo er die her hat?«

»Nein.«

»Also«, begann Walter, »als Paulie noch ein kleiner Shylock war, schickte Albert D'Annunzio Paulie los, um einem Spieler namens Angelo Gagliano, der mit seinen Zahlungen im Rückstand war, einen Daumen zu brechen. Angelo und Paulie waren befreundet, so daß Paulie ihn nur streng ins Gebet nahm. Als Albert D'Annunzio herausfand, daß Paulie seine Anweisungen mißachtet hatte, verdoppelte er Angelos Strafe und ließ sie an Paulie vollstrecken. Ich kann mir vorstellen, daß es weh tat, Sie auch?«

»Woher wissen Sie all das?« fragte McGuire. »Sie sehen nicht aus wie ein Ganove.«

»Ich habe schon Football-Wetten verloren, bevor Sie nur einen Ball für Columbia geschlagen haben«, entgegnete Walter. »Wer hat Sie zusammengeschlagen?«

»Zwei von Martinos Jungs.«

Am Weihnachtstag, dachte Walter. Es ergab jedoch einen Sinn. Die Jungs des Mobs langweilten sich oft an Feiertagen. Sie waren keine wirklichen Familienmenschen, und es konnte sein, daß sie eine Ausrede erfunden hatten, um nach dem Dinner aus dem Haus gehen zu können.

»Wieviel schulden Sie ihm?« fragte Walter.

»Zweitausend.«

»Wieviel davon sind Zinsen?« fragte Walter.

»Etwas mehr als die Hälfte.«

»Und es wird jeden Tag mehr.«

»Und es wird jeden Tag mehr.«

»Footballspieler sind verdammt miserable Football-Wetter«, sagte Walter.

»Stimmt das?«

»Es hat den Anschein«, sagte Walter und lächelte. »Tatsächlich sind nur Schriftsteller noch schlechtere Wetter als Ex-Spieler.«

McGuire lachte und nahm einen weiteren Schluck Bier. Er wühlte in seinen Hosentaschen und zog ein paar rote Pillen heraus.

»Als Schriftsteller tauge ich in der letzten Zeit auch nicht mehr viel«, sagte McGuire. »Wollen Sie wissen, was das Beste und das Schlimmste war, das mir je widerfahren ist?«

»Nicht unbedingt.«

»Die *New York Times* hat mich ein Genie genannt«, erwiderte McGuire. »Die Stimme meiner Generation. Der ›Beat‹-Generation. Das war das Beste und das Schlimmste zugleich. Der etatmäßige Kritiker war im Urlaub, haben Sie das gewußt? Ein Urlaubsvertreter hat über mein Buch geschrieben. Ein blöder Zufall. Macht mich berühmt, und damit war die Sache vorbei.«

»Vorbei?« fragte Walter.

McGuire erklärte: »Verstehen Sie, wenn die *Times* irgendwas bemerkt, ist es damit schon lange vorbei. Ein Buch ist wie das Licht von einem fernen Stern, Mann. Wenn man ihn sieht, ist er schon längst tot.«

Du mußtest also erst herausfinden, wie du verlieren kannst, dachte Walter. Du schreibst ein Buch über die »Beat«-Generation, das zu einem riesigen Erfolg wird, und der Widerspruch ist unerträglich. Du bist ein Star des Establishments, weil du ein Rebell gegen das Establishment bist, und was fängst du dann mit dir an? Ein ehrlicher Mann kann wohl nur eins tun, nämlich das Geld nehmen und alles bei einer dummen Wette verlieren.

Um wieder geschlagen zu werden.

»Wieso sind Sie wirklich hier?« fragte McGuire.

»Ich habe Ihr Buch gelesen«, erwiderte Walter.

Eine Antwort, die nur ein Schriftsteller akzeptieren würde, dachte er. Nur das Ego eines Autors kann glauben, daß eine Motte ausgerechnet von dem strahlenden Licht seines Talents angezogen wird.

Walter fügte hinzu: »Es hat mein Leben verändert.«

Was heißen sollte, daß er sich mehrere Stunden tödlich gelangweilt hatte, statt einen sonst angenehmen Sonntagabend zu verbringen. McGuire sah Walters Tweedanzug an, die polierten Bancroft-Schuhe, die Gordon-Krawatte und grinste schief. »Ja, es hat Ihr Leben verändert.«

Walter fügte hinzu: »Ich würde Ihnen gern helfen.«

»Haben Sie zwei Riesen für mich?« fragte McGuire.

»Nein«, sagte Walter.

»Wie können Sie dann helfen?«

Vorwurfsvolle Worte, wie Walter bemerkte, aber immer noch klingt die schwache Hoffnung des ertrinkenden Mannes durch, daß die nächste Welle vielleicht eine Planke heranspült, an die er sich klammern kann. Und Schriftsteller, Gott segne sie, glauben an Möglichkeiten. Glauben an die Gerechtigkeit ihrer Erlösung. Glauben an die Realität von Illusionen. Und die erste Illusion gerade dieses Schriftstellers besteht darin, daß das Hinkritzeln eines Romans, der literarisch einem ausgedehnten Masturbationsakt gleichkommt, ihm bestimmte Rechte gibt. Und die Grundregel bei der Anwerbung des Gegners lautet, daß man die Natur seiner Illusionen erkennen muß und ihn nie mit der Realität enttäuschen darf. Bis man keine weitere Verwendung für ihn hat, natürlich.

Folglich sagte Walter: »Ich kann Hilfe beschaffen.«

McGuire stopfte die Dexedrin-Tabletten in den Mund und spülte sie mit Bier herunter.

»Ich könnte einen Schutzengel gebrauchen«, sagte er. »Die Engel, die ich kenne, sind alle hoffnungslose Poeten, kaputte Musiker und buddhistische Heilige mit einem knurrenden Magen und einem Affen auf dem Rücken.«

Walter lächelte wohlwollend. Diese Ansprache hätte direkt aus dem Lehrbuch kommen können. Doch das war gut so: Erst muß man die Zielperson dazu bringen, daß sie einem ihren besten Partytrick vorführt und versucht, einem zu gefallen. Dann belohnt man sie.

»Haben Sie schon gegessen?« fragte Walter.

»Mann, ich habe nicht mal gefrühstückt«, erwiderte McGuire. »Vom Dexedrin und dem Bier mal abgesehen.«

Der Bär tanzt immer noch, bemerkte Walter.

»Gibt es ein Lokal hier in der Nähe?« fragte Walter, der jedes Lokal im Village wie seine Westentasche kannte und sogar wußte, was auf den Fensterscheiben eingraviert war.

»Da haben wir Harry's Bar, aber ich glaube nicht, daß das Ihre Art von Lokal ist.«

»Aber Ihre Art von Lokal?« fragte Walter zurück und spielte die Rolle des Pilgers. Harry's war ein schmieriger Schuppen, pittoresk, wenn man so etwas mochte, der klassische billige Schick des Village.

»Martinos Jungs haben mir jeden Penny genommen, den ich hatte«, sagte McGuire.

Walter antwortete: »Bitte, es wäre mir ein Vergnügen.«

Er öffnete den Kühlschrank, fand etwas Eis, zerstieß ein paar Eiswürfel in einem Geschirrtuch und hielt McGuire den provisorischen Eisbeutel an das geschwollene Auge. Er hatte sein Buch gelesen und wußte, daß der Mann an Engel glaubte. Schließlich muß man vor allem die Rolle spielen, die von einem erwartet wird, dachte Walter.

Harry's Bar in Venedig, dachte Walter, dort gibt es auch ein Harry's. Er konnte die Hühnersuppe fast schmecken, die Hemingway so mochte und mit einer halben Flasche Rotwein und einem Espresso hinunterspülte. Aber dieser Laden im Village, so sehr Walter diese Kneipen liebte, hatte die aggressiv gehemmte Atmosphäre der Unterschicht. Vom dem lausigen Essen ganz zu schweigen.

McGuire brachte es immerhin herunter, einen Teller mit Rührei und Zwiebeln sowie grünem Pfeffer und zwei dicke Scheiben Roggentoast. Während der kurzen Mahlzeit lutschte er noch drei Zigaretten in sich hinein und ebenso viele Tassen Kaffee, und er machte dabei gerade genug Konversation, um die Einladung zu rechtfertigen.

Das traurigerweise vorhersagbare Verhalten bedürftiger Schreiberlinge, seufzte Walter. Aber wie Schauspieler werden sie für ihr Abendessen immer singen. Es ist das einzige, was sie können.

Dennoch, sie hatten etwas zu besprechen, und so unterbrach ihn Walter und sagte: »Die Giants liegen für das Spiel am Sonntag bei den Wetten mit dreieinhalb Punkten hinten.«

»Sie können nicht verlieren«, entgegnete McGuire. »Nicht bei der Abwehr. Teufel, sie haben den Browns letzte Woche die Meisterschaft versaut.«

Walter hob die Augenbrauen, um seinem Gegenüber zu signalisieren: Behalte deine Schlußfolgerungen für dich, was McGuire dann auch tat.

»Paulie hat mich überall unmöglich gemacht«, sagte McGuire. »Ich bringe keine Wette mehr unter.«

»Aber ich kann das.«

Der wahre Spieler hat einen bestimmten Gesichtsausdruck, ein Glitzern, eine Reflexion des glänzenden Sterns, der »sichere Sache« heißt. Bei dem professionellen Spieler sieht man ihn nie; der starrt nur kalt wie ein entschlossener Mathematiker. Der *wirkliche* Spieler jedoch glaubt an das Schicksal, sein Schicksal, und wenn er seinen guten Stern sieht... nun, dann leuchten seine Augen. So wie die von Sean McGuire in dem sanften Neonlicht dieses Lokals an diesem Weihnachtsabend.

»Ich kann eine Wette unterbringen«, wiederholte Walter.

»Ich habe keinen Kredit«, sagte McGuire.

»Aber ich.«

»Das würden Sie für mich tun?« fragte Sean.

Das tue ich für dich, ich tue es dir an, was auch immer.

»Es wäre mir ein Vergnügen«, sagte Walter.

»Dann lassen Sie uns die Wette gleich unterbringen.«

»Nein«, sagte Walter, »wir werden abwarten, ob sich die Quote ändert. Vielleicht können wir noch ein oder zwei Punkte zusätzlich bekommen.«

McGuire sah besorgt aus. »Es könnte aber auch andersherum laufen.«

»Was auch eine wertvolle Information wäre«, bemerkte Walter.

Menschen, die im ersten nur möglichen Augenblick Entscheidungen treffen, gelten meist als »entscheidungsfreudig«, wie Withers senior zu sagen pflegte. Ich nenne sie dumm. Triff nie eine Entscheidung vor dem allerletzten möglichen Augenblick, in dem du die denkbar meisten Informationen zur Verfügung hast.

Walters Taxi fuhr gerade vor Annes Haus vor, als er sie aus dem Gebäude kommen, nach links und rechts blicken und in ein wartendes Taxi einsteigen sah.

»Ich hasse es fast, diese Worte zu äußern«, sagte Walter zum dem Fahrer, »aber folgen Sie bitte diesem Wagen da.«

Es würde ein kleiner, aber köstlicher Scherz sein. Anne hatte es sich offenbar anders überlegt und war auf dem Weg zu seiner Wohnung. Er würde hinter ihr aus dem Taxi springen und sich einen Spaß daraus machen.

Allerdings fuhr ihr Taxi auf der 14. Straße nicht nach Osten, sondern nach Westen. Weg von seiner Wohnung.

Außerdem war da eine bestimmte Aura um sie gewesen, als sie die Treppe herunterkam. Unschuldig, als er es bemerkte, doch jetzt wurde es verdächtig. Die scharfen Blicke, ob jemand sie sah? Ihre untypische Eile – Anne hatte es nie eilig –, um ins Taxi zu kommen? Der Ausdruck auf ihrem Gesicht, der sich nur als verschlagen beschreiben ließ?

Sie hatte, wie Walter mit Bedauern feststellte, etwas von einem Michael Howard an sich. Den Ausdruck der Untreue.

Und so würde er ihr jetzt folgen, so wie er Michael Howard gefolgt war, wenn auch in einem übermäßig geheizten Taxi.

Er kauerte sich in den Sitz und fühlte sich während der langen Fahrt zur Sixth Avenue und den Broadway hinauf wie ein schuldbewußter Narr. Dann ging es den ganzen Weg hinauf in die Neunziger.

Das dicke Gesicht des Fahrers grinste ihn im Rückspiegel an.

»Trifft sich Ihr Mädchen mit einem anderen?« fragte er.

»Halten Sie Ihren dreckigen Mund«, gab Walter zurück.

Der Fahrer runzelte die Stirn und sagte: »Sehr viel weiter in Richtung Harlem fahre ich nicht, Chef.«

»Das brauchen Sie auch nicht. Halten Sie hier.«

Anne verließ ihr Taxi an der unteren Ecke der 95. und des Broadway. Walter bezahlte den Fahrer, gab ihm ein beleidigendes Trinkgeld und ignorierte das gebrummelte »Frohe Weihnachten«.

Er beobachtete, wie Anne den Broadway überquerte und auf der 95. nach Westen ging. An dem Schirmdach des Thalia Theater las er ORSON WELLES: IM ZEICHEN DES BÖSEN. Darunter stand in kleineren Buchstaben CHARLTON HESTON. Anne wirkte klein und zierlich unter den grellen Lichtern, als sie sich eine Karte kaufte und hineinging.

Walter überquerte ebenfalls den Broadway und wartete an der Downtown-Ecke der Straße. Es dauerte nur wenige Minuten, bis er Alicia sah, Annes hübsche Negerfreundin aus dem Cellar. Sie hatte sich in einen dunklen Stoffmantel gehüllt, der viel zu groß für sie war, schritt auf der anderen Straßenseite entlang, überquerte sie in der Mitte und kaufte ebenfalls eine Karte. Walter wartete ein paar Minuten, bis er zur Kasse ging. Dann blieb er draußen stehen, bis er sicher war, daß der Film angefangen hatte.

Das Kino war voll. Walter konnte sich nicht erklären, was Menschen am Weihnachtsabend ins Kino trieb. Vielleicht hatten sie es nötig, etwas zu sehen, was größer war als das Leben; vielleicht war es das letzte Stück Magie, das der Tag noch zu bieten hatte, und vielleicht war es nur die richtige Zeit auszugehen. Die Kinos machten über Weihnachten jedoch immer ein blendendes Geschäft.

Er stand hinter dem Vorhang am hinteren Ende des Saals und wartete, bis seine Augen sich an die glitzernde Dunkelheit gewöhnt hatten. Anne und Alicia saßen in der dritten Reihe am Gang des Mittelteils.

Er erinnerte sich genau, wie er im Cellar nach Alicia gefragt hatte.

Kennst du sie schon lange?

Sie gehört zur Szene. Sie ist Kellnerin im Good Night.

Lügen durch Auslassen, dachte Walter.

Du machst mich noch eifersüchtig, wenn du mich ständig nach ihr fragst.

Sünden der Tat, aber welche Sünden? Und warum? fragte sich Walter.

Also Anne möchte dich nicht sehen und geht mit einer Freundin ins Kino, na und? sagte sich Walter. Also sagt sie, sie wolle den Tag bei ihrer Familie auf dem Land verbringen und erwähnt nicht, daß sie mit Alicia verabredet ist. Schließlich muß sie dir nicht alles erzählen. Also kauft sie sich eine Karte und trifft ihre Freundin *im* Kino, denn draußen ist es kalt.

Trifft sich Ihr Mädchen mit einem anderen?

Halten Sie Ihren dreckigen Mund.

Er setzte sich hinten in eine Ecke und sah sich den Film an, bis es aussah, als stünde der Showdown kurz bevor. Dann ging er leise hinaus und wartete an der Ecke. Die Kälte steigerte seinen Zorn noch, obwohl er nicht ganz wußte, worauf er zornig war.

Er war überrascht, als Alicia das Kino allein verließ. Er hatte erwartet, daß sie und Anne noch eine Tasse Kaffee trinken oder einen Drink nehmen würden, doch Alicia bog an der Ecke in Richtung Uptown ab. Sie war nervös. Sie hatte diesen leicht stelzenhaften, nervösen Gang, den Walters CIA-Ausbilder »das Truthahnwatscheln« genannt hatten. Sie ging schnell, ließ den ganzen Fuß bis zu den Zehen abrollen, aber schnell.

Einer der Ausbilder, ein mondgesichtiger Riese namens Fischer, hatte einen anderen Ausdruck gebraucht. Seine Maxime war gewesen: »Warme Hände, kalte Füße. Wenn man sich schuldig gemacht hat, verbreitet sich eine Infektion von den Händen direkt in die Füße. Je wärmer die Hände, um so kälter werden die Füße. Die Lösung liegt wie immer im Kopf. Man muß vergessen, was man in den Händen hat, sonst hat einen die Opposition beim Arsch.«

Doch Alicia konnte sich nicht der Weisheit Fischers rühmen, und was immer sie in den Händen hatte – und Walter konnte nichts weiter erkennen als dieselbe einfache Handtasche, mit der sie gekommen war –, es beschäftigte sie sehr. Er hoffte zu Gott, daß Anne nicht so dumm war, Marihuana zu kaufen und es an ihre Freunde zu verschenken.

Er folgte Alicia zur 110. Straße, wo sie nach Osten abbog und zwischen Broadway und Amsterdam ein Gebäude betrat. Er behielt das Haus im Auge, bis er Licht angehen sah und Alicias Silhouette im vierten Stock hinter einer dünnen Gardine erschien.

Dem Gebäude direkt gegenüber lag ein Coffee Shop am Broadway, und er hatte das Glück, einen Fensterplatz zu bekommen. Der Kaffee war zwar ebenso scheußlich wie die Spiegeleier und der Schinken, doch es war wenigstens warm in dem Lokal, und er konnte von dort Alicias Apartment im Auge behalten. Er beendete seine Mahlzeit und ging zum Münztelefon hinten im Lokal.

»Ist es zu spät anzurufen?« fragte er Anne, als sie abnahm.

»Für dich ist es nie zu spät, Liebling.«

»Du hörst dich außer Atem an.«

»Ich bin gerade reingekommen.«

»Woher?«

»Ich war auf dem Land, hast du das vergessen?« sagte sie.
»Ich hab's dir doch gesagt. Ich bin raufgefahren, um meine
Eltern zu besuchen.«

Wann werden Amateure endlich lernen, unter tausend
Wahrheiten eine winzige Lüge zu verstecken? fragte er sich.

»Hallo, Walter?« hörte er sie sagen. »Bist du noch da?«

»Ich bin noch da.«

»Wo ist ›da‹?«

»In einem Coffee Shop«, erwiderte er. »Ich bekam plötzlich Hunger, und nach Kochen war mir nicht zumute.«

Sie sagte: »Hör mal, ich würde dich gern bitten herzukom-
men, aber ich bin offen gestanden ziemlich erledigt. Das mußt
du auch sein.«

»Völlig kaputt«, sagte er.

»Außerdem bin ich morgen total ausgebucht«, sagte sie.
»Ich bin den ganzen Tag im Studio und anschließend im
Rainbow Room. Kannst du kommen?«

»Ich werd's versuchen.«

»Ja bitte, versuch's«. Pause »Also dann, frohe Weihnachten.«

»Frohe Weihnachten.«

Er hängte ein, ging zu seinem Platz zurück und schluckte
den letzten bitteren Kaffeesatz, ließ einen Quarter auf dem
Tisch und ging in die Kälte hinaus. Da er kein Taxi sah, ging
er an der 110. Straße zur U-Bahn hinunter, kaufte sich eine
Marke und ging den Bahnsteig entlang.

Warum lügen? dachte er. Warum lügt sie mich an?

Es störte ihn zutiefst, weil er wußte, was alle guten Ermittler wissen: Es ist nicht die Substanz der Lüge, auf die es
ankommt, sondern das Motiv für die Lüge.

Himmel, dachte er, »Motiv«. Jetzt denke ich an Anne und
benutze dabei Wörter wie »Motiv«. Du lieber Himmel.

Der Bahnhof war leer am Weihnachtsabend, und er hörte ihre Schritte, bevor er sie sah.

Es waren zwei, zwei weiße Kerle mit dem albinohaften Aussehen der hoffnungslos Süchtigen und dem dummen Grinsen der unwiderruflich Verblödeten. Es war das übliche Räuber-Gespann, einer groß, einer klein. Der Kleine war gerade schlau genug, für den anderen den Speichellecker zu spielen, während der Größere gerade dumm genug war, ihm die Rolle abzunehmen.

Von Finesse jedenfalls keine Spur, dachte Walter. Nicht auf einem menschenleeren Bahnsteig spätabends. Sie gehen einfach drauflos. Wozu Zeit verschwenden und die Anstrengung, etwas subtiler vorzugehen?

Sie waren noch knapp zwei Meter entfernt, als der Kleinere die Klinge aufblitzen ließ, ein böses Klappmesser mit einem kreuzweise schraffierten Griff.

Bitte geht weg, dachte Walter. Bitte. Ich bin einfach nicht in der Stimmung.

Der kleine Junkie fuchtelte mit der Klinge vor Walters Gesicht herum, als der größere um ihn herumging und sich hinter ihn stellte.

»Gib mir deine Brieftasche, dann lasse ich dich vielleicht am Leben«, sagte der Kleinere.

Walter gab keine Antwort.

Der Junkie ließ das Messer Zentimeter vor Walters Nase durch die Luft sausen.

»Hast du gehört?«

Walter antwortete nicht.

Der Junkie stieß nach Walters Kehle. Walter trat schnell zurück, packte den Mann mit der linken Hand am Handgelenk, hob die rechte Hand über den Kopf und ließ sie hinuntersausen. Das Handgelenk des Junkie knackte, und das Messer fiel scheppernd zu Boden. Walter drehte sich um die eigene Achse, packte den Mann am Haar, neigte dessen Kopf, bis der Hals sich dehnte, und hob die Hand wie eine Axt.

»Lauf weg, sonst bring ich ihn um«, sagte Walter.

Der große Junkie starrte ihn an, als die Augen seines Freundes vor Furcht und Schmerz hervorquollen. Er warf einen Blick auf das am Boden liegende Messer.

»Ich habe ziemlich miese Laune«, sagte Walter. »Ich wiederhole: Lauf weg, sonst bringe ich ihn um.«

»Du bist ein gottverdammtes Tier«, sagte der Junkie. Dann drehte er sich um und rannte weg.

Walter konnte hören, wie er die Treppenstufen hinauflief. Er ließ das Haar des kleinen Mannes los, worauf dessen Kopf auf den Bahnsteig knallte. Der Mann wand sich. Walter ging ein Stück weiter weg, konnte den Kerl aber immer noch wimmern hören, als der Zug einlief.

Walter stieg ein und setzte sich.

Zu Hause goß er sich einen steifen Drink ein, duschte, hörte sich ein wenig stillen Jazz an und ging ins Bett.

Der Traum, den er in der Nacht hatte, ähnelte dem gewohnten. Er lag am Rand eines Felsens über den dunklen kalten Wassern der Nordsee, während seine Agenten sich unter ihm an einen Felsen klammerten. Und nach und nach kamen die Wellen und spülten einen nach dem anderen hinaus. Der einzige Unterschied war, daß in diesem Weihnachtstraum Anne auf dem Felsen erschien. Sie verschwand als letzte.

Drittes Kapitel

Was gibt's Neues?

Freitag, 26. Dezember 1958

Bill Dietz stand am Trinkwasserspender und schwadronierte. »Ihr würdet nicht glauben«, erzählte er einer kleinen Gruppe von Detektiven, »was für Geräusche aus dieser Wohnung kamen. Ich wußte nicht, ob ich mich auf der Fifth Avenue befinde oder in dem verdammten Zoo der Bronx ...«

Er machte eine Pause, als eine der Sekretärinnen vorbeiging. Sie lächelte und warf ihm einen wissenden Blick zu.

Er fuhr mit leiserer Stimme fort: »Der Kerl macht Geräusche wie ein Gorilla, und sie heult wie eine dieser lachenden ... wie nennt man die Viecher –«

»Hyänen?« schlug Walter vor.

»Vielen Dank, Professor. Hyänen«, sagte Bill. »Ich kann euch sagen, ich steh da draußen im Hausflur und mache mir nicht etwa Sorgen, ich könnte etwas nicht mitbekommen, sondern nur darum, daß das Mikro versagt.«

»Aber du hast es?« fragte Moodie anzüglich. Moodie war Sachbearbeiter bei Betrug und Unterschlagung.

»Ich hab's«, sagte Dietz. »Ich will euch mal was sagen, wenn ihr Alter das hört, wird er nicht wissen, ob er sie vor Gericht oder lieber gleich ins Schlafzimmer schleifen soll.«

»Kann ich dich mal unter vier Augen sprechen, Bill«, fragte Walter, als die Gruppe auseinanderzugehen begann.

Dietz folgte Walter in dessen Büro und machte die Tür zu.

»Was ist, Sportsfreund?« fragte Dietz.

Walter informierte ihn über den Inhalt der Howard-Akte

und erzählte ihm, daß er Michael Howard bis zur Wohnung in der 21. Straße beschattet habe.

»Ich würde es gern als außereheliche Affäre darstellen und dann vergessen. Ich möchte niemandem weh tun«, sagte Walter. »Aber es besteht natürlich immer die Möglichkeit, daß es sich um etwas anderes handelt.«

»In neunundneunzig Fällen von hundert geht es um Sex«, sagte Dietz.

»Ich habe ihn gestern mit seiner Frau gesehen«, fuhr Walter fort. »Sie sahen glücklich aus.«

»Das ist er auch«, sagte Dietz und grinste. »Teufel, sie ist es wahrscheinlich auch. Entweder weiß sie es nicht, dann ist es scheißegal, oder sie weiß Bescheid und ist dankbar, daß eine andere die ehelichen Pflichten für sie übernimmt.«

»Die ehelichen Pflichten?« fragte Walter.

Dietz zuckte die Schultern: »Was weiß ich, vielleicht sind sie katholisch?«

Walter seufzte und sagte: »Ich muß jetzt rein, nicht wahr?«

Dietz nickte. »Brauchst du etwas Rückendeckung, Kumpel? Die Einsatzabteilung ist mir was schuldig.«

Im Büro von 16 C gingen die Lichter an. Der Mann winkte, und Walter winkte zurück.

»Was soll das? Spielst du für den Typ den Schwulen?« wollte Dietz wissen.

»Ganz und gar nicht, William«, erwiderte Walter. »Das tue ich nur für dich.«

Dietz ließ die Hand an den Hosenschlitz fallen und sagte: »Bleib noch. Ich habe etwas für dich.«

Walters Gegensprechanlage summte.

»Vom Läuten gerettet«, sagte er. »Bis später, mein Süßer?«

»Ein andermal, Engelchen«, sagte Dietz. »Laß mich wissen, wie du über die Rückendeckung denkst. Es ist nichts, dessen man sich schämen müßte, Walter.«

Er gab Walter einen Klaps auf die Schulter und ging.

»Mr. Forbes würde mich gern sehen?« fragte Walter in die Sprechanlage.

»Woher haben Sie das gewußt, Mr. Withers?« antwortete die weibliche Stimme.

»Wer weiß schon, welches Böse in den Herzen der Menschen lauert, Miss Bradley?« fragte Walter. »Nur der Schatten weiß es.«

Er wurde mit Miss Bradleys tiefem leisen Lachen belohnt. Forbes jr. kann sich glücklich schätzen, dachte Walter.

Forbes jr. hatte seine Pfeife geschürt wie einen alten Küchenherd, als Walter eintrat.

»Wie haben Sie Weihnachten verbracht, Withers?« fragte er, als sie es sich bequem gemacht hatten.

»Ich hatte einen interessanten Heiligen Abend«, gab Walter zurück.

Er sah, wie Forbes jr. rot wurde. Die gerötete Haut ergab einen interessanten Kontrast zu dem silbernen Haar.

»Joe Keneally ist ein wichtiger Kunde«, sagte Forbes jr.

»Anscheinend.«

»Er möchte Sie heute abend wieder einsetzen«, fuhr Forbes jr. fort und folgte mit den Blicken einer anmutigen Schlittschuhläuferin, die auf der Eisbahn vor dem Gebäude Achten ins Eis ritzte. »Sie gehen erst ins Theater und hinterher in einem Club essen.«

So ist es immer, dachte Walter. Und so ist es immer.

Walter erwiderte: »Ich könnte wetten, daß Keneally für mich eine Dame besorgt hat, damit ich nicht wie das fünfte Rad am Wagen dastehe.«

»Für die Firma tun wir alle möglichen Dinge«, entgegnete Forbes jr. Er riß ein Streichholz an und hielt es an den Pfeifenkopf.

»Miss Marlund?« fragte Walter.

»Es könnte einem Schlimmeres passieren, Withers.«

»Wenigstens bleibt Keneally bei seinen Seitensprüngen

treu«, sagte Walter. »Diesmal würde ich gern passen, wenn Sie nichts dagegen haben.«

Forbes stand auf und trat ans Fenster, um die Schlittschuhläuferin besser sehen zu können. Die Bewegung ermöglichte es ihm überdies, Walter Withers den Rücken zuzuwenden.

»Ich fürchte, ich habe etwas dagegen«, bemerkte Forbes jr.

Versuche ich es noch mal, oder hieße das, die Dinge zu weit zu treiben? fragte sich Walter.

»Wenn es gut für die Firma ist, Mr. Forbes...«, sagte er.

Forbes jr. erklärte sich in dieser Frage zum Sieger und fuhr fort: »Wie kommen Sie in der Howard-Sache weiter?« fragte er.

»Ich bin gerade dabei, ein paar lose Enden festzunageln«, erwiderte Walter. Vielleicht hätte er in der Sache mit Keneally etwas länger Widerstand leisten sollen.

»Dann will ich Sie nicht länger aufhalten«, sagte Forbes jr. »Wir brauchen diesen Bericht.«

Da Walter wußte, daß er damit entlassen war, stand er auf, widerstand der Versuchung zu opponieren und ging zur Tür. Forbes jr. hatte es sich schon hinter seinem Schreibtisch gemütlich gemacht und täuschte tiefe Konzentration auf ein paar Papiere vor, die vor ihm lagen.

Wie schäbig, dachte Walter, deine beste Hure so zu behandeln.

Die Schlösser zu H. Bensons Wohnung öffneten sich wie Blüten im Sonnenschein. Dennoch wünschte Walter, er hätte Dietz' Angebot angenommen, ihm Rückendeckung zu geben.

Temperament, Temperament, Temperament, tadelte er sich. Sein Temperament wird dem Choleriker zum Verhängnis. Er war aus Forbes' Büro gestürmt, hatte sich Mantel, Hut und Einbruchwerkzeuge gegriffen und war direkt zu H. Bensons Wohnung gefahren. Seine Irritation über Forbes jr. ließ ihn schnell die Schlösser überwinden und in die Wohnung gelangen. Die Ausbilder der Firma hatten recht gehabt – es war *tatsächlich* wie Radfahren, man verlernte es nie. Doch als er in der Wohnung war, kühlte ihn ab, was er jetzt zu tun hatte. Ließ ihm sogar eiskalte Schauer über den Rücken laufen.

Diese Arbeit eines Operateurs war wirklich nicht sein Tätigkeitsfeld. In der Firma hatte er verzweifelt wenig damit zu tun gehabt. Seine Spezialität waren eher die kostspieligen Abendessen gewesen. Er gluckste bei der Erinnerung an den alten Witz, den man sich während seiner Ausbildung in der Firma erzählt hatte – Frage: Worauf versteht sich Withers am besten? Antwort: auf Desserts.

Dennoch, er hatte sein Handwerk gelernt, und jetzt war er hier in H. Bensons Wohnung und spürte das stechende Kribbeln der Furcht. Ganz anders, als wenn man sich bei einem Glückstreffer von Pfeilen durchbohrt fühlt, dachte er.

Er erinnerte sich auch an die erste Maxime für Einbrüche auf dem Territorium der Gegenseite: Das Eindringen ist einfach, doch es kann kompliziert sein, den Kopf wieder aus der Schlinge zu ziehen. Oder einfacher ausgedrückt, wie es jeder Einbrecher, Ganove oder selbsternannte Lothario weiß: Reinkommen ist leicht, verschwinden schwierig.

Folglich sah er sich als erstes nach einem zweiten Fluchtweg um. Die Feuerleiter führte an einem Küchenfenster vorbei und würde genügen, falls H. Benson, ein neugieriger Nachbar oder ein noch neugierigerer Cop unerwartet auftauchte. Dann ging er ins Badezimmer, das, wie jeder vulgäre Partygast bestätigen kann, am schnellsten über die Gastgeber Auskunft gibt.

Als erstes fiel Walter das Fehlen bestimmter Gegenstände auf. Keine Frauenkosmetika, kein Haarspray, kein Parfum. Keine Chi-Chi-Handtücher, keine rosafarbenen Seifen, keine Nylonstrümpfe, die auf der Leine hingen.

Hier lebt keine Frau, dachte Walter.

Zwei Zahnbürsten, eine blau, eine rot – auf dem Regal.

Er öffnete den Medikamentenschrank. Eine Flasche Aspi-

rin, eine Tube Zahnpasta, ein kleines Mundwasserfläsch-
chen. Zwei Rasierer und Rasiercreme. Er zog den Duschvor-
hang zur Seite. Auch dort kein Rasierer im Regal.

Walter spürte, wie ihm die Waden steif wurden. Kein
Truthahnwatscheln, dachte er und holte tief Luft. Keine ima-
ginären Schritte auf der Treppe. Arbeite schnell, arbeite sauber, erledige deine Arbeit und verschwinde.

In der Schlafzimmergarderobe fand er ein paar Cordjak-
ken, Größe 42, ein paar graue Twillhosen, ein paar Slipper
aus Ziegenleder und ein paar alte Turnschuhe. Alles paßte zu
Howards Körperbau. Interessanter waren die Kleidungsstücke, die Michael Howard nicht paßten: eine schwarze
Lederjacke, Größe 38; drei Paar Latzhosen, Taille 32, Länge
34; schwarze Schaftstiefel, Größe 8. Ein paar weiße Hemden,
Kragen 15, Ärmel 32. Männerkleidung.

Howards Geliebte war ein Mann.

Dann durchsuchte Walter die Kommode. Untere Schublade leer. In der mittleren Schublade Männerunterwäsche,
Socken, ein paar T-Shirts. Größe medium. Zu klein für Howard. In der oberen Schublade mehr davon, aber Größe »L«.

Das ist vielleicht ein Job, dachte er, als er unter Howards
intimer Wäsche herumwühlte. Er war dankbar, daß Howard
im Augenblick nicht darin steckte.

»Es ist eine traurige Welt voller Mißtrauen«, murmelte er
leise, als er eine dünne lederne Brieftasche sah. Er zog sie mit
Daumen und Mittelfinger heraus und klappte sie auf.

Auf dem Führerschein stand »Howard Benson«, doch die
Beschreibung paßte zu Michael Howard, 1,86 Meter, braunes Haar, braune Augen. Die Unterschrift stimmte mit der
Handschrift von Howards Bewerbung überein. Das »Howard« war identisch.

Die Unterschriften auf den Kreditkarten von American
Express und Diners Club erzählten die gleiche Geschichte:
Howard Benson war Michael Howard.

Wann, o wann werden Amateure endlich ein bißchen kreativer bei der Wahl der falschen Namen werden? fragte sich Walter. Wenn man ein Doppelleben führt, gehören ein paar Pflichten dazu, darunter die, daß man sich ein wenig anstrengen muß. »Howard Benson«, wirklich.

Jack in der Stadt und Ernest im Vorort, dachte Walter, dem passenderweise Oscar Wildes *Ernst sein ist alles* einfiel.

Doppelzüngig sein ist alles, dachte Walter. Besonders im Amerika der letzten Tage des Jahres 1958. Nun, die große Beförderung wird weder Michael Howard noch Howard Benson bekommen, dachte Walter. Homosexuelle sind im Casino für leitende Angestellte *personae non gratae*. Unerwünscht. Bedauerlicherweise war die Möglichkeit, daß Howard etwas mit Industriespionage zu tun hatte, damit noch nicht vollständig ausgeschlossen. Also mußte er noch Howards Liebhaber ausfindig machen und bestätigen, daß es eine rein sexuelle Beziehung war.

Rein sexuell, dachte Walter. Das ist doch der Lacher des Tages. Rein sexuell.

Du sollst nicht Pause machen und nachdenken, ermahnte sich Walter. Du sollst dir auch keine Zeit für eine Analyse lassen, denn wer auf feindlichem Terrain zögert, ist verloren.

Weiter ins Wohnzimmer. Bemerkenswert unbemerkenswert. Sofa, Sessel, Couchtisch. Ein einzelnes Bücherregal mit Bestsellern. Ein paar Bände, die ein mögliches Interesse fürs Theater verrieten.

Hier wohnt niemand, dachte Walter. Es ist eine konspirative Wohnung.

Doch dann fiel ihm etwas auf dem Couchtisch auf. Was war das?

Streichholzbriefchen in einer Glasschüssel. Etwas Pinkfarbenes fiel ihm auf. Die Silhouette eines Mannes, der die Welt auf den Schultern trug. Das Good Night.

Walter durchwühlte die Schüssel. Nicht ein Streichholzbriefchen vom Good Night, sondern vier.

Man frequentierte den Laden also.

Und nicht nur Michael Howard/Howard Benson, dachte Walter. Anne und auch Alicia, die dort arbeitet, frequentieren ihn. Und wenn du zu der Weihnachtsparty gekommen wärst, Michael Howard, hättest du mir die Mühe ersparen können, in deine Wohnung einzubrechen. Aber du warst bei deiner Familie zu Hause in deinem Vorort.

Er lauschte, ob sich im Hausflur jemand befand, bevor er hinausging. Dann rief er von einer Telefonzelle aus im Büro an.

»Forbes und Forbes, mit wem darf ich Sie verbinden?«

»Dem Dezernat für Sittlichkeitsverbrechen, bitte.«

»Sind Sie das, Mr. Withers?«

Walter ließ es sich nie nehmen, Agnes, der früheren Empfangsdame, ein glucksendes Lachen zu gönnen.

»Kein anderer, Agnes.«

»Wollen Sie ›Ehesachen‹?« fragte Agnes. »Sie haben Mr. Dietz gerade verpaßt. Er ist vor etwa zehn Minuten gegangen.«

»Auf dem Weg wohin, wenn ich fragen darf, Agnes?«

»Jersey. Und ich kann Ihnen sagen, daß er nicht glücklich aussah.«

Walter dankte ihr, hängte ein und wählte Dietz' Privatnummer.

Sarah nahm ab.

»Wie geht's dir?« fragte Walter, obwohl er dem Klang ihrer Stimme anhörte, daß sie reichlich zu tun hatte. »Könntest du eine Pause gebrauchen?«

Zwei Minuten später fuhr er mit einem Taxi zur 42. Straße.

Mary Dietz war an diesem Nachmittag wach, jedoch erschöpft nach einer schlimmen Attacke, und Sarah legte gerade die Spritze beiseite, als Walter ankam. Der Geruch von gefoltertem Schweiß hing übelriechend im Schlafzimmer.

Sie freute sich jedoch, ihn zu sehen. Schenkte ihm das schönste Lächeln, das sie zustande bringen konnte, wünschte ihm einen guten Nachmittag und lauschte mit dem bißchen

Vergnügen, das sie noch aufbieten konnte, seiner melodramatischen Wiedergabe des Schundromans.

»*In jener Nacht erhielt das Land in den 18.15-Uhr-Nachrichten einen Bericht*«, las Walter aus *One Lonely Night*. »*Im State Department hatte es ein Leck gegeben, und die Katze war aus dem Sack. Es hatte den Anschein, als hätten wir ein Geheimnis gehabt. Ein anderer hatte es jetzt an sich gebracht.*«

Das Medikament wirkte gnädig schnell, und sie glitt in den Schlaf hinüber, als er den Text nur noch leiernd vortrug. Er las jedoch weiter, weil er in dem stickigen, einschläfernden Raum die Augen nicht würde zumachen können.

Er wollte auch schlafen, weil ihm ein ereignisreicher Abend bevorstand.

Er würde in die Stadt fahren und ausgehen.

Der große Abend begann, wie ereignisreiche Abende nach Walters Meinung beginnen sollten, am Broadway, und wenn es etwas gab, was man am Broadway nicht lieben mußte, wußte Walter nicht, was es sein könnte.

Der Broadway durchquert ganz Manhattan, doch wenn Walter an ihn dachte, schwebte ihm nur der Teil um den Times Square herum vor, das Theaterviertel, der Great White Way, der Broadway der funkelnden Lichter.

In dieser Weihnachtswoche von 1958 funkelten die Lichter im vollen Glanz des amerikanischen Theaters. Als sie an jenem Abend den Broadway entlangschlenderten, gingen Walter, Marta, Joe und Madeleine unter Lichtern hindurch, die den Passanten verkündeten, was gespielt wurde: *Music Man* im Majestic, *West Side Story* im Winter Garden und *My Fair Lady* im Marc Hellinger. Judy Holliday spielte die Hauptrolle in *The Bells Are Ringin'* im Alvin, Lena Horne trat im Imperial in *Jamaica* auf, und John Gielgud machte in seinem Ein-Mann-Stück *The Ages of Man* am Broadway eine eigene Art von Shakespeare-hafter Musik.

Walter hatte die Besetzung der Theaterstücke praktisch im Kopf und wußte, daß man in diesen wenigen Straßenvierteln folgende Schauspieler auf der Bühne sehen konnte: Henry Fonda, Anne Bancroft, Helen Hayes, Jason Robards jr., Don Stanley, Don Ameche, Elaine Stritch, Joseph Cotten, Eddie Alber, Vivian Blaine, Robert Morse, Christopher Plummer, Rosemary Harris, Eli Wallach, Maureen Stapleton, Walter Slezak, Jayne Meadows, Imogene Coca, Cyril Ritchard und, zu Walters großem Entzücken, Claudette Colbert und Charles Boyer. Schon die Namen der Theater waren für Walter so etwas wie Magie: Das Helen Hayes, natürlich, das Martin Beck, das Lyceum, das Bijou, das Broadhurst, das Belasco, das Booth und das Barrymore, und zwei Dollar und dreißig Cent brachten einen durch die Tür und auf die billigen Sitze.

Wenn einem das Theater wirklich etwas bedeutete – was bei Walter nicht der Fall war, wohl aber bei Anne –, konnte man in die Querstraßen des Broadway wandern, um Brendan Behans *Der Spaßvogel* im Circle-in-the Square zu sehen oder *The Power and the Glory* im Phoenix. Unten im Village lief schon seit vier Jahren *Die Dreigroschenoper*, im Cherry Lane wurde *The Boyfriend* gegeben, im Martinique *Hexenjagd*, und im Sheridan Square Playhouse spielte man *The Time of the Cuckoo*.

Und das waren nur die Bühnen.

Für einen Kino-Liebhaber wie Walter (er weigerte sich, »Film« zu sagen wie die Schickeria im Cellar) war New York ein Zelluloid-Paradies. Im hübschen Paris Theater – gleich um die Ecke beim Plaza – spielt Alec Guinness in *The Horse's Mouth*, Rosalind Russell war in der Radio City Music Hall *Auntie Mame*, während in dem kleinen, aber feinen Sutton Theater – in der 57. Straße querab der Third Avenue – Leslie Caron, Louis Jourdan, Maurice Chevalier und Hermione Gingold in *Gigi* zu sehen waren, den Walter inzwischen schon fünfmal gesehen hatte.

In den Erstaufführungskinos am Broadway konnte man für einen Dollar im Odeon etwa Jimmy Stewart und Kim Novak in *Bell, Book and Candle* sehen oder Leslie Caron und Dirk Bogarde in *Aber Herr Doktor* im Translux. Im Victoria konnte man Susan Hayward *Ich will leben* rufen hören, und im Astor waren Burt Lancaster, Deborah Kerr, Rita Hayworth und David Niven *Getrennt von Tisch und Bett*.

Walter bekam einen schlimmen Anfall von Broadway. Die Straße hatte die Neigung, ihn in Walter Mitty Withers zu verwandeln, und er hätte liebend gern seine ganze Karriere für eine kleine, aber stilvolle Rolle in einem großen Musical hergegeben. Das hätte ich auch, dachte er, als er das Trio zum Majestic Theater geleitete, wenn ich davon absehe, daß ich weder singen noch tanzen kann. Aber sonst...

So muß ich mich eben damit begnügen, im Schatten von Cohan, Runyon und Brown herumzulaufen, mit Steaks bei Donovans, einem Whiskey bei Toots Shors und einem Martini bei Sardi's. Und wie bisher im Publikum zu sitzen – wie üblich allein, da Anne woanders ist und den Leuten in den Clubs Songs von Cole Porter vorträllert – und die Darsteller auf der Bühne ehrfürchtig anzustarren.

Aber ich könnte regelmäßig ins Theater gehen, dachte er. Einer von diesen rätselhaften und bemitleidenswerten Typen werden, die mit einem Blumenstrauß in der Hand und einer Einladung zum Dinner oder einem Wochenende auf dem Land hinten am Bühneneingang warten. Ich könnte zum Schrecken aller langbeinigen Tanzmädchen New Yorks werden und mich dabei auch noch großartig amüsieren. Könnte zu einem lästigen Anhängsel werden, einem Kerl, der bei Sardi's sitzt und auf die ersten Rezensionen wartet, der bei den Besetzungsproben hilfreiche Vorschläge macht und die Theaterdirektoren mit ihren Spitznamen anredet – Himmel, ich würde es erstklassig machen.

Vielleicht sollte ich es auch tun. Oder mich zum Laufburschen machen, der Kaffee und Brötchen besorgt, losrennt und Zigaretten holt und Schnaps oder im Regen Taxis anhält. Völlig dienstbereit und ohne Verpflichtung wie jetzt etwa mit ... nun, jetzt bin ich mit Joe Keneally hier. Mit Joe Keneallys Marta Marlund am Arm und seiner Frau an der Seite, aber dennoch bin ich auf dem Broadway.

Eine Straße, dachte Walter grübelnd, auf der man die meisten Anblicke mindestens zweimal gleichzeitig sehen kann. Wo Neon, die blitzenden Lichter und die großen Fensterscheiben kombiniert ein riesiges Spiegelkabinett im Freien bilden. Ein Lachkabinett, in dem man stehenbleiben, eine Pause einlegen und nicht nur sich selbst – in Scharlach-, Silber- und Bernsteintöne getaucht – sehen kann, sondern auch das, was hinter einem ist, ein Stück weiter oder auf der anderen Straßenseite.

Wie etwa die beiden ernsten Typen, die sie vom Plaza an bei ihrem Spaziergang zur Show verfolgt hatten. Es waren Flaschen, Amateure, wie es beim FBI viele gab, und so hielt er diese Burschen für zwei von Hoovers humorlosen Agenten. Ihre unsubtile Technik war typisch für Sicherheitsdienste, die im selben Land arbeiten, in dem sie die höchste Autorität sind. Ihnen fehlten die paranoiden Fähigkeiten derer, die auf feindlichem Territorium arbeiten, für die die Tolpatschigkeit eines Augenblicks die schnelle Festnahme oder einen noch schnelleren Tod bedeuten kann.

Amateurhaftigkeit war für Walter die Arroganz der Macht. Und diese Burschen in ihren unauffälligen grauen Mänteln, dem Bürstenhaarschnitt und den blankpolierten schwarzen Schuhen waren sichtlich der Meinung, die Heimmannschaft zu sein.

Aber ihr seid nicht die Heimmannschaft, dachte Walter. Das bin ich.

»Broadway«, verkündete er, als sie an der 45. auf grünes Licht warteten, »dorthin kommen die Leute und zahlen Geld dafür, sich die Träume anderer Menschen anzusehen.«

Madeleine sagte: »Ich kann nicht sagen, ob diese Bemerkung zutiefst zynisch oder von umwerfendem Charme ist.«

»Oder beides«, warf Keneally ein.

»Es war bewundernd gemeint«, erwiderte Walter, als sie die Straße überquerten. »Das ist einer der Gründe, weshalb ich an Gott, Land und letztlich auch den menschlichen Adel glaube.«

»Wie kommt das?« fragte Madeleine und lachte.

»Weil«, sagte Walter und sah sie an, in Wahrheit jedoch nur, um sich zu vergewissern, daß die beiden Männer ihnen noch folgten, »es der Beweis für die Existenz einer Gottheit ist, die ein Geschöpf geschaffen hat, das als einziges lacht, weint, singt und seinen Mitgeschöpfen gern dabei zusieht, wie sie in albernen Kostümen herumhüpfen, ein Geschöpf, das im Kollektiv sein Wissen um die grimmige Realität über Bord wirft und so tut, als wäre eine wackelige Konstruktion aus Holz und bemaltem Stoff beispielsweise River City.«

»Ist diese Spezies«, fragte Marta, »nicht auch die, die keinen Penny dafür ausgibt, jugendlichen Straftätern aus schlechten Stadtvierteln zu helfen, sondern dafür lieber Millionen ausgibt, um zuzusehen, wie Schauspieler ein paar Blocks weiter jugendliche Straftäter *spielen*?«

Du bist wirklich klüger, als ich gedacht habe, dachte Walter. Und genau dieselben Worte hätten leicht aus Anne Blanchards Mund kommen können. Und die beiden grimmig dreinblickenden Figuren halten immer noch mit.

Aber für wen? Für Keneally? Für Madeleine? Wovon hatte Hoover Witterung bekommen? Auf welche fleischliche Spur hatte er seine Hunde angesetzt?

Madeleine ignorierte Marta und fragte: »Über Gott und den menschlichen Adel haben Sie schon gesprochen, was ist mit Land?«

»Das ist einfach, nicht wahr, Senator?« fragte Walter. »Man hat ein Land, das den Broadway nicht nur erlaubt, sondern auch noch fördert.«

»Bravo, Walter. Bravo.«

»Aber sollte die Kunst nicht der Gesellschaft dienen?« fragte Marta.

»Dadurch, daß die Gesellschaft für das zahlt, was sie will«, sagte Walter, »dient ihr der Broadway vorbildlich.«

»Selbst wenn sie nur schöne Bilder will?« hakte Marta nach.

»Besonders dann«, erwiderte Walter. Die häßlichen Bilder können wir uns selbst schaffen, ohne jede professionelle Hilfe, besten Dank. Einer der Männer war hochgewachsen, mager und jung. Ohne Hut und mit kurzem Haar. Der andere war älter, Mitte Vierzig, wie Walter schätzte – und stämmig. Dickes Gesicht, das jetzt in der Kälte blühend und frisch aussah.

»Aber die Kunst sollte die Gesellschaft erziehen«, sagte Madeleine.

»Zu was?« gab Walter zurück. »Zu sich selbst?«

»Sie dann eben verschönern«, beharrte Madeleine.

»Ich habe nichts gegen Schönheit einzuwenden«, erwiderte Walter. »Anwesende eingeschlossen.«

»Sie haben Ihren Beruf verfehlt, Walter!« sagte Keneally lachend. »Sie sollten Diplomat werden!«

»Ist das ein Angebot für einen Job, Senator?« fragte Walter.

Keneally lachte wieder.

»Und wäre es nicht ein *wenig* verfrüht?« fügte Walter hinzu.

Keneallys angenehmes Gesicht rötete sich vor Vergnügen. Sein Teint sah unter den warmen Soffittenlampen des Majestic Theater golden aus.

»Ach, wissen Sie«, sagte er, »ich glaube nicht, daß die Partei Adlai Stevenson zum dritten Mal hintereinander auf den Schild hebt. Und was bestimmte Texaner angeht...«

»Glauben Sie, Amerika ist schon bereit für einen katholischen Präsidenten?« fragte Marta.

156

Sie sprach die Worte in ihrem lustigen Dialekt. Der Ausdruck in Keneallys Augen zeigte jedoch, daß die Frage ihm nicht gefiel.

Trotzdem klebte ihm das Lächeln noch im Gesicht, als er sagte: »Ich glaube, die Amerikaner würden sogar den Papst wählen, wenn er der Rezession ein Ende machen könnte. Fünf Millionen Amerikaner sind arbeitslos, ein Drittel unserer Industriezentren sind...«

»Darling.« Madeleine legte ihm fürsorglich die Hand auf den Ellbogen und brachte ihn so zum Schweigen. »Du führst heute abend keinen Wahlkampf. Und außerdem darf Walters Begleiterin nicht wählen.«

»Und Walters Begleiterin muß mal den Raum für kleine Begleiterinnen aufsuchen«, sagte Marta mit einem giftigen Lächeln zu Madeleine.

Und damit ist der Ärger hier in River City programmiert, dachte Walter, als er ihnen die Tür aufhielt.

Die beiden Männer folgten ihnen nicht ins Theater.

Selbst das FBI, dachte Walter, würde Mühe haben, in der Weihnachtswoche Karten für *Music Man* zu bekommen. Außerdem würden Hoovers Erbsenzähler nicht die zehn Dollar für fünfte Reihe Mitte herausrücken.

Er genoß die Aufführung, hielt Robert Preston in der Hauptrolle für großartig und war ganz allgemein bester Laune, als sie wieder auf die Straße traten.

Keneally pfiff *Seventy-Six Trombones in the Big Parade*, so daß sein Atem in der kalten Luft kleine Dampfwolken bildete. Dann hielt er kurz inne und fragte: »So, Kinder, was wollt ihr jetzt machen?«

»Der Stork Club?« schlug Walter vor. »Oder Sardi's? Club 21?«

»Hört sich alles wundervoll an«, sagte Marta.

»Tut es«, sagte Madeleine, »aber wißt ihr, wo ich den Abend wirklich beenden möchte?«

Eine wahre Prinzessin, dachte Walter. Erteilt ihre Befehle in Form einer Frage.

»Wo denn?« fragte er pflichtschuldigst.

»Im Rainbow Room!« verkündete sie.

Weißt du, wo ich den Abend wirklich *nicht* beenden will? dachte Walter. Im Rainbow Room.

»Abgemacht!« sagte Keneally.

Wie es das Vorrecht des Königs ist.

Ein Taxi tauchte auf, und sie stiegen ein. Wie verräterisch, dachte Walter. Wenn die Theater schließen, sind Taxis sonst kaum zu bekommen. Die beiden grimmig dreinblickenden Figuren blieben vor Kälte zitternd zurück und rannten jetzt los, um selbst ein Taxi zu bekommen.

Und mich bringt das, dachte er, in eine nicht weniger unangenehme Lage. Jetzt geht es in Gesellschaft von Joe Keneally und Madeleine Keneally und Marta Marlund zum Rainbow Room und Anne.

Für Walter Withers war der Rainbow Room der Inbegriff von New York. Der vierundsechzig Stockwerke über dem Rockefeller Center gelegene Nachtclub schien aus eigener Kraft in der Luft zu schweben, als wären die Gesetze der Schwerkraft, die für den Rest der natürlichen Welt galten, für den Rainbow Room aufgehoben worden. Die meisten Nachtclubs lagen auf Straßenniveau – man stieg aus dem Taxi, der Portier riß die Tür auf, dann befand man sich in einem hochklassigen Laden, der immer noch sehr zur Straße gehörte. Andere Clubs, die aus der Prohibitionszeit übriggebliebenen früheren Kneipen, lagen im Kellergeschoß – man ging in einen kühlen Keller hinunter und wurde buchstäblich zu einem Teil des Untergrunds der Stadt. Der Rainbow Room lag jedoch im Himmel, an dem wirklich einzig angemessenen Ort, und saß über der Stadt, gehörte nicht zu ihrer Erde oder einer ihrer Straßen, sondern zu ihrer Luft.

»Er ist fast buchstäblich ätherisch«, hatte Walter einmal

über den Rainbow Room gesagt, als er ihn Freunden von außerhalb beschrieb. »Er lebt im Äther der Stadt. Man verläßt den Asphalt und betritt einen Fahrstuhl, der einen nach oben sausen läßt. Man tritt aus dem Fahrstuhl und befindet sich in diesem magischen Raum im Himmel. Ich bin überzeugt, daß die griechischen Götter nach Manhattan gehen würden, wenn sie wieder auf die Erde kämen, und daß sie den Rainbow Room zu ihrem neuen Olymp machen würden, in dem es sogar die besseren Getränke gibt.«

Der Saal selbst war voller New Yorker Paradoxa. Nachdem man vierundsechzig Stockwerke hinaufgefahren war, mußte man wieder hinuntersteigen, um in den Saal zu kommen. Das war wirklich klassisches Manhattan, denn man konnte oben stehen und einen kurzen Blick auf die Menge riskieren, bevor man die geschwungene Treppe mit ihrem polierten Chromgeländer hinunterging, wobei man hinter dem Podium vorbeikam, so daß jeder einen Auftritt bekam, der selbst zu einem Teil der Darbietungen wurde.

Der Saal war die für Manhattan so typische Mischung aus warm und kühl. Die kreisrunde Tanzfläche aus poliertem Holz war von drei Ebenen von Tischen und Stühlen in Chrom und Schwarz umgeben. Die Tische ganz vorn hatten silbrig glänzende Tischtücher, die vor dem warmen Holz der Tanzfläche wie Eis wirkten. Dieser Fußboden war fürs Tanzen wie geschaffen. Sein Parkett war zu einem komplexen Mosaik ineinander verschlungener Kreise zusammengesetzt, die sich in einem schwarzen Stern in der Mitte trafen. Die Tanzfläche war dazu gemacht, die Schwerkraft und damit die Reibung aufzuheben, um Liebende wie auf Luft dahingleiten zu lassen, befreit von der Anziehungskraft der Erde und ihrer eigenen irdischen Unbeholfenheit. Und die Gesichter der Liebenden leuchteten an diesem Abend ebensosehr wie das von Madeleine Keneally. Sie spiegelten sich in den tausend Kristallen des Kronleuchters, der an der gewölbten Decke über dem Saal wie ein zertrümmerter Stern funkelte.

»Würden Sie gern nicht tanzen?« fragte Marta Walter und gab in ihrer gebrochenen Syntax Walters genauen Gemütszustand wieder. Er würde tatsächlich gern nicht tanzen, würde vielmehr liebend gern nicht tanzen, würde in Wahrheit gern gehen und mit der Sängerin nach Hause fahren.

Annes scharfe Noten schneiden heute abend wie ein Rasiermesser, dachte Walter. Nein, nicht wie ein Rasiermesser – wie ein Eiszapfen. Sie ist eine glänzende Sängerin, knödelt nicht, ist keine Schnulzensängerin, kann jedes Wort singen und ihm jede Färbung geben, die sie will. Walter war überzeugt, daß Anne selbst die Gelben Seiten von Manhattan hätte singen und ihnen einen erotischen Unterton geben können. Umgekehrt konnte sie auch ein Liebeslied wie *April in Paris*, das sie im Augenblick gerade sang, in eine Anklage verwandeln.

Walter kannte die Anklagepunkte. Schuldig des Zusammenseins mit Marta Marlund, einer hochgewachsenen Schönheit aus dem Norden mit blauen Augen und einem großen Busen, von dem der größte Teil heute abend zur öffentlichen Beschau entblößt war.

Diese Eifersucht war unfair, wie Walter wußte. Unfair nach ihrem Verrat am Heiligen Abend – war es ein Verrat gewesen? –, doch das weibliche Gerechtigkeitsgefühl hatte für Walters Geschmack wenig – wenn überhaupt etwas – mit moralischer Symmetrie zu tun. Nein, das Gerechtigkeitsgefühl einer Frau ist eher kreisförmig statt linear. Es ist für Anne absolut in Ordnung, sich mit einer anderen Frau zu treffen, aber bei mir sieht das schon ganz anders aus. Vielleicht wäre sie nicht so zornig, dachte Walter, wenn ich mit einem anderen Mann zusammen wäre.

Es liegt natürlich auch gerade an dieser Frau, nicht wahr? dachte Walter. Marta Marlund war die Art Frau, die andere Frauen wütend macht, wenn sie nur einen Raum betritt. Doch damit gab sich Marta nicht zufrieden. Sie füllte dazu noch den Raum um sich herum mit einer bedrohlichen Sexualität. Da gab es keine Maske, keine Kompromisse. Marta lag immer im Bett.

An diesem Abend ganz besonders. Sie trug ein silberfarbenes Kleid, das aussah, als könnte es an ihrem Körper so leicht heruntergleiten wie Regen. Wenn sie sich vorbeugte, was sie oft tat – bewußt und schamlos in einer Parodie von Sinnlichkeit, die deswegen jedoch nicht weniger sinnlich war –, schienen ihre Brüste hervorzuquellen wie Milch. Und wenn sie einen Mann dabei erwischte, daß er hinsah – und die Männer sahen hin –, lächelte sie, als wollte sie sagen: *Ich kann es dir wirklich nicht verdenken, ja, ist Sex nicht wundervoll?* Es war ein Lächeln, das nichts weiter versprach als Möglichkeiten. Jeder Mann wußte, daß Marta Marlund sich weit öffnen würde, wenn sie mit ihm ins Bett ging – falls es überhaupt dazu kam. Sie würde einen Mann auffordern, in jeden Teil dieses üppigen, milchigen, feuchten, heißen, kalten Körpers einzudringen.

Anne Blanchard wußte es auch, und es machte sie wütend. Als sie Walter wieder einen eiskalten Blick zuwarf, reichte es ihm. Er dachte, genug ist genug, und sagte: »Ja, legen wir eine Sohle aufs Parkett.«

Martas verwirrtes Gesicht bei diesem Ausdruck war absichtsvoll bezaubernd, und er nahm sie bei der Hand und zog sie hoch.

Der Champagner hatte ihr stärker zugesetzt, als er geglaubt hatte. Sie war beschwipst – was sie noch willfähriger erscheinen ließ –, und es kam ihm vor, als würde der ganze Saal zusehen, als er sie zur Tanzfläche führte. Natürlich sah ihnen auch Madeleine nach. Sie setzte ein falsches Lächeln auf, als Joe sich zu ihr umdrehte und sie wölfisch angrinste.

Das Lächeln schien Marta zornig zu machen, und sie klebte an Walter wie eine Tapete. Sie drückte ihre Brüste an seiner Brust platt und machte mit den Beinen kaum wahrnehmbare kreisrunde Bewegungen an seinem Schritt und lächelte, als sie ihn steif werden fühlte.

»Sie sind ja doch lebendig«, flüsterte sie. »Ich habe mich schon gewundert.«

Inwiefern?« fragte Walter.

»Ob ich Ihnen überhaupt gefalle«, erwiderte sie. »Ob Sie überhaupt Frauen mögen.«

Weil ein Mann in deinen Augen schwul sein muß, wenn er dich nicht haben will, dachte Walter.

»Schmeicheln Sie sich deshalb nicht«, sagte Walter. »Nennen wir es einfach Reflex-Reaktion.«

»Dann fühle ich mich nur noch geschmeichelter«, sagte sie.

»Hören Sie damit auf.«

»Sie wollen nicht, daß ich damit aufhöre.«

Sie preßte sich noch enger an ihn.

»Wenn die Musik jetzt aufhörte«, sagte sie aufreizend, »würde jeder sehen, daß Sie nicht wollen, daß ich aufhöre.«

Sie rieb sich an ihm.

Sie flüsterte: »Sie fühlen sich gut an. In mir würden Sie sich noch besser anfühlen.«

»Nein, vielen Dank.«

Sie lächelte: »Macht nichts. Es kann bei mir auch so passieren, und nur Sie und ich werden es wissen.«

»Das können Sie für sich behalten, besten Dank.«

Seine Stimme war jedoch dünn und gepreßt, und beide hörten sie es.

»In Wahrheit kann ich es aber nicht, müssen Sie wissen«, sagte sie, als ihre Hüften sich langsam an ihm rieben.

Sie schloß die Augen, lächelte und seufzte.

»Sie meinen richtig?« fragte Walter. »Oder nur ein *frisson*?«

»Was ich für ihn tun kann, kann sie nicht«, sagte sie plötzlich.

»Aber er ist mit *ihr* verheiratet.«

»Aber *ficken* wird er mich.«

»Ihr Englisch wird immerhin besser.«

Die Musik hörte auf. Marta lächelte ihn an und blieb ein

paar Sekunden dicht vor ihm stehen, bevor sie zur Seite trat. Sie ließ sich von ihm zum Tisch zurückführen, wo sie sich neben Madeleine setzte und sagte: »Ihr Joe ist ein wundervoller Tänzer, wie es scheint.«

»Ja, das ist er«, erwiderte Madeleine.

»Im Vergleich mit Walter Withers«, sagte Keneally, »bin ich ein Tölpel.«

Keneally lächelte, doch der Ausdruck in seinem Gesicht gab Marta zu verstehen, daß sie der entscheidenden Grenze etwas zu nahe kam.

»Wo haben Sie tanzen gelernt, Walter?« fragte Keneally.

»Ach, meine Mutter ließ mich in eine dieser scheußlichen Tanzschulen gehen, als ich ein Junge war«, erwiderte Walter. »Es war natürlich die reine Folter für mich, um so mehr, als meine Partnerin ein rothaariges Mädchen mit grünen Augen war. Sie hieß Jill und war meine erste Liebe.«

»Und hat sie Ihnen das Herz gebrochen?« wollte Madeleine wissen.

»Natürlich. Aber ihre Familie zog nach ein paar Monaten weg. Wir haben einander noch ein paar Briefe geschrieben, und dann...«

Der Kellner erschien. Keneally bestellte noch eine Runde; Champagner für die Damen, einen Martini für Walter und einen Scotch on the Rocks für sich.

Der Schlagzeuger trommelte einen schnellen Wirbel, und Annes Stimme intonierte: »*Ask me how do I feel / Now that we're cozy and clinging*.« Es waren die ersten Zeilen eines schneller als üblich gesungenen *If I Were A Bell*.

»Ich könnte wetten, daß auch Sie sich schon als Herzensbrecher hervorgetan haben«, sagte Madeleine zu Walter.

»Ich fürchte nein«, entgegnete er. »Nein, es ist mein Schicksal, im Film immer die zweite Geige zu spielen. Der andere bekommt immer das Mädchen.«

»Immer die Brautjungfer, nie die Braut?« fragte Keneally.

»Etwa so.«

Madeleine sah Marta spitz an. »Sie werden ihm doch nicht das Herz brechen, oder?«

»Nein, ich glaube, er wird mir das Herz brechen«, gab Marta zurück. »Ich glaube nicht, daß er mich überhaupt liebt.«

»Walter, Sie Schuft!« sagte Madeleine.

»Die Sängerin ist fabelhaft«, warf Keneally ein.

»Ja, nicht wahr?« quittierte Walter sofort.

Und sieht auch noch umwerfend aus. Ein enganliegendes, klassisches schwarzes Sängerinnenkleid, dazu die Perlenkette, die wir zusammen in Nizza gekauft haben. Das Haar schimmerndes Gold. Und sie wird mir das Herz brechen.

>*And if I were a bell*
If I were a bell,
If I were a bell I'd go
Ding-dong ding-dong ding.«

Die letzten Töne hingen wie Kristalle in der Luft; »*ding-dong ding*«.

Als wäre der Abend nicht schon spannungsgeladen genug, bat Keneally Anne nach dem Auftritt an den Tisch. Sie kam und brachte das Glas gekühlten Grapefruitsaft mit, das sie immer zwischen den Auftritten trank, und sagte mit einem eiskalten Lächeln: »Hallo miteinander. Hallo, Walter.«

»Hallo, Anne.«

»Sie beide kennen sich?!« fragte Madeleine.

»Jeder kennt Walter«, entgegnete Anne. »Er ist ein Lebemann. Sogar ein Weltmann.«

»Wir sind alte Freunde«, erklärte Walter.

»Warum haben Sie das denn nicht gesagt?« fragte Madeleine.

Anne sah sie ungläubig an, dann Marta und fragte: »Wirklich?«

Keneally, der sofort spürte, daß ein Mitbruder in Nöten

war, sprang ihm bei: »Sie sind eine fabelhafte Sängerin. Es ist mir ein Vergnügen, Sie kennenzulernen.«

»Ich wünschte, ich könnte das auch von Ihnen sagen, Senator.«

Damit ist die erste Runde eingeläutet, dachte Walter.

»Sie halten mich nicht für einen fabelhaften Sänger?« fragte Keneally ironisch.

»Es ist kein Vergnügen, Sie kennenzulernen.«

»Anne...«, begann Walter, doch Keneallys Lachen ließ ihn innehalten.

»Sind Sie Republikanerin, Miss Blanchard?« fragte Keneally.

»Lieber würde ich meine Zähne runterschlucken«, entgegnete sie. »Nein, ich hasse einfach nur, was Sie und Ihre Bande dem Land antun.«

»Meine Bande?« fragte Keneally.

»Ihr Ausschuß«, erläuterte Anne ihm. »Der Senatsausschuß für innere Sicherheit.«

»Und was tun wir dem Land an?« wollte Keneally wissen.

»Ihre Hexenjagden. Die zerstören Menschen.«

»Verglichen mit Onkel Joe Stalin sind wir doch nur Stümper.«

»Entschuldigen Sie, aber der ist doch tot, denke ich, oder haben Sie das noch nicht mitbekommen?«

»Chruschtschow ist auch nicht besser.«

»Als McCarthy?« fragte Anne weiter.

»Entschuldigen Sie, aber der ist so gut wie tot.«

»Wie wär's dann mit Nixon«, sagte Anne. »Oder Keneally?«

Keneally lachte wieder, hielt die Hände hoch und sagte: »Himmel, werfen Sie mich bloß nicht mit Dick Nixon in einen Topf!«

»Sie sind selbst reingesprungen, Senator.«

»Ich glaube nicht, daß Diskussionen über Politik oder Religion im Rainbow Room erlaubt sind«, schaltete sich

Walter ein. »Wie ich höre, soll das den Champagner so schal machen...«

Er sah, wie der Fotograf von der Treppe her auf sie zustürmte. Er hielt die Kamera tief, unter Tischhöhe, doch sie war dadurch zu erkennen, wie der kleine Mann die Schulter hängen ließ. Walter stand auf und verstellte ihm den Weg. Trat dicht an ihn heran, so daß der Mann die Kamera nicht heben konnte, ohne ihn damit zu treffen.

»Heute abend nicht«, sagte Walter. »Private Veranstaltung.«

»Private Veranstaltung im Rainbow Room?!« sagte der Fotograf. »Öffentlicher als hier kann es kaum sein, mein Freund.«

»Um so besser müssen dann Ihre Manieren sein.«

»Ich habe zu arbeiten.«

Ich auch. Und ich bin nicht sicher, ob es dazugehört, diese kleine Szene in allen Sonnabendzeitungen zu sehen.

»Bitte lassen Sie sie in Ruhe«, sagte Walter.

»Der Schwarze Ritter und seine Herzensdame in der Stadt? Wollen Sie mich auf den Arm nehmen? Mit einer Blondine, die so aussieht? Das ist doch nicht Ihr Ernst.«

»Ist schon in Ordnung, Walt«, sagte Keneally.

Nein, Senator, es ist nicht in Ordnung. Es ist überhaupt nicht in Ordnung, wenn Sie nichts dagegen haben. Er trat trotzdem zurück und setzte sich neben Marta.

Die sich herüberbeugte und ihn auf die Wange küßte, als das Blitzlicht explodierte.

»Könnte ich die Namen haben?« fragte der Fotograf. Er hatte Notizblock und Kugelschreiber gezückt. »Den Senator kenne ich natürlich und Mrs. Keneally auch. Aber wer ist der Gentleman, Miss Marlund?«

»Mein Begleiter für den Abend«, flötete Marta.

»Hat er einen Namen, oder ist der große Unbekannte?«

»Oh, der große Unbekannte.«

»Walter Withers«, sagte Marta.

Besten Dank, Marta, dachte Walter.

»Sind Sie im Show Biz, Walt?«

Ganz im Gegenteil, dachte Walter. Es gehört zu meinen Pflichten, mich unsichtbar zu machen.

»Ich gehe ganz gewöhnlichen Geschäften nach«, sagte er. »Und ich denke, das reicht jetzt«, fügte er hinzu.

»Langsam, langsam, rätselhafter Gast«, zirpte der Fotograf. »Gibt es etwas, was Sie uns erzählen möchten, Mrs. Keneally?«

»Ja, ich verbringe hier einen wunderschönen Abend! Sie entschuldigen mich, nicht wahr, Schätzchen?« sagte Madeleine zum Fotografen. »Ich muß mir die Nase pudern.«

»Ja, ich auch«, fügte Marta hinzu.

Und damit verschwanden sie.

»So wie die Dinge liegen, sollte ich mich jetzt wohl auch aus dem Staub machen«, sagte Anne. »Aber meine Nase glänzt nicht, und pinkeln muß ich auch nicht.«

»Ich aber«, sagte Keneally und erhob sich. »Es war nett, Sie kennenzulernen, Miss Blanchard. Ich mag Ihre Musik trotzdem.«

»Nun, das haben wir wenigstens gemeinsam«, gab Anne zurück.

Keneally arbeitete sich langsam durch den Saal, lächelte und schüttelte Hände. Der Fotograf folgte ihm und schoß seine Fotos.

»Das war bezaubernd von dir«, sagte Walter zu Anne.

Sie zuckte die Schultern. »Ich bin nicht ihr Schutzengel.«

»Was für ein Segen.«

Sie heftete den Blick auf ihn und fragte: »Hast du heute abend Kletterhaken und Seil mitgebracht? Um die schneebedeckten Gipfel der Miss Marlund zu erklimmen?«

»Nett gesagt.«

»Eine Frage, die beantwortet werden will, mein Guter.«

»Wenn das so ist«, sagte Walter, »das einzige, was ich heute abend zu besteigen hoffte, war dein Bett.«

»Heute abend? Heute nacht? Etwa in den verbleibenden Stunden zwischen jetzt und morgen früh?«

»Ich glaube, du hast es kapiert«, sagte Walter. »Diese Nacht.«

Ihre grauen Augen wurden hart wie Stein.

»Verbring die mit deiner Stockholmer Hure«, sagte sie, bevor sie sich umdrehte und zum Podium zurückging.

Ja, dachte Walter, es ist nicht meine, Schwedin ist sie auch nicht, und was die Hure angeht, ist das eine Frage der Interpretation, die ich lieber nicht vornehmen möchte. Außerdem will ich nicht die Nacht mit ihr verbringen, aber sonst...

Joe Keneally kam wieder an den Tisch.

»Was hält Frauen nur so lange auf dem Klo?« fragte er.

»Wahrscheinlich vergleichen Sie die Noten, die sie Ihnen geben«, bemerkte Walter.

»Sie haben was Gemeines an sich, Walter«, sagte Keneally.

»Sagen wir, daß die Situation mich weniger entzückt«, gab Walter zurück.

Mit einem törichten und zugleich stolzen Gesichtsausdruck sagte Keneally: »Hören Sie, Walter. Es wird nicht Ihr Schade sein.«

»Unmöglich.«

»Dann tun Sie's für Madeleine.«

Walter riß den Mund auf. »Daß ich mir so was anhören muß«, sagte er.

»Ich werde Marta sowieso vögeln«, begann Keneally. »Und wenn Maddy es herausbekäme, würde es ihr weh tun. Sie hat Sie mit Marta flirten sehen...«

»Haben Sie das etwa auch arrangiert?« fragte Walter.

»Marta ist ein guter Kumpel«, sagte Keneally. »Außerdem sind Sie Junggeselle, also was schadet es?«

Walter erwiderte: »Der Schade ist, daß ich es äußerst geschmacklos finde.«

»Forbes hat gesagt, Sie würden es tun«, gab Keneally zurück.

Natürlich hat er das getan.

»Tatsächlich?« fragte Walter.

»Er sagte, Sie seien ein guter Angestellter.«

Walter zündete sich eine Zigarette an.

»Himmel, Sie ist verdammt gut in der Kiste«, sagte Keneally. »Eine Schande, ihr den Laufpaß zu geben.«

»Sie geben ihr den Laufpaß?«

»Ich muß«, erwiderte Keneally. Er beugte sich in seinem Stuhl vor und fügte hinzu: »Sie glaubt, sie sei in mich verliebt.«

»Und ich nehme an, Sie erwidern diese Gefühle nicht.«

»Ich liebe es, sie zu vögeln, das steht bei Gott fest.«

Walter zuckte zusammen, wußte aber nicht, ob wegen der Vulgarität oder der Unverblümtheit oder beidem.

»Aber sie ist nicht die einzige Frau der Welt, die man bumsen kann«, fuhr Keneally fort. Er lachte, beugte sich über den Tisch und flüsterte: »Marta will, daß ich mich von Maddy scheiden lasse und sie heirate. Ich habe ihr gesagt, daß ich lieber Präsident sein möchte.«

»Und sie lieben Madeleine«, gab ihm Walter das Stichwort.

»Und ich liebe Madeleine«, wiederholte Keneally. »Marta drohte, an die Öffentlichkeit zu gehen, damit ich sie heiraten *muß*. Natürlich war sie betrunken. Hatte mächtig geladen.«

»In Wodka veritas.«

Keneally sagte: »Also seien Sie so nett und sagen Sie es ihr, ja?«

»Verzeihung?«

»Seien Sie ein Kumpel und sagen Sie es ihr, ja?«

»Ich soll wem was sagen?« fragte Walter, obwohl er es wußte.

Keneally sagte: »Sie sollen Marta sagen, daß es aus ist.«

»Nein danke.«

»Seien Sie ein Kumpel.«

»Ich bin nicht Ihr Kumpel.«

»Sie könnten es aber sein«, entgegnete Keneally. »Es hat Vorteile, mein Kumpel zu sein.«

»Ich weiß, daß es Marta Spaß gemacht hat.«

»Es wäre besser, wenn sie es von Ihnen hört«, sagte Keneally.

Walter dachte, ich will verdammt sein, wenn seine Augen keinen mitfühlenden Ausdruck haben.

»Nein, es wäre besser, wenn sie es von Ihnen erfährt.«

»Sie mag Sie.«

Aber dich liebt sie, dachte Walter.

»Kümmern Sie sich darum, Walter«, sagte Keneally. »Heute abend, nachdem ich ihr Zimmer verlassen habe. Dafür werden Sie doch bezahlt, nicht wahr? Daß Sie sich um bestimmte Dinge kümmern? Also kümmern Sie sich darum.«

In dem Augenblick erschienen die Damen angemessen aufgefrischt wieder am Tisch.

»Ich möchte herausfinden, wieviel Walter in der Tanzschule gelernt hat«, sagte Madeleine. »Hast du etwas dagegen, Darling?«

Keneally lächelte und sagte: »Natürlich nicht. Brich ihm nur nicht das Herz.«

»Ich würde dem lieben Walter nie das Herz brechen.«

»Oder mir«, fügte Keneally hinzu.

Sie warf Keneally eine Kußhand zu und streckte Walter die Hand entgegen. Die Band spielte auf, und sie hatten nur einige wenige Takte getanzt, als Madeleine sich zu ihm neigte und fragte: »Haben Sie eine Chance gehabt, mit ihm zu sprechen?«

»McGuire?«

»Seien Sie nicht gemein«, sagte sie. »Mit Sean, natürlich.«

»Ich habe mit ihm gesprochen.«

»Und?«

Natürlich waren auch Keneally und Marta auf der Tanzfläche. Walter fragte sich, ob Keneally die gleiche pseudo-orgasmische Behandlung bekam wie er selbst. Keneally lachte, Marta ebenfalls. Unterhielten sie sich jetzt darüber, was sie später tun würden?

»Und er hat Probleme«, sagte Walter.

»Haben Sie mit ihm über mich gesprochen?«

»Noch nicht.«

»*Walter*.«

»Das wäre voreilig.«

»Ich sterbe vor Neugier.«

»Ich werde mich darum kümmern«, sagte Walter.

Wenn alles gutgeht, dachte er.

»Sie sind süß, Walter. Und Sie tanzen sehr gut.«

Im Rainbow Room tanzen wir alle sehr gut, süße Maddy. In einer funkelnden Nacht in der Hauptstadt der Welt an den letzten Tagen des Jahres unseres Herrn 1958. Ich tanze mit der Ehefrau, die Geliebte tanzt mit dem Ehemann, und meine Geliebte funkelt mich wütend an und singt.

Wir tanzen, tauschen die Partner und tanzen weiter.

Walter rauchte gerade eine Zigarette und hielt sich in Jimmy Keneallys Zimmer im Plaza an einem Whiskey fest, als Jimmy hereinkam und sich aufs Bett setzte.

»Darf ich das als Zeichen dafür werten, daß der fleischliche Akt vollzogen ist?« fragte Walter. »Madeleine sicher in ihrem keuschen Zimmer eingesperrt. Ihr edler Bruder und Ihr noch edleres Selbst bei einem politischen Treffen zusammengekuschelt, das einfach nicht bis morgen warten konnte?«

»Ich habe schon oft gesagt, daß es nur eins gibt, was zwischen Joe und dem Weißen Haus steht, nämlich sein Schwanz«, erwiderte Jimmy. »Sie sind ein gebildeter Mann...«

»Das hat man jedenfalls in Yale gesagt«, sagte Walter mit einem Schulterzucken.

»Dann wissen Sie auch, daß jeder Held seinen schicksalhaften Makel hat«, sagte Jimmy. »Joes sind die Frauen.«

»Seine Achillesferse sitzt ein bißchen weiter nördlich«,

bemerkte Walter. »Ich muß sagen, er hat ungeheure Energie.«

»Er schläft nicht«, sagte Jimmy. »Zwei oder drei Stunden in der Nacht, vielleicht. Ich weiß ehrlich nicht, ob es ihn nach Sex verlangt oder ob er einfach nur verzweifelt Gesellschaft braucht.«

»In den gefürchteten frühen Morgenstunden«, sagte Walter.

»Es sind die Pillen«, fügte Jimmy hinzu.

»Die Pillen?«

»Gegen seine Rückenschmerzen«, erklärte Jimmy. »Er nimmt Pillen gegen den Schmerz, Pillen zum Schlafen, Pillen, um wach zu bleiben . . . Eigentlich dürfte ich Ihnen das nicht erzählen.«

»Man hat uns heute abend beschattet«, sagte Walter.

In Jimmys Augen blitzte nur kurz Besorgnis auf, bevor er wieder seinen normalen kühlen Ausdruck aufsetzte.

»Wer?« fragte er.

»Ich habe sie nicht gefragt«, entgegnete Walter. »Aber ich würde mein Geld darauf verwetten, daß es Leute vom FBI waren.«

Jimmy nickte. »Dieser gottverdammte Hoover. Ich schwöre, der alte Scheißkerl kann Sex *riechen*.«

»Ich bin mit Marta aufs Zimmer gegangen und habe mich hingesetzt, während sie trank«, sagte Walter. »Es war niemand draußen im Flur, als der Senator auf Zehenspitzen ankam.«

»Vielen Dank.«

»Ich will nicht unhöflich sein, möchte aber doch festhalten«, sagte Walter, »daß ich es nicht gern getan habe.«

»Ich verstehe«, erwiderte Jimmy.

»Mein Boß hat mir einen Auftrag erteilt, und ich führe ihn aus«, sagte Walter. »Es ist also eine Sache zwischen ihm und mir. Am Montagmorgen gehe ich zu ihm ins Büro und sage ihm, daß ich nicht mehr für Sie arbeiten werde.«

Jimmy seufzte und sagte: »Sie muß gehen, Walter. Jetzt.«
»Sie sind das Mädchen für alles«, sagte Walter. »Sie sind berühmt dafür.«
»Ich kann es ihr nicht sagen, Walter.«
»Warum nicht?«
»Weil ich Angst davor habe.«
»*Bitte*«, schnaubte Walter. »Sie sind ein Bursche, der Joe McCarthy bei den Hörnern gepackt hat, Sie haben sich den Gewerkschaften gestellt, was in dieser Stadt bedeutet, daß man sich mit der Mafia anlegt, und Sie wollen vor Marta Marlund Angst haben?«
Jimmy starrte auf den Fußboden. »Angst vor mir und Marta.«
»Ah.«
Jimmy lächelte. »Ah.«
»Haben Sie...«
»Noch nicht«, entgegnete Jimmy schnell. »Das ist ein weiterer Grund dafür, daß sie *jetzt* gehen muß.«
Walter trank sein Glas aus und sagte: »Dann werde ich wohl einfach losgehen und ihr die fröhliche Mitteilung machen.«
»Sie sind ein Kumpel, Walter.«
Ja, ein Kumpel.

Marta saß auf dem Bett. Ihr durchsichtiges Nachthemd verbarg nichts von ihren beträchtlichen Reizen. In der linken Hand hielt sie ein Glas umfaßt, das Wodka zu enthalten schien. Auf dem Nachttisch brannte eine Zigarette in einem Aschenbecher. Daneben ein Fläschchen mit einem Medikament.
»Das ist gefährlich, im Bett zu rauchen«, sagte Walter.
»Haben Sie Joe gut zugedeckt?«
Belegte Stimme, lallt nur noch, dachte Walter. Sie hat ziemlich geladen.
»Der Senator liegt in Morpheus' Armen«, sagte er.
»Was immer das bedeuten soll.«

»Er schläft.«

»Der Senator hat's gut.«

Sie führte das Glas an die Lippen. Ein Teil des Wodkas – Walter konnte ihn jetzt riechen – ging in den Mund, der größte Teil lief ihr jedoch übers Kinn. Ein kleiner Tropfen lief ihr langsam an dem langen Hals entlang.

»Können Sie nicht schlafen?« fragte Walter.

»Hat er Ihnen erzählt, wie wunderbar ich im Bett bin?«

»Nein, aber das nehme ich Ihnen auch so ab«, sagte Walter. Er nahm ihr das Glas aus der Hand und stellte es auf den Nachttisch. »Ich glaube, Sie haben genug gehabt.«

»Nehmen Sie das nicht weg, es sei denn, Sie stellen was Neues hin.«

»Sind Sie in ihn verliebt, Marta?«

Sie nickte.

»Dumm, nicht wahr?« fragte sie.

»Der Kopf und das Herz...« Walter zuckte die Schultern. »Er ist jedenfalls ein Scheißkerl.«

»Ein Scheißkerl«, bestätigte sie.

Du liebst diesen Scheißkerl. Wir sind schon eine seltsame und komische Spezies.

»Es ist vorbei«, sagte er.

»Meinen Sie?«

Er schüttelte den Kopf. »Ich weiß es. Er hat mich geschickt, es Ihnen zu sagen.«

»Sie meinen, Bruder Jimmy hat Sie geschickt.«

Man kann richtig zusehen, wenn eine Betrunkene nachdenkt, bemerkte Walter. Der Denkprozeß verläuft einfach viel langsamer, und man kann es buchstäblich sehen.

»Denken Sie gar nicht erst daran, Wirbel zu machen«, sagte er. »Überlegen Sie gar nicht erst, ob Sie sich an die Presse wenden sollen. Weinen Sie sich die Augen aus, packen Sie Ihre Sachen, gehen Sie nach Hollywood. Ich bin überzeugt, daß er ein finanzielles Arrangement für Sie treffen wird ... ein paar Studiotüren für Sie öffnet.«

»Ich kann ihn ruinieren.«

»Sie kennen diese Leute nicht«, sagte Walter. »Sie haben ja keine Ahnung.«

»Doch. *Sie* haben keine Ahnung...«

Er hielt Sie nicht davon ab, wieder nach dem Glas zu greifen und es in einem Zug zu leeren.

»Ich sollte jetzt lieber gehen«, sagte Walter.

»Jetzt haben Sie Ihre Botschaft ja überbracht«, sagte sie. »Soll ich Ihnen ein Trinkgeld geben, oder übernimmt Jimmy auch das?«

»Gute Nacht.«

»Sind Sie im Bett besser als er?!« fragte sie, als er die Tür erreichte.

»Ehrlich, Marta, woher soll ich das wissen?«

»Kommen Sie her, dann werden wir ja sehen.«

Sie setzte sich in Positur. Eine für die Öffentlichkeit bestimmte Studioversion einer verführerischen Pose: Sie legte sich auf die Seite, zog ein Bein hoch und stützte den Kopf in die Hand. Ein wissendes Lächeln umspielte ihre Lippen. Bemitleidenswert und doch seltsam verführerisch.

»Ich gehe unter die Dusche, wenn es das ist, was sie stört«, sagte sie. »Ich werde ihn abspülen, *aus* mir herauswaschen, wenn Sie so pingelig sind. Oder so eifersüchtig.«

»Marta...«

»Oder haben Sie Angst?« fragte sie. »Er wird es nie erfahren.«

»Das ist es nicht.«

»Na kommen Sie schon«, flötete sie und streichelte sich. Ihre langen Finger glitten zwischen ihren Beinen hin und her.

Seide auf Seide auf Seide, dachte Walter, obwohl er sich die größte Mühe gab, sich nichts vorzustellen.

»Ich brauche es...«, sagte sie. »Komm her, besorg es mir. Ich will, daß du es mir besorgst.«

»Versuchen Sie, etwas zu schlafen.«

»Besorg's mir. Bitte besorg's mir. Ist es nicht das, was

Männer gern hören? Bitte besorg's mir. Macht dich das nicht steif? Bei ihm hat es immer geklappt.«

»Gute Nacht, Marta.«

Er drehte sich um, um die Tür aufzumachen.

»*Wage es nicht, mich so zu verlassen!*« schrie sie.

»Seien Sie bitte leise.«

»Ich kann es nicht ausstehen, so zurückgelassen zu werden.«

Dann sprich mit Keneally, dachte er. Torkle auf dem Flur zu seinem Zimmer und schlag gegen die Tür. Schrei seinen Namen, bis das Blitzlichtgewitter losgeht wie am 4. Juli.

Doch so weit würde es nie kommen.

Nicht mit den beiden FBI-Beamten. Sind sie vom FBI? fragte er sich. Sie hocken bestimmt in einem Zimmer weiter hinten.

Er hatte schon einen Fuß aus der Tür, als sie wieder losschrie.

»Ihr Freund Morrison weiß, was er mit einer Frau zu tun hat!« schleuderte sie ihm entgegen.

Verzeihung? Morrison?

Walter schloß die Tür mit einem Fußtritt und wirbelte herum. Er packte sie an den Schultern und stieß sie gegen das Kopfende.

Da sie glaubte, es geschafft zu haben, lächelte sie und fuhr fort: »*Der* war wundervoll im Bett! *Der* hat es mir besorgt, bis ich weinte!«

»Sie lügen.«

»Das hätten Sie wohl gern!« schrie sie ihm ins Gesicht.

»Woher kennen Sie Morrison?«

Es ist keine Bremse. Es läßt mir total die Luft raus.

O mein Gott, o mein Gott, o mein Gott.

»Bis ich weinte!«

Verbring ihn doch mit deiner Stockholmer Hure.

»Woher kennen Sie Morrison?!« wiederholte er.

»Bis ich weinte...«

176

Sie sackte in seinen Händen zusammen. Er legte sie im Bett auf die Seite, damit sie nicht erstickte. Er drückte ihre Zigarette aus, und dann verschwand Der Große Skandinavische Lude und Tödliche Anwerber über die Hintertreppe aus dem Plaza Hotel.

Aus einer Telefonzelle in der Halle des St. Moritz rief er Morrison an. Nachdem er einen zerknüllten Zehndollarschein für acht Dollar in Dimes hergegeben und das Fräulein vom Amt mit seiner sanftesten Stimme charmiert hatte, wartete er, bis sie zirpte: »Die Verbindung ist da.« Dabei pochte sein Herz heftig, und er spürte, wie es im Magen grummelte. Schließlich hörte er über die Transatlantik-Verbindung Morrisons dünne und rauhe Stimme.

»Walter? Walter Withers?«

War da ein Anflug von Angst in der Stimme? Bei ihm oder mir? Oder beiden?

»Michael, wie geht es dir?«

»Kalt und einsam ohne dich, Süßer. Was gibt's?«

Der Tonfall fragte: Weshalb rufst du an? Und warum auf dieser Leitung?

»Etwas Persönliches, Michael.«

Pause.

»Schieß los.«

»Kennst du eine Frau namens Marta Marlund?«

»Die Schauspielerin Marta Marlund?«

»Genau die.«

Wieder eine Pause. Er versucht, sich an die Wahrheit zu erinnern oder eine Lüge zu erfinden.

»Ich bin ihr einmal bei einer Party begegnet, Walter.«

»Bist du sicher?«

Morrison lachte. »Hast du sie schon mal gesehen, Walter?«

»Ja, stell dir vor.«

»Dann wüßtest du, daß ich mich an sie erinnern würde, wenn ich ihr begegnet bin.«

»Michael«, sagte Walter, »dies ist zwar ein bißchen peinlich, aber ich muß dich trotzdem fragen. Hast du mit ihr
geschlafen?«

»Dein Wort in Gottes Ohr.«

»Hast du?«

»Ich würde meinen linken Hoden dafür hergeben, aber
leider . . .«

»Bist du sicher?«

»Ich hätte meinen Schwanz in Bronze gießen lassen«, gab
Morrison zurück. »Warum, wenn ich mit einem lähmenden
Gefühl von Neid fragen darf, möchtest du das wissen?«

Walter zwang sich ein verschwörerisches Männer-Gluck-
sen ab und sagte: »Ich möchte einfach nur sicher sein, daß ich
jetzt nicht in das Bett eines Freundes springe.«

»Für den Rest ihrer persönlichen Lebensgeschichte kann
ich nicht antworten«, sagte Morrison, »aber bedauerlicherweise kann ich dir versichern, daß ihre Bettlaken von den
persönlichen Flüssigkeiten Michael Morrisons unbefleckt
sind. Aber versprichst du mir, mich wieder anzurufen und
mir alles darüber zu erzählen?«

»Nein.«

»Ich übernehme auch die Telefonkosten.«

»Nein.«

»Na schön, kann ich dann wenigstens Anne haben?«

»Michael . . .«

»Dieses Gespräch kostet dich ein Vermögen, Süßer«, sagte
Morrison. »Viel Glück, und ich hasse dich.«

»Besten Dank, Michael.«

Und du bringst mich zum Weinen.

Süßer.

Anne machte ihm in einem blauen Flanell-Morgenmantel die
Tür auf. Ihre Augen waren verschlafen.

Sie sagte: »Walter, es ist obszön früh, und außerdem . . . ich
habe dir doch gesagt . . .«

Er glitt an ihr vorbei in die Wohnung. Sie schloß die Tür, drehte sich um und sah ihm ins Gesicht. Er legte ihr die linke Hand auf den Mund und schob sie mit der rechten gegen die Wand. Dann knallte er mit dem linken Fuß die Tür zu.

»Warum ist Marta Marlund eine ›Stockholmer Hure‹?« flüsterte er.

Sie schüttelte den Kopf.

Er packte sie am Arm.

»Warum«, fragte er, »hast du Marta eine, ich zitiere, ›Stockholmer Hure‹ genannt?«

Sie sah aus, als würde sie weinen.

»Ich war wütend, weil ich dachte, du bist bei ihr.«

»Du hast sie schon früher gekannt.«

»Nein.«

»Doch«, beharrte er. »Vielleicht von einer Party bei Morrison?«

»So haben *wir* uns kennengelernt«, sagte sie. Die Tränen begannen zu strömen. »Laß mich los.«

Er ließ sie los und ging im Zimmer auf und ab.

»Mein Gott, du siehst aus, als würdest du mich hassen«, sagte Anne.

»Ich liebe dich.«

»Wenn du mich liebst, dann hör auf, mir solche Fragen zu stellen!«

»Ich kann nicht!«

»Bitte!«

»Warum...«

Sie drehte sich um und wollte in die Küche gehen. Er streckte den Arm aus, packte sie und stieß sie gegen die Wand.

»Walter.«

»Warum hast du Marta eine Hure genannt?!«

»Walter bitte...«

Sie sank langsam zu Boden. Er richtete sie auf und preßte sie gegen die Wand.

»Warum hast du Marta eine Hure genannt?!«

»Weil sie eine ist!«

»Woher weißt du das?«

»Weil sie eine ist!«

»Woher willst du das wissen?!«

»Weil ich mit ihr geschlafen habe!«

Er ließ sie los, und sie rutschte mit dem Rücken an der Wand entlang. Dann hockte sie sich hin und verbarg das Gesicht in den Händen.

»Du...?«

»Ich habe mit ihr geschlafen«, sagte sie müde. »Und um deine Frage noch genauer zu beantworten, ich habe sie dafür bezahlt, daß sie mit mir schlief.«

»Mehr als einmal?«

»O ja«, sagte Anne. »Du weißt doch, wie sie ist.«

»Nein, das weiß ich nicht.«

Sie sah zu ihm hoch. Mit was für einem Ausdruck? fragte sich Walter. War es Überraschung? Dankbarkeit? Verachtung? Abscheu?

»Der heilige Walter«, sagte sie.

»Fahr zur Hölle.«

»Da bin ich schon, Walter.«

Am liebsten hätte er sie aufgehoben und in den Armen gehalten. Ihr gesagt, daß sich nichts verändert hatte, daß er sie liebte, sie wollte. Doch etwas hielt ihn davon ab, etwas, was so kalt und rauh war wie ein Winter in New England. Also stand er nur da, blickte auf sie hinunter und hörte sich fragen: »Als wir schon zusammen waren?«

»Ja.«

»Was ist mit Alicia?« bellte er. »Schläfst du auch mit ihr?«

Sie sah zu ihm hoch. Ihre grauen Augen waren so traurig. Sie sagte: »Vielleicht.«

Und er stand nur da.

»Geh jetzt, Walter«, sagte sie nach einer Minute. »Kannst du jetzt einfach gehen? Bitte?«

»Wirst du zurechtkommen?«

»Raus.«

Und die Vergebung der Sünden, dachte Walter, als er leise die Tür hinter sich schloß. Und die Vergebung der Sünden.

Viertes Kapitel

Sturmwind

Sonnabend, 27. Dezember 1958

Walter Withers taumelte auf die frühmorgendlichen Straßen hinaus, wo die Dunkelheit nur durch die schwachen Lichtkegel der Straßenlaternen durchbrochen wurde. Der Triumphbogen ragte am Washington Square unheimlich auf wie ein spöttisches Gespenst aus seinen glücklichen Tagen mit Anne in Paris. Aber jetzt gibt es keinen Triumphmarsch, dachte er. Keinen sonnigen Aprilnachmittag, sondern einen kalten New Yorker Morgen.

Er versuchte die Offenbarungen in der Reihenfolge zu bewältigen, in der sie ihm erschienen waren: Keneally und Marta. Marta und Morrison. Marta und Anne.

Keneally und Marta. Auf den ersten Blick offenkundig genug. Der Senator ist durchaus der Ritter, ist verheiratet und bemüht sich um das Präsidentenamt. Folglich hält er die Affäre geheim, und als sie an die Öffentlichkeit zu gelangen droht, beendet er sie.

Insoweit nichts Außergewöhnliches. Fast alltäglich in ihrer traurigen Vorhersehbarkeit, abgesehen von der Berühmtheit der Beteiligten.

Weiter, Marta und Morrison. Morrison ein vermeintlicher Ritter, der jedoch behauptet, daß seinem Stahl die nötige Spannkraft fehlt. Duckt sich vor Angst vor dem Fliegenfänger. Aber Marta sagt das genaue Gegenteil. Morrison habe sie zum Weinen gebracht. Doch Morrison behauptet, er habe nie das Vergnügen gehabt. Und wie jeder gute Ermittler weiß, *kommt es nicht auf die Substanz der Lüge an, sondern auf das Motiv dafür.*

Doch welches Motiv? Warum soll ein Mann über seine sexuelle Leistungsfähigkeit lügen? Warum soll ein alleinstehender junger Mann leugnen, mit einem Starlet wie Marta Marlund ins Bett gegangen zu sein?

Und dann, dachte Walter, als er durch die Straßen des Village schritt, während er die frühmorgendlichen Laute der Stadt hörte, das Scheppern von Mülleimern an den metallenen Containern, die Motoren von Lieferwagen, die in der kalten Luft husteten, und dazu das schmerzliche Couplet: Marta und Anne.

Marta und Anne.

Ist es, fragte er sich, nur die Untreue, die so weh tut? Die sexuelle *Gleichzeitigkeit* der Affäre? Das sie mit mir und gleichzeitig mit Marta geschlafen hat? Und dafür *bezahlt hat*, mit Marta zu schlafen? Und ist der homosexuelle Aspekt der Affäre gleichermaßen besorgniserregend oder noch verstörender? Ist es besser oder schlimmer, daß sie dich mit einer Frau betrügt statt mit einem Mann?

Was sonst noch? Ist es dir jetzt lästig … ärgerlich … kommt es dir *abgeschmackt* vor, daß wir jetzt alle irgendwie Verwandte sind? Daß es jetzt eine fleischliche Verbindung gibt – du mit Anne, Anne mit Marta, Marta mit Morrison. Also bist du, mein Junge, mit dem unreifen Morrison durch Schweiß, intimes Gewebe, durch Keuchen, Stöhnen und Schreie verbunden.

Wie du übrigens auch mit Keneally durch eine identische Brücke verbunden bist. Über Anne und über Marta liegen wir alle im selben Bett.

Und das macht dich zornig, sagte sich Walter. Und was sonst? Ängstlich.

Er blieb stehen, nahm eine Zigarette aus der Schachtel und schützte sie mit den Händen vor dem Wind, als er sie anzündete.

Ängstlich? Warum?

Das Zusammentreffen.

Einfach zuviel davon.

Er ging zu dem die ganze Nacht geöffneten Imbiß Ecke Second Avenue und 6. Straße, um der Kälte zu entfliehen. Er setzte sich an den Tresen, bestellte eine Tasse Kaffee und ließ die unglückliche Szene mit Anne noch einmal vor sich ablaufen.

Was ist mit Alicia? Schläfst du auch mit ihr?

Vielleicht.

Vielleicht auch nicht, dachte Walter. Sie sind ins Kino gegangen und haben sich gleich danach getrennt. Kein Kaffee, kein Drink, keine Liebe, obwohl Alicias Wohnung gleich in der Nähe lag. Und dann lügt mich Anne an, als ich sie fragte, wo sie gewesen war. Hat nicht wegen eines heimlichen Tête-à-Tête gelogen, sondern wegen eines gemeinsamen Kinobesuchs.

Und Alicia hatte es ziemlich eilig, als sie aus dem Kino kam. Hatte irgendwas Heißes in der Hand und wollte es eilig nach Hause bringen.

Schläfst du auch mit ihr?

Vielleicht.

Aber mit Marta *hast* du geschlafen, Anne. Und die schläft mit Senator Joe Keneally.

Wir sind alle in diesem schnittigen skandinavischen *Fjord* an Land gespült worden, der Marta Marlund heißt.

Und wer ist sie?

Walter legte einen Dollar auf den Tresen und ging wieder in die Kälte hinaus.

Er hielt ein Taxi an und fuhr zur Ecke 76. Straße und Fifth Avenue. Er betrat die elegante Halle, deren Wände mit kostbaren chinesischen Tapeten geschmückt waren, und näherte sich dem Portier, der hinter einem kleinen Schreibtisch saß.

»Ist Mr. König da?« fragte Walter.

»Herr König wohnt hier«, säuselte der Portier und betonte dabei kaum hörbar das Wort *Herr*.

»Würden Sie ihn bitte anrufen?«

»Und wen darf ich bitte melden?«

»Herrn Withers.«

»Erwartet er Sie?«

»Nein.«

»Einen Augenblick, bitte.«

Der Portier sprach leise in sein Telefon und verkündete dann: »Herr König sagt, ich soll Sie gleich raufschicken.«

Dieter König kam in seinem samtenen Morgenmantel an die Tür. Er warf einen vorsichtigen Blick über die Kette und sagte mit vollkommener Unaufrichtigkeit: »Walter, wie schön, dich zu sehen.«

»Willst du mich nicht reinbitten, Dieter?«

»Würde ich liebend gern, Walter, aber es ist ein bißchen früh, Besucher zu empfangen.«

»Schick ihn weg«, sagte Walter. »Schick ihn in die Met, schick ihn frühstücken, schick ihn zu Saks, damit er sich ein Geschenk kaufen kann.«

Dieter runzelte die Stirn.

»Also bitte«, sagte Walter. Er sagte es jedoch auf deutsch, was die erwünschte Wirkung zu haben schien.

Dieter öffnete die Türkette und bat Walter in den Flur. Dieters blondes Haar war zerzaust. Er zog sich seinen Morgenmantel enger um den kurzen, schlanken Körper und sagte: »Würde es dir etwas ausmachen, ein paar Augenblicke im Wohnzimmer zu warten?«

»Macht es dir was aus, wenn ich rauche?« fragte Walter.

»Es macht mir nichts aus, wenn du verbrennst«, antwortete Dieter und beendete damit ihren rituellen Scherz.

Walter setzte sich am Fenster in einen Stuhl des Zweiten Kaiserreichs und blickte auf den Central Park.

Mein Gott, aber ich liebe diese Stadt wirklich, dachte Walter.

Er nahm eine Zigarette aus der Schachtel und zündete sie mit einem schweren emaillierten Feuerzeug von einem Beistelltisch an und hörte zu, wie Dieter seinen neuesten jungen Liebhaber aus dem Schlafzimmer scheuchte.

Seit Walter zum letzten Mal hier gewesen war, vor, wann war es gewesen, vielleicht vor drei Jahren, hatte Dieter die Wohnung umdekoriert. Damals war sie mit teuren Kunstgegenständen und überteuertem Schnickschnack überladen gewesen. Jetzt hatte er sich auf wenige gute Möbelstücke und ein paar wirklich gute Gemälde konzentriert. Die Wände, damals in einer abstoßenden Pfirsichfarbe gehalten, waren jetzt blendend weiß.

»Du kannst einem wirklich auf den Wecker gehen«, sagte Dieter, als er hereinkam.

»Hör auf zu jammern und hol mir einen Kaffee«, gab Walter zurück. »Ich brauche einen.«

Was durchaus den Tatsachen entsprach, doch daß er Dieter herumkommandierte, hatte einen anderen Grund: Er wollte ihn wieder daran gewöhnen, dienstbar zu sein.

Dieter begriff das sofort und erwiderte: »Ja, ich würde gern selbst einen trinken. Ich hatte gerade die Kaffeemaschine angestellt.«

Um mir zu zeigen, daß er zwar bereit ist, mir gefällig zu sein, daß ich Servilität aber nicht erwarten darf, dachte Walter. Wir kämpfen unsere Schlachten auf einem merkwürdigen Feld aus, dachte Walter.

Dieter rief ihm aus der Küche in Erinnerung: »Ich habe lange nichts mehr von dir gehört, Walter! Ich habe sogar gehört, daß du nicht mehr im Geschäft bist!«

»Was für ein Geschäft ist das, Dieter?«

Dieter lachte und kam mit einem Silbertablett wieder, auf dem eine kleine gläserne Kaffeekanne stand und zwei kleine Tassen.

»Immer noch schwarz?« fragte er.

»Immer noch.«

Dieter goß zwei Tassen mit starkem Kaffee voll und sagte dann: »Man vermißt dich in Hamburg, Walter. Der Mann, mit dem wir jetzt zu tun haben, ist gut im Geschäft, aber grob.«

»Aber er zahlt trotzdem noch in Dollar.«

Dieter zeigte mit einer ausholenden Bewegung auf die Gemälde und lächelte: »Ja.«

Es war nützlich, Dieter daran zu erinnern, daß er letztlich nur ein Zuhälter war. Ein zwar teurer Zuhälter, aber trotzdem ein Lude. In Walters Zeit als der Große Skandinavische Lude und Tödliche Anwerber hatte er für seine Fliegenfänger oft hochpreisige Köder aus Dieters Stall gekauft.

»Wie waren deine Weihnachtseinkäufe?« fragte Walter.

Dieter zuckte die Schultern. »Mittelmäßig.«

Dieter brachte alljährlich für den amerikanischen Markt ein paar junge Leute aus Deutschland herüber und kehrte mit ein paar frischen jungen amerikanischen Cowboys nach Hamburg zurück.

»Du hast schon immer den besten Kaffee gehabt«, sagte Walter.

»Zabars.« Dieter zuckte die Schultern. »Juden.«

»Ich brauche ein paar Informationen«, sagte Walter.

»Alles, was du willst«, sagte Dieter. Er meinte alles, was bezahlt oder gegen etwas anderes eingetauscht werden konnte.

»Mir fällt gerade ein«, sagte Walter und verfiel wieder ins Deutsche, »wie sehr ich in meinem eigenen Land ein Fremder bin.«

»Ein Problem, das nur Amerikaner kennen«, gab Dieter zurück.

Walter überhörte den Spott und sagte: »In Hamburg weiß ich, wie man an jeden Fleischtopf herankommt, aber in New York bin ich praktisch ein Fremder.«

»Trotzdem hast du den Weg hierher gefunden.«

»Es ist ein vielbegangener Weg.«

»Mehr als du ahnst.« Dieters Augen hellten sich auf.

Walter erkannte die Herausforderung. Dieter hatte irgendeinen mächtigen neuen Beschützer gefunden und wartete auf die Frage, wer es sei, damit er Einwände erheben konnte. Walter ließ die Frage fallen.

»Das Good Night...«, begann er.

»Bedaure«, gab Dieter knapp zurück. »Da kann ich dir nicht helfen. Da bin ich total PNG.«

»PNG?«

»*Persona non grata.*«

»Kennst du einen Mann namens Michael Howard?« fragte Walter.

»Nein.«

»Auch unter dem Namen Howard Benson bekannt?«

»Nein.«

Walter gab eine Personenbeschreibung von Howard, ließ dabei aber jeden Hinweis auf American Electronics aus.

»Ich nehme nicht an, daß er ein Kunde von dir ist«, sagte Walter.

Dieter fragte: »Für wen arbeitest du neuerdings, Walter?«

»Oder ist er?«

Dieter setzte ein charmantes Lächeln auf.

»Würde ich es dir sagen, wenn er es wäre?«

»Ist dir der Ausdruck ›unerwünschter Ausländer‹ bekannt?« fragte Walter.

»Ich habe eigene Verbindungen.«

Da haben wir es wieder, dachte Walter. Schon wieder unentschieden.

»Jedenfalls«, sagte Dieter, »ist es kein Thema. Ich kenne diesen Mann nicht.«

»Ich versuche, seinen Liebhaber zu finden.«

»Er gehört nicht zu meinen Jungs.«

»Ah, verstehe.«

»Ich verkaufe meist an die alten Schwuchteln im Regent's Row«, sagte Dieter.

»Du bist selbst eine alte Schwuchtel, Dieter.«

»Deshalb weiß ich, was sie mögen«, gab Dieter zurück.

»Wenn dein Freund ein Mitglied des Good Night ist, ist sein Liebhaber höchstwahrscheinlich kein Profi.«

»Wirklich?«

»Du strafst deinen Hintergrund Lügen, Walter. Nicht jeder ist ein Kunde oder eine Hure. Es könnte etwas anderes sein.«

»Wie etwa?«

»Liebe«, erwiderte Dieter. »Bist du schon mal im Good Night gewesen?«

»Einmal.«

»Huren haben da keinen Zutritt«, sagte Dieter. Und dann betont: »Lieferanten ebenfalls nicht. Ich bin überrascht, daß sie dich reingelassen haben.«

»Nun, es war Heiligabend.«

»Dann waren sie sentimental.«

Walter sah aus dem Fenster. Ein junges Paar schob schnell einen Kinderwagen auf dem Bürgersteig vor sich her. Das Baby war nicht sichtbar, nur die blaue Decke. Börsenmakler, dachte Walter. Das Kindermädchen hat seinen freien Tag. Am Sonnabend schieben die stolzen Papas die Kinderwagen.

»Du arbeitest jetzt auf der anderen Seite des Zauns?« fragte Dieter. »Da du selbst mal Erpresser warst, bist du jetzt über die Möglichkeit besorgt, dein Mann könnte erpreßt werden?«

»Vielleicht.«

»Vielleicht«, tadelte Dieter. Er genoß die Situation sichtlich. »Hör zu, ehrlich, ich weiß nichts über diese Sache. Ich kann dir nur sagen, daß es sich um eine rein romantische Geschichte handelt. Aber wenn du das Bild herumzeigen willst, es gibt mehrere Lokale...«

»Und du gibst mir ein Charakterzeugnis mit?«

Dieter lachte. »Ich werde entzückt sein, mit absoluter Sicherheit bestätigen zu können, daß du einen schlechten Charakter hast.«

Dieter nannte ihm ein paar Bars und Clubs, worauf sie ein paar Minuten harmlosen Small talk pflegten, bevor Walter aufstand und sich entschuldigte. Er zeigte auf die kostspielige Einrichtung der Wohnung und sagte: »Es scheint dir in jüngster Zeit gutzugehen, Dieter. Du hast Glück.«

»Ich leiste nur meinen Beitrag zum deutschen Wirtschaftswunder.«

»Die New Yorker Sitte hat noch nicht bei dir herumgeschnüffelt?« fragte Walter. »Wenn sie Erfolg riechen, möchten sie meist auch mal probieren.«

Dieter durchschnitt die Luft mit einer verächtlichen Handbewegung. »Wegen der hiesigen Polizei mache ich mir keine Sorgen«, sagte er.

Wahrscheinlich nicht, dachte Walter. Dieter nicht, der das Konzentrationslager und den rosa Winkel hinter sich hat. Er hatte die Gestapo überlebt, die Stasi und all diese Organisationen des Kalten Krieges mit ihren eigenartigen Abkürzungen, und das alles nur dadurch, daß er die privaten Bedürfnisse mächtiger Fürsprecher erspürte und bediente. Wahrscheinlich konnte er auch mit der New Yorker Polizei fertig werden.

Aber wen hast du jetzt gefunden, Dieter?

»Du bist sehr vorsichtig, nicht wahr?« fragte Walter, der plötzlich eine unerklärliche Fürsorge für den kleinen Zuhälter empfand. Hat wahrscheinlich was mit alten Zeiten zu tun, vermutete er.

»Immer«, bestätigte Dieter. »Und du?«

»Genauso.« Dann fügte er hinzu: »Aber du arbeitest in einem gefährlichen Geschäft.«

»Willst du damit sagen, daß mir eine Wahl bleibt?« fragte Dieter. »Warum bist du wirklich gekommen, Walter?«

»Habe ich dir doch gesagt.«

»Und ich habe es gehört«, erwiderte Dieter. »Eins glaube ich aber wirklich: Wenn man an einem Wochenende frühmorgens einen alten Freund weckt und ihn dazu bringt, einen schönen jungen Mann wegzuschicken, schuldet man diesem Freund wenigstens andeutungsweise die Wahrheit.«

»Kennst du eine Marta Marlund?«

»Ja, sicher«, sagte Dieter. »Filmschauspielerin.«

»Mehr?«

Dieter machte eine Pause, bevor er antwortete.

»Hure.«

»Wessen?«

Dieter zog seine dichten blonden Augenbrauen hoch und runzelte die Stirn. »Bitte, Walter, du solltest es wissen.«

Walter schüttelte den Kopf.

»Deine«, sagte Dieter.

»Ich bin pensioniert«, erwiderte Walter.

»Dann die deines Nachfolgers.«

»Dieses groben Kerls.«

»Ja«, sagte Dieter ungeduldig. »Morrison.«

Dieter mußte überrascht gewesen sein, als Walter lachte.

»Das amüsiert dich, Walter?«

»Ich bin eher überrascht.«

Allerdings ist es eine gute Frage, weshalb ich überrascht sein sollte. Weshalb sollte es mich überraschen, daß die Firma eine Operation gegen Joe Keneally laufen hat?

Außerdem: Kann mir das nicht egal sein?

»Nun, paß gut auf dich auf, alter Freund«, sagte Walter.

»Du auch.«

Das werde ich, Dieter.

Oder es zumindest versuchen.

Walter schnappte sich ein Taxi, stieg im Washington Square Park aus und ging eilig zu Annes Wohnung.

Er läutete, wartete und läutete erneut. Wartete wieder. Dann ließ er den Finger auf dem Knopf und lauschte dem hohlen Glockenklang in der Wohnung.

Mach schon, mach schon, mach schon. Ich weiß, daß du schläfst, aber bitte komm an die Tür. Bitte.

Bitte schlaf. Bitte, lieg da drinnen und schlaf.

Er öffnete die Tür mit einem Dietrich und betrat die Wohnung.

Ihr Bett war leer.

Anne war verschwunden.

Er verließ die Wohnung. Er durchstreifte die Straßen des Village, um sie zu suchen. Das Village, wo er an so vielen Sonnabenden nachmittags mit Anne spazierengegangen war. Das Village, Berlin-Ersatz und ein falsches Paris, der europäischste Teil dieser amerikanischsten aller amerikanischen Städte.

Sonnabendnachmittage oder vielmehr -morgen für eine Sängerin und ihren Liebhaber, herrlich verschlafene postkoitale Spaziergänge zu einem Café und Croissants, im Winter zitternd und eilig auf der Suche nach der Wärme eines dunklen alten Cafés, im Sommer, um in einem Straßencafé zu sitzen, um bei Zigaretten und Zeitungen die Leute aus der Gegend vorbeischlendern zu sehen. Geschäftige italienische Frauen auf dem Weg zum und vom Einkaufen, die Arme voll mit frischer Wurst, dicken Tomaten und frischem Brot. Alte Juden mit gemessenem Schritt, in eine Unterhaltung oder eine Diskussion vertieft, mit Gesichtern so alt wie die Diaspora. Ernste junge Künstler, die den Tag noch vor sich hatten, junge Mafiosi mit irgendeinem Verbrechen im Kopf, ein Ehepaar, das einen Hund spazierenführte. Und Anne, die wegen irgendeiner Geschichte in der *Times* die Lippen schürzte und die Finger um den Tassenhenkel krümmte, als sie das Getränk blind an die Lippen führte, die Lippen, an denen er gerade erst gesaugt hatte. Die erste köstliche Zigarette des Tages.

Und die Geräusche. Seine Schuhe im Rhythmus der von Anne. Gutmütige Debatten zwischen Gemüsehändler und potentiellem Käufer an den Gemüseständen. *Dann kaufe ich eben etwas weiter unten! Bitte, nur zu!* Ein Sopran beim

Einüben einer Arie in einer Wohnung im dritten Stock. Ein Radio am Zeitschriftenkiosk, in dem jemand über Baseballspieler schwadronierte. Rufe von Kindern, die *ringolevio* spielten. Ein halbes Dutzend Sprachen, ein halbes Hundert Dialekte. Und ihre Stimme, Annes Stimme, die mit ihm über das Neueste sprach, über Politik, Musik, über die Leute, die sie traf, die Gerichte, die sie aßen, wie sie sich liebten. Oder wenn sie versuchte, für den Text eines Songs eine neue Phrasierung zu finden.

Sweet pushcarts slowly glide by.

Das Village bedeutete auch *Gerüche*. Der typische Duft frischgewaschener grüner Bohnen am Gemüsestand. Oder von Pfirsichen. Oder der wundervoll beißende Duft grüner Zwiebeln. Das üppige Aroma einer italienischen Bäckerei. Oder im Sommer der saure Gestank von Müll auf den Bürgersteigen, wenn der Asphalt sich erhitzte. Der wabernde Zigarrenrauch eines alten italienischen Mannes in einem Straßencafé. Gerüche in Läden: das Aroma von Kaffee, feinen Teesorten, von Tabak bei Village Cigars. Der Duft von Annes Hals – war es nicht Vanille gewesen? – an jenem Julinachmittag, als er sich auf dem Bürgersteig der Barrow Street plötzlich zu ihr hinübergebeugt hatte, um sie in den Nacken zu küssen.

Und der Geschmack vieler Dinge. Italienisches Eis an einem heißen Tag. Oder Spaghetti à la marinara. Dick mit Butter bestrichenes Brot. Starker Espresso, süßer Rotwein. Und die letzte herrliche Zigarette des Nachmittags. In Chinatown frische Dim-sum und gedämpftes Brot.

And tell me what street compares with Mott Street...

Und ihr süßer, kräftiger Geschmack, als er sie später an diesem Julinachmittag auf ihrem von Sonnenschein überfluteten Bett schlürfte.

Diese Dinge waren das Village für ihn. Sie schienen jetzt, an diesem grauen, erbarmungslosen Morgen, verschwunden zu sein. Hüte dich, dachte er, vor den Straßen, auf denen du mit einem geliebten Menschen dahinschlenderst, denn sie werden nie wieder wirklich dir gehören.

Anne war nirgends zu sehen. Weder in den Cafés noch in den Bars. Weder blätterte sie bei Village Cigars in französischen Zeitschriften, noch kaufte sie frisches Brot in der Patisserie. Sie saß weder auf einer Bank am Washington Square, noch machte sie einen Schaufensterbummel bei den Boutiquen der Sullivan Road.

Nicht da.

Vielleicht, dachte er, ist sie im Plaza. Vielleicht, dachte er voller Bitterkeit, sucht sie Trost in den Armen von Marta Marlund, Schauspielerin, Geliebte und Hure der Firma. Würde Anne nicht schockiert sein, wenn sie erfuhr, daß sie mit der Firma im Bett gelegen hatte? In den Armen Martas?

Oder übrigens auch meinen?

Als er noch bei der Firma war, hatte er es ihr natürlich nicht erzählen können. Und sie hatte anscheinend geglaubt oder zumindest nie in Frage gestellt, was er über seine Tätigkeit bei Scandamerican Import/Export erzählt hatte. Nachdem er die Firma verlassen hatte, hatten seine Agenten alles aufgeräumt und weggewischt. Es schien keinen Sinn zu haben, ihr jetzt von seiner Vergangenheit zu erzählen.

Das stimmt nicht, dachte er. Du hast immer noch Angst, es ihr zu sagen, so wie sie Angst gehabt hat, dir von ihrer anderen Seite zu erzählen. Und jetzt kehrt unser beider dunkle Vergangenheit in Gestalt Marta Marlunds zurück.

Die Michael Morrison zum Weinen gebracht hatte. Michael Morrison, der gegen alle Regeln verstoßen hatte, indem er mit einer gedungenen Gehilfin geschlafen hatte. Anschließend hatte er Impotenz vorgetäuscht, um die Spur seiner Schuld zu verwischen, dieser verlogene Hund.

Doch das bist du auch, dachte Walter. Und das solltest du ihr sagen. Es vielleicht beiläufig bei einem Drink im Duplex erwähnen. *Liebling, ist die Musik nicht wundervoll? Habe ich dir übrigens schon mal erzählt, daß ich in unseren Jahren in Europa ein Spion der CIA war? Möchtest du einen Espresso?* Richtig, das müßte genügen. Dann sollte er hinzufügen: *Übrigens, deine gelegentliche sapphische Geliebte ist eine Hure der Firma. Vielleicht solltest du in Zukunft ein bißchen diskreter mit deinen Kopfkissengeschichten sein.*

Ja, du solltest es ihr sagen. Nur für den Fall, daß Marta *tatsächlich* einen Job für Morrison und die Firma erledigt. Aber du kannst es ihr natürlich nur dann erzählen, wenn du ihr auch verrätst, woher du diese geschmacklosen Geschichten kennst. Sag ihr, daß dein Leben mit ihr weitgehend eine Lüge gewesen ist.

Doch auch das stimmt nicht ganz. Die Liebe war keine Lüge. Die Liebe war real.

Und du bist nie mit einer anderen Frau ins Bett gegangen. Mit einem anderen Mann übrigens auch nicht, falls das der korrektere Vergleich sein sollte.

Du hast sie nie betrogen.

Walter schlenderte zur Hudson Street, zur White Horse Tavern. Das White Horse, dachte Walter, in dem Dylan Thomas seinen letzten Drink nahm, bevor er unsanft in diese gute Nacht hinaustorkelte. In dem alten Pub war es still. An seinen alten, mit Holzpaneelen verkleideten Wänden kippten ein paar irische Stauer ihr Bier, und in einer Nische saßen einige junge Intellektuelle aus dem Village und diskutierten. Walter fragte sich, was es sein mochte, worüber junge Intellektuelle aus dem Village heutzutage diskutierten. In diesem Fall war es Brigitte Bardot, wie Walter aufschnappte.

Und immer lockt das Weib – ja, tatsächlich, dachte Walter.

Walter setzte sich auf einen Hocker an der Bar.

Es gibt nur wenige Dinge, dachte Walter, die ein Mann tun kann, wenn er Ärger mit einer Frau hat: trinken, arbeiten oder fischen gehen. Walter Withers hatte nicht die Zeit, aufs

Land zu fahren, um sich einen guten Forellenbach zu suchen, und so begann er an einer Flasche Jamieson's zu arbeiten.

Walters bisheriges Leben hatte auf strikter Selbstbeherrschung beruht. Er hatte den Deckel sozusagen zugelassen – *fest* –, so daß schon das Abnehmen des Deckels eine symbolische Handlung war. Er war sich dessen natürlich bewußt. Wenn jemand so viele Jahre lang strikte Selbstbeherrschung übt, bemerkt er schon das kleinste Nachlassen der Disziplin, und das Trinken während der Arbeitszeit ist keine Kleinigkeit.

Es ist paradox, hatte sein Vater ihm gesagt. *Ungeheure Selbstbeherrschung bringt ungeheure Freiheit mit sich. Eine Tyrannei des Geistes erlaubt einem Freiheit des Handelns. Undisziplinierte Menschen entscheiden sich nie frei für ihr Handeln, disziplinierte jedoch immer.*

Sehr schön, dachte Walter Withers an diesem kalten grauen Sonnabend. Ich habe mich entschieden zu trinken. Zu trinken und häßlich zu sein. Zu trinken und grausam zu sein.

Letztlich, dachte er, ist das Abschlachten der unschuldigen Kinder durch Herodes das blutige Nachspiel von Weihnachten. Und man feiert es nur nicht, damit es die Weihnachtsgefühle nicht ruiniert. Josef und Maria schmuggelten das Zielobjekt – oder brachten es heimlich wieder zurück, wenn man so will – über die feindliche Grenze, als es wieder sicher war, und hielten es dreißig Jahre lang unter Verschluß. Ein Schläfer, der in seiner Tarnung als Zimmermann lebte. Oh, da gab es gelegentlich einen Ausrutscher: Wasser in Wein verwandeln und reichlich frühreife Bemerkungen in Synagogen und dergleichen, doch im wesentlichen funktionierte es, bis Gott ihn gebrauchen konnte. Dann taucht der Schläfer urplötzlich auf und wird drei Jahre lang aktiv. Es endet wie immer: ein Schauprozeß, Folter, Hinrichtung, und niemand kann den Leichnam finden. Wenn schon Gottes eigener Agent keine Chance hatte, wer unter ihnen sollte dann eine haben?

Egal wie fest man den Deckel verschließt.

Frag doch Michael Howard.

Natürlich würde Walter es bestätigen und sich vergewissern müssen, daß Howard in einer Wohnung in Gramercy einen homosexuellen Liebhaber traf, denn er mußte sicher sein, daß es nur das war – nur das? – und er nicht *zweimal* Verrat begangen hatte, einmal an seiner Frau und dann noch an seiner Firma. Und es war natürlich Walters wunderbare Aufgabe, den Liebhaber zu identifizieren und aufzuspüren und zu bestätigen, daß er absolut nichts mit der Elektronikindustrie zu tun hatte. Warum war Anne so versessen darauf gewesen, daß ich zu der Party im Good Night komme? Um mich zu verhöhnen? Um die Entdeckung heraufzubeschwören? Um mich behutsam darauf aufmerksam zu machen, daß sie Frauen ebenso liebt wie Männer oder mich? Mehr als mich?

Er goß sich den zweiten Whiskey ein.

Tarnung. Michael Howard war zweifellos der Meinung, seine Tarnung sei sicher, doch dafür war er wiederum kein Schläfer. Ganz im Gegenteil, sein entscheidender Makel war, daß er in seinem Job zu gut war, sogar zur Beförderung anstand, und damit hatte er Aufmerksamkeit auf sich gezogen. Es wäre besser für ihn gewesen, Mittelmaß zu bleiben und sich irgendwo inmitten der Herde ein hübsches, sicheres Plätzchen zu suchen und dort zu bleiben.

Nun ja. Seine Hybris ist sein Problem.

Und damit war wieder ein Whiskey weg.

Doch dafür war Sean McGuire da.

Der Schriftsteller hängte seine Marinejacke an den Kleiderständer und setzte sich auf den Hocker neben Walter. Er trug ein aufgeknöpftes kariertes Wollhemd über einem weißen T-Shirt. Sein Haar war glatt zurückgekämmt, und sein Gesicht wirkte aufgedunsen. Nicht von den Prügeln, die er bezogen hatte, wie Walter notierte, sondern vom Trinken.

»Was dagegen?« fragte er Walter.

»Bin froh, Gesellschaft zu haben.«

Der Barkeeper stellte ein weiteres Glas hin, und Walter goß Sean einen Drink ein.

»Dylan Thomas ist in dieser Kneipe gestorben«, brummte Sean.

»Daran dachte ich auch gerade«, erwiderte Walter. »Obwohl er in Wahrheit draußen auf der Straße starb. Wieso, haben Sie ähnliche Ambitionen?«

»Es gibt noch Schlimmeres, was ich tun könnte.«

»Das könnten Sie tatsächlich.«

»Baltimore hat einen teuflisch guten Sturm.«

»Ja, das haben sie.«

»Johnny Unitas.«

»Lenny Moore.«

»Ich stehe auf Lenny Moore«, sagte Sean. »Er rennt wie ein Wiesel. Er rennt so, wie Bird die Kanne geblasen hat.«

Walter hob sein Glas. »Auf Charlie Parker.«

»Auf Charlie Parker.«

»Auf Lenny Moore.«

»Auf Lenny Moore.«

»Auf Dylan Thomas.«

»Auf Thomas.«

Walter füllte ihre Gläser neu.

»Auf F. Scott Fitzgerald«, sagte er.

»O Mann«, sagte Sean. »Auf Fitzgerald.«

»Wissen Sie, was ich immer gern sage?« fragte Sean einige Augenblicke später. »Ich sage gern ›Jim Katcavage‹. Mann, das ist ein Name für einen Verteidiger. ›Katcavage‹.«

»Weil es sich auf ›savage‹ reimt«, sagte Walter.

»Glauben Sie?«

»Aber sicher.«

»Ich könnte wetten, Sie haben recht«, sagte Sean. »Das wird ein teuflisches Spiel werden, Mann.«

»Fahren Sie hin?«

»Natürlich sehe ich mir das an.«

»Nun, dann passen Sie schön auf sich auf«, sagte Walter. »Die Keneallys werden auch dort sein.«

»Ach ja?«

»Ja. Ich gehe mit ihnen hin.«

McGuire starrte eine Minute lang in sein Glas und fragte dann: »Warum sollte ich mich vor den Keneallys in acht nehmen, Walter?«

»Ich glaube nicht, daß Sie ihr Favorit sind.«

»Haben Sie die Wette untergebracht?«

»Noch nicht.«

»Weshalb warten Sie?«

»Ich warte auf den letzten möglichen Augenblick«, gab Walter zurück. »Man sollte immer erst im allerletzten Augenblick wetten.«

»Dies ist meine letzte Wette«, sagte McGuire.

»Berühmte letzte Worte.«

»Behan ist in der Stadt«, sagte McGuire. »Ich habe ihn gestern abend auf der Third Avenue gesehen. Betrunken wie ein Seemann. Hat in den Rinnstein gekotzt und fiel dann auf dem Bürgersteig in Ohnmacht. Wieder so ein keltischer Schriftsteller, der sich zu Tode trinkt.«

»Wahrscheinlich bringt es nur gewisse Verpflichtungen mit sich, ein keltischer Schriftsteller zu sein.«

»Auf Brendan Behan.«

»Auf Brendan Behan.«

»Auf Jim Katcavage.«

»Auf Katcavage.«

»Auf die gesamte Abwehr der Giants«, prostete Sean.

»Auf die gesamte Abwehr der Giants«, wiederholte Walter.

»Auf Charlie Conerly«, sagte Sean. »Haben Sie gewußt, daß er der Marlboro-Mann ist?«

»Nein, habe ich nicht.«

»Es ist aber wahr«, fuhr Sean fort. »Charlie Conerly, Quarterback der angebeteten New Yorker Football-Giants, war das Musterbild des ursprünglichen Marlboro-Mannes.«

»Ist das Ihre Art, eine Zigarette zu schnorren?«

»Ist es nicht, aber...«

Walter zog seine Zigarettenschachtel aus der Jackentasche, zündete à la Boyer zwei auf einmal an und reichte eine
McGuire.

»Wissen Sie, was ich mit meinem gesamten Vorschuß für
Highway gemacht habe?« fragte Sean.

»Sie haben alles vertrunken und verspielt.«

»Ich habe alles vertrunken und verspielt«, sagte McGuire
lachend. »Jetzt bin ich pleite, Mann. Total am Ende.«

»Sie haben einen Bestseller«, wandte Walter ein. »Sie
müssen doch Geld machen.«

McGuire schüttelte den Kopf. »Wissen Sie, wie Verleger
zahlen, Mann?«

»Nein.«

»*Laaaaaaaangsam.*«

»Na schön, wenn Sie es nicht haben«, sagte Walter, »können Sie es auch nicht vertrinken und verspielen.«

»So ist es.«

»So ist es.«

»Warum trinken Sie?« fragte McGuire.

Walter überlegte einige Augenblicke und sagte dann: »Ich
habe Probleme mit dem Herzen.«

»Die habe ich auch«, entgegnete Sean.

Walter wollte kein Wort über Madeleine Keneally hören,
und so brachte er einen Toast aus, um das Thema zu beenden. »Auf Probleme mit dem Herzen.«

»Auf Probleme mit dem Herzen.«

Sie saßen in dem geteilten männlichen Schweigen, das zu
Problemen mit dem Herzen gehört, bis Sean sagte: »Anne
Blanchard ist Ihre Freundin, was?«

»Ich bin nicht sicher, ob ich es genau so ausdrücken
würde«, erwiderte Walter. »Aber ja. Woher wissen Sie
das?«

»Große Stadt, kleine Szene«, entgegnete Sean. »Jedenfalls habe ich sie singen hören. Ich mag ihre Stimme, Mann. Sie ist ein Jazz-Engel. Diese Stimme ist nicht von *dieser* Welt.«

»Auf Anne Blanchard.«

»Auf Anne Blanchard.«

»Walter?«

»Ja?«

»Sie sollten die Menschen das sein lassen, was sie sind, Mann«, sagte Sean. »Sie müssen die Menschen sein lassen, was sie sind.«

Walter knallte fünf Dollar auf den Bartresen.

»Machen Sie die klein«, sagte er zu Sean.

»Ich sage Ihnen doch nur, Mann...«

»Danke.«

»...was ich mir selbst dauernd sage.«

Walter ging hinaus. Der Himmel war das, was Walter sich als »dünn« vorstellte, von einem zarten Blau, das sich in Sekundenschnelle in Stahl verwandeln konnte. Und kalt war es auch; es war diese schwere, feuchte Kälte, die einen daran erinnerte, daß New York eine Hafenstadt ist und daß mit den Ozeandampfern und Frachtern auch die graue Feuchtigkeit in die Stadt kommt.

I'll take Manhattan
The Bronx and Staten Island, too...

Weil der Whiskey ihn wärmte, ließ Walter seinen Mantel offen und legte sich den Schal lose um den Hals. Er setzte sich den Hut in einem, wie er meinte, flotten und verwegenen Winkel auf den Kopf und machte sich auf den Weg.

In den nächsten paar Stunden arbeitete sich Walter Withers durch Dieter Königs Liste der New Yorker Homosexuellen-Treffs hindurch und verleibte sich in jedem von ihnen mindestens einen Drink ein. Er sagte sich, es sei ein Teil des Jobs, daß man sich der Umgebung anpaßt.

Doch es ging natürlich um Anne. Anne und die Wut auf sie.

Anne und Wut, aber warum? War es nur die Tatsache des Betrugs – oder des Betrugs mit einer Frau? Wäre es besser gewesen, sie hätte ihn mit einem Mann betrogen? Oder schlimmer? Und da war es wieder. Das Schuldgefühl. Das Schuldgefühl, weil er glücklich war, daß es eine Frau war statt eines Mannes.

Aber warum ausgerechnet *diese* Frau, warum Marta Marlund? Warum, verdammt, verdammt, verdammt noch mal, *warum diese Frau?*!

Das war die Frage, die ihn bei seiner Tour durch die Bars und Clubs, die Fitneßzentren und türkischen Bäder weitertrinken ließ. Die Frage, die ihn an die Bar gehen und einen Drink bestellen ließ, um dann nach Howard Benson zu fragen und wie gewohnt eine verneinende Antwort zu erhalten. Dann bestellte er sich noch einen Drink, ignorierte die feindseligen Blicke und das mißtrauische Starren und saß nur da und trank – manchmal nippte er auch nur, wenn ihm danach war.

Er wußte, daß er sich schlecht benahm – beleidigend –, wollte sich aber danebenbenehmen, wollte unangenehm auffallen, wollte – wenigstens für diesen einen Tag – die subtilen Höflichkeiten seines Berufs und seiner Persönlichkeit über Bord werfen.

Er warf sie tatsächlich über Bord, sogar so sehr, daß er in dem kalten graubraunen Licht des späten Nachmittags einfach durch die Tür schlurfte, die Frage stellte, das stumme Starren der Männer mit einem Grinsen quittierte, sein Bargeld auf den Tresen legte und den Barkeeper stumm herausforderte, es zu verweigern. Dann setzte er sich, trank und beobachtete, wie die Gäste entweder mürrisch schwiegen oder in der Annahme flüchteten, daß er ein Cop von der Sitte war, ein Irrtum, den zu widerlegen er sich nicht die Mühe machte.

Es war ein Verhalten, das, wie er wußte, auf seiner Macht beruhte und ihrer Machtlosigkeit. Ein Verhalten, das nicht anders war als das des schlimmsten Sheriffs im Süden, der das Gewicht seines Amts in einer Negerspelunke einsetzte. Es war das Benehmen der Schwarzhemden, das Benehmen von Knobelbechern, ein Verhalten, das Anne verabscheuen und fürchten würde, und darauf kam es schließlich an, nicht wahr?

Der heilige Walter.

Um die Zeit, als er sich allmählich zum Good Night zurückarbeitete – denn er wußte, daß er es tun würde, denn es war unvermeidlich, denn, wie er in seiner Betrunkenheit erkannte, war es der Zweck dieser ganzen stupiden Übung –, war er sinnlos betrunken.

Ein muskelbepackter Portier in einem schiefergrauen Blazer, weißem Button-Down-Hemd und einer schmalen schwarzen Krawatte vertrat ihm den Weg.

»Sind Sie Mitglied, Sir?«

»Ich hoffe doch, daß das nicht wieder so ein scheußliches Wortspiel ist«, erwiderte Walter.

»He?«

»Ich bin kein Mitglied, guter Mann«, sagte Walter. »Ich habe zwar ein Glied, bin aber nicht Mitglied, und das Losungswort kenne ich auch nicht.«

»Dies ist ein privater Club.«

»Was eine Redundanz ist, nicht wahr? Wie auch immer, ich habe hier zu tun.«

»Was zu tun?«

Ich suche den Homosexuellen im Heuhaufen, dachte Walter, sagte es aber nicht. Statt dessen fragte er: »Kennen Sie einen Mann namens Howard Benson? Athletisch, so ein Tennisspielertyp?«

Der Portier funkelte ihn wütend an und wiederholte: »Dies ist ein *privater* Club.«

»Diskretion ist bei einem Portier eine bewundernswerte Eigenschaft«, sagte Walter. Er zog einen Fünfdollarschein aus der Hosentasche und hielt ihn dem Mann hin.

Dieser schob das Geld zurück und sagte: »Stecken Sie es sich in den Arsch.«

»Während Freud sich im Grab umdreht«, murmelte Walter.

»Sehr komisch.«

»Tatsächlich bin ich schon mal hier gewesen«, sagte Walter. »Am Heiligen Abend. Im Osten war ein heller Stern aufgegangen, drei Weise aus dem Morgenland kamen zusammen, und ich war der Gast der todschicken Sängerin Anne Blanchard. Ich habe mich gut amüsiert. Besser, als ich erwartet ... hatte.«

»Warum gehen Sie nicht irgendwohin und trinken eine Tasse Kaffee?« fragte der Portier.

»Warum gehe ich hier nicht rein und trinke einen Kaffee?« fragte Walter und zog einen weiteren Fünfer aus der Tasche.

»Weil dies ein privater Club ist und Sie kein Mitglied sind.«

»Ist Howard Benson Mitglied?« fragte Walter. Er fuhr fort: »Verstehen Sie, ich bin so etwas nicht gewöhnt. Portiers mögen mich meist. Sogar mein eigener mag mich, was, wie Sie zugeben werden, ungewöhnlich ist, da die Vertrautheit meist nur Verachtung erzeugt und so etwas, obwohl manche Leute behaupten würden, Vertrautheit erzeuge nur, Punkt Ende. Nicht mal ein Lacher? Sind Sie aus Stein, Mann? Nicht mal ein Glucksen, nicht mal ein kleiner Lacher?«

»Schluß jetzt, Chef.«

Der Portier packte ihn am Ellbogen und fing an, ihn in Richtung Außentür zu schieben.

»Nein, nein, nein, nein, nein«, sagte Walter. Sein Lachen hatte jetzt einen deutlich hörbaren scharfen Unterton. »Nehmen Sie freundlicherweise die Hand weg. Ich erlaube Fremden nicht, mich anzurühren.«

Es ist eine schlechte Angewohnheit. Wenn man einmal damit angefangen hat, ist es schwer aufzuhören, dachte Walter. Jetzt stehe ich am Rand des schlüpfrigen Abgrunds.

Etwas in Walters Augen ließ den Portier die Hand wegnehmen und ihm nur die Tür aufhalten.

»Besten Dank«, sagte Walter.

»War mir ein Vergnügen.«

»Und für mich nicht total unerfreulich«, sagte Walter, »einen Mann seine Pflicht tun zu sehen, trotz der finanziellen Verlockung, das Gegenteil zu tun. Integrität bekommt man heute immer seltener zu sehen. Übrigens, ich bin ein persönlicher Freund von Jules Benoit. Würde das helfen?«

»Mr. Benoit ist heute nicht da.«

»Außerdem bin ich eine Art Verwandter einer ihrer Kellnerinnen«, fügte Walter hinzu. »Süßes Mädchen namens Alicia. Kennen Sie sie?«

»Sie sind mit Alicia verwandt?«

»Schhh«, sagte Walter und legte die Finger an die Lippen. »Das ist ein Geheimnis. Ganz pst-pst. Urgroßvater in der Sklavenhütte, so was, verstehen Sie? Wie auch immer – ist sie da?«

»Ich weiß nicht.«

»Ich muß mit ihr sprechen. Ich muß wirklich mit ihr sprechen.«

Um herauszufinden, dachte Walter, ob ihre Beziehung mit Anne geschäftlicher oder persönlicher Natur ist. Oder intimer Natur. Oder alles zugleich.

»Bedaure, Chef.«

»Ich muß nach oben.«

»Niemand kommt da rauf.«

»Ich bin auch ein persönlicher Freund von Paulie Martino«, murmelte Walter drohend.

»Schon in Ordnung, Ben«, sagte eine kultivierte Stimme hinter Walter. »Mr. Withers ist mein Gast.«

Walter drehte sich um und sah den dunkeläugigen Schriftsteller aus dem Plaza, den Essayisten, mit dem er über Football gesprochen hatte. Der Mann trug den feinen Sonntagsstaat des arrivierten Schriftstellers: eine maßgeschneiderte

Tweedjacke, Hosen aus Baumwolltwill und Wildlederschuhe.

»Vielen Dank«, sagte Walter. »Es ist mir peinlich, daß mir Ihr Name nicht wieder einfällt.«

»Ich wüßte nicht, daß ich Ihnen den gesagt habe«, gab der Schriftsteller zurück. »Wie auch immer, mein Name ist Julian. Julian Hidalgo.«

Walter streckte die Hand aus.

»Wollen wir nach oben gehen?« fragte Julian.

»Wollen wir.«

Der Raum schien erheblich langweiliger zu sein als am Heiligen Abend. Die Dekorationen waren verschwunden, ebenso der Weihnachtsbaum und die leuchtenden Tischtücher. Verschwunden war zu Walters Enttäuschung auch die Modellbahn.

Der Club war allerdings alles andere als leer. Eine Reihe von Männern saß trinkend an der langen Bar, und ein paar Gruppen, die sich zu verstehen schienen, saßen lachend an den Wänden, und einige wenige Paare tanzten zu den Klängen der Jukebox, aus der irgendeine Popmelodie Walter ans Ohr drang, die wiederholt verkündete, »im hop hop hop« passiere etwas oder nicht.

Michael Howard Benson befand sich nicht im Raum.

Alicia auch nicht.

»Sie scheinen diesem Ort«, sagte Julian, »eine übermäßige Neugier entgegenzubringen. Darf ich fragen, warum?«

»Aus geschäftlichen wie persönlichen Gründen.«

»Halten Sie Ihre Geschäfte liebenswürdigerweise hier heraus«, sagte Julian. »Was die persönlichen Gründe angeht ... Na ja, normalerweise würde es mich interessieren, Ihre Neugier zu befriedigen, aber ich habe eine Verabredung, müssen Sie wissen.«

»Sie haben mich mißverstanden.«

Julian musterte ihn lange und lächelte.

»Tue ich das?« fragte er. »Das bezweifle ich.«

»Machen Sie sich keine Mühe.«

»Es ist keine Mühe.«

Der scheußliche »hop«-Song hörte auf. Die Jukebox klickte und surrte, die Nadel kratzte auf einer neuen Platte herum, und Tommy Edwards Stimme begann mit *It's All In The Game*. Die Paare auf der Tanzfläche umarmten einander und begannen, sich zu der langsamen Musik sanft zu bewegen.

»Es ist keine Mühe«, wiederholte Julian. »Im Gegenteil, vielleicht wollen Sie sich uns anschließen?«

»Mich Ihnen wo anschließen?«

»Hinter dem Spiegel.«

In den berüchtigten Bädern.

»Nein, besten Dank«, erwiderte Walter.

»Weiß Ihre wunderschöne Anne Bescheid?«

»Ob sie Bescheid weiß?«

»Daß Sie diese ... Neigungen haben.«

»Aber die habe ich nicht.«

»Da habe ich wieder so meine Zweifel.«

Walter zog seine Zigarettenschachtel aus der Jacke und bot Julian eine an.

»Gauloises«, sagte Julian.

»Das habe ich mir in Europa angewöhnt.«

»Ich auch.«

»Ich spreche von den Zigaretten.«

»Ich nicht«, entgegnete Julian. »Wollen Sie nicht vielleicht doch mit nach hinten kommen und einen Blick riskieren? Sie können später sagen, Sie seien betrunken gewesen. Außerdem stimmt es – Sie sind betrunken.«

Vielleicht ist Michael Howard Benson da drinnen, dachte Walter. Sozusagen *in flagranti*. Das würde in dem verdammten Bericht schon genügen. Damit könnte ich es diesem Laden heimzahlen. Wofür? fragte er sich. Für Anne und Alicia? Für Anne und Marta? Betrug gegen Betrug?

»Nennen Sie es professionelle Neugier«, sagte Walter.

»Sie können es nennen, wie Sie wollen.«

Walter folgte Julian hinter den Spiegel, durch die kleine Holztür, die nach hinten führte, in einen Umkleideraum, der gleich neben einem Flur lag, der mit Kiefernholzpaneelen in kleine Kabuffs unterteilt war.

Julian zog sich aus, schlang sich ein Handtuch um die Taille und blickte Walter an.

»Ich bleibe lieber angezogen, wenn Sie nichts dagegen haben«, sagte Walter.

Julian zuckte die Schultern. »Wir werden in Nummer drei sein.«

Walter setzte sich auf eine Bank. Ihm schwirrte der Kopf. Er hatte zuviel getrunken, und die dampfende Hitze setzte ihm auch zu. Trennwände aus Kiefernholz taten nur wenig, um die Geräusche der Rendezvous zu dämpfen, die aus den Bädern kamen – das Gelächter, das Seufzen, ein gelegentliches Stöhnen. Einen kurzen, scharfen klimaktischen Schrei.

Walter lauschte unwillkürlich nach weiblichen Stimmen, obwohl er nicht wirklich erwartete, in dieser anscheinend männlichen Domäne welche zu hören. Er erwartete nicht wirklich, Annes Stimme zu hören, hörte sie jedoch im Kopf.

Wider besseres Wissen stand er auf und ging den Flur entlang. Er fühlte sich miserabel, weil er in die ersten beiden Kabuffs hineingeblickt hatte, auf die nackten Männer, die sichtlich, selbst in dem diesigen Dampf – doch keiner von ihnen war Michael Howard Benson.

Er stand an der offenen Tür von Nummer drei und blickte auf den glatten, muskulösen Rücken von Julian Hidalgo, als sich dieser aus dem dampfenden Wasser erhob. Walter betrachtete die starke Hand, die Julian im Nacken ergriff und zu einem intimen Kuß herunterzog.

Sean McGuires Kopf neigte sich vor Lust zurück. Als er wieder hochblickte, sah er, wie Walter ihn ansah. Julian hielt in seinen Bemühungen inne und blickte über die Schulter.

In dieser Szene waren alle drei erstarrt, bis Walter sich umdrehte und wegging.

Sie sollten die Leute sein lassen, wie sie sind.

Walter ging zu der langen Bar im großen Saal zurück.

»Schönen Nachmittag«, trällerte er dem Barkeeper in einem bühnen-irischen Akzent zu, dessen sich Barry Fitzgerald errötend geschämt hätte.

»Nachmittag«, erwiderte der Barkeeper.

Er sieht zu gut aus, um nur ein Barkeeper zu sein, dachte Walter. Der Mann sah gut aus wie ein Schauspieler, wie ein Bühnenschauspieler, und arbeitete zwischen den Proben offenbar als Barmann. Gab es denn keine Profis mehr in diesem einst so ehrenwerten Handwerk?

»Einen Jamieson's ohne alles, wenn Sie so nett sein könnten, guter Mann«, sagte Walter.

In der Jukebox sangen die Everly Brothers gerade *All I Have To Do Is Dream*. In den wenigen Minuten, in denen Walter hinten gewesen war, hatte sich der Saal gefüllt. Wahrscheinlich, dachte Walter, kommen die Leute gerade aus den Kinos.

Der Barmann goß ihm seinen Drink ein, ließ das Glas über den Tresen schlittern und sagte: »Das ist ein lausiger Dialekt.«

»Nun, dann gebe ich Ihnen vielleicht lieber ein Stichwort.«

»Ein Stichwort?«

»Sie wissen, was ein Stichwort ist.«

»Aber sicher.«

»Na schön, legen wir los«, sagte Walter. Dann äußerte er im Tonfall eines drittklassigen Schauspielers: »›Ich suche einen Mann.‹«

»Sie sollten schnell austrinken und dann gehen.«

»Nein, nein, nein, nein, nein«, gluckste Walter. »Ich gebe Ihnen das Stichwort, und sie liefern mir die Pointe. Sie sagen etwas wie: ›Sind wir das nicht alle‹ oder ›Wissen Sie, bei mir sind Sie genau richtig.‹«

»Sie sind im falschen Laden gelandet«, sagte der Barkeeper. Dann machte er sich daran, Gläser zu putzen.

»Das hört sich schon besser an«, sagte Walter. »Die falsche Replik, natürlich, aber mehr auf der Linie, die ich hören will. Versuchen wir es noch einmal: ›Ich suche einen Mann.‹«

Drückendes Schweigen, als der gesamte Raum zuhörte und Gleichgültigkeit vortäuschte.

»Einen Mann namens Howard Benson.«

»Suchen Sie woanders.«

Dies von einer Stimme an einem Ecktisch. Walter drehte sich auf seinem Barhocker um und entdeckte einen jungen Mann in einem roten Flanellhemd über Khakihosen. Ein dünner, aber muskulöser junger Mann. Keine Muskeln vom Hantelnstemmen, keine Football-Muskeln. Keine Boxer-Muskeln.

»Woanders habe ich schon gesucht«, sagte Walter. »Und zwar überall.«

»Versuchen Sie es doch mal auf der Wache«, sagte der junge Mann. »Sie wären vielleicht überrascht.«

Kurzgeschnittenes braunes Haar. Grüne Augen, die vor Zorn blitzten. Zu Füßen ein Sportbeutel. Weiße Buchstaben auf schwarzem Vinyl: »Ansonia Studios«.

Was immer das sein mag, dachte Walter. Aber zweifellos die Erklärung für die Muskeln.

»Wie ist Ihr werter Name?« fragte Walter.

»Das geht Sie einen feuchten Dreck an.«

»Wie buchstabiert man das?«

Der junge Mann reckte den Mittelfinger in die Höhe: »So.«

»Und kennen Sie einen Howard Benson?«

»Nein.«

»Wie wär's mit Michael Howard?«

»Nein.«

Offene Menschen sind so schlechte Lügner, dachte Walter. Die anderen Kleidungsstücke in Michael Howard Bensons Apartment würden dir wahrscheinlich passen. Du hast einen

Fehler gemacht, mein tapferer junger Freund. Einen bewundernswerten Fehler, weil du einen guten Charakter hast, aber ein Fehler ist es trotzdem. Du hättest dich für deinen Freund oder dich selbst nicht stark machen sollen. Du hättest dich still verhalten und im Schatten bleiben sollen. Es hat immerhin einen Grund, daß die Sünde sich nicht gern offen zu erkennen gibt. Wenn du nicht so tapfer gewesen wärst, hätte ich es nicht erfahren. Ich wäre in der Meinung weggegangen, daß der Nachmittag ein abartiger alkoholischer Fehlschlag gewesen ist.

Aber da wir nun mal darin geschult sind, Täuschungsmanöver anderer zu erkennen, haben anständige Leute so wenig Chancen wie der sprichwörtliche Schneeball in der Hölle.

»Aha, verstehe«, sagte Walter.

»Jetzt verschwinden Sie.«

»Ich werde gehen, wenn ich fertig bin.«

»Ich denke, Sie sind schon jetzt fertig«, sagte Jules Benoit mit seiner schleppenden Südstaaten-Stimme. »Walter, Sie haben unsere Gastfreundschaft mißbraucht. Ich muß Sie bitten zu gehen, bitte.«

Walter glitt von dem Barhocker herunter und wandte sich an den jungen Mann: »Sehen Sie, dieses ›bitte‹ macht den entscheidenden Unterschied.«

»Und kommen Sie nicht wieder«, fügte Jules hinzu.

Walter legte ihm eine Hand auf die Schulter.

»Es tut mir leid«, sagte er.

»Sie sollten sich schämen.«

»Das tue ich auch.«

»Auf Wiedersehen, Walter«, sagte Jules.

»Auf Wiedersehen.«

Die Luft draußen war schwer und der Himmel dunkel. Es sah nach Schnee aus.

Als er nach Hause kam, war seine Wohnung aufgebrochen, und jemand befand sich darin.

Walter stieß die Tür mit dem Fuß auf und sah einen be-
brillten Mann in einem billigen grauen Mantel, der sich ein
Buch aus dem Regal genommen hatte und darin blätterte.
Als die Tür aufging, drehte der Mann sich um und fragte:
»Walter Withers?«

Der Mann war hochgewachsen und mager, hatte ein rundes Gesicht sowie einen Kopf, der für den schmalen Hals zu
schwer aussah. Seine Brille hatte dicke Gläser und häßliche
braune Bügel. Sein schwarzes Haar war glatt zurückgekämmt und hätte einen Schnitt vertragen. Unter dem Mantel
trug er einen billigen schwarzen Anzug mit dem obligaten
weißen Button-Down-Hemd und eine schwarze Krawatte.

»Und wer sind Sie?« fragte Walter.

Die Marke blitzte auf. Gold, das im Licht der Lampe
schwach leuchtete.

»Detective Zaif, New Yorker Polizei. Kommen Sie rein.«

»Vielen Dank.«

Walter machte die Tür hinter sich zu.

»Sie haben eine Frau namens Marta Marlund gebumst?«
fragte Zaif beiläufig.

»Auf so eine Frage antwortet ein Gentleman nicht«, gab
Walter zurück, als er Hut und Mantel aufhängte.

Gott der Gerechte, worum geht es bloß?

»Im Zimmer 512 des Plaza?«

»Der genaue Schauplatz ändert nichts an den Pflichten
der Ritterlichkeit«, sagte Walter beiläufig, obwohl die
Alarmglocken von den Haarspitzen bis zu den Zehen läuteten.

»Sie waren im Zimmer 512 des Plaza gemeldet«, sagte
Zaif.

»Das stimmt.«

»Denn dort hat die Leiche gelegen.«

Walter spürte den elektrisierenden stechenden Schmerz
der Furcht.

»Wessen Leiche?« fragte er.

»Die der Marlund«, sagte Zaif gereizt, als wäre die Antwort selbstverständlich.

Er wartete auf eine Reaktion.

»Mein Gott«, sagte Walter. »Was ist passiert?«

Passiert ist folgendes, dachte Walter. Ich habe Michael Morrison angerufen, und jetzt ist Marta tot. Folgendes ist passiert: Ich wollte Anne besuchen, und jetzt ist Marta tot.

Zaif starrte ihn ein paar Sekunden an, bevor er antwortete: »Es sieht so aus, als hätte sie sich umgebracht.«

Walter setzte sich und stützte den Kopf in die Hände.

»So sieht es jedenfalls *aus*«, sagte Zaif. »Aber ich bin nicht sicher, ob ich das glauben soll.«

»Was wollen Sie damit sagen?«

Wieder eine Pause. Die besagte: Sagen Sie's mir doch.

»Ich glaube, daß jemand bei ihr vielleicht nachgeholfen hat«, sagte Zaif.

»Warum glauben Sie das?«

»Wo sind Sie den ganzen Tag gewesen?« fragte Zaif. »Übrigens, haben Sie getrunken?«

»Da bin ich den ganzen Tag gewesen.«

»Wo?«

»Beim Trinken.«

»Nein, ich meine *wo*«, sagte Zaif.

»Hier und da.«

»Mal hier, mal da?«

»Mal hier, mal da.«

Zaif schlenderte zu dem Regal mit Walters Schallplattensammlung hinüber.

»Nette Musik haben Sie hier.«

»Mögen Sie Jazz?« fragte Walter.

»Ich bin mehr für die Klassik«, sagte Zaif. »Sie wissen schon, wie Juden so sind. Meine Eltern wünschten sich einen zweiten Heifetz.« Er hielt die langen Finger seiner großen Hand hoch: »Ich habe zwar die Ausrüstung, aber nicht das Gehör. Wie auch immer, ich fing gerade an, mich für das neue

Zeug zu interessieren. Brubeck, Getz, Desmond. Sie haben eine Menge von dieser Sängerin Blanchard. Ich kenne sie nicht. Wer ist sie?«

Gute Frage, dachte Walter.

Doch er antwortete: »Unter anderem ist sie meine Freundin.«

»Oh«, sagte Zaif. »Wußte Sie von der Marlund?«

Daß sie tot ist? fragte sich Walter.

»Sie sind sich schon mal begegnet«, sagte er.

Zaif lächelte. »Sie haben vielleicht Nerven, Walt.«

»Warum glauben Sie ...«

»Womit verdienen Sie Ihren Lebensunterhalt, Walt?«

Unter anderem, dachte Walter, bin ich Laufbursche für Joe Keneally.

Doch er sagte: »Falls wir uns mit den Vornamen anreden wollen, Detective, sollte das für beide gelten.«

»Sam. Nicht Sammy.«

»Walter. Nicht Walt. Und ich bin Detektiv bei Forbes und Forbes.«

Zaifs Hand griff in den Mantel.

»Sie haben einen Waffenschein, Walter?« fragte er.

»Ja.«

»Haben Sie jetzt eine Waffe bei sich?«

»Ich besitze gar keine.«

»Beantworten Sie die Frage, die ich Ihnen gestellt habe.«

»Ich habe im Augenblick keine Waffe bei mir.«

Zaifs Hand tauchte wieder auf.

»Spielen Sie Schach?« fragte er.

»Nein, ich finde Schach fast überirdisch langweilig«, sagte Walter. »Wieso?«

»Weil ich nicht will, daß Sie mit mir Schach spielen. Ich möchte nur, daß Sie mir auf direkte Fragen eine direkte Antwort geben.«

Weder jetzt noch früher hat es je so etwas wie eine direkte Frage gegeben, dachte Walter.

»Ich werde mich bemühen, Ihnen in jeder erdenklichen Weise behilflich zu sein, Sam.«

»Gut, dann gehen wir.«

»Wohin...?«

»Das Klischee läßt mich vor Scham erröten«, sagte Zaif. »Zur Wache.«

»Warum unterhalten wir uns nicht einfach in dem relativen Komfort meiner Wohnung?« fragte Walter.

»Die Antwort steckt schon in der Frage, nicht wahr?« sagte Zaif. Dann fügte er hinzu: »Talmud-Schüler.«

»Habe ich mir schon gedacht.«

Zaif nahm Walters Hut und Mantel vom Kleiderständer und warf sie ihm auf den Schoß.

»Kaffee für Sie, Tee für mich«, sagte Zaif, als er das Papptablett auf den kleinen Metalltisch des Vernehmungszimmers stellte.

Stempelfarbe von Walters Fingern verschmierte den Pappbecher, als er ihn an sich nahm und den zwar heißen, aber sonst scheußlichen Kaffee schlürfte. An einer Wand zischte und knackte ein Heizkörper. Der Raum war unerträglich heiß – was wohl beabsichtigt ist, dachte Walter –, doch er weigerte sich hartnäckig, seine Krawatte zu lösen, den Hemdkragen aufzuknöpfen oder auch nur die Jacke auszuziehen. Es war schon demütigend genug, so spät am Abend unrasiert und ungeduscht zu sein, und er wollte unbedingt etwas von seiner Würde aufrechterhalten. So blieb er zugeknöpft und schwitzte. Er fand einige Befriedigung darin, daß auch Zaif schwitzte – seine Brille rutschte ihm immer wieder von der Nase –, um des korrekten Aussehens willen aber ebenfalls Jacke und Krawatte anbehalten hatte. Außerdem waren seine Ärmel eine Spur zu kurz, wie Walter bemerkte, als der Detective seine großen Hände und die breiten Handgelenke auf den Tisch legte.

»Erzählen Sie mir von Marta Marlund«, sagte Zaif.

»Wenn Sie irgendwelche Fragen haben, werde ich versuchen, sie zu beantworten«, erwiderte Walter.

Das saß noch seit der Ausbildung. Nicht reden, sondern einem Vernehmer Fragen entlocken. Und den Fragen die Richtung entnehmen, in die der Fragende einen lenken möchte, um diesen dann in eine andere zu führen.

»Na schön«, sagte Zaif. »Wo haben Sie sich kennengelernt?«

»Weiß ich nicht mehr.«

»Wissen Sie doch«, entgegnete Zaif. Er zerriß behutsam zwei Tütchen mit Zucker, schüttete sie in seinen Tee mit Milch und rührte um. »Niemand vergißt, wo er eine solche Frau kennengelernt hat.«

»Vielleicht in Paris.«

»Was ist das denn, ein Song-Titel? ›Vielleicht in Paris, vielleicht in Moskau, oder war es Kopenhagen‹?«

»Es hätte auch in Kopenhagen sein können«, gab Walter zu.

»Sie war Dänin, richtig?«

»Ich glaube ja.«

»Sie hätten mal die Witze hören sollen, als wir ihren Paß gefunden hatten«, sagte Zaif. »Verstehen Sie, so etwas wie: ›An so einem Kopenhagener hätte ich auch gern mal geknabbert‹. ›Zum Morgenkaffee würde dir so etwas wohl auch gefallen.‹ Solche Dinge. Wie kommt es also, daß so ein Schmock von Privatschnüffler wie Sie einen Filmstar bumsen kann?«

Jetzt geht's los, dachte Walter.

»Ich würde sie kaum einen Star nennen«, erwiderte er.

Zaif sagte: »Ich habe ein paar ihrer Filme gesehen. Meine Freundin mag diese künstlerischen Filme. Ich will Ihnen mal was sagen, die Marlund ist die Art Schickse, von der die meisten Männer träumen. Das Haar, die Augen, die Titten . . . eine gottverdammte Brunhilde mit Sex-Appeal. Also, wie ist es?«

»Bitte um Vergebung?«

»Wie kommt es, daß so ein Schmock von Privatschnüffler einen Filmstar bumst?«

»Da haben wir drei Fragen, nicht wahr, Sam?«

»Noch verdammt viel mehr als nur drei, Walter«, sagte Zaif. »Hören Sie auf zu mauern.«

Walter zog seine Zigarettenschachtel aus der Jacke, bot Zaif eine an und zündete sich dann selbst eine an.

»Jesus – um mal was Neues zu sagen –, was ist das denn?« sagte Zaif, als er einen Zug genommen hatte.

»Eine Gauloise«, erwiderte Walter. »Eine französische. Ich bekomme sie im Village.«

»Sie schmecken wie Scheiße.«

»Sie schmecken nur, wenn man sich daran gewöhnt hat«, sagte Walter. Er nahm einen tiefen Zug und fügte hinzu: »Sie haben recht. Sie schmecken wirklich wie Scheiße.«

»Wissen Sie, Walter«, sagte Zaif, »jetzt sind wir etwa so weit, daß einer meiner rauhbeinigen irischen Kollegen, der weniger kultiviert ist als ich, Ihren Kopf vermutlich auf diesen hübschen Metalltisch knallen und Sie auffordern würde, seine gottverdammte Frage zu beantworten.«

»Werden Sie mir den Kopf auf diesen hübschen Metalltisch knallen?«

»Nein, dazu bin ich zu jüdisch«, gab Zaif zurück. »Ich werde auf Ihnen herumhacken.«

Walter lehnte sich in seinem Stuhl zurück und sagte: »Sie gehen wieder von der Annahme aus, daß ich intime Beziehungen mit Miss Marlund unterhalten habe.«

»Wie dumm von mir. Nur weil wir sie in Ihrem Hotelzimmer auf dem Bett gefunden haben, und zwar so gut wie nackt in diesem filmreifen Negligé . . .«

Aha, da habe ich doch eine Information erhalten, ohne eine gegeben zu haben, dachte Walter. Geduld ist eine Tugend und wird gelegentlich sogar belohnt. Dennoch war die Vorstellung besorgniserregend, geschmacklos und traurig. Eine einsame Frau in aufreizender Aufmachung, der unsanften Berührung von Fremden ausgesetzt.

»Ich glaube, ich habe Marta auf einer Party in Kopenhagen kennengelernt«, sagte Walter. »Als sie nach New York kam, rief sie mich mal an.«

»Was haben Sie in Kopenhagen getan?« fragte Zaif.

»Ich habe für die Scandamerican Import/Export mit Sitz in Stockholm gearbeitet. Wir sind manchmal übers Wochenende nach Kopenhagen gefahren.«

»Ich kapiere es nicht«, sagte Zaif.

»Was kapieren Sie nicht, Sam?«

»Sie haben für eine internationale Import-Export-Firma gearbeitet und sind jetzt Privatdetektiv?«

»Ich war bei Scandamerican für die Sicherheit verantwortlich.«

»Na schön«, erwiderte Zaif. »Warum haben Sie gekündigt?«

»Ich wollte einfach wieder in New York sein.«

Zaif blinzelte hinter den Brillengläsern.

»Was haben Sie vermißt, die Automatenrestaurants?«

»Sie werden es kaum glauben, ja«, gab Walter zurück. »Und Sardi's und den Stork Club und die Broadway-Shows, den Times Square bei Nacht, Hot Dogs, Brezeln mit Senf, italienisches Essen, Footballspiele...«

»...das Plaza Hotel...«

»...vom Waldorf ganz zu schweigen.«

»Wie kommt es, daß Sie ein Zimmer im Plaza nehmen, Walter? Sie wohnen, wie war das noch, zehn Minuten entfernt? Wie kommt es, daß Sie sie nicht in ihre Wohnung mitnahmen?«

»Wie Sie schon sagten, sie ist ein Filmstar.«

» *War* ein Filmstar«, korrigierte Zaif. »Das Plaza ist teuer. Wie kann sich ein Privatschnüffler das Plaza leisten?«

»Ich verfüge über bescheidene Zinserträge«, erwiderte Walter.

»Sie sind reich, Walter?«

»Ich habe bescheidene Zinserträge.«

»Jedenfalls genug, um einen dänischen Filmstar in stiller Umgebung zu bumsen, wenn sie einen erwischen, richtig?« fragte Zaif.

»Theoretisch dürfte es stimmen, nehme ich an.«

»Wann haben Sie die Marlund zum letzten Mal gesehen?«

Walter erkannte die Technik. Die klassische Vernehmung ist wie ein auf den Kopf gestelltes Dreieck aufgebaut. Sie fängt mit allgemeinen Fragen an und verengt sich dann immer mehr auf Besonderheiten. Sie näherten sich jetzt dem schmalen Teil und arbeiteten sich zur Spitze vor.

Walter erwiderte: »Heute früh. Ich bin gegangen, um zur Arbeit zu gehen.«

»Um welche Zeit?«

»Weiß ich nicht mehr genau.«

»Natürlich nicht«, bellte Zaif. »Wie wär's mit einer ungefähren Zeit?«

Weil du den Zeitpunkt ihres Todes zu haben glaubst, dachte Walter.

»Um acht?« sagte Walter.

»Ist das eine Frage oder eine Aussage?«

»Ich versuche zu schätzen«, sagte Walter. Zaif beschleunigte jetzt das Tempo, fragte nach Fakten und rückte näher an die Umstände von Martas Tod heran.

»Wohin sind Sie gegangen?«

»Zur Arbeit.«

»Im Büro?«

»Auf dem Feld.«

»Was meinen Sie mit ›Feld‹?« hakte Zaif nach. »Was haben Sie gemacht, Baumwolle gepflückt?«

»In gewisser Weise.«

»Aber vorhin haben Sie mir erzählt, Sie hätten den ganzen Tag getrunken.«

»Das ist richtig.«

»Doch jetzt sagen Sie, Sie hätten gearbeitet.«

»Die beiden Dinge schließen sich nicht unbedingt aus«, sagte Walter. »Fragen Sie Ihre grobschlächtigen irischen Kollegen – die weniger kultiviert sind als Sie.«

Zaif gluckste leise und fragte: »Können Sie mir Namen und Orte nennen?«

»Ich kann Ihnen ein paar Lokale nennen.«

Er erzählte Zaif vom White Horse und nannte dann einige weitere Bars, in denen er gelegentlich verkehrte, in denen er am fraglichen Tag jedoch nicht gewesen war. Die Barkeeper würden höchstwahrscheinlich sagen, daß er an jenem Tag dort gewesen sei, wenn sie gefragt wurden. Das Gedächtnis ist höchst unvollkommen und fließend.

Zaif schob sich die Brille wieder auf die Nase und sagte: »Was hatte die Marlund getrunken?«

»Wieso?«

»Wodka?«

»Ja, es hätte Wodka sein können.«

Erzähl ihnen, was sie schon wissen, heißt es im Lehrbuch. So entlockt man ihnen noch mehr Fragen, die auf dem beruhen, was sie wissen. Jede Frage, die sie stellen, ist eine Antwort für dich. Und es muß eine Überdosis gewesen sein, dachte Walter.

»Haben Sie mit ihr getrunken?«

»Nein.«

»Da sind Sie sicher?«

»Ja.«

»Hat sie sich betrunken?«

»Sie hatte einen im Tee, ja.«

»Haben Sie ihr irgendwann gesagt, daß sie genug hat? Haben Sie ihr das Glas aus der Hand genommen?«

Vater, nimm diesen Kelch von mir?

»Nein, ich bedaure sagen zu müssen, daß ich es nicht getan habe.«

»Ist das Ihr Stil, Withers? Dem Mädchen ein schniekes

Hotelzimmer zu besorgen, sie dann abzufüllen und ihr dann an die Wäsche zu gehen?«

»Ich nehme an, das ist eine rhetorische Frage«, sagte Walter.

»Tabletten?« fragte Zaif.

»Ich fürchte, ich kann Ihnen nicht folgen.«

»Haben Sie ihr Tabletten gegeben?«

»Nein.«

»Ihr Zimmer sah aus wie eine Apotheke.«

Und jetzt, dachte Walter, haben wir die Phase erreicht, in der der Vernehmer aufhört, Fragen zu stellen, und statt dessen Behauptungen aufstellt.

»Marta erzählte mir, daß es ihr schwerfiel zu schlafen«, erwiderte Walter.

»Und da haben Sie ihr geholfen.«

Wodka und Schlaftabletten, dachte Walter. Aber warum glaubt er, jemand hätte nachgeholfen?

»Nein«, sagte Walter.

»Nein?«

»Nein.«

»Aber Sie haben gesehen, wie sie Tabletten nahm«.

»Nein, ich sagte, sie hätte es mir erzählt.«

»Und ich frage Sie, ob Sie sie welche haben nehmen sehen«, bedrängte ihn Zaif.

»Und ich sage Ihnen, daß ich es nicht gesehen habe«, entgegnete Walter.

»Aber Sie haben Tabletten gesehen.«

»Schon möglich.«

»Was für welche?«

Nembutol, dachte Walter. Doch er sagte: »Ich weiß es nicht.«

»Wirklich nicht?«

»Etwa dreimal im Jahr bekomme ich Kopfschmerzen und nehme eine Aspirin«, sagte Walter. »Das ist in etwa die Summe meiner Erfahrungen mit Tabletten.«

»Nembutol«, sagte Zaif.

»Ist es das, was sie umgebracht hat?«

»Ich weiß es nicht. Ist es so?«

»Ich weiß es auch nicht.«

»Ach nein. Ich glaube aber, daß Sie es wissen.«

Was in Walters Augen keine Antwort erforderte, so daß er seinen Kaffee austrank, im übrigen jedoch den Mund hielt.

Nach einiger Zeit fuhr Zaif fort: »Verstehen Sie, wir finden die Marlund so auf dem Bett liegen: Ihre rechte Hand hängt über die Bettkante. Auf dem Fußboden direkt unter ihrer Hand liegt ein Glas des Hotels auf der Seite, und ein wenig Wodka ist auf den Teppich geflossen.«

»Sie hat das Glas fallen lassen.«

»Das glauben wir auch«, sagte Zaif. »Raten Sie mal, was sie in der linken Hand hatte.«

»Eine Schlaftablette.«

»Nembutol, um genau zu sein. Es sieht also aus, als hätte sie diese Dinger wie Bonbons gegessen und mit Wodka heruntergespült.«

So sieht es aus, dachte Walter. Es sieht aus, als wäre sie völlig geknickt gewesen, ohne Hoffnung, desperat und allein, und dann hat sie sich das Leben genommen. So sieht es tatsächlich aus. Doch das denkst du nicht wirklich, Detective Zaif, und du wirst mir auch gleich erzählen, weshalb nicht.

»Das Problem ist...«, begann Zaif, der sich dann die Mühe machte, seine Brille wieder hochzuschieben, so daß er Walter offen in die Augen blicken konnte. »Das Problem ist, daß auf dem Glas überall Ihre Fingerabdrücke sind.«

Ja, das ist ein Problem, dachte Walter. Ein weiteres Problem ist, daß es so gut wie unmöglich ist, sich umzubringen, indem man Nembutol mit Alkohol herunterspült. Wenn man zuviel auf einmal nimmt, übergibt man sich, und es kommt wieder raus. Wenn man sie alle auf einmal nimmt, wird man ohnmächtig, bevor man eine tödliche Dosis zu sich nehmen kann.

»Warum«, fragte Walter, »hätte ich den Wunsch haben sollen, Marta Marlund eine tödliche Dosis Schlaftabletten einzuverleiben?«

Zaif hatte geantwortet: »Das ist ja gerade, was ich nicht verstehe. Wenn ich ein Motiv hätte, würde ich Sie gleich festnehmen. Aber, wie es in dem alten Klischee heißt, verlassen Sie die Stadt nicht.«

»New York ist meine Stadt«, sagte Walter.

»Wegen Irving Berlin?«

»Cole Porter.«

»Wie auch immer. Verlassen Sie die Stadt nicht.«

Oh, das werde ich nicht, Detective Sergeant Zaif, darauf können Sie Gift nehmen. Weil ich Ihren Verdacht teile, daß jemand Marta Marlund dabei geholfen hat, in ihren tödlichen Schlaf zu sinken. Und wenn das stimmt, hat jemand einen Grund dazu gehabt, und dieser Grund ist für mich höchst interessant.

Als Walter wieder zu Hause war, versuchte er Anne anzurufen, doch das Telefon läutete, bis sich der Auftragsdienst meldete. Er hinterließ ihr die Nachricht, sie möge zurückrufen, duschte und versuchte dann, ein paar Stunden zu schlafen.

In jener Nacht kam sein Traum nur in bruchstückhaften Bildern. In den lebhaftesten Szenen befand er sich jedoch nicht mehr auf der Klippe, blickte nicht mehr hinunter, sondern stand unten auf dem Felsblock. Er wurde vom Meer umspült. Die Leichen seiner Agenten wurden gegen den Felsen geschleudert, und die Woge erhob sich wie eine Wasserwand.

Sie kam direkt auf ihn zu.

Fünftes Kapitel

Scrapple à la Apple
Sonntag, 28. Dezember 1958

Football, dachte Walter Withers, als er sich fertig rasiert hatte, ist das amerikanische Spiel schlechthin.

Baseball mag der amerikanische Zeitvertreib sein, doch Football ist der wahre Sport der Nation. Die Amerikaner mögen ihre Zeit bei dem sanften, lässigen Rhythmus von Baseball verbringen, träge bei einem Bier und einem Hot Dog im Park sitzen oder im Halbschlaf dem Plärren einer Rundfunkübertragung lauschen – erst beim Football können sich die amerikanische Psyche, die amerikanische Energie und die amerikanische Leidenschaft für den Kampf austoben.

Baseball ist ein Spiel, das unter einem warmen und sonnigen Himmel stattfindet, Football ist ein Wettkampf, der selbst beim rauhesten Wetter ausgetragen wird. Die Baseball-Saison beginnt mit der ersten Wärme des Frühlings und endet im sanften Zwielicht des Frühherbstes. Die Football-Saison beginnt in der kühlen Herbstluft und endet unter dem gnadenlos kalten Winterhimmel. Football wird bei Regen, Schnee und Kälte gespielt, und die Fans müssen wenigstens auch diesen Teil der Härte des Spiels auf sich nehmen. Während der Baseball-Fan sich bequem in seinem Sitz zurücklehnt und das Gesicht in die Sonne hält, an seinem Bier nippt, *steht* der Football-Fan dicht gedrängt, Schulter an Schulter mit den anderen Football-Anhängern und läßt eine Flasche Schnaps gegen die Kälte herumgehen. Der Football-Fan ist kein Schönwetter-Soldat, sondern ein Winter-Patriot.

224

Baseball ist ein Spiel, in dem Können und Eleganz gefordert sind. Football ist ein Wettkampf, bei dem die Willenskraft entscheidet.

Oder die Willenskraft der *Mannschaft*, korrigierte er. Während Baseball darauf angelegt ist, den einzelnen in einer Reihe von Konfrontationen mit einem anderen einzelnen auf die Probe zu stellen – wobei die schöne Koordination des mehrschichtigen Doppelspiels eher die Ausnahme als die Regel ist –, unterwirft Football den kampfeslustigen amerikanischen Individualismus einem gemeinsamen Ziel oder, genauer, den Torpfosten. Jeder Mann hat seine Rolle, jeder ist von anderen abhängig. Das Teamwork wird durch die Offensive Line versinnbildlicht, die mit Ausnahme der wirklichen Kenner anonym und unbesungen bleibt. Die Stürmer mühen sich in einem anscheinend brutalen Chaos ab, doch in Wahrheit handelt es sich um brutale Präzision, die ein makelloses Timing und den richtigen Rhythmus verlangt. In der Offensive Line, dachte Walter, liegt die Essenz des Football, die Essenz des Landes.

Ja, er grinste in den Spiegel, Baseball ist der nationale Zeitvertreib, dessen Zeit vorbei ist. Baseball ist das Spiel der Farmer, Football das Spiel der Fabrikarbeiter. Baseball ist ein Spiel für den Frieden, Football ein Spiel für den Krieg.

Auch für den Kalten Krieg, dachte Walter. Weil wir nie wieder wirklich Frieden haben werden.

Er wusch sich den Rasierschaum vom Gesicht, betupfte sich die Wangen mit etwas Old Spice und ging dann in seine Garderobe, um seinen besten Sonntagsanzug für das Footballspiel zu holen. Ein frischgestärktes weißes Hemd an der Haut zu haben belebte ihn mehr als die lächerlichen drei Stunden Schlaf, die er bekommen hatte. Er schlüpfte in ein Paar graue Wollhosen und setzte sich dann aufs Bett, um karierte Socken und braune Schuhe anzuziehen.

Er wählte eine kastanienbraune Strickkrawatte, die zu seiner schweren Sportjacke aus Tweed paßte. Wieder einmal dankte er dem Schicksal, daß New York immer noch eine Stadt war, in der man sich dem Anlaß entsprechend kleidete. Er nahm den silbernen Flachmann, den er seit Yale hatte (Boolah, boolah, schlagt Harvard, und all das), und füllte ihn mit einem Single Malt Scotch, den er für eine besondere Gelegenheit aufgehoben hatte. Da er sich versucht fühlte, einen Schluck zu nehmen, schraubte er schnell den Deckel fest, damit es ihm nicht so erging wie Oscar Wilde. (»Ich kann allem widerstehen, nur nicht der Versuchung.«)

Nein, dachte Walter. Du hast gestern genug Zerstreuung gehabt. Jetzt ist es höchste Zeit, dich wieder an die Kandare zu nehmen und deine Arbeit zu machen.

Properes Aussehen signalisiert, daß man sich in der Gewalt hat, sagte er sich, als er die Krawatte durch den Hemdkragen zog. Das war einer der eher gequälten Aphorismen seines Vaters, doch die Beobachtung war klug. *Kleider machen nicht Leute,* hatte sein Vater gesagt, *sondern sind nur ein äußeres Spiegelbild des Menschen. Die Leute sind genau das, was sie scheinen.*

Also kleidete er sich sorgfältig an, setzte einen Topf mit starkem Kaffee auf und rauchte eine Zigarette, während er darauf wartete, daß der Kaffee durch die Maschine lief. Er überflog die Schlagzeilen der Sonntagsausgabe der *Times,* bis der Kaffee in der Glaskanne zu brodeln begann. Dann trank er ihn und aß dazu zwei Scheiben dick mit Butter bestrichenen Toast.

Nembutol, dachte er. Der Handelsname für das Medikament Pentobarbitol, ein gewöhnliches Barbiturat. Zaif war zwar clever, hatte aber noch nicht herausgefunden, daß etwas fehlte. Es hing alles davon ab, wie gründlich und gewitzt der Pathologe sein würde, und Dietz würde es ihm mitteilen. Dietz war zwar nicht begeistert gewesen, um drei Uhr morgens Walters Anruf zu erhalten (»William, mit den Worten von F. Scott Fitzgerald ›ist es in der dunklen Nacht der Seele *immer* drei Uhr morgens‹«), hatte sich aber nach ein paar fröhlichen Obszönitäten kooperativ gezeigt. Dietz war jederzeit bereit, einem Kumpel zu helfen und den guten Namen von Forbes und Forbes zu verteidigen, selbst wenn es bedeutete, daß er das Leichenschauhaus aufsuchen und ein paar alte Verbindungen wiederbeleben mußte. (»Und, William, du solltest herausfinden – obwohl Fitzgerald das nicht gesagt hat –, ob sich irgendwo ein Einstich gefunden hat.«)

Und wenn es einen Einstich gibt, dachte Walter, ist Marta ermordet worden. Wenn ja, von wem?

Im Augenblick wäre es recht nützlich, überlegte er, wenn ich in der Firma die Rolle eines Ermittlers gespielt hätte und nicht die des Zuhälters. Irgendwie erinnere ich mich aber – war es nicht von Spillane? – an irgendeinen altehrwürdigen Test, bei dem es um Motiv, Mittel und Gelegenheit geht.

Also gut, das Motiv. Wer hatte ein Motiv? Zunächst Joe Keneally, nämlich falls er geglaubt hat, daß Marta mit ihrer Affäre an die Öffentlichkeit geht. Er hätte es aber nicht selbst gemacht. Er hätte es durch Jimmy arrangieren lassen. Vielleicht hat also Jimmy Keneally, der Adjutant, der Stabschef, das Mädchen für alles, diese Situation bereinigt. Er hätte sie nicht an Callahan, Brown oder Cahill delegiert. Sie war zu wichtig und erforderte einige Subtilität.

Wer sonst?

Madeleine, natürlich, wenn wir schon von Subtilität sprechen. Vielleicht ein Klischee – die eifersüchtige Gefährtin –, aber möglich.

Dann ist da noch Anne.

Er wählte erneut ihre Nummer, landete wieder beim Auftragsdienst und hinterließ erneut eine Nachricht für sie. Wo zum Teufel konnte sie stecken? Marta war tot, und Anne?

Er zog den Mantel an, setzte sich den Hut auf und verließ die Wohnung.

Vielleicht würde er beim Keneally-Clan einige Antworten finden.

Als er auf die Straße trat, kauerten sich die beiden FBI-

Männer in einer schwarzen Limousine hin. Der Wagen startete und beschattete ihn bis zur U-Bahn, wo einer der beiden heraussprang und ihm die Treppe hinunter folgte.

Der Zug ratterte unter Harlem hindurch. Die dicht an dicht und Ellbogen an Ellbogen stehenden Fans brachten es trotzdem fertig, Flachmänner herumzureichen und kleine, demokratische Schlucke zu nehmen, bevor sie sie weiterreichten, auch an Fremde. Der Geruch von Schnaps, Rasierwasser und von Kleidern, die nach Zigarren rochen, erfüllte das bißchen Luft in den Wagen.

Walter liebte das: die Menge, das freundliche Gedränge, das Rumpeln des Zuges, das nervöse Geplapper, die hoffnungsvolle Vorfreude auf das Große Spiel.

Es würde tatsächlich ein großes Spiel werden. Die beiden Mannschaften waren etwa gleich stark: Weeb Ewbanks Colts hatten einen starken Angriff, der pro Spiel durchschnittlich fast vierzig Punkte machte, während Jimmy Lee Howells Giant-Abwehr einen Durchschnitt von zwölf erlaubte.

Es würde ein fabelhaftes Spiel werden, großartiger, als nach den Vorwetten zu vermuten war. Im Augenblick hieß es bei den New Yorker Buchmachern dreieinhalb bis vier Punkte Differenz und bei denen in Baltimore viereinhalb bis fünf. Was für Walter bedeutete: Entweder jemand wußte etwas über die Giants, oder jemand wußte etwas über die Colts, oder jemand hatte eine irrsinnig hohe Wette auf Baltimore plaziert und die Quoten hochgetrieben, um Wetten aus New York anzulocken und einen satten Gewinn einzustreichen.

Als er zu seinem Platz kam – etwa an der Vierzig-Yard-Linie, in der zwanzigsten Reihe –, wärmten sich die Teams auf dem Spielfeld auf, und die Keneallys hatten ihre Plätze schon eingenommen. Der junge Mann des FBI, der sich in der überfüllten U-Bahn so sichtlich unwohl gefühlt hatte, zog sich dann zurück und ging im Mittelgang zu einem Stehplatz im nächsten Rang hoch.

Madeleine Keneally trug einen schweren roten Tuchmantel mit einem Pelzhut und einen riesigen Schal, den sie sich um den Hals geschlungen hatte. Sie trug auch eine dunkle Brille und saß zusammengesunken auf ihrem Platz. Ihr schien kalt zu sein, und sie sah unglücklich aus.

Callahan, Cahill und Brown saßen direkt über den Keneallys.

»Na, wenn das nicht Cerberus ist«, sagte Walter.

»Wer ist das?« fragte Callahan.

»Der Hund mit den drei Köpfen, der das Tor zum Hades bewacht«, gab Walter zurück.

»Sie haben ein geöltes Mundwerk«, murmelte Callahan.

Jimmy Keneally stand auf, um Walter die Hand zu schütteln. Dabei beugte er sich vor und fragte: »Was haben Sie der Polizei gesagt?«

»Nichts über den Senator«, erwiderte Walter mit einem Lächeln.

Jimmy grinste breit. »Das ist gut, Walter.«

Joe Keneally blieb sitzen, streckte Walter aber eine Hand entgegen. »Hallo, Walter. Tut mir leid, das mit Ihrer Freundin zu hören!«

»Vielen Dank, Senator!«

Madeleine starrte sie an.

»Hallo, Walter«, sagte sie, als er sich neben sie setzte.

»Mrs. Keneally.«

»Wie geht es Ihnen?«

»Einfach scheußlich, vielen Dank«, erwiderte er. »Und Ihnen?«

»Wir sollten nicht hier sein«, sagte sie.

»Aber man muß mit den Wölfen heulen«, sagte Walter.

»Das ist so kaltblütig.«

Walter drehte sich um, um Senator Keneally anzusehen,

der für jeden unbefangenen Betrachter den Eindruck er-
weckte, als gäbe es nichts, worum er sich Sorgen machen
müßte. Ohne Hut, leichter Wintermantel, frisches Gesicht.
Vital.

»Nun, Walter«, sagte Joe Keneally, »es ist nicht gerade ein
Spiel Harvard gegen Yale, aber es wird genügen müssen. Sie
sind ein Fan der Giants, nehme ich an?«

»Sie feuern die – wie nennt man sie noch? – ›Colts‹ an?«

»Sie sind ein Wetter, Walter?«

»Von Zeit zu Zeit riskiere ich ein paar Dollar.«

»Fünf Dollar auf die Colts.«

»Abgemacht.«

Es wäre gut, dachte Walter, den Senator bei irgend etwas
zu schlagen.

Zur Halbzeit lagen die Giants mit 14:3 zurück.

Dabei hatte das Spiel so gut angefangen. Lombardi neutra-
lisierte Donovan und Marchetti, indem er Gifford auf der
rechten Seite einsetzte, um Conerly dann nach links laufen zu
lassen, weg von dem Pass Rush Baltimores.

»Donovan sieht aus wie ein Mehlsack!« hatte Joe Keneally
Walter zugeschrien, und für Walter sah es tatsächlich nicht so
aus, als könnte der dicke Conerly den ganzen Tag jagen,
wenn es so weiterging.

Dafür schaffte es Frank Gifford, an mehreren Abwehrspie-
lern Baltimores vorbeizukommen.

»Mein Gott, wie ich es liebe, diesen Mann laufen zu sehen!« rief Walter.

»Er ist ein Genie!« brüllte Jimmy zurück.

Madeleine sagte: »Ich hasse Football!«

Doch dann machte die Abwehr der Colts die Reihen dicht,
worauf allerdings Pat Summerall ein Field Goal schaffte, so
daß die Giants drei Punkte aufholten.

»Drei Punkte werden für Sie noch nicht reichen!« brüllte
Keneally.

Die Abwehr der Giants hielt, die Colts machten einen Befreiungsschlag, worauf die Giants den Ball an ihrer Zwanzig-Yards-Linie übernahmen. Conerly ging auf Nummer sicher und reichte den Ball an Gifford weiter, der rechts von der Mitte ein Loch in der gegnerischen Reihe sah, an Donovan vorbeirannte und dann einen Fumble machte. Daddy Lipscomb fiel auf den Ball.

»Dein Genie hat gerade den Ball fallen lassen«, sagte Joe zu Jimmy.

»Das passiert selbst Genies«, erwiderte Jimmy.

»Das ist der Grund, weshalb ich keine Genies um mich haben will«, sagte Joe. »Sieht nicht gut für Sie aus, Walter!«

Unitas lief außen an Moore und innen an Ameche vorbei, dann wieder an Moore, und damit waren sie auf der Zwei-Yards-Linie der Giants. Beim nächsten Spiel überrannte Parker Grier, und Ameche kämpfte sich in die Endzone vor.

Joe und Jimmy standen auf und applaudierten. Es gab ein paar tausend Fans der Colts in der Menge, doch die meisten standen hinten an der Zwanzig-Yards-Linie, so daß die Keneallys auffielen.

Colts 7, Giants 3.

Joe entdeckte einige Reihen weiter unten einen weiteren einsamen Baltimore-Fan.

»Ist das nicht Rosenbloom?!« fragte er Jimmy.

»Und ob er das ist.«

»Wir sollten ihn in der Pause begrüßen!«

Wie merkwürdig, dachte Walter. Warum sitzt der Eigentümer der Colts nicht mit den anderen hohen Tieren in der Prominentenloge?

»Ihr Team sieht im Augenblick gar nicht gut aus!« brüllte Joe zu Walter.

»Wir können euch kein Zwanzig-Yards-Feld überlassen«, erwiderte Walter. »Bei uns wird alles in Ordnung sein, wenn wir keinen Fumble riskieren, und Gifford hat seinen für heute schon hinter sich. Das macht er nicht zweimal.«

Doch er tat es. Diesmal nicht auf der eigenen Zwanziger-Linie, sondern auf der Vierzehner von Baltimore. Es war ein mörderischer Fumble, den Don Joyce aufnahm und damit einen langen Angriff der Giants beendete, der die Abwehr der Colts fast erschöpft hätte.

Statt dessen brachte er Unitas aufs Feld. Dieser warf Berry auf kurze Entfernung den Ball zu, bewegte die Colts zur Fünfzehner-Linie der Giants und warf dann einen Touch-down-Paß zu Berry in die Ecke der Endzone.

Colts 14, Giants 3.

Halbzeit.

»Sie sehen schlecht aus, Walter«, sagte Jimmy.

Walter erwiderte: »Unsere Abwehr muß aggressiver werden. Wir lehnen uns einfach zurück und lassen uns von Unitas auseinanderreißen.«

Walter schraubte den Deckel seines Flachmanns ab, nahm einen kräftigen Schluck Whiskey und reichte den Flachmann Jimmy. Dieser reichte ihn an Joe weiter, der einen Schluck nahm und ihn dann zurückgab.

»Was ist mit mir?« fragte Madeleine.

»Ich dachte, das sei nicht ganz Ihr Stil«, erwiderte Walter.

»Mir ist kalt«, sagte sie. Sie nahm einen Schluck und verzog das Gesicht.

»Ich will einen Hot Dog«, sagte Walter. »Sonst noch jemand?«

»Ich komme mit«, sagte Jimmy.

»Sie brauchen eher einen heißen Angriff«, sagte Joe lachend.

Da hat er nicht ganz unrecht, wie Walter sich eingestehen mußte. Ein Blitzangriff wäre jetzt genau das richtige, allerdings gefährlich. Irgendwas müssen die Giants jedoch tun, um die Attacken Baltimores zu verlangsamen. Sie können die zweite Halbzeit nicht innerhalb ihrer Zwanziger-Linie spielen.

Er trat mit Jimmy aus der Sitzreihe auf die Treppe, worauf sie zum Imbißstand gingen.

»Ob der Junge vom FBI auch ein Würstchen will? Was meinen Sie?« fragte Walter Jimmy.

»Wo ist er?«

»Etwa vier Stufen unter uns«, erwiderte Walter. »Haben Sie ihn nicht bemerkt?«

»Das ist Ihre Angelegenheit«, sagte Jimmy. »Dieser gottverdammte Hoover würde sich auf uns stürzen, wenn er irgendwas in die Hand bekommt.«

Sie gingen am Imbißstand vorbei zu einem Alkoven neben einer Eingangsrampe.

Eins muß man Jimmy Keneally lassen, dachte Walter. Er haut nicht zu sehr auf die Pauke. Er sah sogar zögernd und schüchtern aus, als er fragte: »Sie werden also den Mund halten, Walter?«

»Jimmy, rund dreihundert Menschen haben uns am Freitagabend zusammen gesehen«, entgegnete Walter. »Wir haben eine Broadway-Show besucht und den Rainbow Room. Meinen Sie nicht auch, daß die Polizei das herausfinden kann?«

»Lassen Sie die Cops meine Sorge sein«, bellte Jimmy. »Jedenfalls hat der Coroner schon bestätigt, daß es ein Selbstmord ist. Die Cops werden ihre Zeit nicht mit einem Selbstmord verschwenden. Folglich gibt es keinen Grund, Joes Namen in die Sache reinzuziehen.«

Es sei denn, es findet sich ein Einstich, dachte Walter. Dann wird die New Yorker Polizei vielleicht die letzte Sorge der Keneallys sein. Und von mir.

»Dieser verdammte Joe«, sagte Jimmy plötzlich. »Ihm ist nicht klar, daß Menschen verletzt werden.«

Wirklich nicht? fragte sich Walter.

»Es kann sein, daß Hoovers Jungs hinter Ihnen her sind«, sagte Jimmy. »Werden Sie mit denen fertig?«

Walter nickte. Es sei denn, ich finde heraus, daß du Marta hast umbringen lassen, dachte er. Dann gilt keine Abmachung mehr.

»Wir werden uns bei Ihnen revanchieren«, sagte Jimmy. »Wenn über diese Geschichte Gras gewachsen ist.«

Außerdem steht noch lange nicht fest, daß jemals Gras darüber wächst.

Die Giants spielten die zweite Halbzeit nicht hinter ihrer Drei-Yards-Linie. Vier Angriffe – *vier* – stoppte die Abwehr der Giants hinter ihrer Drei-Yards-Linie. Viermal stöhnte Joe Keneally, und Walter schrie, bis ihm die Stimme heiser wurde und die Menge einen Singsang anfing, den man noch nie in einem Football-Stadion gehört hatte – *Aaabwehr! Aaabwehr!* Die körperlich schwächeren und leichtgewichtigeren Giants hielten die Colts davon ab, den Sack jetzt schon zuzumachen. Das war um so eindrucksvoller, als die Colts sich mit der kühlen Präzision einer überlegenen Sturmreihe übers Feld bewegten. Da unten war es kein Zuckerschlecken, nur Linie gegen Linie, und die Linie der Giants hielt, sie hielt und hielt nochmals, als die Menge *Aaabwehr! Aaabwehr!* rief. *Das ist Football* dachte Walter, *das ist das sagenhafte Spiel der Zentimeter, dieses Mann gegen Mann und Wille gegen Wille, und von Rückzug kann keine Rede sein.* Er fühlte sich fast zu Tränen gerührt, als die hart bedrängten Giants es nur durch *Willenskraft* schafften, ihre Abwehr zu halten.

Und noch was. Neugier? Die Neigung des eingefleischten Football-Fans, das Spiel von der Tribüne aus zu leiten? Der sechste Sinn des Wetters? Aber warum hatte Baltimore bei vier Downs keine Field Goals erzielt? fragte sich Walter.

Vielleicht waren sie beim ersten Mal überzeugt gewesen, es mit Gewalt zu schaffen. Beim dritten Mal waren es vielleicht Arroganz und verletzter Stolz gewesen. Doch es war der vierte Versuch, den Walter Withers so vernichtend fand, ein Goal beim ersten Versuch einer neuen Serie an der Drei-Yards-Linie der Giants, als das dritte Viertel schon halb zu Ende war.

Die Nachmittagssonne war inzwischen schwächer geworden, und die Endzone der Giants lag in kaltem, tiefem Schatten. Das kann die Giants wohl mehr retten als alles andere, überlegte Walter, denn ein Stürmer der Colts rutschte zweimal hintereinander nach der Ballannahme auf dem eisigen Feld aus, bevor er losrennen konnte. Die Hoffnungen der Giants waren noch lebendig, wenn auch so schwach wie der Sonnenschein jetzt im Dezember.

»Verdammt!« brüllte Keneally. Er war rot im Gesicht, und seine Lippen hatten sich zu einer wutverzerrten Grimasse verzogen.

»Ameche hat den falschen Angriff gestartet!« rief Walter, doch er wußte, daß Keneally das Spiel jetzt nicht analysierte. Als die Offensive der Giants jetzt ins Feld kam, sah Walter, daß Keneally mehr als fünf Dollar in das Spiel investiert hatte. Es war irgendwie persönlich geworden, etwas zwischen ihm und Walter, verwoben auch mit Marta und Madeleine.

»Haben Sie was dagegen, wenn wir hundert draus machen, Withers?« fragte Keneally.

Madeleine schaltete sich schnell ein: »Liebling, ich glaube nicht...«

»Hundert sind in Ordnung, Senator.«

»Walter«, sagte Madeleine, »Sie müssen nicht...«

»Hundert sind in Ordnung.«

Plötzlich sah Conerly auf dem Spielfeld eine Chance – der Marlboro-Mann persönlich, dessen alte Beine um ihr Leben rannten, als Marchetti immer näher kam – und nach einem Mitspieler suchte. Dann war plötzlich Kyle Rote frei, aber nur für eine Sekunde. Conerlys erschöpfter Arm schoß den Ball direkt an dem Verteidiger vorbei, der ihn abfangen wollte. Dann war Rote auf und davon, während die Abwehrspieler der Colts ihn verzweifelt einzuholen versuchten.

Walter war mit dem Rest der Menge aufgesprungen und schrie wie verrückt. Madeleine lehnte sich an seine Schulter und sprang ebenfalls schreiend auf und ab. Rote war kurz vor der Zwanziger-Linie der Colts, als Sample ihn von hinten traf, so daß Rote der Ball aus der Hand flog.

Walter hörte sich stöhnen, und Madeleine hielt sich die

Augen zu. So verpaßte sie den Augenblick, in dem der Ball in die Hände des langsamen Giant-Fullback Alec Webster hüpfte. Webster hielt ihn fest und rannte los. Die Abwehr der Colts krallte sich an ihm fest wie die Hyänen an einem verwundeten Beutetier, doch Webster rannte weiter, bis zur Fünfzehner-, dann zur Zehner- und zur Fünfer-Linie. Schließlich trat er an der Einer-Linie Baltimores ins Aus.

»Das ist Schicksal!« brüllte Walter. Doch dann kam die Offensive Line der Giants angerannt, worauf die Menge – es gab kein anderes Wort dafür – *brüllte*.

Summerall trat den zusätzlichen Punkt.

Colts 14, Giants 10.

Keneally funkelte Walter wütend an.

»Solange man noch lebt«, sagte Jimmy zu Walter, »hat man noch eine Chance.«

»Dies ist ein *Spiel*!« erwiderte Walter.

Schon lief das vierte Viertel.

Conerly zog sich zurück und warf Bob Schnelker eine Granate über sechsundvierzig Yards zu, hob dann einen Paß zu Gifford hinüber, der diesmal ohne Zweikampf auskam und den Ball nicht verlor, sondern festhielt, und ihn nicht nur festhielt, sondern sich mit dem Abwehrspieler auf dem Rücken bis zur Endzone durchkämpfte.

Und vergib uns unsere Sünden, dachte Walter.

Giants 16, Colts 14.

Die Wende, wie die Menge vor Freude in den Winterhimmel johlte.

Giants 17, Colts 14.

Und dann war es einfach nur noch eine Schlacht. Schließlich kämpften sich die Colts bis zur Achtunddreißig-Yards-Linie der Giants vor, wo sie schließlich gestoppt wurden.

Jetzt werden sie es mit dem Field Goal versuchen, dachte Walter, weil die Regeln eines Meisterschaftsspiels im Fall eines Unentschieden eine Verlängerung erfordern, und bei drei Punkten mehr steht es unentschieden.

Doch als Keneally zu allen sowohl katholischen als auch buddhistischen Heiligen flehte, geriet das Field Goal zu kurz, und so bekamen die Giants wieder den Ball.

Und verloren ihn in einem Zweikampf. Ersatz-Halfback King, frische Beine, frische Lungen, kalte Hände, versaute die Ballübergabe an einen anderen Spieler, und damit hatten die Colts den Ball auf der Siebenundzwanziger-Linie der Giants.

Die Zuschauer ließen ein Stöhnen hören und feuerten ihre Mannschaft dann wieder mit *Aaabwehr! Aaabwehr!* an, als die erschöpften Abwehrspieler der Giants sich die Helme aufsetzten und zurück aufs Spielfeld schlurften.

Und es imponierte Walter ungeheuer, daß die Abwehr erneut hielt. Bei den Downs übernahmen die Giants jetzt die Führung.

Jetzt müssen sie keine Punkte mehr machen, dachte Walter. Jetzt brauchen sie den Ball nur noch viereinhalb Minuten zu halten. Dann ein erstes Down, und das Spiel ist zu Ende.

Doch wie es in einem Spiel wie diesem sein mußte, kam es zu einem dritten Down. Drittes Down und auf der eigenen Neunundreißig-Yards-Linie. Walters Herz raste, und auf den Rängen war es merkwürdig still.

»Ich kann nicht atmen«, flüsterte Madeleine.

Der Angriff der Colts wurde gestoppt, und die Zuschauer faßten wieder Mut und feuerten die Giants an, weil sie ein viertes Down sehen wollten, und stöhnten dann wieder auf, als Don Chandler vom Spielfeld schlurfte, nachdem er einen Befreiungsschlag gemacht hatte.

»Nein!« schrie Madeleine auf. »Nein!«

Im stillen schrie Walter das gleiche. Da haben die Nerven versagt, dachte er. Wie können jetzt die Nerven versagen, wo es allein darauf ankommt, sie zu behalten. Dieser Befreiungsschlag brachte Baltimore in Ballbesitz auf der eigenen Vierzehn-Yards-Linie, und es waren nur noch eine Minute und sechsundfünfzig Sekunden zu spielen. Walter wußte plötzlich, daß die New Yorker das Spiel praktisch schon aufgegeben hatten, während Baltimore neuen Mut faßte. Er sah deutlich, daß die Abwehr keine Reserven mehr hatte.

Es gibt nun mal solche Momente, dachte Walter. Es gibt, wie Shakespeares Cassius beobachtet hat, eine Wende im Schicksal der Menschen, wenn sie sich in tiefster Not zur Tat aufraffen, um alles zum Guten zu wenden. Und wenn das wahr ist, gilt auch das Umgekehrte: Wenn man die Gunst der Stunde nicht nutzt, wendet sich das Blatt zum Schlimmeren, und das Glück ist dahin, und so sah es jetzt für seine geliebten Giants aus, die jetzt nur noch Pech hatten.

Noch neunzig Sekunden Spielzeit, und der Ball lag auf der Fünfundzwanzig-Yards-Linie.

Ein wütender Sturmangriff, niemand anspielbar, doch der Ball ging ins Aus. Noch zweiundachtzig Sekunden.

Die Menge war jetzt still – der Ball befand sich wieder im Bereich der Abwehr, und die Uhr tickte so langsam, wie sich ein Gletscher von der Stelle bewegt. Die Zeit schien einfach stehenzubleiben.

Ein von der Sturmreihe gefangener Paß, der den Angriff fünfundzwanzig Yards nach vorn bringt. Dann liegt der Ball auf der Fünfzig-Yards-Linie.

Eine erschöpfte Reihe kämpft gegen die andere, die genauso erschöpft ist. Unitas wirft den Ball schnurgerade über sechzehn Yards. Der Ball liegt auf der Vierunddreißig-Yards-Linie der Giants.

Kurze Atempause, als Unitas sein Team zu einem Huddle auffordert, zu einer kurzen Besprechung zwischen den Spielzügen.

Ball auf der Vierzehn-Yards-Linie der Giants. Noch fünfzehn Sekunden zu spielen. Die Uhr tickte, und es waren nur noch sieben Sekunden zu spielen, als Walter zusah und Keneally durch gespreizte Finger aufs Spielfeld starrte und die Zuschauer wie ein Mann den Atem anhielten und Marchetti

sich auf seiner Tragbahre aufrichtete und Grier und Katcavage Donovan in die Zange nahmen, Huff über das Knäuel
hinwegsprang und Myhra den Ball voll traf und man den
dumpfen Aufprall hörte und sah, wie der Ball durch den
dunklen Himmel segelte und zwischen den Pfosten landete
und das Spiel unentschieden stand.

»*Sudden death*«, sagte Walter leise, denn in diesem Augenblick konnte er nur leise sprechen und trotzdem gehört werden, denn die Zuschauer waren stumm.

»Ich bin schon tot«, erwiderte Keneally.

Die Giants gewannen die Seitenwahl. Die Begeisterung der
Menge wurde durch das seltsame Ritual bei diesem ersten
Sudden-Death-Spiel aller Zeiten gedämpft. Als es losging,
fragte Keneally: »Haben eure Jungs es in sich?«

Nein, haben sie nicht, dachte Walter.

Doch die Abwehr der Giants hielt. Das war jedoch nur eine
Atempause. Beim nächsten Spiel gab die Offensive Line der
Colts Unitas ewig viel Zeit. Er überlistete Moore, rannte um
einen angreifenden Modzelewski herum, entdeckte Berry,
täuschte ihn dazu, weiterzulaufen, und ließ ihn dann der
Länge nach hinschlagen. Mit den Verteidigern der Giants auf
den Fersen traf Unitas Berry erneut auf der Neuner-Linie der
New Yorker.

»Jetzt werden sie das Field Goal treten, und ich habe
gewonnen!« brüllte Keneally.

Wenn Baltimore mit drei Punkten vorn liegt, dachte Walter, ist deine Wette gesichert. Doch es wird kein weiteres Field
Goal Baltimores geben.

Myhra blieb an der Seitenlinie stehen, und Unitas trat an
die Linie. Er reichte den Ball an Ameche, der sich in der Mitte
durchpflügte und von Huff und Katcavage gestoppt wurde.
Ball weiter zur Siebener-Linie, und die Zuschauer erwarteten
schon halb, daß jetzt das Field Goal getreten wurde. Doch
dann war Unitas wieder zur Stelle. Die Abwehr der Giants
warf sich ihm entgegen, um den erwarteten Lauf durch die

Mitte zu stoppen, worauf Unitas zu Joe Mutscheller paßte. Mutscheller strebte der Goal Line zu, rutschte jedoch auf dem Eis aus und stürzte auf der Ein-Yards-Linie.

»Ich kann nicht glauben, daß er den Ball verloren hat!« klagte Keneally.

Ich kann es aber, dachte Walter. Ich kann es absolut. Sie haben schon vorhin kein Field Goal gemacht, und wenn sie es jetzt machen, gewinnen sie mit drei Punkten. Aber drei Punkte verlieren, wenn man eine Tonne Geld auf einen Fünf-Punkte-Unterschied gesetzt hat. Und wenn man der Eigentümer der Mannschaft ist und das getan hat, kann man ruhig daneben sitzen und den Spielern Zeichen geben.

Drittes Down auf der Einer-Linie, ein fast sicheres Field Goal zum Gewinn der Meisterschaft. Tatsächlich lief Myhra an.

»Das ist es, Walter!« brüllte Keneally triumphierend. »Ein automatisches Field Goal, und sie schulden mir hundert Dollar!«

»Zweitausend darauf, daß es kein Field Goal geben wird«, sagte Walter.

»Was?«

Madeleine sah schockiert aus. »Walter, was ... nein!«

»Zweitausend darauf, daß sie kein Field Goal treten«, wiederholte Walter.

»Von der Einer-Linie, Withers?! Sind Sie verrückt geworden?!«

»Haben Sie keinen Mumm, Senator?«

»Zweitausend.«

»Jetzt gleich. Ja oder nein.«

Keneally grinste. »Abgemacht.«

Myhra trat auf das Feld.

»Ich hoffe, Sie sind für den Betrag gut, Withers«, sagte Keneally. »Ich habe die Absicht zu kassieren.«

Dann trottete Myhra zurück, damit Unitas sein Team zur Linie zurückbringen konnte.

»Was macht er da?!« schrie Keneally.

Was man ihm gesagt hat, dachte Walter. Der Eigentümer im Publikum. Gewinnt mit sechs Punkten, sonst passiert was.

Zum letzten Mal spannten sich die Giants an, um ihre Goal Line zu verteidigen. Zum letzten Mal, als es immer dunkler wurde und die Zuschauer wieder ihren Singsang aufnahmen, kauerten sie sich zu einer hoffnungslosen letzten Abwehrschlacht hin. Walter liebte sie trotz der Hoffnungslosigkeit, liebte sie wegen der bevorstehenden Niederlage vielleicht noch mehr. Denn seine Champions waren menschlich mit all ihren Schwächen. Sie hatten alles gegeben, und wenn das die Niederlage bedeutete, dann besaß auch die Niederlage ihre eigene traurige Schönheit.

Der Ball wurde vom Center an den Quarterback übergeben, und die Abwehrreihe der Colts versuchte es mit einem Blocking. Mutscheller ließ Livingstone auflaufen, und Ameche legte beide Hände auf den Ball, stürmte durch die Lücke, und damit war es vorbei.

Colts 23, Giants 17.

Die Giants hatten das beste Spiel verloren, das Walter je gesehen hatte.

»Da haben Sie mir ein Ding verpaßt«, sagte Joe Keneally.

»Ich hoffe, Sie sind für den Betrag gut«, erwiderte Walter. »Ich habe nämlich die Absicht zu kassieren.«

Keneally funkelte ihn böse an. Er sagte: »Jimmy wird dafür sorgen, daß Sie das Geld bekommen.«

Walter schüttelte den Kopf. »Ich will es von Ihnen, Senator. Persönlich.«

»Es ist Sonntag.«

Walter zuckte die Schultern. »Wann immer es Ihnen paßt.«

»Der Senator und ich haben eine Besprechung«, warf Jimmy ein. »Walter, würde es Ihnen was ausmachen, Mrs. Keneally zum Hotel zu begleiten?«

In der Limousine versuchte Walter es mit einem lahmen Witz.

»Wir müssen aufhören, uns immer so zu treffen.«

Sie wirkte in ihrem scharlachroten Tuchmantel und ihrem Pelzhut so zerbrechlich und so frisch. Ihr diskret aufgetragenes Make-up war nur für ein geübtes Auge auszumachen, sonst so gut wie unsichtbar.

»Ich dachte, Sie genössen heimliche Rendezvous.«

»Was meinen Sie?«

»Beschützen Sie ihn immer noch?« fragte sie. »Selbst jetzt noch, wo diese arme Marta tot ist?«

Er sah so überrascht aus, daß sie fortfuhr: »Ich habe es natürlich gewußt, lieber Walter. Frauen wissen immer Bescheid.«

»Und weiß Senator Keneally, daß Sie es wissen?«

»Ich habe den Verdacht, daß er es tut«, erwiderte sie.

»Warum machen Sie sich deswegen Gedanken über mich?«

Sie sagte: »Ich glaube, Sie sollten mich eher vor öffentlicher Demütigung schützen als ihn vor der Entdeckung durch seine Frau. Diese Geschichte läuft schon seit Monaten, und vor ihr . . .«

»Warum bleiben Sie dann mit ihm verheiratet?«

Ein Schulterzucken. Dann sagte sie einfach: »Ich liebe ihn.«

Als ob das eine Antwort auf alles ist, dachte Walter. Als wäre es das nicht.

»Es gibt viele großartige Dinge an Joe Keneally«, sagte Madeleine. »Treue gehört nicht dazu. Er wird eine andere finden, die er nageln kann.«

»Wo haben Sie solch eine Sprache gelernt? Jedenfalls nicht bei Miss Porter.«

»Es war *doch* bei Miss Porter«, entgegnete sie. »Was glauben Sie wohl, worüber wir Mädchen uns nachts unterhalten haben?«

»Bitte rufen Sie meine jugendlichen Phantasien nicht wieder wach«, sagte Walter. »Warum geben Sie ihm nicht den Laufpaß und heiraten mich?«

»Aber ich dachte, Sie sind schon versprochen«, entgegnete sie, »nämlich der wunderschönen und talentierten Miss Anne Blanchard. O bitte, Walter, es war so offenkundig.«

»Wirklich?«

»Sie sind ein reizender Mann, aber fast genauso dumm wie alle anderen.«

»Da wir gerade davon sprechen – ich glaube, ich habe Ihr Problem gelöst«, sagte er.

»Mit Ihrer törichten Wette?«

»Sie war gar nicht so töricht.«

»Aber es ist Ihr Geld.«

»Ich könnte mich an Geld nicht erfreuen, das von einer Niederlage der Giants stammt«, sagte er.

Sie drückte ihm die Hand und hauchte: »Vielen Dank.«

Sie fuhren schweigend weiter, bis sie hinzufügte: »Übrigens hat Anne es mir erzählt.«

»Pardon?«

»Anne hat mir gesagt, daß Sie beide ein Paar sind«, sagte sie. »Nach hartnäckigem Befragen meinerseits, natürlich.«

Einen Augenblick lang hatte Walter das Gefühl, als würde ihm das Herz zerspringen wie ein Eisblock. Er versuchte, seine Stimme gleichgültig klingen zu lassen, als er fragte: »Wann haben Sie mit Anne gesprochen?«

»Gestern morgen«, erwiderte sie. »Vor all diesem Horror.«

»Tatsächlich?« fragte er leichthin. »Wo?«

»Sie lief mir in der Halle des Plaza zufällig über den Weg.«

»Im Plaza?«

»Ich ging gerade hinein, und sie wollte gerade hinaus, und da haben wir uns ein bißchen unterhalten.«

Da du natürlich kein Leben in endloser Doppelzüngigkeit und Mißtrauen führst, ist es dir natürlich keine Sekunde eingefallen zu fragen, was sie dort zu suchen hatte. Doch ich führe ein solches Leben, und ich möchte wissen, was Anne an dem Morgen, an dem Marta starb, im Plaza zu suchen hatte.

Walter entschied sich für eine dunkle Stelle an der Westseite der Ecke Broadway und 116. Straße, von wo er Alicias Wohnung im Auge behalten konnte. Die meisten Menschen, überlegte er, suchen nach den Lichtstrahlen in der Dunkelheit, aber wir suchen nach den dunklen Flecken in einer Stadt voller Licht. Und es verblüfft uns, wieviel Dunkelheit wir tatsächlich in dieser Neon-Stadt finden können.

Vor allem Uptown, in der Nähe des »Dschungels«, wie Dietz (nicht Upton Sinclair) es nennen würde. Hier bildeten die Columbia University, das Barnard Collidge und das Jewish Theological Center einen Gelehrten-Archipel, der sich bemühte, in einem immer turbulenteren Ozean der Armut und des Verbrechens nicht unterzugehen. (Es ist durchaus erlaubt, dachte er, besonders bei persönlichen Überlegungen, Metaphern durcheinanderzubringen, wenn man sich von der Kälte abzulenken versucht, während man mucksmäuschenstill dastehen muß. Vielleicht war es in erster Linie ein Dschungel und dann erst ein Ozean. Vielleicht eine Dschungel-Insel.) Hier waren die Lichter nicht so hell, hier streiften eine Reihe von seltsamen Typen unauffällig durch die nächtlichen Straßen – der nachdenkliche Wissenschaftler, der liebeskranke Student, der unruhige Junkie, der künftige Straßenräuber, der Schlaflose, der Irre, der sehnsüchtige künftige Ex-Spion, der den Kopf voller Wunschdenken hatte.

Er betete – obwohl er die Hände nicht zum Gebet gefaltet hatte, sondern geballt in den Manteltaschen hielt –, sein Zielobjekt nicht schon verpaßt zu haben. Er betete nicht um die Vergebung der Sünden, sondern um ihre mögliche Wiedergutmachung.

Wer immer hinter dieser Sache steckte, würde schnell vorgehen. Sie würden jetzt nervös sein und sich bemühen, die

Operation glimpflich zu beenden, die vermutlich zu früh geendet hatte, die sich aber immer noch als erfolgreich erweisen konnte – sogar sehr erfolgreich. Doch das würde Zeit erfordern, und darauf baute Walter jetzt, jene kleine logistische Verzögerung, die es ihm ermöglichen würde, rechtzeitig da zu sein. Und tatsächlich kam jetzt Alicia die Treppe herunter – schon mal ein erhörtes Gebet – und ging auf dem Bürgersteig weiter. Und falls Walter je den Turkey Trot gesehen hatte, dann jetzt. Das arme Mädchen war aufgeregt, verängstigt, befand sich in Gefahr, und für Walter sah das Ganze aus wie Gottes Gnade in Vollendung.

In wenigen Momenten werde ich wissen, sagte er sich, auf welcher Ebene die Operation sich abspielt. Wenn sie allein geht, dachte er, ist die Sache nicht allzu hoch angesiedelt, dann habe ich noch eine Chance. Wenn jetzt Begleiter auftauchen und ihren Bewegungen folgen und sie wie Schutzengel sicher und warm halten, dann haben wir etwas vollkommen anderes vor uns.

Doch sollten Schutzengel da sein, waren sie sehr, *sehr* gut, denn obwohl die Überwachung auf der Straße in seiner Ausbildung nicht seine stärkste Seite gewesen war (Himmel, *was* war schon seine starke Seite gewesen?), war er immer noch der Meinung, sie entdecken zu können, falls sie da waren. Sonst hätten sie ihn entdeckt, und dann läge er schon längst tot in irgendeiner Gasse, zweifellos in einer dunklen Ecke mit einer Messerklinge im Herzen, und außerdem hätte man ihm Brieftasche und Armbanduhr abgenommen. Mit diesem aufmunternden Gedanken im Kopf schätzte er seine Entfernung zu Alicia ab und achtete darauf, daß sie konstant blieb. Wenn es geschah, würde es in nicht allzu großer Nähe zu ihrer Wohnung passieren. Folglich konnte er es sich erlauben, eine Zeitlang etwas Raum zwischen sich und ihr zu lassen, was eine gute Sache war, weil Alicia den Drehwurm hatte, und er erinnerte sich aus der Zeit seiner Ausbildung, daß es das einzige war, was schlimmer war als der Titanic-Fimmel.

Wenn ein Agent heiße Ware bei sich trägt, hatte der Ausbilder gesagt, kann er oder sie zwei extreme Kopfhaltungen zeigen – ein wunderschöner Ausdruck, hatte Walter damals gedacht, »extreme Kopfhaltungen«, ein potentieller Buchtitel für einen pfeiferauchenden Soziologen. Die eine ist der Titanic-Fimmel: Der Agent geht in aufrechter Haltung direkt auf seinen Bestimmungsort zu und bewegt sich erst dann, wenn er mit dem Eisberg zusammenkracht. Die zweite ist der Drehwurm, was bedeutet, daß der Agent sich ständig umdreht. Der Titanic-Agent will partout keine Gefahren sehen, eine Person mit dem Drehwurm sieht aber nichts als Gefahren.

Und Alicia drehte sich dauernd um. Armes tapferes Mädchen, versuchte, diesen Tick zu beherrschen, doch für Amateure und Dilettanten ist das noch nie das richtige gewesen, egal, wie sehr sie sich einer Sache verpflichtet fühlen, aber dafür bittet man sie natürlich auch nicht, gleich beim ersten Versuch am tiefen Ende ins Schwimmbecken zu springen. Nein, zunächst wurde nur vorsichtig der große Zeh eingetaucht – hier ein Botengang, da ein kleiner Gefallen, bevor der arme Agent merkte, daß er schon bis zum Hals drinsteckte. Erst heißt es: »Jemand kommt zu Ihnen in die Wohnung und gibt etwas ab, was später ein anderer abholt. Sie brauchen nicht mal zu wissen, worum es sich handelt.« Und dann, an einem Abend, der einem Angst einjagt, heißt es dann: »Hören Sie, Sie haben wirklich keine andere Wahl. Nehmen Sie einfach das Päckchen, geben Sie es dort ab, wo Sie es abgeben sollen, und vergessen Sie das Ganze.« Der Agent sagt nein, worauf er zu hören bekommt: »Na schön, es ist natürlich Ihre Entscheidung. Aber Sie wollen doch sicher nicht, daß man das Zeug bei Ihnen in der Wohnung findet? Das wollen Sie doch wirklich nicht. Ich meine, wir können dann doch bestenfalls von Gefängnis reden, und das ist nur die *beste* Möglichkeit. Einfach aus dem Fenster werfen? Nach allem, was wir für Sie getan haben? Das können Sie doch nicht tun, Darling, denn dann hätte ich keine andere Wahl, als ein paar Anrufe zu machen, und dann würden sie ohnehin kommen, um Sie zu holen, und dann wäre das Gefängnis immer noch das *Beste*, worüber wir reden könnten. Nein, wirklich, Sie sollen wirklich nichts anderes tun, als das Zeug dort abzugeben...«

Walter wußte, wie es funktionierte, nachdem er es selbst schon so oft gemacht hatte. Er hatte gesehen, wie die Furcht und die hilflose Abneigung über das Gesicht des Agenten zogen wie eine Wolke über den klaren blauen schwedischen Himmel, und dann sagte der Agent: »Na schön. Nur dieses eine Mal«, worauf man sagt: »Gut, nur dieses eine Mal.« Bis zum nächsten Mal. Und dem nächsten und nächsten, bis der Agent schließlich alles versaut und geschnappt wird, und dann ist es doch nicht so, als hätten wir einen richtigen Agenten verloren, nicht wahr?

Der eine tut es für Geld, der andere für die Sache, der nächste läßt sich einfach erpressen. Walter hatte das Gefühl, daß Alicia eine Gläubige war, eine Romantikerin, die die Sache liebte und etwas Romantisches dafür tun wollte. Doch wie romantisch war ihr jetzt zumute, als sie die 106. Straße in westlicher Richtung überquerte und wie ein Greyhound dem Riverside Park zustrebte?

Walter paßte seine Schritte ihrem Tempo an und entdeckte zu seinem Entsetzen – etwas mehr Zeit auf dem Tennisplatz, etwas weniger Zeit in den Nachtclubs, mein Junge –, daß er sich anstrengen mußte, um mit ihr Schritt zu halten. Sie bewegte sich schon in heimatlichen Gefilden, und bis jetzt war alles gutgegangen, so daß sie nun losrannte, um es hinter sich zu bringen.

Weil sie sie vermutlich eine Probe hatten machen lassen – um sie für die echte Übergabe in Sicherheit zu wiegen, wenn aus keinem anderen Grund. (»Hören Sie zu, ich will Ihnen mal was sagen. Wenn Sie wegen dieser Sache nervös sind – und wer wäre das nicht –, und sie da sind und auf Sie warten, haben sie nichts in der Hand. Sie werden genau wissen, was Sie bei der echten Übergabe tun müssen.«) Also wußte sie, wo sich der Treffpunkt befand. Sie würde das Tempo nicht verlangsamen müssen, um danach zu suchen, und das Ganze schnell erledigen.

Und genau dort fängt es an, schwierig zu werden, dachte Walter. Das wird der gefährliche Augenblick sein, zwischen Übergabe und Annahme. In dem Augenblick mußt du alles blitzschnell erfassen, clever und einfallsreich sein.

Weil das Beste, wovon wir sprechen könnten, das Gefängnis ist, und das ist die günstigste Möglichkeit.

Er spürte, wie unter seiner schweren Kleidung der Schweiß zu strömen begann, und fragte sich, ob es an der Anstrengung lag oder an den Nerven. Er versuchte, die Entfernung abzuschätzen. Weit genug entfernt, um ungesehen zu bleiben, und nahe genug, um das Päckchen erreichen zu können. Bevor es ein anderer tut.

Und dann verschwinden, das gehört auch noch dazu.

Ich hätte Banker werden sollen, dachte er. Glückliche, langweilige Tage, die ich mit Zahlen verbracht hätte. Stille Abende mit häuslicher Unzucht. Wochenenden im Club. Und warum ist jeder, den ich in der letzten Zeit beschatten muß, ein Sportler? Er beschleunigte das Tempo und versuchte, seine Schritte ihrem Takt anzupassen, damit sie nicht wie das Ratt-Tatt eines Trommelwirbels an ihr Ohr drangen, als sie den Riverside Park betrat.

Der Park war ein Streifen aus grünem Rasen, Ballspielplätzen, Spielplätzen und Basketballhöfen, welche die Felsen auf der Westseite flankierten. Vom Riverside Drive führten Treppenstufen in den Park und auf eine breite, von Bäumen gesäumte Promenade. Er verließ sich auf zwei Dinge: Erstens, daß sie das Päckchen schnell ablieferte, als wäre es eine heiße Kartoffel, um dann weiterzugehen. In dieser Hinsicht war er einigermaßen zuversichtlich. Zweitens, daß der Abholer die Ablage aus einiger Entfernung beobachtete, da er nicht allzu leicht in ein Netz geraten wollte, das man vielleicht um sie gespannt hatte.

Die Treppe hinunter. Ein Absatz, und dann kann sie nach links oder rechts gehen. Es spielt keine Rolle, du kannst sie erkennen, wohin sie auch geht. Rate einfach und bleib zurück. Also nach links, Richtung Downtown. Sie schritt unter den großen Bäumen auf dieser breiten Promenade dahin, die ihn so sehr an Europa erinnerte. Rechts von ihnen lag der Hudson, und dahinter sah er die Lichter von Jersey. Links von ihnen die hohe Mauer, die hier und da von einer Treppe unterbrochen war. Ein geschickter Kletterer würde sie an einigen Stellen erklimmen können, sonst war sie eine Falle. Parkbänke. Alle leer, Gott sei Dank, auf keiner saß einer dieser Säufer oder Irren, die vermutlich weder das eine noch das andere waren.

Und Alicia ging mit gesenktem Kopf weiter. Das Pferd strebt dem Stall zu. Sie sieht den toten Briefkasten.

Grundgütiger Himmel, eine Mülltonne? Wie klischeehaft, dachte Walter, wie jämmerlich abgedroschen.

Er spürte, wie seine Beine unter ihm in einen langsamen Trott verfielen, als er die Entfernung verringerte. Dies ist nicht die Zeit, mein Junge, sagte er sich, deinen Ängsten Ratschläge zu geben. Du mußt jetzt näher an sie ran. Wenn sie deine Schritte hört, wird sie denken, sie sind es, nicht du. Sie wird es glauben wollen. Der Arm sieht aus wie ein Stock, als sie jetzt in ihren Mantel greift, um das Päckchen hervorzuziehen. Sie tut es, und – armes Ding – tut es so unbeholfen, so steif, läßt es in den Abfalleimer fallen, der mit einem Metallband an dem Baum befestigt ist. Und bewegt sich dabei immer weiter, läuft beinahe, was ihm die Zeit läßt, die er brauchte, um sich das Päckchen zu schnappen.

Sein Arm fühlte sich fast hölzern an – seine Beine waren bleischwer, sein Mund ausgedörrt, und sein Herz hämmerte wild –, als er hineinlangte, die Papiertüte herausnahm und sich umdrehte, um wieder uptown zu gehen.

Und jetzt *setz dich in Bewegung*, sagte er sich. Laß die Beine marschieren und beweg dich.

Dann hörte er den unterdrückten Schrei einer Frau und wußte, daß der Abholer – oder vielmehr die Abholer, denn es waren zwei – tatsächlich in der Nähe des toten Briefkastens gewartet hatten. Um sie nach Plan zu töten und jetzt auch ihn umzubringen, da der Plan nicht funktioniert hatte.

Walter Withers rannte los.

Es war vermutlich die Tatsache, daß es nicht zum Plan gehörte, ihn zu töten, was ihm eine Chance ließ. Diese vier oder fünf Sekunden, die die Gegenseite brauchte, um über den neuen Faktor nachzudenken, gab Walter die Zeit für seinen Eröffnungszug.

Um, wie man bei seiner Ausbildung gesagt hatte, etwas Initiative zu zeigen.

Initiative, keuchte Walter Withers beim Laufen. Es ist leicht, in der stickigen Wärme eines Wohnzimmers von Georgetown darüber salbungsvolle Reden zu halten, aber weitaus schwieriger, sie zu entwickeln, wenn man in jeder Sekunde die Kugel ins Rückgrat erwartet, die einen auf den gefrorenen Erdboden stürzen läßt, damit man dann auf die Kugel in den Kopf warten kann. Ich darf aber nicht so denken. Also Initiative. Flüchten und auf das offene Feld ausweichen oder ab in den Riverside Park? Woran kann ich mich erinnern? Distanz zwischen ihnen und mir schaffen, und dann abbiegen, aber nicht seitlich, sondern *diagonal. Ein diagonaler Fluchtwinkel schafft die größtmögliche Distanz für dich und zugleich die größtmögliche Ungewißheit für deine Verfolger.*

Folglich lief er aus Leibeskräften, während die Jungs die Situation bedachten, rannte dann schräg nach rechts, nach Osten, das heißt auf die hohe Steinmauer zu. Was als schlechter Schachzug erscheinen mochte, da er damit auf einer Seite in eine Sackgasse geriet, doch andererseits würde man ihn so viel schwerer erkennen können – grauer Mantel, graue Steinmauer, im Dunkeln sind alle Katzen grau –, und bald würde dort eine Treppe auftauchen, nicht wahr, nur konnte er sich ums Verrecken nicht daran erinnern, wo sie lag.

Inzwischen hatten sie sich entschieden, diese bürokratischen Bestien, und er konnte hören, wie ihre Schritte hinter ihm dröhnten. Keine Feinheiten, kein Katz-und-Maus-Spiel, nur eine schlichte Verfolgungsjagd. Um ihn nach Möglichkeit zu schnappen, um ihm schnell und leise das Messer zu geben, und wenn nicht, so nahe heranzukommen, um ihn zu erschießen.

Also laß sie rennen, dachte er. Bring sie dazu, den Sauerstoff zu verbrauchen, damit sie schnaufen und pusten und ihre fleischigen Hände zittern, wenn sie versuchen, genau auf die Mitte deines Rückens zu zielen. Es ist tatsächlich schwer, ein bewegliches Ziel zu treffen, und es ist noch schwerer, wenn man selbst gerannt ist und das leichteste Zittern die Kugel weit danebengehen lassen kann.

Folglich lief Walter am Fuß der Mauer entlang. Er überlegte kurz, ob er versuchen sollte, sie zu erklettern, doch dann begriff er, daß er davor kleben würde wie ein Kentucky-Eichhörnchen, und lief weiter. Er begann in Panik zu geraten, als ihm aufging, daß einer der Jungs sprintete und der zweite zurückfiel, um in einen leichten Dauerlauf zu verfallen. Das war eine gute Taktik, weil sie sich so abwechseln konnten, während er immer mit voller Geschwindigkeit weiterlaufen mußte. Dieses Spiel wird bald zu Ende gehen müssen.

Vor allem, da der Sprinter schon an Boden gewann.

Und ich laufe in Straßenschuhen, dachte Walter. Ich rutsche aus und schlittere und gewinne weder einen Vorteil noch die so kostbare Distanz. Ein lächerlicher und bedrohlicher Zustand, daß ich einfach zu langsam sein könnte, um zu überleben. Und außer Form bin ich auch noch, denn mir geht schon die Luft aus.

Ich könnte mich umdrehen und kämpfen, dachte er, ich könnte versuchen, schnell den Sprinter loszuwerden, mir

seine Waffe zu schnappen und dann seinen Kumpel erschießen. Doch diese Jungs sind Profis, keine Junkies in der U-Bahn,
die man überraschen kann, und selbst in dem unwahrscheinli-
chen Fall, daß ich den ersten entwaffnen sollte, würde ich den
zweiten ohne Zweifel verfehlen. War es Morrison gewesen,
dieser schlaue Witzbold, der das Scheunentor auf dem
Übungsplatz sogar auf die Zielscheibe gepinselt und dann vor
Lachen gebrüllt hatte, als ich danebenschoß?

Also lief Walter weiter und betete, die Treppe möge bald
auftauchen, die ihm wenigstens eine Chance gäbe, auf den
Riverside Drive hinüberzuwechseln, wo er immer noch in
einer verzweifelten Lage wäre, aber wenigstens am Leben.

Jedenfalls für den Moment, dachte er, bis sie die gut beleuch-
tete Straße dazu benutzen, dich wie einen Sträfling auf dem
Gefängnishof abzuknallen. Der einzige Vorteil, den du im
Augenblick hast, ist die Dunkelheit, und hier unten im Park ist
es dunkel, also mach dir das zunutze.

Sie werden erwarten, daß du auf die Straße zu kommen
versuchst, dachte er, als er in die Nähe der Treppe kam. Er
holte schnell Luft und lief blitzschnell die Treppe hinauf. Als er
den ersten Absatz erreichte, war sein Verfolger gerade am Fuß
der Treppe angekommen. Walter stürzte sich auf die andere
Seite und rannte blitzschnell auf der gegenüberliegenden
Treppe wieder in den Park hinunter. Dann lief er quer über die
breite Promenade zu deren Westrand und tauchte unter einige
Büsche, die an der niedrigen Steinmauer wuchsen.

Keine Schritte. Der Sprinter war oben auf der Straße, und
der Schwerfällige war stehengeblieben.

Der Schwerfällige hat zwar gesehen, daß sich etwas quer
über die Promenade bewegte, ist aber nicht sicher, was oder
wo, dachte Walter. Der Sprinter ist gerade dabei, es herauszufinden, und ist schon wieder auf dem Rückweg.

Sie können dich nicht sehen, redete er sich immer wieder ein.
Keine Panik, kein Grund zur Sorge, sie können dich nicht
sehen. Du mußt versuchen, daran zu denken.

Sie sind aber dabei, das Problem zu lösen, dachte er. Die Jungs sind gut. Durchtrainiert, und sie haben keine Eile. Jeder geht vorsichtig nach Westen, wobei sie ein sich verbreiterndes »V« bilden, bis sie dich in der Falle haben. Dann werden sie sich an den beiden Enden des »V« aufeinander zubewegen, bis einer von ihnen dich entdeckt.

Sie bewegen sich behutsam und halten den Kopf gesenkt für den Fall, daß du bewaffnet bist. Sie selbst halten ihre Waffen schußbereit. Und dir läuft die Zeit davon. Der Raum wird auch immer knapper, das ist alles, was mir bleibt, und ich wünsche zutiefst, ich hätte mehr Zeit in diesem nicht unschönen Park zugebracht, dann wären mir meine Möglichkeiten bekannt. Dann würde ich wissen, was sich auf der anderen Seite dieser Mauer befindet, die gleich mein einziger Schutz sein wird.

Walter streckte die linke Hand nach oben und tastete an der Mauer entlang. Sie war an dieser Stelle nur rund neunzig Zentimeter hoch. Er stopfte das Päckchen in den Hosenbund und versuchte, in einer flüssigen Bewegung aufzustehen, doch die Zweige zerrten an ihm, und der Busch raschelte. Er wußte, daß sie es gehört und vielleicht sogar gesehen hatten. Jetzt blieb ihm sogar noch weniger Zeit, als er sich flach auf die Mauerkrone legte. Er warf das rechte Bein hinüber, tastete an den Steinen nach einem Halt für die Füße, fand eine Stelle und stellte den Fuß darauf, als er das linke Bein nachzog und die Bewegung wiederholte. Die Steine waren eisig kalt und schlüpfrig. Er zwang sich, erst die eine und dann die andere Hand von der Mauerkrone zu nehmen und an deren Seite auch für die Hände einen Halt zu finden. Und da hockte er, als die Jungs näher kamen, und klammerte sich an die eisige Felsmauer. Seine Hände zitterten vor Anstrengung, und seine Finger brannten vor Kälte. Eine wirklich lächerliche Stellung, als der Schwerfällige als erster die Stelle erreichte und langsam, ja fast träge den Kopf über die Mauerkrone hob, um zu sehen, was er sehen konnte.

Sie blickten einander eine Sekunde lang an, dieser namenlose Killer und Walter, und wechselten einen törichten Blick, bevor Walter mit der Hand den Halt verlor, sich mit den Füßen abstieß und hoffte, daß es nicht allzuweit bis zur Erde war.

Es waren nur rund viereinhalb Meter, doch es waren viereinhalb Meter senkrechter Dunkelheit, die ihm das Leben retteten, als er auf der rechten Spielhälfte des darunterliegenden Softball-Felds landete. Er schaffte es, seinen Sturz fast völlig mit den Füßen abzufedern. Es fiel ihm noch rechtzeitig ein, sich zur Seite zu wälzen, obwohl sein linker Knöchel von da an beim Tennis seine Schwachstelle sein würde. Er machte eine Rolle rückwärts und landete mit einem würdelosen Plumpsen. Feuer brannte ihm im Rücken, als ihm die Luft aus den Lungen gepreßt wurde. So lag er hilflos eine ganze Ewigkeit da, wie ihm schien, bis er endlich davonkriechen konnte.

Die Jungs hatten keine Lust gehabt, in die Dunkelheit zu springen. Sie standen oben auf der Mauerkrone und versuchten ihn zu entdecken, konnten es aber nicht. Unten kroch Walter am Fuß der Mauer weiter und erhob sich dann zu einer Art kauerndem Gang wie bei einem Prä-Hominiden und arbeitete sich langsam downtown vor, bis er einen Tunnel fand, der vom Westside Highway wieder auf den Riverside Drive führte.

Er hörte, wie hinter ihm einer der Männer klatschend auf dem harten Boden landete, und konnte nur annehmen, daß der zweite oben parallel zu ihnen zu laufen versuchte. Wenn er es schaffen konnte, in den Tunnel zu kommen, bevor sein Verfolger ihn einholte oder der andere einen Schußwinkel fand, würden sie ihn vielleicht verpassen. Direkt an ihm vorbeilaufen und über ihm, dann konnte er es schaffen, wieder auf die Straße zu kommen, und zwar rechtzeitig, um sich aus dem Staub zu machen, oder...

Der Tunnel öffnete sich vor ihm. Er war gerade hineingerannt, als er hinter sich das Surren eines Motors hörte und spürte, wie der Wagen hielt.

Ich hätte es wissen müssen, dachte er. Ich hätte daran denken müssen. Natürlich haben sie einen Wagen. Das haben sie immer.

Doch jetzt war es zu spät, daran zu denken. Jetzt saß er in der Falle. Sein Fluchtweg war eine Falle, und der lange weiße Wagen kam in der Nacht wie ein Geist auf ihn zu.

Er hörte, wie die Scheibe surrend herunterging.

Auf diese Entfernung können sie mich nicht verfehlen, dachte Walter.

»Sie sehen schlecht aus, Mann«, sagte die Negerstimme.

Es war Theo, der Chauffeur der Contessa, der auf ihre Anweisung hin wie immer kreuz und quer durch die Straßen fuhr.

»Ich bin fertig«, sagte Walter aufrichtig.

»Springen Sie rein, Mann.«

Walter riß die Tür auf und kauerte sich auf den Sitz. Im Seitenspiegel konnte er den Sprinter sehen. Theo sah ihn auch, trat aufs Gaspedal, worauf der große Wagen aufheulend aus dem Tunnel fuhr und den Riverside Drive entlangraste.

»In *diesem* Park sollten Sie nicht nach Stoff suchen, Mann!« sagte Theo lachend. »Das ist gefährlich!«

»Ich werd's mir merken.«

Walter legte sich auf den Rücksitz und schloß die Augen. Sekunden später schlief er. Als er aufwachte, hielten sie gerade vor seinem Haus, und er konnte hinter dem Vorhang Annes Silhouette erkennen.

Sie hatte sich in den großen Sessel gekuschelt und sich seinen Frotteebademantel um die Schultern gelegt. Sie wachte auf, als er durch die Tür trat.

»Ich habe selbst aufgemacht«, sagte sie. »Ich hoffe, du hast nichts dagegen.«

»Deswegen haben wir die Schlüssel machen lassen.«

»Ich meine *jetzt*«, sagte sie.

»Ich hab nichts dagegen«, sagte er. »Wo bist du gewesen? Ich habe mir Sorgen gemacht.«

»Auf dem Land bei meinen Eltern«, sagte sie. »Ich bin nach meinem letzten Auftritt gestern abend losgefahren. Ich wollte heute morgen auf der Farm aufwachen. Spazierengehen und nachdenken.«

»Über uns?«

»Unter anderem«, erwiderte sie. »Weshalb hast du dir Sorgen gemacht?«

»Du hast gestern morgen Marta besucht«, sagte er. »Nach unserer kleinen Szene.«

»*Du* hast die Szene gemacht.«

»Du bist zu ihr gegangen.«

»Ja.«

Sie klang vorsichtig. Ein entschieden defensiver Unterton in der Stimme.

»Warum?« fragte er.

»Was glaubst du?«

»Warum?« wiederholte er.

»Ich habe ihr gesagt, daß ich dich liebe«, sagte Anne. »Daß ich sie nicht wiedersehen würde.«

Eine Halbwahrheit? fragte sich Walter.

Lügen durch Weglassen.

»Wie ging es ihr?« fragte er.

»Was meinst du damit?«

»War sie betrunken?« fragte er. »Nüchtern? Fröhlich? Deprimiert?«

»Sie war high«, erwiderte Anne. »Und sie hatte geweint. Sie liebt diesen Scheißkerl wirklich.«

Liebt, dachte Walter. Präsens. Sie weiß nicht Bescheid.

Oder sie tut nur so.

»Sie hat mir von dir erzählt«, fuhr Anne fort. »Sagte mir, daß du Keneallys Botenjunge bist. Und seine Tarnung. Danach war ich nicht mehr so sicher, ob ich dich liebte, Walter.«

»Aber jetzt bist du hier.«

»Jetzt bin ich hier.« Sie musterte ihn von oben bis unten und sagte: »Du siehst furchtbar aus. Was hast du gemacht?«

»Gearbeitet.«

»Für Keneally?«

»Für mich«, gab er zurück. »Ich könnte einen steifen Drink vertragen. Was ist mit dir?«

»Ich mache sie sogar.« Sie löste sich aus dem Stuhl. »Wie wär's, wenn du etwas Musik machst, Walter? Die Stille hier ist entschieden scheußlich.«

Sie ging in die Küche.

»Soll ich dein Band auflegen?« rief er.

»Du hast es dir noch nicht angehört?«

»Ich habe zu viel zu tun gehabt.«

Er fädelte das Band in sein Tonbandgerät ein und ließ die Spule schnell vorlaufen, bis er die kreischenden Stimmen der Three Chipmunks hörte. Anne betrat das Zimmer in genau dem Augenblick, in dem Geräusche der Liebe aus den Lautsprechern kamen. Sie stand still und starrte Walter an. Mit den beiden Drinks in ihren ausgestreckten Händen sah sie aus wie eine beschwipste Seiltänzerin.

»Komm, laß mich die Gläser nehmen, bevor was überschwappt«, sagte Walter. Er nahm ihr behutsam die Gläser aus den Händen, stellte eines auf den Couchtisch und trank aus dem anderen. Der rauchige Scotch wärmte ihn, wie es ihm vorkam, zum ersten Mal an diesem Tag.

Martas aufgezeichnete Stimme ertönte in einem lustvollen Singsang, der echt zu sein schien. Keneally grunzte seine männliche Begleitung dazu.

»Wo hast du das her?« fragte sie.

»Um genauer zu sein«, entgegnete er, »woher hast *du* es?«

»Walter...«

»Mach dir gar nicht erst die Mühe, dir eine Lüge auszudenken«, sagte er. »Marta hat sie dir gegeben, und du hast sie an Alicia weitergegeben. Das erste am Heiligabend im Thalia, das zweite irgendwann am Sonnabend. War das übrigens bevor du Marta erzählt hast, daß du mich liebst, oder danach?«

»Es hat nichts mit dir zu tun.«

»Wirklich nicht?« fragte Walter.

»Marta bat mich um Hilfe.«

»Das ist zu einfach.«

»Dieser Scheißkerl tut Freunden von mir weh.«

»Der Ausschuß?« fragte Walter.

»Ja, natürlich der Ausschuß.«

»Und du dachtest, du könntest ihn erpressen?!«

»Es war Martas Idee.«

»Du weißt nicht, was du tust.«

»Ich weiß *genau*, was ich tue!«

Nein, das tust du nicht, meine geliebte Lügnerin. Du weißt nicht, daß hinter Marta jemand stand, der die Fäden zog. Jemand, der wiederum bei Keneally die Fäden ziehen will. Jemand, der immer wieder getötet hat, um es zu erreichen. Du weißt es nicht. O Gott, ich hoffe, du weißt es nicht.

Die Liebesgeräusche auf dem Tonband wurden lauter.

»Bitte stell das ab«, sagte Anne.

Martas Stimme schwoll zu einem kehligen Klagen an.

»Ich würde sagen, wir sind gerade am Ende einer Episode, nicht wahr?« fragte er. Dann fügte er wider besseres Wissen hinzu: »Natürlich weißt du das besser als ich.«

»Bitte stell das ab.«

»Warum?« fragte Walter. »Himmel, *du* bist doch nicht auf einem dieser Bänder zu hören, oder?«

Sie setzte sich auf die Couch und nahm den Kopf zwischen die Hände. Er beobachtete sie, als sie sich mit den Fingern durchs Haar fuhr.

»Nein«, sagte sie leise. »Warum bist du so grausam?«

»Warum *ich* so grausam bin?« fragte er.

Marta rief jetzt den Namen des Senators, rief ihn immer wieder und fügte dann das einzige Wort *ja* hinzu, während Walter und Anne schweigend zuhörten. Er schaltete das Gerät ab, setzte sich neben sie auf die Couch, gab ihr ihren Drink und sagte: »Also Marta ist zu dir gekommen...«

»Das ist schon Wochen her«, sagte Anne. »Sie fragte mich, ob ich ihr diesen Gefallen tun würde. Es schien mir eine einfache Sache zu sein, und ich wußte nicht, daß du ...«

»Daß ich *was*?«

»Daß du in die Sache hineingezogen werden würdest«, erwiderte sie. »Ein schrecklicher Zufall, nicht wahr?«

Wenn man davon absieht, daß ich an solche Zufälle nicht glaube, dachte Walter, ob sie nun schrecklich sind oder nicht.

Sie stellte ihr Glas ab, stand auf und nahm ihren Mantel vom Kleiderständer.

»Wohin gehst du?« fragte er.

»Ich kann mir nicht vorstellen, daß du mich noch hier haben willst. Du arbeitest für Keneally«, sagte sie. Sie reckte das Kinn in Richtung Tonbandgerät. »Meinen Glück-wunsch. Du hast deine Arbeit getan. Die Geheimnisse sind in Sicherheit, und der Prinz wird König werden.«

»Glaubst du, daß diese Geschichte vorbei ist?«

»Ich glaube, daß es mit *uns* vorbei ist«, entgegnete sie. »Wir stehen einfach auf verschiedenen Seiten, Walter.«

Sie blieb stehen und wartete darauf, daß er es abstritt.

Er wollte es auch, doch sein Mund konnte die Wörter nicht bilden.

»Du kannst nicht hierbleiben«, bestätigte er. »Aber nicht aus dem Grund, den du vermutest. Nicht weil ich dich jetzt hasse, nicht weil ich für Keneally arbeite, sondern weil sie kommen werden. Die eine Seite oder die andere. Weil sie hinter den Bändern her sind, hinter dir, hinter mir.«

»Nein«, bestätigte sie. Ein zynisches kleines Lächeln um-spielte ihre Mundwinkel. »Ich kann nicht hierbleiben.«

»Und nach Hause gehen kannst du auch nicht«, fügte er hinzu.

Nicht wenn meine Vermutung stimmt. Wenn es stimmt, werden sie dich jeden Augenblick schnappen, ob die eine Seite oder die andere.

»Wirklich nicht, Darling?« fragte sie. Und dann in gespieltem Entsetzen: »Bin ich in *Gefahr*?«

»Marta ist tot.«

Es verblüffte ihn selbst zu erkennen, wie sehr er es haßte, diesen Ausdruck von Schmerz in ihren Augen zu sehen.

»Mein Gott«, sagte sie. »Wie?«

»Der Coroner sagt Selbstmord«, erwiderte er. »Durch die banale, aber tatsächliche Kombination von Schnaps und Pillen.«

»Sie haben sie getötet«, sagte Anne.

»Wer?«

»Die Keneallys.«

»Warum sagst du das?«

»Du machst die Drecksarbeit«, sagte sie. »Du solltest es wissen.«

Ihre grauen Augen füllten sich mit Tränen.

»Himmel, Walter, du hast doch nicht...?«

»Sie getötet?« fragte er. Er schüttelte den Kopf. »Aber danke für die Frage.«

»Es tut mir leid.«

»Himmel, das sollte es nicht«, sagte er. »Ich würde sagen, angesichts der Umstände war das eine durchaus vernünftige Frage.«

»Könntest du bitte mit diesen Sticheleien aufhören?«

»Nein, ich glaube nicht, daß ich das kann.«

»Die Beherrschung verlieren...«

Er gluckste. »Das definitiv nicht.«

»Es ist die Art, wie du Menschen bestrafst.«

»Wahrscheinlich.«

»*Verdammt, ich hatte einen Grund für das, was ich getan habe!*«

»*Das weiß ich!*« rief er zurück. »Ich aber auch!«

»Meinen kenne ich«, sagte sie. »Was ist deiner?«

»Ich...«

»Was?« fragte sie. »Sag's mir. Sag's mir. Was ist dein

Grund, Walter? Was läßt dich weitermachen? Was sorgt dafür, daß du immer mit blitzblank geputzten Schuhen und ordentlich gebundener Krawatte rumläufst und dieses fröhliche, überlegene Lächeln im Gesicht hast? Was ist das Geheimnis? Wie sieht der Traum aus? Was läßt dich nachts schreien?«

Du, dachte er. Du tust das.

»Keine Antwort?«

»Theo wartet unten auf dich«, sagte er.

»Du denkst wirklich an alles, Walter«, sagte sie. »Du arrangierst sogar meine Fahrt mit der Contessa. Was passiert dann, Walter? Werde ich plötzlich krank, und dann kommt der Arzt nicht?«

»Ich finde, du solltest bei ihr bleiben, bis . . .«

»Bis sie kommen und mich holen?« fragte sie. »Wer wird es sein? Die Cops? Das FBI? Keneallys Schläger?«

»Anne . . .«

»Du?«

»Anne . . .«

»*Je ne regrette rien*«, sagte sie. »Anders als du, teurer Walter, kenne ich meine Gründe. Ich weiß, was ein Mensch in dieser Welt tut.«

»Ich weiß.«

Als sie in der Tür stand, sagte sie: »Nein, das weißt du nicht. Du hältst dir nur die Nase zu, schnürst deine Schuhe und marschierst los.«

»Vielleicht ist es das, was ein Mann tut.«

»Ein Angestellter.«

Der gute Angestellte.

Sie warf sich den Schal mit einer bewußt theatralischen Gebärde um den Hals und sagte: »Nun, Rick, wenigstens werden wir immer Paris haben.«

»*Je t'aime*«, sagte er.

Doch da war sie schon aus der Tür.

McGuire schlief natürlich nicht. Er war auf, dampfte geradezu vor Dexedrine und zeigte sich tatsächlich kaum überrascht, als er die Tür aufmachte und einen zerzausten, zerkratzten und gequälten Walter Withers dort stehen sah.

»Hartes Spiel, Mann«, sagte McGuire. »Ich bin erledigt.«

Walter schüttelte den Kopf. »Ich habe auf einen Sieg Baltimores mit fünf Punkten oder mehr gesetzt.«

»Sie haben gegen die eigene Mannschaft gewettet?!«

»Sie glauben an Poesie«, sagte Walter. »Ich glaube an Trap Blocks.«

»Mann, du lieber Himmel.«

»Damit sind Sie bei Martino vom Haken.«

McGuire stand mitten im Zimmer, schüttelte den Kopf und kratzte sich das Haar. »Gott im Himmel, Mann.«

»Tun Sie mir einen Gefallen?« fragte Walter.

»Jeden.«

Walter zog die braune Papiertüte aus seinem Mantel und reichte sie McGuire.

»Bewahren Sie das hier nur ein paar Tage für mich auf«, sagte Walter. »Ich werde es wieder abholen.«

McGuire machte eine Sekunde ein zweifelndes Gesicht, schüttelte den Kopf und sagte: »Wenn das Pot ist, Mann . . .«

McGuire nahm das Päckchen an sich, die Tonbänder von Senator Joseph Keneallys Rendezvous mit der armen toten Marta Marlund, schwedischem Starlet und sowjetischer Spionin, die Tonbänder, die Marta Anne gegeben hatte und Anne Alicia, und stopfte sie unter seine Matratze.

Dann musterte er Walter mehrere Sekunden lang und sagte wieder: »Sie wetten gegen Ihre eigene Mannschaft?«

Als er in jener Nacht träumte, entglitt Anne seinem Griff und stürzte vom Felsen in das schwarze Wasser. Doch in diesem neuen Traum befand er sich nicht auf der Klippe darüber, sondern unten auf dem Felsen mit ihr. Er wachte auf, als sich die nächste Woge erhob und auf ihn zustürzte.

Sechstes Kapitel

But Not For Me
Montag, 29. Dezember 1958

Pünktlich um sieben Uhr kam Walter im Büro an.

»Guten Morgen, Mr. Withers«, sagte Mallon.

»Das wünsche ich Ihnen auch, Mr. Mallon.«

Der Portier gab Walter seinen Kaffee und den Kopenhagener und bemerkte: »Sie sehen heute ein wenig müde aus, Mr. Withers. Eine harte Nacht?«

»Das könnte man sagen«, gab Walter zurück.

»Eine Schande mit den Giants.«

»Haben Sie das Spiel gesehen?«

Mallon schüttelte den Kopf. »Nur im Fernsehen. Ich glaubte schon, wir hätten gewonnen.«

»Nun ja. Im nächsten Jahr.«

»Da könnten Sie recht haben, Mr. Withers.«

Walter fuhr zu seinem Büro hinauf, stellte den Kaffee und das Gebäck auf seinen Schreibtisch und trat für einen Augenblick ans Fenster. Er winkte 16 C zu, goß den Kaffee in seinen Becher, aß den Kopenhagener, machte sich über den täglichen Ausgabenbericht her und fragte sich, wie viele der Drinks von Sonnabend er wohl mit Recht auf den Howard-Fall anrechnen konnte.

Er war gerade zu dem Schluß gekommen, daß die richtige Antwort »keinen« war, als Dietz untypisch früh ins Büro kam und die Tür hinter sich zumachte.

»Woher hast du das gewußt?« fragte Dietz.

»Was denn?«

»Einstiche. An deiner toten Tussi.«

Walter fragte: »Einstiche, Plural?«

»Der Gerichtsarzt fand einen einzelnen Einstich zwischen den mittleren Zehen des rechten Fußes«, erwiderte Dietz, »also Einstich Singular. Habe ich ›Einstiche‹ gesagt?«

»Ja.«

»Tut mir leid.«

»Macht doch nichts.«

Dietz zog eine Zeitung aus seinem Mantel, die auf der Klatschseite aufgeschlagen war, und legte sie auf Walters Schreibtisch. Zu seinem Entsetzen sah Walter auf dem körnigen Foto sich und Marta Marlund im Rainbow Room. Zu seiner Erleichterung waren Keneally und Madeleine aus dem Bild herausgeschnitten worden. In der Bildunterschrift hieß es: *Marta Marlund, sexy Starlet, feiert im Rainbow Room mit rätselhaftem Begleiter Walt Smithers in der Nacht vor ihrem Selbstmord.*

»Die Frau frißt dich ja mit den Augen auf«, bemerkte Dietz nicht ohne so etwas wie sadistisches Vergnügen. »Wie gut, daß du ihr einen falschen Namen genannt hast, du Hund.«

»Sehr komisch.«

»Und wie war sie im Bett?«

In meinem Bekanntenkreis bin ich vielleicht die einzige Person, die diese Frage nicht beantworten kann, dachte Walter.

»Giftspuren?« fragte er.

»Das wird eine Weile dauern.«

Aber wir wissen, was die Untersuchung ergeben wird, dachte Walter.

»Walter«, sagte Dietz vorsichtig, als näherte er sich einem empfindlichen Gesprächsthema, »bist du vielleicht in einer Situation, in der du etwas Hilfe brauchen könntest?«

»Es ist alles bestens, William.«

»Ja, wie du meinst«, sagte Dietz. »Möchtest du die Zeitung als Souvenir behalten? Sie rahmen lassen und an die Wand hängen?«

»Ich glaube nicht.«

»Hast du was dagegen, wenn ich sie mitnehme?« fragte Dietz und grinste. »Ein Beweis, daß ich mit einer richtigen Berühmtheit zusammenarbeite?«

Walter lächelte zurück und sagte: »Ich habe nichts dagegen, wenn du sie dir in den Arsch steckst.«

»Mach mich nicht scharf, ich habe noch einen ganzen Tag Arbeit vor mir.«

»Tatsächlich? Wann hast du den Job gewechselt?«

»Auf Wiedersehen, rätselhafter Begleiter.«

»Bye, bye, mein Süßer«, entgegnete Walter. »Und vielen Dank.«

Dietz winkte und machte die Tür in dem Augenblick auf, in dem Sam Zaif gerade anklopfen wollte.

Dietz sah ihn an und sagte: »Wenn das nicht der B'nai Brith ist.«

»Schlagen Sie mich, Dietz«, gab Zaif zurück. »Ich trage keine Handschellen.«

»Ich bin nicht beschnitten. Wollen Sie mal sehen?«

»O ja, lieber als alles andere auf der Welt.«

»Die Herren haben sicher nichts dagegen, wenn ich ein wenig arbeite, oder?« fragte Walter.

»Ich habe selbst ein bißchen zu tun«, sagte Dietz. »Walter, wenn du etwas brauchst...«

»Werde ich es dich wissen lassen«, erwiderte Walter.

Dietz blieb lange genug stehen, um Zaif einen Blick zuzuwerfen, den ein Anthropologe vielleicht als »gebieterisch« bezeichnet hätte.

»Seien Sie so nett«, sagte er.

Zaif zuckte die Schultern und schüttelte den Kopf. Dietz hielt sein Starren noch eine Sekunde länger aufrecht und verschwand dann im Flur. Zaif trat ein und ließ sich auf den Stuhl vor Walters Schreibtisch fallen.

»Sie haben da ein nettes Bild von sich«, sagte Zaif.

»Sie haben meine Schokoladenseite erwischt.«

»Nicht so schokoladig wie bei Madeleine Keneally oder Joe Keneally«, fuhr Zaif fort, »aber Sie sind trotzdem ein gutaussehender Mann. Ich bin zur Zeitung gefahren und habe mir das Negativ besorgt. Dann habe ich mir meine gesamten Notizen von unserem Gespräch vorgenommen und fand dort nicht mal einen klitzekleinen Hinweis auf die Tatsache, daß Sie und die Marlund sich mit Amerikas bezauberndstem Paar getroffen haben. Haben Sie einfach vergessen, das zu erwähnen, Walter?«

»Anscheinend.«

»Anscheinend«, murmelte Zaif. »Heute morgen werde ich zu meinem Lieutenant ins Büro gerufen. Er weist mich an, Marlund als klaren Selbstmordfall abzuhaken. Und ich sage so etwas wie ›Nicht so schnell, Lieutenant‹, worauf er so etwas sagt wie ›schneller‹. Also gehe ich wieder an meinen Schreibtisch und bin ein wenig verstört, weil ich mich frage, was die verdammte Eile soll, und dann trinke ich eine Tasse Tee und schlage die Zeitung auf und sehe Sie. Ich gehe los, besorge mir das Negativ, und jetzt fange ich allmählich an zu verstehen, weshalb die Sache so eilig ist. Sie haben mich reingelegt, Walter.«

»Tut mir leid.«

Zaif schüttelte den Kopf.

»Warum antworten Sie heute morgen so einsilbig, Walter?«

»War nicht beabsichtigt«, erwiderte Walter, weil er nicht anders konnte.

»Wie kommt es also, daß sie mit Joe Keneally und/oder Madeleine Keneally bekumpelt sind?«

»Meine Mutter kennt Madeleines Mutter«, sagte Walter. »Ich vermute, daß sie am Telefon geplaudert haben und daß Mrs. Keneally sagte, Madeleine werde für kurze Zeit in New York sein, und da muß meine Mutter gesagt haben, daß sie mal ihren Sohn Walter besuchen soll, und ich nehme an, daß Madeleine mich zu ihrer Weihnachtsparty eingeladen hat, damit ihre Mutter nicht weiter an ihr herumnörgelt.«

Weil ich mir vorstellen kann, daß du ohnehin schon alles über die Party im Plaza weißt, dachte Walter. Er fuhr fort: »Und so habe ich Madeleine und Senator Keneally ebenfalls einen Abend eingeladen, um ihre Einladung zu erwidern, damit sich meine Mutter nicht wegen meiner schlechten Manieren schämt.«

»Ihre Mutter kennt Madeleine Keneallys Mutter«, sagte Zaif.

»Sie sind zusammen zur Schule gegangen.«

»In welche Schule?«

»Ethel Walker.«

Zaif sagte: »Jetzt passen Sie mal auf, *meine* Mutter kennt die Mutter von Jerry Lewis.«

»Wirklich?«

»Aber ich bin ihm noch nie begegnet«, sagte Zaif.

»Wie schade.«

»Das ist schon in Ordnung. Ich glaube nicht mal, daß er komisch ist.«

»Die Franzosen lieben ihn«, fühlte Walter vor.

»Die essen auch Schnecken«, erwiderte Zaif. »Entscheidend ist aber folgendes: Ich glaube nicht, daß selbst Jerry Lewis mit ein paar Anrufen die Untersuchung eines unerwarteten Todesfalls unterdrücken könnte.«

»Wer weiß, vielleicht in Frankreich…«, sagte Walter.

Zaif sah aufrichtig zornig aus, als er sagte: »Aber mich bedrängt man, Marlunds Tod als Selbstmord abzuhaken.«

Er starrte Walter an, bis dieser sagte: »Mir rückt deswegen niemand auf den Pelz, Detective.«

»Aber Senator Keneally macht uns die Hölle heiß.«

»Kann ich mir vorstellen.«

»Dazu gehört nicht viel Phantasie«, sagte Zaif. »Joe Keneally schüttelt seine hübschen roten Locken, und jeder Ire bei der Polizei macht sich in die Hosen. Nun, ich bin kein Sohn der alten Scholle von drüben und marschiere am St. Paddys Day auch in keiner Parade mit.«

»Ja, darauf haben Sie schon hingewiesen«, erwiderte Walter.

Zaif nickte mit dem Kopf, schob sich dann die Brille auf die Nase und sagte: »Sie haben Marta Marlund nie gevögelt.«

»Zum letzten Mal . . .«

»Weil Sie homosexuell sind.«

Walter hob ungläubig eine Augenbraue.

»Als ich in Ihrer Wohnung war, habe ich ein Zündholz-briefchen aus dem Good Night gefunden«, erklärte Zaif, »und gestern habe ich mich ein wenig umgehört. Der Door-man dort kannte Sie gut.«

Es gibt einen Gott, dachte Walter, und die Vergeltung kommt schnell.

Zaif fuhr fort: »Sie sind am Sonnabend in der Hälfte aller Schwulenkneipen Manhattans gesehen worden.«

»Nur in der Hälfte? Der Tag kam mir aber länger vor.«

»Folglich glaube ich nicht, daß Sie der Marlund mit Ihrem Lümmel auch nur nahe gekommen sind«, fuhr Zaif fort. »Ich glaube, daß Sie für Joe Keneally nur den Doppelgänger ge-spielt haben.«

»Sie haben eine überreizte sexuelle Phantasie«, entgegnete Walter.

Zaif stand auf, beugte sich über den Schreibtisch und sagte: »Also scheiß auf Senator Keneally, scheiß auf meinen Lieute-nant und scheiß auf Sie.«

»Da haben Sie aber einen arbeitsreichen Tag vor sich, Detective«, gab Walter zurück.

Zaif drehte sich um und ging hinaus.

Walter überlegte sich, was für Folgen das alles haben konnte, als die Gegensprechanlage summte und er ins Büro von Forbes jr. bestellt wurde. Draußen im Flur stieß er mit Jack Griffin zusammen.

»Himmel, Walter«, stöhnte Griffin.

»Könnten Sie sich etwas näher erklären, Jack?«

Griffins Kaninchengesicht sah fast verweint aus, als er jammerte: »Es ist so schrecklich, das mit der Marlund. Was für eine Verschwendung.«

Walter legte Griffin freundlich eine Hand auf die Schulter.

»Sie war eine gestörte Frau«, sagte er.

»Ja, aber ich meine, hier waren Sie drauf und dran, eine Frau zu bumsen, die so aussah, und dann geht sie los und bringt sich um!« sagte Griffin. »Was für eine Vergeudung.«

»Danke für Ihr Mitgefühl, Jack«, sagte Walter und machte sich frei, um zu Forbes jr. ins Büro zu gehen.

»Walter!« rief Jack hinter ihm her. »Ich dachte immer, Ihr Nachname sei Withers!«

»Die Zeitung hat das in den falschen Hals gekriegt!«

»Du lieber Himmel...«

Die Pfeife von Forbes jr. stieß Rauch aus wie eine kleine Dampflok, als Walter in sein Büro geleitet wurde.

»Verdammt schade, das mit Marta Marlund«, sagte Forbes stoisch und klemmte die Pfeife männlich zwischen den Zähnen fest. »Ich nehme an, die Polizei hat mit Ihnen Kontakt aufgenommen.«

»Ja, Sir.«

»Haben Sie...«

»Ich habe es nicht für notwendig gehalten, den Senator zu erwähnen.«

»Sie haben eine Zukunft bei Forbes und Forbes«, sagte Forbes.

»Das hoffe ich, Sir.«

»Sie können sich darauf verlassen«, erwiderte Forbes. »Sie haben sich sehr gut verhalten, Withers, wirklich, sehr gut. Sie sollen wissen, daß die Firma das zu schätzen weiß.«

»Vielen Dank.«

»Sie könnten sich allerdings versucht fühlen, aus der Schule zu plaudern.«

»Richtig.«

»Sie sind die Berühmtheit des Büros geworden«, fuhr Forbes fort. »Die Mädchen sind alle völlig verrückt nach Ihnen.«

»Ich werde mich bemühen, daraus keinen unschicklichen Vorteil zu ziehen.«

Forbes jr. blinzelte und begriff dann, daß es ein Scherz war, und probierte es mit seiner besten Version eines kameradschaftlichen Glucksens. Er erholte sich so weit von seiner Heiterkeit, daß er fragen konnte: »Wie weit sind Sie inzwischen mit der Howard-Akte?«

»Bin gerade dabei, die Sache abzuschließen, Mr. Forbes. Noch ein oder zwei Details...«

»Nageln Sie sie fest und schreiben Sie alles auf«, sagte Forbes. »Obwohl wir uns mit Nachforschungen befassen, werden wir für *Berichte* bezahlt.«

Also machte sich Walter pflichtschuldigst auf den Weg, um mit dem sprichwörtlichen Hammer in der sprichwörtlichen Hand die Bestätigung von Michael Howards Homosexualität festzunageln, damit er einen Bericht darüber schreiben konnte. Einen Bericht, der vermutlich mit dem eine Karriere beendenden roten Fähnchen versehen werden, bei Forbes und Forbes aber gleichwohl positiv zur Bilanz beitragen würde.

Weil es jetzt darauf ankam, die Sache cool zu spielen, einen normalen Arbeitstag hinzulegen, bis er Verbindung aufnehmen konnte. Sollte sich das Rad ruhig sozusagen um ihn drehen – das würde es auch tun –, er würde ruhig in der Radnabe sitzen bleiben.

Nichts weiter als ein neuer Arbeitstag.

Knauserig mit Forbes' Geld (obwohl Walter es irgendwie eher für Dickless Tracys Geld hielt; nur zu gut erinnerte er sich an den Morgen, an dem der alte Buchhalter wie ein städtischer Ausrufer durch den Korridor spazierte und klagte: »Zu viele Taxifahrten! Zu viele Taxifahrten!«), fuhr er mit der U-Bahn bis zur Ecke 72. und Broadway, einer Verkehrsinsel, welche die Stadt als Sherman Square bezeichnete und jeder sonst nur unter dem Namen Needle Park kannte. Diese dreieckige Oase im breitesten Teil des Broadway wies eine höhere Heroin-Konzentration auf als etwa die Innenstadt von Istanbul. Ihre Bürger trugen entweder den gehetzten Gesichtsausdruck der Verzweifelten oder starrten mit den glasigen Augen der Verzückten. Es waren Menschen, die entweder im Himmel oder in der Hölle lebten und kein irdisches Mittelmaß kannten, sondern auf ihre Engel in den Doughnut-Läden und den Imbißbuden warteten, die die Ostseite des Parks begrenzten. Es war Walters begründete Meinung, daß wenn zehn oder zwölf ausgemergelte Pilger um sechs Uhr morgens vor einem Imbiß-Schuppen standen und darauf warteten, daß er aufmachte, sie es nicht wegen einer Tasse Kaffee und einem Schokoladen-Doughnut taten, sondern vielmehr für diesen Augenblick der Lieferung, in dem Al, Phil oder Chick – die Engel, die Dealer – mit dem Cellophan-Umschlag voller Paradies eintrafen, der für den Morgen reichen sollte.

Needle Park hatte eine gute Lage – fern von den Touristenzentren, von der wohlhabenden East Side durch den Central Park getrennt, viel weiter uptown als Little Italy, wo die Heroin-Importeure mit ihren Frauen und Kindern lebten. Nein, es war für jeden ein gutes Geschäft – angefangen bei den Stadtvätern bis hin zum Mob, von den Cops bis zu den Süchtigen selbst. Ein vernünftiges Arrangement, dachte Walter, als er sich auf eine Bank neben einen weiblichen Junkie setzte, deren Gleichgültigkeit gegenüber ihrem neuen Nachbarn total war. Obwohl er in seinem schweren Mantel, dem grauen Filzhut mit der feschen roten Feder und seinen blankpolierten Schuhen tatsächlich ein wenig fehl am Platz wirkte. Doch Heroinsüchtige sind eine demokratische Truppe, denen Unterschiede der Klasse, der Rasse oder des Geschlechts nichts ausmachen. Dazu sind ihre Augen viel zu fest auf den Himmel gerichtet.

Aber nicht die von Walter. Sein Blick war auf die andere Seite des Broadway gerichtet, die Westseite der Straße, auf den zweiten Stock eines gewaltigen gelben Klinkergebäudes, wo es auf einem Schild in einem der deckenhohen Fenster hieß: ANSONIA STUDIOS. Dort hatte Walter zum ersten Mal seit vielen Tagen Glück, denn die Fenster gewährten großzügigerweise einen fast vollständigen Einblick. Ein drahtiger, muskulöser junger Mann tanzte in einem schwarzen Trikot zusammen mit einem runden Dutzend weiterer drahtiger, muskulöser junger Männer nach einem anstrengenden und synchronisierten Takt über einen blankpolierten Holzfußboden.

Es war der junge Mann, der ihn am Sonnabend in der Bar herausgefordert hatte, der Mann, der bei der Erwähnung Michael Howards so zornig reagiert hatte. Ein junger Mann, der erst noch lernen mußte, daß man alles verbergen muß, wenn man etwas zu verbergen hat. Und daß man deshalb keine Gymnastikbeutel mit sich herumtragen darf, die den Ort verraten, an dem man sich vermutlich aufhält.

Er ist schön, dachte Walter, als er sah, wie der Mann sich mit geübter Anmut bewegte, und wenn die Scharniere an meiner Tür so angeschlagen wären, würde sie zu diesem jungen Tänzer hin schwingen.

Doch dafür konnte Walter Withers fröhlich drei Fred-Astaire-Filme hintereinander ansehen. Er liebte das Ballett. Er hielt den Tanz für eine seltene Mischung aus Athletik und Kunst und hielt die Mischung für bezaubernd.

Was er auch an diesem kalten Dezembermorgen tat, als er mit den Junkies auf einer Bank kauerte und durch die Fenster das Training der Tänzer beobachtete. Er konnte weder die Musik noch das rhythmische Bellen des Tanzlehrers hören, sah aber dennoch alles in den Bewegungen der Tänzer. Er sah den glitzernden Schweiß auf den Gesichtern und den nackten Armen, ein stummes Zeugnis der Anstrengung, die nötig ist, um etwas mühelos erscheinen zu lassen.

Der Junge war stark, wie Walter beobachtete. Er hatte die langen Schultermuskeln und den breiten Brustkorb des Tänzers. Bei einem Zweikampf würde mit ihm nicht gut Kirschen essen sein, und Walter nahm sich vor, reichlich Distanz zu halten, wenn er – was er unvermeidlich tun würde – ihm zu seinem nächsten Termin folgte.

Zum Winter Garden, wie sich herausstellte, und Walter war auch nicht überrascht – nur ein wenig entsetzt –, daß der Junge die siebenundzwanzig Blocks zum Theater zu Fuß gehen wollte. Walters Fußknöchel war noch unsicher und empfindlich, und es konnte keine Rede davon sein, daß er den Jungen auf Distanz ließ, sondern er mußte sich mächtig anstrengen, um auf Sichtweite zu bleiben. Walter schwor, mindestens dreimal in der Woche Tennis zu spielen und weniger zu trinken, wenn dies erst einmal vorbei war.

Der Winter Garden war natürlich an einem späten Montagmorgen dunkel, doch an der Kasse stand eine lange Schlange, weil die *West Side Story* ein riesiger Erfolg war. Und als der Junge das Haus durch den Bühneneingang betrat, fragte sich Walter, ob er einen Jet oder einen Shark spielte, und kam zu dem Schluß, daß der Haarschnitt ihn von Kopf bis Fuß zu einem Jet machte.

Walter wartete etwa eine Minute und näherte sich dann dem Pförtner am Bühneneingang.

Der Pförtner nahm den Zigarrenstummel aus dem Mund und grunzte: »Dies ist der Bühneneingang.«

»Wie recht Sie haben«, erwiderte Walter und nahm eine Fünfdollarnote aus der Tasche. »Ein junger Mann ist gerade hineingegangen, und ich würde gern seinen Namen erfahren.«

Der sich als Tony Cernelli herausstellte.

Walter zog seinen Notizblock und den Kugelschreiber heraus, kritzelte schnell etwas hin, befestigte die Notiz an einem weiteren Fünfer und bat den Pförtner, beides für ihn zu übergeben.

Der Pförtner steckte den Geldschein in die Tasche und fragte: »Keine Blume oder so was?«

Man weiß, daß man in New York ist, dachte Walter, wenn man einem Burschen zehn Dollar Trinkgeld gibt, und er einem unterstellt, daß man billig ist.

»Nur den Zettel, bitte«, sagte er.

Es war nur ein kurzer Weg zum Büro, und die Bewegung half seinem schmerzenden Rücken und den Beinen, so daß er beschloß weiter zu laufen. Durch die Wolkenkratzer-Canyons von Midtown, wo in seiner Jugend elegante Klinkerhäuser gestanden hatten.

Die Stadt, wie er sie gekannt hatte, begann allmählich zu verschwinden. Le Ruban Bleu, einst das Stammlokal von Leuten wie Cole Porter, Moss Hart, Noel Coward und Marlene Dietrich, war längst abgerissen worden und dem antiseptischen Corning Glass Building gewichen. Das Downstairs at the Upstairs war zerstört worden, um Platz für das Time/Life Building zu schaffen. Die gesamte magische Insel verschwand, um durch Namen von Großunternehmen ersetzt zu werden. Kalte, riesige Kästen aus Glas und Stahl, in denen die Drohnen mit den Button-Down-Hemden und dem Bürstenhaarschnitt schufteten, bis sie zu ihren Vorortszügen marschierten, um sich im Fernsehen diese Westernshows anzusehen und von Freiheit zu träumen. Die Park Avenue, einst ein Boulevard voller Wärme und Eleganz, jetzt eine Reihe von Monstrositäten Mies van der Rohes, von Gebäuden aus Glas, in denen sich andere Gebäude aus Glas spiegelten.

Als er wieder an seinem Schreibtisch saß, fand er einen Stapel von Mitteilungen über Anrufe vor: Madeleine Keneally, Jo Keneally, Anne Blanchard und Dieter König. Der Anruf, der ihn im Augenblick wirklich interessierte, war nur der von Dieter König, denn unter anderem war es eine Einladung zum Lunch, die überdies verschlüsselt war.

Nur Dieter, dachte Walter, würde so dringend um ein Treffen im Russian Tea Room bitten.

Dieter saß schon an seinem Tisch, als Walter ankam. Der deutsche Zuhälter sah fast sittsam aus, wie er sehr gerade dasaß und die Hände auf dem weißen Tischtuch gefaltet hielt. Sein blondes Haar war glatt zurückgekämmt. Er trug einen holzkohlengrauen, zweireihigen Anzug mit feinen Nadelstreifen und eine blaue Seidenkrawatte.

»Dies ist sehr schön«, sagte Walter, als er sich auf seinen Stuhl setzte und die Beine unter dem langen weißen Tischtuch ausstreckte. »Aber sehr extravagant.«

»Es ist schon zu lange her, daß wir wirklich gut zusammen gegessen haben«, erwiderte Dieter.

Seine Stimme hatte ihr gewohntes elegantes Timbre, doch da war noch ein leichtes Zittern, das auf etwas anderes hindeutete. Nerven? Traurigkeit?

Walter sagte: »Nun, es ist sehr schön.«

»Gut leben, gut sterben.«

Dies wurde gesagt, als der Kellner an den Tisch trat und mit der Bestellung von zwei Martinis weggeschickt wurde. Es folgten frische Lachsscheiben, gekühlte Gurkensuppe, scharfe, mit Pfeffer gewürzte Schnecken in einer Sauce, die so undurchsichtig wie köstlich war, junge Kartoffeln ... alles serviert und verzehrt inmitten der angenehmen Lärmkulisse eines überfüllten Restaurants. Das Klirren von Gläsern, das Klappern von Porzellan und Tafelsilber, die eiligen Schritte gehetzter Kellner, das laute Flüstern über Buch- und Bühnenverträge, das fröhliche Geplapper über Einkaufs-Expeditionen, die *sotto voce* gesprochenen Beobachtungen darüber, wer mit wem gesehen wurde. Für Walter und Dieter war die Konversation angestrengt entspannt. Dieter hatte etwas zu sagen, war aber noch nicht bereit, es zu äußern, und die Höflichkeit mußte gewahrt werden, und so sprachen sie über das Theater, Willy Brandt, Castro, Pier Angeli, das hervorragende Essen, *Doktor Schiwago,* über ihre jeweiligen Tenniskünste, und dann kam der Kaffee. Walter bot Zigaretten an, und Dieter sagte beiläufig: »Ich bin heute morgen beim Arzt gewesen.«

»Oh?«

Walter wurde übel. Es war ein scheußliches Gefühl tief im Magen.

»Ein Jude«, sagte Dieter, »aber...«

»... der beste.«

Dieter nickte.

»Keine guten Neuigkeiten«, sagte er.

Walter hatte plötzlich das Gefühl, als müßte er gleich losweinen. Wie er jetzt diesem zartgliedrigen Luden gegen-übersaß, spürte er, daß ihm die Tränen in die Augen traten, als ihm aufging, daß Dieter ihn nur hergebeten hatte, um ihn darüber zu informieren, daß er den Tod vor sich sah. Er hatte ihn nur deshalb zu diesem ... Abschiedsessen gebeten.

»Dieter, falls ich etwas für Sie tun kann...«

»Von Zeit zu Zeit ein Gebet.«

»Jeden Tag.«

»Was wissen Ärzte schon?«

»Sie sind fehlbar.«

Die Rechnung kam. Walter machte keinerlei Anstalten, sie zu übernehmen, und bestand auch nicht darauf, für sich zu bezahlen, da dies Dieter zutiefst beleidigt hätte. Dieter bezahlte in bar. Sie zogen ihre Mäntel an und schlenderten auf der 57. Straße nach Westen, als Dieter sagte: »Walter, ich mache mir Sorgen um Sie.«

»Sie wissen, daß ich Scandamerican verlassen habe.«

»Aber ich mache mir trotzdem Sorgen.«

Dieter ging sehr eng neben ihm her, so daß sein Mantelärmel den von Walter berührte.

»Weswegen?« fragte Walter.

»Ich höre so manches.«

Wieder diese scheußlich nagende Furcht.

»Was hören Sie, Dieter?«

»Über Sie und Senator Keneally«, erwiderte Dieter. »Über Sie und Marta Marlund.«

»Ein nicht ganz einfacher Auftrag, das ist alles.«

Dort auf dem Bürgersteig der quirligen 57. Straße. Ungeheurer Verkehrslärm, ungeheurer Lärm der Menschen. Kein Mikrophon der Welt kann uns jetzt abhören, dachte Walter.

Dieter sagte: »Das FBI interessiert sich sehr für Senator Keneally.«

»Was heißen soll, daß er ein US-Senator ist«, erwiderte Walter gleichmütig. Er fühlte sich aber nicht so, denn wenn die beiden grimmig dreinblickenden Herren, die er am Abend vor Martas Tod gesehen hatte, tatsächlich beim FBI arbeiteten, war er in Schwierigkeiten.

»Und eines Tages vielleicht sogar Präsident«, fügte Dieter hinzu.

»Vielleicht.«

»Hoover interessiert sich also sehr für sein Sexleben, ja?« sagte Dieter lachend.

»Sie kennen doch J. Edgar«, sagte Walter. »Er schnüffelt gern in den Bettlaken von Leuten herum.«

»Inklusive Ihren.«

Walters Blut erstarrte ihm, wie man so sagt, plötzlich in den Adern. Aber so ist es tatsächlich, dachte Walter. Mir ist plötzlich ganz kalt geworden.

»Ja«? fragte er.

»Ich höre so manches.«

Und dann war Dieters Hand in Walters Manteltasche. Als er Walters Hand hielt, war plötzlich etwas Kaltes und Metallisches zwischen ihren warmen Händen. Ein Händedruck zum Abschied, und dann war die Hand verschwunden.

Und ein Flüstern von Dieter: »Versprich mir eins. Nur wenn du es wirklich *brauchst*. Sonst ist es zu gefährlich.«

»In Ordnung.«

»*Versprich es.*«

»Ich verspreche es.«

Dieter blieb stehen und sagte: »Ich muß jetzt in die andere Richtung.«

»Also, vielen Dank für das Essen.«

»War mir ein Vergnügen«, erwiderte Dieter. »Ich fliege heute abend nach Deutschland zurück.«

»So bald schon?«

»Es ist Zeit.«

»Nun, na dann...«

Und wieder hätte Walter am liebsten geweint, weil Dieter so zerbrechlich aussah, als er dort auf dem Bürgersteig stand. Wie das feinste Kristall oder Porzellan, so zerbrechlich.

Dieter schüttelte ihm die Hand und sagte: »Passen Sie gut auf sich auf, mein Freund.«

»Passen *Sie* auch gut auf sich auf, *mein* Freund«, erwiderte Walter. »Und vielen Dank.«

Eine letzte Handbewegung, worauf Dieter sich umdrehte und wegging. Walter blieb noch einen Moment stehen und sah ihm nach, betrachtete den Rücken von Dieters Mantel, der auf dem Bürgersteig allmählich inmitten Dutzender anderer verschwand, sah zu, wie Dieter von der Stadt aufgesogen wurde.

Als Walter nach Hause kam, entdeckte er, daß seine Wohnung durchsucht worden war.

Es fehlte natürlich nichts, aber man hatte sich auch nicht die geringste Mühe gegeben, das Ganze wie einen Einbruch aussehen zu lassen. Wer immer die Wohnung durchsucht hatte, ihm war es gleichgültig, daß Walter es merkte, obwohl dieser wünschte, sie hätten auch noch den letzten Schritt getan und eine Visitenkarte zurückgelassen, denn es gab so viele Parteien, die sich für den unersättlichen Präsidentschaftsaspiranten Joe Keneally interessierten.

Nein, Walter hatte schon erwartet, daß man ihm einen Besuch abstattete. Nur eins ärgerte ihn wirklich: Nämlich daß seine Besucher es für notwendig gehalten hatten, seine sämtlichen Platten aus den Schutzhüllen zu ziehen und sie auf dem Fußboden zu verstreuen, womit sie den empfindlichen Vinylscheiben weiß Gott was für Schaden zugefügt hatten.

Als er sich also daran machte, die Platten zu sortieren und Miles von Monk zu trennen und Bird von Bean, läutete es an der Tür. Es war Detective Sergeant Sam »nicht Sammy« Zaif vom New York Police Department.

»Damit ist wieder ein kulturelles Klischee im Eimer«, sagte Zaif, als er das Chaos betrachtete. »Daß Schwule schwer zufriedenzustellen sind.«

»Ich weiß nicht, ob ich heute nachmittag für Ihre Art von Humor in Stimmung bin, Sergeant.«

»Haben Keneallys Jungs Ihre Wohnung durcheinandergebracht?«

»Oder Ihre Bogart-Imitation.«

»Sie sind heute aber empfindlich, was?«

»Was wollen Sie?« fragte Walter. »Bedienen Sie sich, falls Sie es finden können.«

Zaif stieß ein paar Bücher von einem Stuhl und setzte sich. Walter fuhr fort, Ordnung in seine Jazzplatten-Sammlung zu bringen, als Zaif anfing: »Ich habe mich wieder beim Gerichtsmediziner erkundigt. Er hat in Marlunds Magen nur geringe Spuren von Barbituraten gefunden.«

»Hmm, äh...«

»Verstehen Sie nicht?« fragte Zaif. »Wie soll sie eine tödliche Dosis Nembutol geschluckt haben, die in ihrem Magen dann nicht zu finden ist?«

Die Lösung dieses Rätsels, dachte Walter, als er eine kostbare Oscar-Peterson-LP wieder in ihre Hülle schob, lautet, daß das Nembutol direkt in die Blutbahn injiziert wurde und so nicht mit dem Verdauungsapparat in Berührung kam.

»Ich habe dem Gerichtsarzt die gleiche Frage gestellt«, fuhr Zaif fort, »und dieser Knallkopf sagt mir im Grunde nur so etwas wie: ›Keine Ahnung.‹ Dann erwähnt er, daß er zwischen ihren Zehen einen Einstich gefunden hat, und ich frage ihn, weshalb er mir das nicht früher erzählt hat, und er antwortet so etwas wie: ›Sie haben mich nicht gefragt.‹ Dann sage ich: ›Dann können Sie das doch keinen Selbstmord nennen‹, worauf er sagt: ›Natürlich kann ich das. Die Frau hat sich eine illegale Injektion gegeben‹ ... eine ›illegale Injektion‹, als hätten wir vor, sie unter Anklage zu stellen ..., ›und ist daran gestorben.‹ Und ich sage: ›Doc, das ist wunderbar, wenn ich davon absehe, daß wir keine Spritze gefunden haben‹ oder so ähnlich. Dann fängt er an zu mauern und sagt so etwas wie: ›Von der Frau war bekannt, daß sie Alkohol zusammen mit Barbituraten einnahm, und das bietet immer ein Potential für schädliche Vorkommnisse.‹ ›Schädliche Vorkommnisse?‹ frage ich. ›Todesfälle etwa?‹ Worauf er sagt, der Tod sei gewiß eine Möglichkeit, worauf ich sage: ›Möglichkeit, du lieber Himmel, Doktor, das einzige, was wir sicher wissen, ist, daß sie tot ist.‹«

»Wenn Sie kurz mal Luft holen wollen oder so, lassen Sie sich durch mich nicht stören.«

»Nein, mir geht's gut«, entgegnete Zaif. »Also frage ich den Doktor, ob es für uns eine Möglichkeit gibt zu bestimmen, ob sie durch eine tödliche Injektion getötet worden ist – entweder von eigener Hand oder, wie soll ich sagen, durch Fremdeinwirkung, worauf er sagt: ›Na klar, untersuchen Sie Ihre Leber, da müßte es sich zeigen.‹ Und ich sage so etwas wie: ›Fabelhaft, dann schneiden Sie sie doch wieder auf‹, worauf er sagt, das könne er nicht tun. In diesem Augenblick werde ich ein bißchen sauer und frage: ›Mit wem muß ich denn sprechen, um das zu veranlassen‹, worauf er sagt – das wird Ihnen gefallen, Walter – worauf er sagt: ›Versuchen Sie es doch beim Generalstaatsanwalt oder was auch immer in Dänemark, denn dort befindet sie sich jetzt.‹ Dies waren seine genauen Worte. Der Leichnam wurde heute morgen ausgeflogen.«

»Was wollten Sie denn?« fragte Walter. »Sie ausstopfen und einrahmen lassen, sozusagen?«

»Allmählich kriegen Sie Ihren Sinn für Humor wieder«, sagte Zaif. »Das gefällt mir. Nein, was ich mir vorstelle, ist folgendes: Daß jemand sie entweder mit Schnaps abgefüllt hat, bis sie in Ohnmacht fiel, oder ihr etwas in den Wodka tat, was sie k. o. machte, um sie dann mit flüssigem Pentobarbitol vollzupumpen, was ziemlich clever ist, weil Nembutol nur der Markenname von Pentobarbitol ist. Es sieht also perfekt aus, nicht wahr? Unglückliche Schauspielerin verabschiedet sich mit Schnaps und Pillen in die ewigen Jagdgründe, wenn wir schon von kulturellen Klischees sprechen.«

Was ungefähr das ist, was auch ich herausgefunden habe, dachte Walter. Ich kann nur noch nicht den Daumen darauf legen, wer genau es getan hat. Aber bald.

»Doch jetzt werden Sie es nie erfahren«, sagte Walter, »weil Sie keine zweite Autopsie vornehmen lassen können.«

»Oh, ich werde es auch so erfahren, weil Sie es mir sagen werden.«

»Ach, tatsächlich?«

»Weil das die einzige Chance ist, die Ihnen noch bleibt, Walter«, sagte Zaif. »Himmel, Keneally hat eine schöne Frau wie die töten lassen. Stellen Sie sich doch nur vor, was er mit Ihnen tun wird, und dabei hat er Sie nicht mal gefickt. Jedenfalls glaube ich nicht, daß er es getan hat. Oder doch?«

Nur bildlich gesprochen, dachte Walter.

Er fand die neue Platte von Ahmad Jamal, wollte sie in die Hülle schieben, überlegte es sich dann anders und legte sie statt dessen auf den Plattenteller. Er wählte das Stück *Poinciana,* und eine Sekunde später erfüllte Vernel Fourniers exotisches Schlagzeugsolo die Wohnung.

»Ich bin zu dem Schluß gekommen, daß Ihr nächstes Selbstgespräch etwas Hintergrundmusik verdient«, erklärte Walter. »Und jetzt erklären Sie mir bitte, weshalb Senator Keneally Marta Marlund hat umbringen lassen, und weshalb ich mich jetzt in der gleichen tödlichen Gefahr befinde.«

»Dies ist eine sehr seltsame Musik.«

»Die Geschichte, die Sie zu erzählen haben, ist ebenfalls seltsam.«

»Keneally hat die Marlund gebumst, versuchen Sie bitte

nicht, es zu leugnen«, sagte Zaif. »Und deshalb hat er Sie als Strohmann vorgeschoben. Keneally weiß, daß er der Marlund den Laufpaß geben wird, Marlund sieht das Menetekel an der Wand und beschließt, Keneally zu erpressen. Und wen besorgt sie sich als Helfer für das technische Zeug, wenn nicht einen schlaffen, verzeihen Sie den Ausdruck, Schnüffelschwanz wie Sie? Also bekommt sie Fotos, Tonbänder, sie kriegt, was weiß ich, ein Gipsmodell seines großen irischen Lümmels. Und sie sagt zu Keneally so etwas wie: ›Nicht so schnell, Joe Boy. Wie würde es dir gefallen, wenn die Zeitungen dieses Zeug in die Hand bekommen?‹ Genausogut hätte sie sagen können: ›Bitte, töte mich‹, denn es hat den gleichen, wie soll ich sagen, zerstörerischen Effekt. Aber Keneally hat immer noch das Problem der Fotos und/oder der Tonbänder ... oder vielleicht der Schmalfilme ... und er fragt sich, wer hat die Dinger, wenn nicht die Marlund? Walter Withers, wer sonst. Also schickt er seine Wurzelzwerge her, um sie zu suchen, obwohl ich weiß, daß Sie nicht so dämlich sind, Walter, sie hier aufzubewahren. Also warum erzählen Sie mir nicht einfach, wo sie sind? Sie könnten sich damit doch ersparen, von Keneallys Schlägern zerlegt zu werden?«

Walter starrte ihn einen Augenblick an und fragte dann: »Haben Sie schon mal an eine Psychoanalyse gedacht, Sam? Ein Jahr oder zwei auf der Couch würden genügen...«

»Weil ich Ihnen Protektion bieten kann, Walter«, schnitt ihm Zaif das Wort ab. »Wenn Sie versuchen, Joe Keneally zu erpressen, werden Sie damit nichts weiter erreichen als Ihren Tod.«

»Vielen Dank, daß Sie mal vorbeigeschaut haben, Sam.«

»Wer ist der Pianist? Er ist ziemlich gut.«

»Ahmad Jamal.«

«So ein Araber?«

»Ein Neger.«

»Denken Sie über mein Angebot nach«, sagte Zaif.

»Wenn Sie aussagen, kann ich den Fall an die Staatsanwaltschaft geben.«

»Da gibt es nichts zu überlegen«, entgegnete Walter. »Es ist eine Lügengeschichte. Brillant, aber trotzdem erlogen.«

Zaif stand auf. Er reichte Walter eine Karte und sagte: »Meine Nummer in der Wache. Überlegen Sie es sich. Es wäre mir zuwider, Ihre Ermordung untersuchen zu müssen.«

»Ja, mir auch.«

Walter lauschte noch immer dem Jamal-Trio und räumte in seiner Wohnung auf, als Anne anrief.

»Alicia ist auch tot.«

Das weiß ich auch.

»Deine Freundin aus dem Cellar?« fragte er. »Mein Gott, was ist passiert?«

»Sie wurde gestern abend im Riverside Park vergewaltigt und ermordet«, sagte Anne. »Der Scheißkerl hat sie vergewaltigt und ihr dann die Kehle durchschnitten.«

In Wahrheit ist es andersherum, dachte er. Diese gründlichen Scheißkerle. Blonde Schauspielerinnen sterben in piekfeinen Hotels an Schnaps und Pillen. Negermädchen werden in Parks vergewaltigt und erstochen.

Er sagte: »Das ist ja schrecklich. Ist mit dir alles in Ordnung?«

»Ich nehme an . . . ich weiß nicht . . .«

Das leise Geräusch ihres Weinens. Um ihre Freundin, um ihre Geliebte, um sich? fragte sich Walter.

Nach einer Weile murmelte sie: »Es kommt mir vor, als würden alle sterben.«

»Es kann manchmal so aussehen.«

Dann in einem Ausbruch, als müßte sie es hervorpressen, bevor sie den Mut dazu verlor: »Walter, ich . . .«

»Sag um Gottes willen nicht, wo du bist.«

Weil wir für ein ganzes Leben genug Platten haben, wie kurz unser Leben auch sein mag. Ein zweites brauchen wir nicht.

»Tu's nicht«, wiederholte er streng und scharf, »sag nichts mehr. Und leg jetzt auf.«

Sie weinte wieder und fragte dann: »Kannst du kommen?«

»Bedaure, kann ich nicht.«

Weil dies etwas mehr Zeit braucht, um sich von allein zu regeln, dachte er. Er hörte jedoch an der Kälte ihrer Stimme, daß sie ihn falsch verstanden hatte. Es war der unverkennbare Tonfall einer Dame, die das Gefühl hat, den Laufpaß zu erhalten. Und die sich betrogen fühlt.

»Na schön«, sagte sie. »Dann sehe ich dich, wenn du mir über den Weg läufst, nehme ich an.«

»Bald«, sagte er gleichmütig.

»Wann auch immer«, erwiderte sie und legte auf.

Er fand das Album von John Coltrane und Thelonious Monk, ihr Weihnachtsgeschenk für ihn, und legte die Platte auf. Dann zündete er sich eine Zigarette an, setzte sich und lauschte, wie Coltrane die klagende Grundmelodie von *Ruby, My Dear* spielte, und hatte das Gefühl, gleich in Tränen auszubrechen.

Mein Gott, ich werde noch zu einer weinerlichen alten Schwuchtel, dachte er, als er eine Träne über die Wange rollen fühlte. Ich muß wieder damit anfangen, Dinge in Schachteln zu tun.

Es war eine Erinnerung aus der Zeit seiner Ausbildung, einer der wenigen nützlichen Grundsätze, die er sich damals gemerkt hatte. *Alles, was Sie im Augenblick nicht bewältigen können*, hatten sie ihm beigebracht, *sollten Sie in eine mentale Schachtel legen. Verschließen Sie sie und vergessen Sie alles. Wenn Sie diese Disziplin beherrschen, haben Sie sich organisiert und verfügen über eine Reihe kleiner verschlossener Schachteln, die Sie nur öffnen, wenn die richtige Zeit gekommen ist ... Dann nehmen Sie sich eine Schachtel nach der anderen vor.*

Er bewunderte diese Technik und benutzte sie oft, doch jetzt schien sie ihm zu entgleiten.

Ich habe so viele Schachteln, dachte er in einem Augenblick gloriosen Selbstmitleids. Ich habe meine Keneally-Schachtel und meine Madeleine-Schachtel, meine McGuire-Schachtel, meine Morrison-Schachtel und meine Dieter-Schachtel. Und meine Anne-Schachtel, und das ist diejenige, die weggeschlossen werden muß, und zwar jetzt gleich. Das ist die gefährliche, das ist die Schachtel, die Liebe und Furcht enthält. Das ist diejenige, die mich ausrutschen lassen könnte, die den fatalen Fehler auslöst. Und habe ich diese Woche nicht schon genug Leute umgebracht, ohne auch noch die Frau zu töten, die ich liebe, und genau davon spreche ich jetzt – stopf alles in eine Schachtel und mach sie zu.

Er rauchte seine Zigarette zu Ende, ging dann ins Badezimmer, wusch sich das Gesicht und gurgelte mit einem Mundwasser. Als die kleinen Rituale erledigt waren, hatte er seine Gefühle in die kleine mentale Schachtel mit der Aufschrift *Anne* gestopft und dafür die unter *Howard, Michael* abgelegte Schachtel geöffnet. Jetzt wappnete er sich für das, was er tun mußte.

Was in diesem Fall bedeutete, in Sardi's Restaurant zu gehen.

Tony Cernelli erkannte ihn in dem Augenblick, in dem er eintrat.

»Sie sind der Scheißkerl aus der Bar«, sagte Cernelli.

»Das ist eine ziemlich genaue Beschreibung«, sagte Walter. »Darf ich mich revanchieren, indem ich Sie zum Essen einlade? Obwohl ich nicht sicher bin, daß das Essen bei Sardi's es genau aufwiegt.«

»Ich bin sehr eigen darin, mit wem ich mich an einen Tisch setze«, gab Cernelli zurück. »Was wollen Sie eigentlich?«

»Im Augenblick will ich einen Tisch«, erwiderte Walter.

Sie bekamen einen an der Wand unter einer Karikatur von Alexander Woolcott. Es war früh, und die Theater hatten spielfrei, so daß das Lokal ungewöhnlich leer war. Ein lustloser Kellner nahm ihre Bestellungen für einen Martini, eine Coke und eine Portion Pommes frites entgegen.

»Sie wünschen eine Portion Pommes frites?« fragte der Kellner Walter.

»Bitte.«

»Eine Portion Pommes frites«, wiederholte der Kellner.

»Eine Portion Pommes frites.«

»Sie wollen nur Pommes frites.«

»Was der Grund ist, weshalb ich sie bestellt habe.«

»Zu einem Martini wollen Sie Pommes frites.«

»Richtig«, bestätigte Walter und fügte hinzu: »Mit etwas Essig extra, bitte.«

Der Kellner machte eine Pause, damit jeder begriff, daß er hier nur seine Zeit verschwendete, und ging dann los, um ihre Bestellung weiterzugeben.

Während dieses Wortwechsels hatte Tony Cernelli mürrisch schweigend dagesessen. Immerhin hatte er sich der Gelegenheit entsprechend angezogen, wie Walter feststellte. Er trug über seinen Baumwollhosen und den Slippern einen Blazer und eine Krawatte.

»Vielen Dank, daß Sie gekommen sind«, sagte Walter.

»Was soll das alles?« fragte Cernelli. »Auf Ihrer Mitteilung hieß es, es gehe um eine Angelegenheit, die für Michael wichtig sei.«

»Welcher Natur ist Ihre Beziehung zu Michael Howard?« fragte Walter.

»Was gibt Ihnen das Recht...«

»Ist sie sexueller Natur?«

»...Ihre Nase in...«

»Wer ist Howard Benson?« fragte Walter.

»...fremder Leute Angelegenheiten zu stecken und...«

»Oder ist Howard Benson einfach ein *alias* für Michael Howard?«

»...und herumzulaufen und Fragen zu stellen...«

»Übrigens, weiß Mrs. Howard Bescheid?«

»Ob Sie es glauben oder nicht, ja, sie weiß Bescheid.«
Cernelli funkelte ihn wütend an.

Der Kellner wählte diesen Moment, um mit der Coke, dem Martini und einem dampfenden Teller voll dicker Pommes frites zurückzukehren. Walter nahm einen Schluck von dem Martini und goß sich dann Essig über die Hälfte der Pommes frites. Er spießte mit der Gabel eins der dicksten Kartoffelstäbchen auf und stieß es sich in den Mund, wobei er murmelte: »Es tut mir leid, daß ich einfach losesse. Das ist sehr unhöflich, ich weiß, aber aus irgendeinem Grund bin ich ausgehungert. Nehmen Sie sich eine Gabel und bedienen Sie sich. Mögen Sie Essig?«

Cernelli nippte an seiner Coca-Cola.

»Entweder Sie sagen mir jetzt, wer Sie sind und worum es geht, oder ich verschwinde«, sagte er.

»Na klar«, sagte Walter. Er schluckte die Kartoffel hinunter und sagte: »Mein Name ist Walter Withers, und ich arbeite für Forbes und Forbes Investigative Services, Abteilung Personalüberprüfungen. Ich bearbeite gerade eine Überprüfung von Michael Howard für seine mögliche Beförderung zum Vizepräsidenten.«

»Und Sie möchten wissen, ob er homosexuell ist«, sagte Cernelli.

»Nein«, log Walter. Er nahm noch einen Bissen und sagte: »Ich möchte wissen, ob er in Industriespionage verwickelt ist.«

»Michael?!« sagte Cernelli lachend.

»Wenn ein Mann eine Wohnung unter einem anderen Namen unterhält, setzt er sich allen möglichen Verdächtigungen aus«, erklärte Walter.

Cernelli machte Anstalten aufzustehen.

»Bitte setzen Sie sich, Mr. Cernelli«, sagte Walter. »Wenn Sie Ihrem Freund helfen wollen.«

Cernelli ließ sich langsam wieder auf seinen Stuhl sinken.

»Sehen Sie«, sagte er, »Sie haben uns schon ›erwischt‹.

287

Meinen Glückwunsch. Sie sind ein großer ›Schwulenjäger‹. Also schreiben Sie doch einfach Ihren kleinen Bericht und...«

»Beruhigen Sie sich«, entgegnete Walter. »Ich brauche in dem Bericht gar nichts über Sie unterzubringen, solange ich weiß, daß Sie nicht am Diebstahl von Geschäftsgeheimnissen bei American Electronics beteiligt sind. Solange ich sicher sein kann, daß Ihr kleines Liebesnest nichts weiter ist als das, ist die Angelegenheit erledigt, was mich betrifft, und ich kann einen sauberen Bericht schreiben. Wenn nicht, werde ich die Wohnung erwähnen müssen, das *alias*...«

»Wir lieben uns«, sagte Cernelli.

»Ihre Beziehung ist also persönlicher Natur?«

»Ja.«

»Sexuell?«

Eine Pause vor dem endgültigen Absprung vom Felsen.

»Ja.«

»Haben Sie irgendeine geschäftliche Beziehung zu Electric Dynamics Inc.?« fragte Walter.

»Ich besitze einen Toaster.«

»Machen Sie es mir doch nicht so schwer, Tony.«

»Nein«, erwiderte Tony seufzend, »ich habe mit Electric Dynamics Inc. nichts Geschäftliches zu tun.«

»Hat Michael Howard Ihnen je vertrauliche geschäftliche Informationen mitgeteilt?«

»Er spricht über das Büro.«

»Sagen Sie ›nein‹, Tony.«

»Nein«, erwiderte Cernelli. »Sonst noch etwas?«

»Würden Sie jetzt gern etwas bestellen?«

»Fahren Sie zur Hölle.«

Cernelli stand auf und verließ das Lokal.

Nun, dachte Walter, das nagelt den alten Michael Howard ziemlich fest.

Er aß den Rest seiner Pommes frites auf, trank den Martini aus, legte genug Bargeld auf den Tisch, daß es für die Rechnung und ein hohes Trinkgeld reichte, und eilte wieder ins Büro, um einen Bericht zu tippen, im dem er Michael Howard wegen von der Norm abweichenden sexuellen Verhaltens mit einem roten Fähnchen brandmarkte.

Denn das, wofür wir bezahlt werden, sind Berichte.

Er befand sich auf der 48. Straße und näherte sich dem Büro, als neben ihm eine Limousine hielt und Joe Keneally heraussprang. Walter ging weiter.

»Ich bin es gewohnt, daß die Leute meine Anrufe erwidern«, sagte Keneally und ging neben Walter her.

»Davon bin ich überzeugt.«

»Dieser Cop geht mir immer noch auf die Nerven…«

»Ein netter Bursche namens Zaif?« fragte Walter. »Hochgewachsen, sehr clever, könnte einen besseren Schneider gebrauchen?«

Keneallys Gesicht war vor Zorn gerötet.

»Er glaubt, daß Sie mich erpressen«, zischte Keneally. »Er glaubt, Sie hätten Tonbänder von mir und Marta.«

»Ja, das hat er mir auch gesagt.«

»Er glaubt auch, daß Sie sie vielleicht getötet haben«, fuhr Keneally fort. »Du lieber Himmel, Walter, als ich wollte, daß Sie sie mir vom Hals schaffen…«

»Sie sollten bitte versuchen, sich nicht noch lächerlicher zu machen, als Sie schon…«

Keneally packte ihn am Ellbogen und drehte ihn zu sich herum.

»Haben Sie?« fragte er. »Haben Sie sie getötet, Withers?«

»Nein, Senator. Sie?«

»Nein!« entgegnete Keneally. »Dieser Cop sagte auch, im ganzen Zimmer befänden sich die Fingerabdrücke einer anderen Frau. Er möchte die Fingerabdrücke von Madeleine!«

»Das würde ich nicht erlauben, Senator«, bemerkte Walter ruhig. »Die Fingerabdrücke werden vermutlich übereinstimmen.«

Was Keneally wieder auf die Erde zurückbrachte. Er riß

tatsächlich die Augen auf, als er fragte: »Worum zum Teufel geht es hier eigentlich?«

Walter erwiderte: »Ich bin mir meiner Sache zwar noch nicht sicher, aber ich werde es Ihnen sagen, wenn es soweit ist. Unterdessen sollten Sie Ihre Kerle von meiner Wohnung fernhalten, sich bemühen, Ihren Hosenschlitz geschlossen zu halten und mit Ihrer Frau sprechen. Haben Sie mein Geld?«

Keneally zog einen Umschlag aus der Tasche und stieß ihn Walter gegen die Brust.

»Nehmen Sie sich in acht, Withers.«

»Seien Sie unbesorgt, Senator.«

Ah, du bist vielleicht eine emsige Biene gewesen, Detective Sergeant Zaif, dachte Walter, als er Keneally auf dem Bürgersteig stehen ließ. Du summst herum und bestäubst alle deine Verdächtigen kreuz und quer, bis sich eine der Blüten öffnet und mit einer Geschichte aufblüht. Erzählst deinem Kumpel Walter, daß du Keneally verdächtigst, Marta aus dem Weg geräumt zu haben, um dann Keneally zu sagen, daß ein außer Kontrolle geratener Withers Marta umgebracht hat, um sich dann zu entschließen, Keneally zu erpressen. Mal sehen, wer als erster redet. Wirklich, eine emsige Biene.

Walter blieb einen Moment in der Halle des Bürogebäudes stehen, kam zu dem Schluß, daß der Bericht über Howard bis zum nächsten Morgen warten konnte, ging dann wieder auf die Straße und fuhr mit einem Taxi zur Ecke Carmine Street und Sixth Avenue.

Vor dem Parma Social Club stand kein Portier, nur der übliche Haufen harter Jungs in ihren schwarzen Mänteln und blankpolierten Schuhen. Und einer von ihnen war Paulie Martino.

»Walter Withers!« rief Paulie aus. »Wo zum Teufel hast du gesteckt?!«

»Überall und nirgends, Paulie.«

Sie gaben sich die Hand.

»Paulie, du hast einen Schuldschein von einem Burschen namens Sean McGuire?« fragte Walter.

»Ein großer Fehler«, erwiderte Paulie. »Laß dich nie mit Schriftstellern ein. Sie halten sich für berechtigt, sich selbst ein Happy End zu schreiben. Wieso? Kennst du den Kerl, Walter?«

»Können wir reingehen?«

Paulie schob Walter durch die Tür und sagte zu seinem Bodyguard: »Es ist okay. Er gehört zu mir.«

»Ich kenne Walter Withers«, sagte der Bodyguard.

»Hallo, Carmine«, sagte Walter.

Carmine Badoglio hatte lange Zeit zum Gefolge von Albert D'Annunzio gehört. Er war damals jünger gewesen und hatte vor rund zwölf Jahren auch etwas weniger Speck auf den Hüften gehabt, als ein College-Student einen idiotischen Buchmacher überredet hatte, für ihn zwei Riesen auf das Spiel Yale gegen Harvard zu setzen. Er hatte verloren. Und Albert, der sich damals auch persönlich für solche Details interessierte, war der Meinung gewesen, jemanden bis an den äußersten Rand von New Haven schicken zu müssen, um den Jungen auf den Kopf zu stellen, damit sein Geld herausfiel. College-Studenten von Yale hatten nämlich die Angewohnheit, ihre Schulden nicht zu bezahlen. Carmine erzählte gern die Geschichte über den jungen Walter Withers, der in einem grauen Flanellanzug, mit einem Yale-Schal um den Hals und sternhagelvoll mit zweitausendzweihundert in bar vor die Tür gerollt war und sagte, er müsse das Geld Signor D'Annunzio persönlich geben, worauf der dämliche kleine Bookie sich naß machte, so daß ihm der Urin am Bein herunterlief, aber Albert nahm das Geld, und dann zieht dieser Junge noch einen Riesen aus der Tasche und gibt ihn Albert als »Sicherheit gegen künftige Verluste«, sagt es aber auf italienisch, wirklich, und lädt Albert ein, gelegentlich mit ihm im Club Tennis zu spielen. Alle warteten darauf, daß Albert dem Jungen den Kopf abriß und ihn *aufaß*, aber Albert sah sich

um, lächelte breit und sagte: »Wer ist dieser Junge? Er hat
Stil.« Folglich war Walter im Parma Social Club willkom-
men. In den nachfolgenden Jahren waren einige von Albert
D'Annunzios Vorgesetzten eines natürlichen Todes gestor-
ben – wobei mehrfache Schußwunden in diesem besonderen
Beruf ebenso natürlich waren wie alles andere –, und Albert
war in dem, was jetzt ein landesweiter Konzern mit Büros im
Großraum New York, Las Vegas und Phoenix in Arizona
war, zu einer hohen Führungsposition aufgestiegen. Der alte
Club in der Carmine Street war jedoch immer noch Alberts
Lieblingslokal, und hier konnte man ihn auch meist finden,
wenn man es schaffte, durch die Tür zu kommen.

»Mit Schriftstellern und Künstlern bin ich durch«, sagte
Paulie. »Sie sind eine lausige Bande, Abschaum.«

»Mit Schriftstellern möchte ich auch nichts mehr zu tun
haben«, bestätigte Walter.

»Bist du beim Spiel mit heiler Haut herausgekommen?«

»Ich habe überlebt.«

»Das höre ich gern.«

»Ich hatte das Gefühl, daß Mr. Rosenbloom großes Geld
auf einen Fünf-Punkte-Vorsprung gesetzt hatte.«

Paulie grinste. »Das ist vielen anderen nicht klar gewesen.«

Der Club hatte sich seit Walters letztem Besuch nicht viel
verändert. Das gleiche schlechte Wandgemälde des Ätna, an
dessen Hängen ein unendlicher blutroter Lavastrom zu Tal
stürzte, bedeckte die im übrigen kalkweißen Wände. Die
kleinen runden Tische hatten immer noch weiße Tischtücher,
und die Bar war immer noch aus dunklem Mahagoni mit
kunstvollen Schnitzereien italienischer Jagdszenen, wenn
man davon absieht, daß die Sizilianer dort auf Hirsche Jagd
machten statt aufeinander, was Walter für ein wenig irrefüh-
rend hielt.

»Zwei Glas Wein«, sagte Paulie zum Barkeeper. »Ich
werde künftig nicht einmal mehr Bücher lesen. Davon kriegt
man nur Flausen im Kopf, verstehst du?«

»Ich weiß«, bestätigte Walter.

»Dieses gottverdammte *Highway By Night*«, schnaubte Paulie. »Noch ein paar Wochen mehr, und dann wäre er selbst ein Teil des Highway bei Nacht gewesen, verstehst du, was ich meine?«

Walter zog den Umschlag aus seiner Jackentasche und reichte ihn Paulie. Paulie sah die Geldscheine an und fragte: »Was zum Teufel ist dies, Walter?«

»McGuires Schuld«, sagte Walter. »Abzüglich einiger Spesen.«

»Jedenfalls genug«, sagte Paulie. »*Salute*, Walter.

»*Salute,* Paulie.«

Walter trank den kräftigen Rotwein und sagte: »Ich würde gern mit Albert sprechen, wenn ich kann.«

»Er ist im Hinterzimmer«, sagte Paulie, senkte dann die Stimme und fügte hinzu: »Er ißt gerade. Das ist alles, was er heute noch tut, Walter, essen. Sein Leben ist eine einzige andauernde Mahlzeit. Ich weiß nicht, wann der Typ Zeit hat, mal scheißen zu gehen oder laut zu werden, denn er sitzt immer bei Tisch. Die Kellner hier laufen hin und her und bringen ihm Pasta, bringen ihm Saucen, bringen ihm Ravioli, Fleischbällchen, Würste, Käse, und dann noch das Gebäck... Kennst du noch diese Bäckerei in der Minetta Street?«

»Aber sicher.«

»Der Inhaber hat sich vergangene Woche so ein gottverdammtes Boot gekauft, wollte es *The Albert* nennen, aber da haben ihm einige Jungs gut zugeredet und ihm gesagt, Albert könne das vielleicht übelnehmen, verstehst du?«

»Und wie hat er es dann genannt?«

Paulie zuckte die Achseln. »Keine Ahnung. Hat es wahrscheinlich nach seiner Frau benannt, es sei denn, die sieht auch nicht gerade wie Audrey Hepburn aus. Du willst also, daß ich mich erkundige, ob Albert ein paar Minuten Zeit hat?«

»Bitte.«

»Keine Ursache. Ich bin dir was schuldig.«

Ein paar Minuten später saß Walter an Albert D'Annunzios privatem Tisch im Hinterzimmer und sah zu, wie der fettleibige Mobster einen Teller mit Fettucine Carbonara und dazu Tintenfisch und Parmaschinken verzehrte.

»Haben Sie schon gegessen?« fragte Albert, als Walter sich setzte.

»Ja, besten Dank«, erwiderte Walter.

Albert sagte: »Paulie ist ein guter Junge. Ich hätte nie zulassen dürfen, daß er diese Kurse an der New York University belegt. Jetzt will er nur Bücher lesen und jüdische Mädchen vögeln. Ich bin jedenfalls froh, daß es geklappt hat. Ich habe ihm aber gesagt, keine Schriftsteller mehr.«

»Ich glaube, er hat die Botschaft verstanden.«

»Das hoffe ich«, murmelte Albert mit vollem Mund. »Nun, was ist mit Ihnen?«

»Ich bin gekommen, um Sie um einen Gefallen zu bitten«, sagte Walter.

Die Bitte wurde ihm gewährt. Anschließend plauderten sie noch ein wenig, und auf dem Weg hinaus sagte Walter: »Paulie, da ist noch eine Kleinigkeit, die ich brauche.«

Als er hörte, worum es ging, sagte Paulie: »Das soll wohl ein schlechter Witz sein, was?«

Aber Walter war keineswegs nach Witzen zumute, und damit saß Paulie in der Klemme, da er genau wußte, daß er Walter noch etwas schuldig war. Folglich erklärte Paulie, er werde alles Nötige veranlassen, worauf Walter sich überschwenglich bei ihm bedankte.

Dann war noch eine letzte Angelegenheit zu erledigen. Walter ging zu Village Cigars und kaufte sich ein Päckchen Kaugummi. Danach bestieg er am Sheridan Square die U-Bahn und machte sich eine kurze Notiz: *Battery Park bei Tagesanbruch. Ich werde auf einer Bank sitzen und nach Westen blicken. Bringen Sie die Bedingungen mit.* Er stieg an der 96. Straße aus, ging zum Thalia, kaufte sich eine Eintritts-karte und setzte sich auf den gleichen Platz, den Anne gehabt hatte. Er zog die Notiz aus der Tasche, nahm den Kaugummi aus dem Mund und klebte damit den Zettel an den Boden des Stuhls. Er sah sich ein paar Minuten *Im Zeichen des Bösen* an, ging dann wieder zur U-Bahn und fuhr nach Hause.

Er nahm noch schnell einen Schlaftrunk – Scotch mit Was-ser – und sank ins Bett. Der morgige Tag würde früh anfan-gen und lang werden. Es war sehr gut möglich, daß es sein letzter wurde.

Er war jedoch begierig zu sehen, wer die Notiz beantwor-ten würde. Wer immer es war, er hatte Marta und Alicia getötet und würde vermutlich auch versuchen, ihn umzubrin-gen.

In jener Nacht schlief er tief und traumlos.

Siebtes Kapitel

Ruby, My Dear
Dienstag, 30. Dezember 1958

Also Tagesanbruch im Battery Park.

Walter saß an der Südspitze Manhattans auf einer Bank, als die Sonne aufging. Sie glänzte eher silbern als golden im Winternebel über Brooklyn. Er spürte ihre leichte Wärme auf dem Rücken, denn er saß mit dem Gesicht nach Westen – wie in seiner Nachricht angekündigt – und blickte auf die Freiheitsstatue, diese einsame Dame, die in dem schwarzen und unruhigen Gewässer der Upper Bay schwach, klein und fern aussah.

Battery Park bei Tagesanbruch, hatte er geschrieben. *Ich werde auf einer Bank sitzen und nach Westen blicken. Bringen Sie die Bedingungen mit.*

Er wollte sie wissen lassen, daß sie sich ohne Gefahr nähern konnten. Er selbst saß auf diesem öden Landstreifen völlig im Freien, die perfekte Zielscheibe, wenn es das war, was sie wollten. Er setzte darauf, daß es nicht so war.

Und wenn es doch so ist, werde ich es nie erfahren, dachte er. Jedenfalls nicht in dieser Welt. Ich werde nur ihre Schritte hören, wenn sie näher kommen, dann eine kurze Stille, und dann wird alles um mich herum schwarz werden.

Und dann werde ich zweifellos im Himmel aufwachen, dachte er fröhlich. Nun ja, so ganz sicher ist es nicht. Es bestehen berechtigte Zweifel daran, daß Gott mehr ist als einfach nur gnädig. Wenigstens ist es in der Hölle warm, so heißt es jedenfalls in den Broschüren.

Battery Park, dachte Walter, als er vor Kälte und Furcht zitterte. Warum mußte ich mir für dieses Rendezvous die kälteste gottverdammte Stelle in New York City aussuchen, diesen »lebenden Briefkasten«, wie es im Gewerbe heißt. Dann noch dieser sibirische Wind, der über den Hudson peitscht und zusammen mit den winterlichen Böen vom Meer her direkt durch meinen guten republikanischen Mantel bläst. In dem dieser gute Demokrat friert, besten Dank.

Battery Park, überlegte Walter, wo die Insel Manhattan schließlich spitz zuläuft und zu einem einzigen Punkt wird und Kipling Lügen straft *East (Side) is East / And West is West,* rezitierte er, *And never the twain shall meet. Except at Battery Park / At the Bottom of South Street,* fügte Walter hinzu und dachte sich holprige Knittelverse aus, denn außer zu zittern und sich zu ängstigen hatte er nichts zu tun, besonders, als er die Schritte hinter sich hörte.

Es ist der Schwerfällige, dachte Walter leicht überrascht. Ich hätte gedacht, sie hätten diesen verdammten Scheißkerl schon längst aus der Gefahrenzone gebracht. Aber ich nehme an, daß es praktische Überlegungen gibt, auch finanzielle, und wahrscheinlich glauben sie, daß die amerikanische Polizei sich keine allzu große Mühe geben wird, den Mörder irgendeiner Negerin zu finden. Und wahrscheinlich haben sie recht damit.

Walter spürte die Gegenwart des großen, kräftigen Mannes, der dicht hinter ihm stand, und fühlte dann das kalte Metall eines Pistolenlaufs im Nacken.

Vater Unser, der Du bist im Himmel
Geheiligt werde Dein Name
Dein Reich komme...

Dann fiel ihm der alte Spruch ein, wie man »jemanden ins Himmelreich pustet«, und da verstand er ihn zum ersten Mal, als er sich vorstellte, wie der Schwerfällige den Finger um den Abzug krümmte.

...Dein Wille geschehe

Wie im Himmel
Also auch auf Erden.
Unser täglich Brot gib uns heute ...
Nun, gib uns heute, das genügt.

Dann fiel Walter ein großer brauner Umschlag auf den Schoß. Eine Welle der Erleichterung durchzuckte ihn, doch dann spürte er einen betäubenden Schmerz, als der Pistolengriff an seinem Hinterkopf landete. Er war so hart, daß er sich zusammenkrümmte – er griff mit der Hand nach dem Rand der Bank, um nicht kopfüber hinzustürzen. Tränen traten ihm in die Augen, sein Magen drohte zu revoltieren –, aber nicht hart genug, ihn k. o. zu schlagen. Gerade genug, ihn beschäftigt zu halten, während der Schwerfällige davonspazierte.

Und vielleicht ein kleines bißchen Rache für die Jagd im Riverside Park? fragte sich Walter.

Er öffnete den Umschlag.

Fotos von ihm und Anne in verschiedenen europäischen Städten. In sonstiger Hinsicht harmlose Bilder von einem Einkaufsbummel in Paris, einem Spaziergang an einer Amsterdamer Gracht, einem Nachmittag in Kunstgalerien in Brüssel. Ein besonders schmerzlicher Schnappschuß von ihm auf der Treppe ihrer Wohnung auf Skeppsholmen. Dann eine neue Reihe von Bildern: Anne und Marta im Bett. Die gleiche grobkörnige Qualität eines billigen Pornofilms, aber die Bilder sind doch deutlich genug, dachte Walter. Annes zierlicher Körper wirkte in der Umschlingung durch Martas üppige Gliedmaßen noch kleiner. Ihre Finger auf dem breiten Feld von Martas Rücken ausgebreitet. Die Augen aufgerissen, Lippen geöffnet, und Martas Haar, das ihr auf die Schenkel fällt. Als sie an Martas Brust saugt. Walter konnte Martas Schreie *hören*, konnte hören, wie Anne ...

Genug.

Walter wandte sich den Dokumenten zu. Trockenes Zeug, jedoch mehr als genug, um Anne der Spionage zu überführen.

Und des Hochverrats. Jahrelange treue Dienste für die Partei, komplett dokumentiert mit Daten und Orten. Mehr als genug, um sie in eine der abgelegenen Hütten des Alten in den Bergen zu schicken, wo die Psychologen, Pharmakologen und die einfachen, altmodischen Vernehmer der Firma sie bearbeiten würden, bis sie sie ausgequetscht hatten.

Sie war eine typische junge Idealistin gewesen, wie Walter den Dokumenten entnahm, eine geborene Mitläuferin. Vater Gewerkschafter, Mutter Sozialistin. Die üblichen Mitgliedschaften in der üblichen langweiligen Liste von Organisationen. Sozialistischer Jugendverband, Fair Play für Rußland... Verbale Unterstützung für unsere tapferen russischen Verbündeten bei ihrem Kampf gegen den deutschen Faschismus (»Eine zweite Front jetzt!«). Alles jämmerlich naiv, dachte Walter, aber ebenso jämmerlich typisch.

Nein, es wurde weder interessant noch gefährlich, bis Anne nach Europa zu reisen begann. Auf Tournee – damit ein eingebauter Grund, von Stadt zu Stadt zu ziehen, und Walter wußte, wie es passiert war. Damals für »die Sache«. Ob sie hier eine Nachricht überbringen könne, dort ein Signal, diesen Filmbehälter übergeben, dieses kleine Bündel Bargeld? An einen Genossen in Wien, einen Genossen in Oslo, an einen Genossen in Nizza, Genossin? Alles wohldokumentiert.

Und natürlich ist McCarthy wieder in den Staaten, um Leben und Karrieren zu ruinieren, und man kann leicht verstehen, dachte Walter, wie sie bei all dem weich wird und in die Knie geht. Damals war es schließlich nicht ganz einfach zu wissen, wer wirklich der Feind war. Es war leicht, in Verwirrung zu geraten, leicht, sein Land zu verraten, wenn man an die Arbeiter der Welt glaubte, verstehen Sie, und an das Absterben des Staates sowieso, und wenn das Komitee für unamerikanische Umtriebe die meisten Freunde auf die schwarze Liste setzt.

Und dann schickte unser tapferer sowjetischer Verbündeter 1956 seine Panzer nach Budapest, um auf den Straßen Studenten niederzumähen, und dann tauchen die Flüchtlinge in Wien auf und erzählen Geschichten, wie man Gefangenen Glasröhrchen in den Penis schiebt und dann zertrümmert. Wir hören, daß man Frauen mit Bajonetten vergewaltigt hat, und alte Freunde verschwinden einfach. Annes Verwirrung wird immer größer, ihre Begeisterung schwindet dahin, und ein cleverer Führungsoffizier hätte gesagt, ja, natürlich, kein Problem. Das Volk dankt Ihnen für Ihre Dienste, natürlich nehmen wir Ihnen nichts übel, ich gebe am 4. Juli sogar eine kleine Party in Stockholm...

Als ich sie kennenlernte, las Walter in den Dokumenten, war ihre Karriere als Kurier *schon* vorbei, um die Zeit also, als der Große Skandinavische Lude und Tödliche Anwerber mit einer sowjetischen Spionin ins Bett fällt. Die auch mit einer weiteren Sowjetspionin ein sapphisches Bett teilt. Die wiederum in dem ungemein demokratischen Bett Joe Keneallys landet und alles auf Tonband aufnimmt.

Was natürlich der Sinn des Ganzen ist. Nicht daß Keneally herumvögelt, sondern mit – unter vielen anderen – einer sowjetischen Agentin. Die süßeste und klebrigste Fliegenfalle von allen. Ein Senator der USA – vielleicht sogar künftiger Präsident der Vereinigten Staaten – in einer langfristigen Affäre mit einer Hure des KGB.

Doch Anne kann das alles natürlich nicht gewußt haben. Kann nichts von Marta gewußt haben, und als ein Kurier gebraucht wurde, nun ja... *wir können bestenfalls von Gefängnis sprechen, und das ist schon die günstigste Annahme.*

Und ich mit ihr. Denn sie werden nie glauben, daß du nichts davon gewußt hast. Sie werden nie glauben, daß die Rendezvous deiner Geliebten in Wahrheit keine Spionageaufträge waren. Und selbst wenn sie dir glauben möchten, werden sie sich vergewissern müssen, und das könnte jahrelange Vernehmungen erforderlich machen. Das heißt, wenn sie mit dir nicht einfach irgendwohin fahren und dich erschießen, wie du es damals an jenem feuchten Abend in Hamburg geglaubt hast.

Wenigstens werden sie einen Deal machen wollen, dachte Walter. Oder sie wollen mich dazu bringen, das zu glauben, um mich zu Verhandlungen zu überreden, während sie den Mord arrangieren.

Was, dachte Walter, uns zu dieser Frage der Melancholie bringt. Was uns zu der Notiz führt: *Bringen Sie die Tonbänder heute abend um neun zum Boat Basin.* Gefolgt von ein paar logistischen Details. Nicht nötig, dann noch hinzuzufügen: »Sonst.« Sonst geht dieses Päckchen an die CIA und das FBI, und dann werden Sie beide die nächsten paar Jahre in diesen Hütten in den Bergen verbringen. Also tun Sie uns doch diesen kleinen Gefallen, Walter, und bringen Sie die Tonbänder heute abend um neun zum Boat Basin.

Was ich tun werde, dachte Walter. Was ich höchstwahrscheinlich tun werde.

Nichts davon versetzte ihn in besondere Wut. Letztlich war es geschäftlich, rein geschäftlich. Das sentimentale Postskriptum enthielt auch, wie er sich eingestehen mußte, als Zugabe die schmierige, schmerzhafte Zeile: *P.S. – Nicht weil sie Sie weniger liebt, sondern weil sie das Volk mehr liebt.*

Doch zunächst mußte er sich um einige Details kümmern. Es mußten die Dinge vorbereitet und Pflichten erfüllt werden, bevor er am Boat Basin Verrat begehen konnte.

Er kam unsicher auf die Beine, erlangte wieder das Gleichgewicht und fand eine passende Mülltonne. Er breitete die belastenden Dokumente unter einer Zeitung von gestern aus – die Titelseite zeigte ein Foto von Schlittschuhläufern im Rockefeller Center und sein Bürogebäude im Hintergrund –, zündete eine Zigarette an und hielt das Feuerzeug an die Zeitung. Als er wegging, kam ein Penner an, rieb sich die behandschuhten Hände über der Tonne und wärmte sich an dem Feuer und dem allmählich heller werdenden Tageslicht.

Walter schlenderte durch die Wall Street, in der es jetzt von Pendlern wimmelte, die sich beeilten, die Räder von Kommerz und Handel in Gang zu bringen, um zu kaufen und zu verkaufen. Eine angemessene Umgebung, dachte Walter.

Er ging zu einer Telefonzelle und wählte die Nummer der Contessa.

»Mein Lieber, sind Sie verrückt geworden?!« fragte sie, nachdem sie beim siebten Läuten abgenommen hatte. »Es ist mitten in der Nacht!«

Gleichwohl erklärte sie sich bereit, Anne zu wecken, die verschlafen ans Telefon kam.

Ohne jede Vorrede sagte Walter: »Ich weiß alles.«

»Was?«

»Ich weiß alles.«

Langes Schweigen. Ein Schweigen, das er schon bei so vielen Agenten gehört hatte, denen er gerade die schlechte Neuigkeit überbracht hatte. *Sonst werden unsere Jungs mit den steinernen Gesichtern ein Wort bei euren Jungs mit den steinernen Gesichtern fallen lassen...*

»Wer *bist* du?« fragte sie.

Statt einer Antwort stellte er eine Gegenfrage: »Liebst du mich?«

Wieder Stille, bevor sie erwiderte: »*Oui, je t'aime.*«

»Vertraust du mir?«

»Mein Gott, vertraust *du mir*?«

»*Vertraust du mir?*«

Wie vielen Agenten hatte er diese Frage schon gestellt? Auf wie vielen Parkbänken, in wie vielen Cafés? Auf wie vielen langen und seelenvollen Spaziergängen durch wie viele städtische Parks, an wie vielen Flußufern? Wie oft am Ufer der schwarzen, kalten und zornigen Insel Skeppsholmen in jenen bitteren Stockholmer Tagen? *Vertraust du mir?* So gesprochen, daß der Agent nicht nein sagen konnte.

»Ja.«

»Dann rühr dich nicht von der Stelle. Verstehst du?«

»Ja.«

»Bleib wo du bist«, befahl er. »Geh nicht aus, laß niemanden rein und geh nicht ans Telefon, es sei denn, ich bin's.«

Komisch, dachte er, selbst am Telefon kann man ein Zögern spüren.

»Ich fange morgen abend wieder an zu arbeiten«, sagte sie. Und fügte dann hinzu: »Im Rainbow Room.«

Morgen wird alles vorbei sein, dachte er.

»Rühr dich nicht von der Stelle, bis du wieder von mir hörst«, sagte er.

»Ich...«

»Vertraust du mir?«

»Ja«, sagte sie. »Haßt du mich?«

»Nein«, sagte er.

»Je t'aime.«

»Je t'aime aussi.«

Das tue ich wirklich, dachte er, als er auflegte.

Meine liebe Verräterin.

»Sie sind heute früh dran, Mr. Walter«, sagte Mallon. »Ich werde den Kaffee und den Kopenhagener raufschicken.«

»Sie sind absolut unbezahlbar«, erwiderte Walter.

»Ich möchte ja nicht aufdringlich sein«, sagte Mallon, »aber sehe ich da Blut, Mr. Withers?«

»Ich habe heute morgen eine Rasierklinge fallen lassen, bückte mich, um sie aufzuheben, und vergaß, daß ich mit dem Kopf unter dem Waschbecken war, als ich wieder aufstand«, sagte Walter.

»Aua.«

»Dummheit hat ihren Preis«, bemerkte Walter trocken.

»Sie sollten das mal untersuchen lassen.«

»Wenn Sie sagen, daß ich mal meinen Kopf untersuchen lassen sollte, haben Sie nicht ganz unrecht.«

Mallon lachte und sagte dann ernst: »Gibt es etwas, was ich für Sie tun kann, Mr. Withers?«

Walter wollte erst zögern, doch dann sagte er: »Ob Sie vielleicht auf Fremde achten könnten?«

»Fremde?«

»Auf jeden, der nicht hierher zu gehören scheint.«

Mallon warf ihm den skeptischen Blick eines altgedienten Portiers zu.

»Sie haben eine Rasierklinge fallen lassen«, sagte er.

»Eine von Schick, ja.«

»Tückische Dinger.«

»Genau wie Waschbecken.«

Dann hinauf in sein schmales Handtuch von Büro. Er hatte das Gefühl, ohne den gewohnten Morgenkaffee und das Gebäck mit leeren Händen zu kommen. In seinem Kopf pochte es, doch er fühlte sich auch merkwürdig ... *freudig erregt* wäre zu viel gesagt ... vielleicht *resigniert*. Jedenfalls zufrieden damit, für ein paar Stunden in den beruhigenden Trott der Schreibtischarbeit zu verfallen.

Er trat ans Fenster, genoß seine Teilaussicht auf Saks und die St.-Patricks-Kathedrale und sah zu, wie 16 C ohne jede Begeisterung seinen Arbeitsplatz betrat. An diesem Morgen winkte er 16 C nicht zu. Der Mann wirkte ... aus der Entfernung war es schwer zu sagen, doch irgendwie hatte es den Anschein, als sähe der Mann gekränkt aus. 16 C blickte für einen Augenblick zu Walter hinüber und hob dann schüchtern seinen Pappbecher zu einer Art Gruß oder Ehrenbezeigung. Walter winkte jedoch nicht zurück, sondern starrte nur einen Moment hinüber und zog dann die Jalousien herunter.

Dann setzte er sich an den Schreibtisch, denn weil er am nächsten Tag wahrscheinlich noch nicht zurück sein würde, würde Arbeit liegen blieben, und es wäre unfair, seine Kollegen mit unvollständigen Akten sitzenzulassen. Nein, dachte er, deine persönlichen Probleme sind nur eines, nämlich deine persönlichen Probleme, und sollten deinen Freunden und Kollegen keine Kopfschmerzen bereiten.

Also nahm er sich sein Spesenformular vor, trug die Höhe

der Rechnung von Sardi's ein und befestigte die Rechnung am Blatt. Dann fischte er sich aus seiner Sammlung eine leere Quittung heraus und trug neun Dollar und Wechselgeld ein, um seine Zehndollarbestechung für den charmanten Türsteher am Winter Garden zu decken.

Als er den Spesenbericht fertig hatte, nahm er sich seinen täglichen Tätigkeitsbericht vor, der angesichts der Situation nicht ganz einfach war. Folglich schrieb er sich in der Howard-Akte ein paar zusätzliche Stunden gut und frisierte die Zeiten ein wenig, die er den verschiedenen Amouren Keneallys gewidmet hatte, und schuf so einen Ausgleich.

In diesem Augenblick erschien einer von Mallons Günstlingen mit dem Frühstück, sagte, Mallon werde ihn skalpieren, wenn er das angebotene Trinkgeld annehme, und trat eilig den Rückzug an.

Als Walter sein Frühstück hinunterwürgte, läutete das Telefon.

»Withers, Personalüberprüfung.«

»Zaif. Scheußliche Verbrechen. Raten Sie mal?«

»Keneally hat gestanden, das Lindbergh-Kind entführt zu haben?«

»Noch besser«, zirpte Zaif. »Madeleine Keneally ist nicht damit einverstanden, ihre manikürten Hände mit scheußlicher Fingerabdruck-Tinte zu beschmutzen. Sie drehte völlig durch, als ich dies vorschlug. Fing an zu weinen und zog alle Register. Dann steht Joe Keneally plötzlich im Büro meines Lieutenant und sieht aus, als würde er eine Gehirnblutung kriegen! Ich konnte ihm nicht genau an den Lippen ablesen, was er sagen wollte, doch es war so etwas wie ›dieser dreckige Itzig‹ und ›Hundestreife in Benson Hurst‹. Ich kann Ihnen sagen, Walter, so etwas wirkt bei meinem Verfolgungswahn Wunder.«

»Ich freue mich für Sie, Sam.«

Zaif fuhr fort: »Keneally stürmt heraus und wirft mir einen Blick zu, als wollte er mich gleich auf der Stelle durchs Fenster boxen, und dann ruft mich der Lieutenant zu sich. Er sieht aus, als hätte man ihn mit einer Telegrafenstange vergewaltigt, und brüllt mich gleich, ja tatsächlich, mit folgendem an: ›Hören Sie, Sie jüdischer Schlaumeier...‹ ›Jüdischer Schlaumeier?‹ wiederhole ich, worauf er sagt: ›Genau das habe ich gesagt, Sie jüdischer Schlaumeier.‹ Dann folgt so etwas wie, wenn ich wieder mit Madeleine Keneally oder Joe Keneally Kontakt aufnähme, würde er mir die Hoden abreißen und sie im Zoo des Central Park an die Eisbären verfüttern. Ich meine, ist dieser Kerl Freudianer oder was, Walter? Dann erklärte er mir, daß er den Fall Marlund an Keegan übergebe, der ›jedenfalls genau weiß, wann er einen Selbstmordfall abzuschließen hat, wenn ihm einer in die Finger kommt.‹ Darauf sage ich: ›Na schön, Keegan weiß mit Sicherheit, wann die Arbeitszeit zu Ende ist, das stimmt schon.‹ Was ich also damit sagen will, Walter, ist, daß es noch nicht zu spät ist.«

»Die Arbeit zu beenden?« fragte Walter.

»Noch nicht zu spät für Sie, an Bord zu kommen«, erwiderte Zaif. »Ich muß Ihnen sagen, Walter, daß die Keneally-Brüder sehr böse auf Sie sind.«

»Weshalb?«

»Ich habe Joe erzählt, daß Sie ihn fertigmachen wollen«, sagte Zaif. »Nun, nicht ihm persönlich, sondern Jimmy, weil Joe meinen Anruf nicht entgegengenommen hat. Ich sagte nur so etwas wie: ›Sagen Sie dem Senator, daß Walt Withers nicht gut auf ihn zu sprechen ist und mir heute abend die Tonbänder und alles andere übergeben wird.‹«

»Aber das stimmt doch nicht.«

»Es könnte aber stimmen, Walter«, gab Zaif zurück. »Es wäre besser, wenn es so käme. Weil Keneally sich jetzt auf Sie einschießen wird und Sie sich nur noch in meine liebevollen Arme flüchten können und sonst keine Zuflucht haben. Wer hat sie getötet, Withers? War es Keneally? War es seine Frau?«

»Wenn ich mich recht erinnere, haben Sie Keneally gesagt, daß *ich* sie getötet habe«, sagte Walter.

»Das war nur ein Trick«, entgegnete Zaif. »Um ihn in Sicherheit zu wiegen.«

»Es hat nicht funktioniert.«

»Nein«, gab Zaif zu. »Außerdem sagte ich, ›es könnte sein‹. Ich habe Keneally gesagt, *es könnte sein*, daß Sie sie getötet haben.«

»Oder etwas in der Richtung.«

»Oder etwas in der Richtung«, plapperte Zaif nach.

Und tatsächlich, dachte Walter, mein Handeln kann beim Tod Marta Marlunds durchaus eine kausale Wirkung gehabt haben, so daß es in gewisser Hinsicht gar nicht ungerechtfertigt ist zu sagen, daß ich sie vielleicht getötet habe.

»Doch ich glaube nicht, daß Sie es getan haben«, schob Zaif nach. »Ich glaube nicht, daß Sie der Killertyp sind.«

Das tue ich selbst auch nicht, dachte Walter.

»Aber Sie halten mich für den Erpressertyp«, sagte er.

»Ich glaube, Sie sind eher der *tote* Typ, es sei denn, Sie kommen aus der Kälte«, sagte Zaif.

Was ich auch vorhabe, Sam, mein Freund, und zwar schon heute abend.

Da Zaif Walters Schweigen als Zögern mißdeutete, sagte er: »Falls Sie irgendwie in diese Sache verwickelt sind, Walter, ist jetzt die richtige Zeit, den Mund aufzumachen. Sie kennen doch das alte Sprichwort: Die erste Person, die sich meldet, kommt in den Zeugenstand, die letzte Person, die sich meldet, kommt auf den elektrischen Stuhl.«

»Dieses alte Sprichwort ist mir nicht vertraut«, erwiderte Walter. »Ich glaube, Sie haben es sich gerade ausgedacht.«

»Das habe ich auch«, gab Zaif mit dem Stolz der Urheberschaft zu. »Aber es ist wahr.«

Walter tat Zaif den Gefallen, so zu tun, als überlegte er es sich, doch dann sagte er: »Ich glaube, daß ich es einfach darauf ankommen lasse, Detective.«

»Ihre Chancen sind gleich Null, Walter. Zero.«

»›Zero Withers‹«, sagte Walter. »Hört sich nach einem verknöcherten alten Football-Coach an einem kleinen College des Mittelwestens an.«

»Wenn Sie in der Leichenhalle liegen, wird man Ihnen einen Zettel an den großen Zeh hängen. Wissen Sie, was darauf stehen wird? ›Walter Withers: Trottel‹«, sagte Zaif. »Was wirklich schade ist, denn ich fange an, Sie zu mögen.«

»Ja. Unsere Beziehung ist kurz, aber intensiv gewesen.«

»Wie meine Karriere.«

Wie wahr, dachte Walter. Zaif befand sich in einer hoffnungslos unterlegenen Position und mußte trotzdem kämpfen und versuchen, gegen Keneally einen begründeten Schuldvorwurf zu erheben, sonst würde er am Ende doch noch in Queens entlaufene Köter einfangen müssen.

»Nun ja...«, murmelte Walter. Dann fügte er hinzu: »Wenn Sie mögen, kann ich bei Forbes und Forbes ein gutes Wort für Sie einlegen.«

»Ach ja? Stellen die jüdische Schlaumeier ein?«

»Es könnte ganz nützlich sein, jemanden zu haben, dem es nichts ausmacht, über Weihnachten zu arbeiten«, sagte Walter.

»Ich werde über Ihr Angebot nachdenken«, sagte Zaif, »wenn Sie sich auch meins überlegen.«

Und legte dann auf. Und das ziemlich abrupt, dachte Walter.

Also kann ich wieder von vorn anfangen und lose Strippen verknoten, einschließlich Michael Howards – obwohl das bestimmt kein böser Witz sein soll, dachte Walter. Er zog die Underwood-Maschine hervor, legte ein Blatt Kohlepapier zwischen zwei Blätter und schob sie in die Walze. Er prüfte die Ecken, um zu sehen, daß das Papier keine Eselsohren hatte, und begann dann, seinen Untersuchungsbericht zu tippen.

Zu prüfende Person: Howard, Michael, A. Aktenzeichen: AE 576809 Sachbearbeiter: Withers, Walter. Datum: 30.12.1958. Der Unterzeichnete hat die fragliche Person über eine bestimmte Zeit hinweg beobachtet, u. a. vom 24.12.1958 bis 29.12.1958. Während eine Hintergrund-Überprüfung der fraglichen Person keine negativen Informationen zutage gebracht hat, hat die persönliche Überwachung der Zielperson ergeben, daß sie unter dem *alias* »Howard Benson« in der 322 East 21. Straße, Apartment 2 B, Manhattan, New York City, eine zweite Wohnung unterhält. Die weitere Beobachtung der Person hat ergeben, daß sie häufig Etablissements mit einer bekanntermaßen homosexuellen Klientel besucht. Weitere Überwachung und ein Gespräch haben ergeben, daß die fragliche Person die oben genannte Wohnung mit einem Mr. Tony Cernelli teilt, einem erklärten Homosexuellen. Mr. Cernelli hat in einem Gespräch mit dem Unterzeichneten zugegeben, daß seine Beziehung zu der fraglichen Person »romantischer« und »sexueller« Natur sei. Mr. Cernelli hat weiter erklärt, er habe von der fraglichen Person vertrauliche geschäftliche Informationen weder erbeten noch erhalten und auch keinerlei Grund dazu. Da Mr. Cernelli den Beruf eines »Tänzers« ausübt, erscheint es angemessen, seine Erklärung in dieser Hinsicht für glaubwürdig zu halten. Gleichwohl schließen die verborgenen sexuellen Neigungen der fraglichen Person jede Sicherheitsklassifizierung aus, die nicht mit dem Vermerk »Hohes Risiko« gekennzeichnet ist (ich beziehe mich hierbei auf Memorandum 328-F vom 19.3.1955, American Electronics, Inc. an Forbes und Forbes, »Einstufungen als Sicherheitsrisiko«). Falls wir Ihnen in dieser Angelegenheit weiterhin dienlich sein oder zu einer weiteren Klärung beitragen können, zögern Sie bitte nicht, sich mit unserem Büro in Verbindung zu setzen.

Und damit dürfte die Kugel in Michael Howards Hinterkopf landen, dachte Walter. Er beschnitt den Bericht, so daß er in Howards Akte paßte, klebte dann ein rotes Fähnchen an die obere rechte Ecke und legte das Ganze in seinen Ausgangskorb.

Es ist ein Jammer, dachte er, da ich persönlich nichts gegen Michael Howard habe. Doch die Regeln des Jobs sind nun mal so, wie sie sind, und wenn man sie nicht akzeptieren kann, sollte man so einen Job nicht übernehmen. Das gilt für Michael Howard genauso wie für mich.

Dann nahm er sich seinen Eingangskorb vor und sah, daß die Fledermäuse eine frische Ladung frischen *guanos* in Form neuer Personalüberprüfungen hingelegt hatten, von denen eine eine Sicherheitsprüfung eines leitenden Angestellten einer Werbeagentur war. Walter machte ein paar Anrufe, prüfte einige Referenzen, sprach mit einigen Hauswirten und Lehrern und hakte drei der vier Standard-Überprüfungen ab. Dann unterzeichnete er die Akte – Aktenzeichen DD 00023, Burbach, David M. – und nahm ein Taxi zu McGuires Wohnung, um ein weiteres loses Ende zu verknoten.

McGuire sah schlecht aus. Sein Gesicht war bleich und aufgedunsen, sein sonst weißes T-Shirt war mit etwas wie Erbrochenem befleckt, und seine Khakihosen waren schmutzig und zerknittert.

Retten Sie ihn, hatte Madeleine Keneally gebeten. Retten Sie ihn.

»Es ist wieder so ein Dylan-Thomas-Tag, nicht wahr?« fragte Walter. Er quetschte sich an McGuire vorbei in die Wohnung.

»Kann nicht schreiben.«

»Kein Wunder.«

»Ich kann nicht schreiben, und so trinke ich.«

»Aber Sie werden zugeben müssen, daß wir hier so etwas wie das Problem von Pferd und Kutscher haben«, sagte Walter. Er zündete eine Zigarette für McGuire und eine zweite für sich an, stellte sich ans Fenster und blickte auf das Village.

Hier gibt es keine Kästen aus Glas und Stahl, dachte Walter. Jedenfalls jetzt noch nicht.

»Diese Stadt«, sagte Walter, »ist für mich immer ein magischer Ort gewesen.«

»Das sind alle Städte.«

»Nein«, entgegnete Walter. »Ich glaube tatsächlich, daß jeder Mensch eine Stadt seiner Jugend hat und daß kein anderer Ort deren Magie gleichkommt.«

»Sie hören sich an wie ich«, sagte McGuire glucksend.

»Wie auch immer«, sagte Walter. »New York ist die Stadt meiner Jugend. Es ist meine Stadt.«

»*Touché*.«

Walter wandte sich vom Fenster ab und sagte: »Aber es ist nicht Ihre.«

»Nein?«

»Nein. Für manche Menschen ist diese Stadt magisch. Für andere ist sie Gift«, sagte Walter. »Ich glaube, für Sie ist sie Gift. Ich glaube sogar, Sie sollten abreisen.«

»Glauben sie das wirklich, Mann?«

»Ich möchte, daß Sie jetzt abreisen.«

McGuire schüttelte den Kopf – nicht um zu widersprechen, sondern um wieder klar denken zu können – und fuhr sich mit den Fingern durch sein fettiges Haar. Er holte zwei Flaschen Knickerbocker aus dem Kühlschrank, öffnete sie auf dem Küchentresen und reichte Walter eine davon.

»Saubere Gläser habe ich nicht«, sagte er und ließ sich auf die Matratze fallen.

Walter setzte sich auf den Küchenstuhl vor McGuires alter Schreibmaschine, in der ein leeres Blatt steckte, jungfräulich wie Neuschnee in Vermont.

Walter hob seine Flasche. »Auf Jim Katcavage.«

»Auf Jim Katcavage.«

Jetzt trinke ich schon wieder im Dienst, dachte Walter, als

ihm das kalte Bier durch die Kehle rann. Ah, schön, manchmal ist das Trinken im Dienst eben *der Dienst.*

»Was wollen Sie damit sagen, Mann? Sie wollen, daß ich abreise?«

Walter nickte. »Was ich will, ist folgendes: Sie sollen mir jeden Brief, jedes Foto, jedes Blatt Papier geben, das Sie mit Madeleine Keneally in Verbindung bringen könnte. Danach wünsche ich, daß Sie die Stadt verlassen.«

»Hat Madeleine Sie geschickt?«

»Darauf kommt es nicht an.«

»Oder Keneally?«

»Darauf kommt es nicht an.«

»Ich muß es aber wissen!«

Was für ein Wehklagen. Es erinnert mich an meine Situation, dachte Walter. Ja, ich kann verstehen, daß er es wissen will. Damit du heute abend, wenn du voller Zorn überlegst, was du tun sollst, für deine Flüche einen Namen hast.

Walter hob erneut die Flasche. »Auf die Probleme des Herzens.«

»Auf die Probleme des Herzens«, prostete McGuire. »Wer sind Sie, Mann?«

»Unter anderem«, erwiderte Walter, »bin ich der Mann, dem Sie zweitausend Dollar schulden.«

»Aber ich habe die Wette doch gewonnen.«

»Nein, *ich* habe sie gewonnen«, entgegnete Walter. »Sie haben gar nichts gewonnen. Sie hätten sogar auf das Verliererteam gesetzt.«

»Sie sagten doch, ich wäre vom Haken«, protestierte McGuire.

»Haben Sie gedacht, Sie könnten das alles umsonst haben?« fragte Walter. »Daß Sie auf dem großen Highway des Lebens einfach nur den Daumen in die Höhe recken und daß jemand Sie mitfahren läßt und Sie überall hinbringt, wohin Sie wollen? Glauben Sie wirklich, Sean, daß das Leben so ist?«

»Sie haben mich reingelegt.«

»Nun ja«, sagte Walter, als wäre es die offenkundigste Sache der Welt. Was es für Walter war.

»Der Weg war so einfach, nicht wahr?« fügte Walter weich hinzu. »Eine Schachtel Zigaretten, ein voller Benzintank und ein endloser Highway nach Westen.«

McGuire funkelte ihn böse an, wuchtete sich dann hoch und wühlte ein paar Minuten in seinem Kleiderschrank herum, während Walter sein Bier austrank. Dann reichte McGuire ihm einen Schuhkarton voller Papiere und Fotos.

»Das ist alles?« fragte Walter.

»Alles.«

»Darf ich aus reiner Neugier fragen«, sagte Walter, »warum Sie diese Dinge aufbewahrt haben?«

»Sie haben mich an eine Zeit erinnert, als mich jemand liebte«, sagte McGuire mit einem Schulterzucken. »Nicht die Idee von mir.«

»Lieben Sie sie?«

»Nein.«

»Sie lieben die Idee von ihr.«

»Wahrscheinlich.«

McGuire setzte sich wieder auf die Matratze.

»Sie hat mich gebeten, Sie zu retten«, sagte Walter.

»Mich zu retten?«

Walter nickte.

»Vielleicht haben Sie es«, sagte McGuire.

»Ich hoffe es.«

»Was ist mit Ihnen?« fragte McGuire. »Was machen Ihre Herzschmerzen? Sind Sie mit denen schon zu Rande gekommen?«

»Noch nicht ganz.«

»Nun, wenn es etwas gibt, was ich tun kann...«

»Ach, wissen Sie...«

Madeleine Keneally sah schrecklich aus. Ihr Teint war bleich, ihre Augen gerötet und verquollen. Trotzdem wirkte sie in ihrem grauen Kleid und der Perlenkette noch elegant, als hätte sie schon erwartet, daß Walter Withers anrief und sagte, er werde sie in ihrer Suite im Pierre besuchen.

»Ich weiß nicht, wie es Ihnen geht«, sagte Walter, als er sich in der französischen Inneneinrichtung umsah, »aber ich finde, daß Deutschland Frankreich behalten sollte, wenn es seinen Nachbarn das nächste Mal erobert.«

Sie machte ein Gesicht entzückten Entsetzens und schimpfte: »Wie können Sie nur etwas so Schreckliches sagen, Walter Withers!«

»Sie haben geweint«, konstatierte Walter.

»Sieht man mir das so deutlich an?«

»Nur bei Tageslicht.«

»Dann gehe ich bis zum Abend nicht aus«, erwiderte Madeleine. »Wollen Sie sich nicht setzen?«

Er überreichte ihr den Schuhkarton und sagte: »Ich habe Ihnen ein Geschenk mitgebracht, um Sie aufzumuntern.«

Sie nahm den Karton. Ihre Hände zitterten nur leicht, als sie ihn aufmachte und den Inhalt überflog. Sie betrachtete lange Zeit die Briefe, obwohl Walter nicht erkennen konnte, ob sie in Erinnerungen versunken war oder Bedauern.

Schließlich sagte sie: »Walter Withers, Sie lieber Mann.«

»Sie sollten sie verbrennen«, sagte Walter. »Stolpern Sie nicht in die sentimentale Falle, sie aufzubewahren.«

»Wie kann ich Ihnen je danken?«

»Sie können mir die Wahrheit sagen«, erwiderte er.

»Worüber?«

Doch da war ein Unterton in der Frage, ein Unterton von Furcht, und was hörte er da noch heraus, fragte er sich . . . Unausweichlichkeit?

»An dem Morgen, am dem Marta starb, waren Sie in ihrem Zimmer, nicht wahr?« fragte er.

Sie nickte. Langsam, traurig.

»Warum?« fragte Walter.

Ihre Stimme war so gedämpft, daß er sich anstrengen mußte, sie zu verstehen, als sie sagte: »Gott steh mir bei, Walter, ich glaube, ich habe sie getötet.«

Er sagte nichts. Er wartete darauf, daß sie fortfuhr, denn er wußte, daß man ein Geständnis nicht unterbrechen darf.

»Ich bin hingegangen, um sie zur Rede zu stellen«, sagte sie. Ihr Tonfall war so weich wie das Sonnenlicht, das durch die Leinenvorhänge ins Zimmer sickerte. »Ich weiß nicht, warum – der Himmel weiß, daß es vorher schon andere Frauen gegeben hatte –, aber sie schien mir gefährlicher zu sein, bedrohlicher, eher eine Geliebte als eine kurze Affäre, und während ich das Gefühl hatte, eine Affäre tolerieren zu können ... vielleicht war es die Gefahr einer öffentlichen Demütigung, die ich nicht ertragen konnte.

Als ich vor ihrem Zimmer stand, erwartete ich schon halb, Sie dort vorzufinden, und darauf war ich auch eifersüchtig. Immerhin hatte sie Sie auf der Tanzfläche praktisch vergewaltigt. Doch sie war allein und so betrunken, daß sie eine Ewigkeit brauchte, um an die Tür zu kommen.

Dieser *Körper*, Walter. Ich glaube schon, auf praktische Weise einigermaßen hübsch zu sein, doch als ich neben Marta stand, fühlte ich mich wie ein unbeholfenes Mädchen. Sie in diesem Morgenmantel. Mein Gott, Walter, ich konnte ihn an ihr *riechen*.

Ich wußte nur, daß ich es im Schlafzimmer nie mit ihr würde aufnehmen können. Ich wußte, daß Joe sie immer würde haben wollen. Jeder Mann würde sie haben wollen. Ich fühlte mich so affektiert und züchtig und *lächerlich*, wie ich in meinem kleinen Sonntagskostüm dastand, mit Hut und Handschuhen, und sie war praktisch nackt und so ... so verführerisch.«

In Hut und *Handschuhen*, dachte Walter.

»Ich habe ihr schreckliche Dinge gesagt, Walter«, flüsterte Madeleine und begann jetzt mit beherrschten kleinen

Schluchzern zu weinen. »Schauerliche, scheußliche Dinge. Ich nannte sie eine Hure und eine ordinäre Herumtreiberin und sagte, sie sei für Joe nichts weiter als eine öffentliche Bedürfnisanstalt, und es gebe noch Dutzende andere. Ich habe meine *Position* als Ehefrau genutzt, Walter, der man ein Unrecht angetan hat, meine *Position* als anständige junge Dame. Das habe ich *gesagt*, Walter. Ich sagte, er werde nie eine Hure wie sie heiraten, und fragte sie, warum sie ihn nicht einfach ziehen lasse. Worauf sie sagte: ›Das habe ich.‹ Das war alles. ›Das habe ich‹, und dann krabbelte sie wieder aufs Bett, rollte sich zusammen und starrte die Wand an.«

Madeleine verstummte, und Walter saß reglos da wie ein Standbild.

»Ich habe die Flasche gefunden«, flüsterte Madeleine mit tonloser und toter Stimme. Gehetzt. »Ich habe die Pillen gesehen. Ich wußte, was passieren würde.«

Walter lauschte in der schweren Stille dem Ticken einer antiken Uhr. Sie schien ewig weiterzuticken.

Schließlich sagte Madeleine: »Ich stand einfach nur da. Ich hätte einen Arzt holen können. Ich hätte den Empfang anrufen können. Ich stand nur da und dachte: ›Sie wird sterben. Sie wird eine Überdosis nehmen und sterben.‹ Und nach ein paar Minuten bin ich gegangen. Ich habe sie so liegen lassen.«

»Madeleine . . .«

Sie sah ihm jetzt in die Augen. Ihre Augen waren gerötet und voller Tränen.

»Ich fühle mich erleichtert, Walter«, sagte sie. »Gott möge mir vergeben, aber ich fühle mich erleichtert.«

Dann begann sie laut zu weinen. Mit heftigen stummen Schluchzern und schwer atmend, während sie die Arme um sich schlang.

Walter ließ sie weinen, und als sie fertig war, kniete er neben ihr nieder. Er reichte ihr ein Papiertaschentuch, und während sie sich damit die Augen abtupfte, sagte er: »Sie hatten nichts mit Martas Tod zu tun. Nichts.«

Sie sah ihn neugierig an und fragte: »Wie...«

Er legte einen Finger an die Lippen und sagte: »Ich wollte nur, daß Sie das wissen.«

Er stand auf, küßte sie auf den Scheitel und ging.

Nein, dachte Walter, als er die Frau auf dem zerwühlten Bett musterte, Madeleine Keneally sah nicht schrecklich aus – Mary Dietz tut es. Ihre Haut, die noch vor wenigen Tagen durchsichtig war, sah jetzt gelb aus, nur dort nicht, wo sie unter den scharfen Umrissen ihrer Wangenknochen grau wirkte. Ihre Lippen preßten sich eng an die Zähne, und als er ihr den Speichel vom Mund wischte, konnte er den Gestank der Krankheit riechen, der in dem nach saurem Schweiß riechenden Raum hing wie beißender Rauch.

»Nicht mehr als eine Stunde«, sagte Sarah von der Schlafzimmertür. Sie zog sich gerade ihren Mantel an.

»Eine Stunde ist in Ordnung«, sagte Walter.

»Bei dir alles in Ordnung, Walter?«

»O ja. Bestens.«

Obwohl er genausogut wußte wie sie, daß es in diesem Raum niemandem bestens ging. Obwohl er wußte, das Bill Dietz die Stadt täglich nach frischen Heroinquellen absuchte und sich mit den Junkies und Pillenschluckern anstellte und darauf wartete, daß der Dealer aufkreuzte. Um wie die anderen mit vorgehaltener Polizeimarke und allem Brimborium festgenommen zu werden, doch er war Bill Dietz, so daß sie ihn vorzeitig in Pension schickten und irgendeinen Ganoven verprügeln ließen, damit das Ausscheiden aus dem Dienst einen ordnungsgemäßen Anstrich bekam, und jetzt blickte er heimlich über Fensterblenden und lauschte auf das Knarren der Bettfedern und versuchte es schnell hinter sich zu bringen, damit er Zeit hatte, die Stadt zu durchstöbern.

»Na, hast du dir Urlaub genommen?« fragte Walter das

Jesusbild, nachdem Sarah gegangen war. »Bist du jetzt ausgeruht und bereit, die Zehntausend zu speisen? Brot und Fische, Leprakranke, Lazarus, all diese Dinge? Wir könnten dich im Augenblick sehr gut gebrauchen. Oder bist du einfach nur tot?«

Jesus stumm am Kreuz. Seine traurigen gemalten Augen blickten zu Boden.

Ich will eine Antwort, gottverdammt!« brüllte Walter. »*Ich verlange eine gottverdammte Antwort!*«

Er stand mit gerötetem Gesicht da, außer Atem, hob die Arme mit geballten Fäusten und hörte nur sein eigenes, mühsames Atmen.

Ein schockierender Verlust von Selbstbeherrschung, sagte er sich. Anne hätte es sehr gefallen.

Er kauerte sich hin und zog *One Lonely Night* aus dem Versteck unter dem Bett. Er setzte sich auf den Stuhl am Kopfende von Marys Bett und sagte: »Es kann sein, daß ich morgen nicht kommen kann, meine Schöne, aber machen Sie sich keine Sorgen. Morgen ist Silvester, und ich bin sicher, daß Bill etwas Besonderes geplant hat, um 1959 angemessen zu begrüßen...«

Anschließend las er ihr vor, obwohl er nicht wußte, ob sie ihn hören oder verstehen konnte, und bemühte sich aus irgendeinem albernen Grund, den er sich nicht erklären konnte, mit dem Buch an diesem Nachmittag fertig zu werden. Es dauerte mehr als eine Stunde. Er hörte Sarah hereinkommen, spürte ihre Gegenwart an der Tür, hörte, wie die Tür zuging und wie sie auf dem Flur zurückging. Kurz darauf las er: »*Nein, niemand ging je über die Brücke, vor allem nicht in einer Nacht wie dieser. Nun, kaum jemand. Ende.*«

Er ließ das Buch wieder unter das Bett gleiten, küßte sie auf die Wange und sagte: »Glückliches neues Jahr, Mary.«

Sarah verabschiedete sich nur mit einem Winken, als Walter aus der Tür ging. Er wußte ihre Diskretion zu schätzen, da sie ihnen beiden erlaubte, so zu tun, als weinte er nicht.

Als er durch die Drehtür kam, sah Walter, wie Mallons Augen aufleuchteten. Der Pförtner zeigte mit dem Kopf schnell auf die gegenüberliegende Tür, auf zwei Männer in Mänteln und Filzhüten. Walter nickte ihm ein »Okay« zu und ging zur Reihe der Fahrstühle. Die beiden Männer eilten scheinbar lässig herüber, um denselben Fahrstuhl zu besteigen.

Das hat das FBI so an sich, dachte Walter. In der Arbeit auf der Straße sind sie noch nie sehr gut gewesen. Außerdem sehen sie alle gleich aus, dachte er, als die beiden Männer den Fahrstuhl bestiegen und auffällig auf die Zahlen der Stockwerke starrten. Starke Unterkiefer, aber ein weiches Kinn. Bundescops aus ein und derselben Kuchenform, die dem Direktor, wie sie den alten J. Edgar nannten, so gefiel.

Nur um sie zu ärgern, stand Walter gleichmütig da und drückte nicht auf einen Knopf. Statt dessen fragte er: »Welches Stockwerk?«

»Ganz nach oben«, erwiderte der Ältere.

»Zum Penthouse«, sagte Walter. »Das heißt also Kleider, Abendkleider und Unterwäsche.«

Ein privater kleiner Scherz, dachte Walter, aber befriedigend.

Er wartete darauf, daß einer der beiden auf den Halteknopf drückte, was der Ältere zwischen dem fünften und sechsten Stock tat.

»Sind Sie Walter Withers?« fragte er.

»Meine Freunde nennen mich Zero.«

»Ich bin nicht Ihr Freund«, entgegnete der Ältere. »Und er auch nicht.«

»Dann können Sie mich auch nicht Zero nennen«, gab Walter zurück. »Sie auch nicht.«

Der Ältere sagte: »Ich bin Special Agent Madsen, und dies ist Special Agent Stone. Wir sind vom Federal Bureau of Investigation.«

»Und ich dachte schon, Sie wären von Otis.«

»Wir haben Grund zu der Annahme, daß Sie in ein versuchtes Verbrechen gegen US-Senator Joseph Keneally verwickelt sind«, sagte Madsen.

»Was für ein Verbrechen?«

»Erpressung«, erwiderte Madsen.

»Sie haben ihn zur Hergabe von Geld genötigt«, ergänzte Stone.

»Was nun?« fragte Walter.

»Das sollen Sie uns sagen.«

»Das einzige Verbrechen, dessen ich mir bewußt bin, ist die Tatsache, daß ich im Fernsehen diesem Typ van Doren Antworten vorgesagt habe, und, ja, dabei haben Sie mich erwischt«, sagte Walter und streckte die Hände aus, um sich Handschellen anlegen zu lassen. »Gute Arbeit, Männer.«

»Falls Sie versuchen, Senator Keneally zu erpressen«, sagte Madsen, »wäre es viel besser für Sie, wenn Sie uns das belastende Material einfach übergeben.«

»Richtig«, gab Walter zurück, »damit Hoover ihn erpressen kann.«

»Sie können für eine verdammt lange Zeit ins Gefängnis wandern«, sagte Madsen.

»Sogar für versuchte Erpressung«, fügte Stone hinzu.

»Übergeben Sie uns das Material, dann könnten wir uns eventuell überreden lassen, die Sache zu vergessen.«

»Und Sie?«

»Eine Frage der nationalen Sicherheit.«

»O bitte«, sagte Walter. »Ihr Burschen habt seit Benedict Arnold keinen einzigen Spion mehr gefangen.«

»Ich will diese Tonbänder, Withers.«

»Ich bitte um Vergebung? Tonbänder?« fragte Walter. »Wie kommen Sie auf die Idee, ich hätte Tonbänder?«

»Sollten Sie Fotos haben, wollen wir die auch«, sagte Stone.

»Das will Joe Keneally auch«, erwiderte Walter.

»Nun, er sollte sie besser nicht bekommen«, sagte Madsen.

Nein, dachte Walter. Hoover wird sie ihm vorspielen, wenn der richtige Zeitpunkt da ist.

»In meiner Wohnung haben Sie es nicht gefunden, nicht wahr?«

»Das bedeutet aber nicht, daß Sie es nicht haben«, erwiderte Madsen.

Stone drängte Walter an die Wand und sagte: »Vielleicht haben Sie es jetzt bei sich.«

Er packte Walter an den Revers und knallte ihn gegen die Fahrstuhlwand. Walter zog Stone den Rand seines rechten Schuhs über das Schienbein. Als Stone aufschrie und sich bückte, um sich an das blutende Bein zu greifen, langte ihm Walter über die Schultern und zog ihm den Mantel über den Kopf, so daß der Agent die Arme nicht bewegen konnte. Dann wuchtete er Stone gegen Madsen, streckte den Arm aus und riß Stone die Pistole aus dem Holster, rammte sie Madsen ins Gesicht und entsicherte sie.

»Ich kenne mich mit Waffen nicht aus«, keuchte Walter. »Tun Sie also bitte, was ich sage.«

»Aber sicher«, erwiderte Madsen.

»Drücken Sie bitte auf sechzehn.«

»Schon geschehen.«

Während der Fahrt nach oben sagte Madsen: »Sie machen einen großen Fehler.«

»Ich habe nichts, was Ihnen gehört.«

Madsen lächelte. »Es geht nicht nur um Sie, sondern auch um Ihre kommunistische Freundin. Wir können ihr das Leben sehr schwer machen. Wir können sie wegen Rauschgiftbesitzes festnehmen, ihre Freunde belästigen, ihre Auftrittsgenehmigung widerrufen, dann kann sie nie mehr arbeiten. Ach, übrigens, haben Sie gewußt, daß sie sexuell pervers ist? He, Vorsicht mit dem Ding, es ist geladen. Es *ist* doch geladen, nicht wahr, Special Agent Stone?«

Stone grunzte unter dem Mantel eine Bestätigung.

»Lassen Sie Anne Blanchard in Ruhe«, sagte Walter.

»Sie haben es in der Hand, Withers«, sagte Madsen, als der Fahrstuhl im sechzehnten Stock hielt.

Bill Dietz stand in der Halle, als die Fahrstuhltüren aufgingen, und sah zu, als Walter die Waffe wieder in Stones Holster steckte und an den beiden FBI-Agenten vorbei aus dem Fahrstuhl trat. Dietz grinste, als Stone mit seinem Mantel kämpfte und die Fahrstuhltüren zugingen.

»Alles paletti, Walter?« fragte Dietz.

»Könnte nicht besser sein, William«, entgegnete Walter. Er ging an Dietz vorbei, strebte seinem Büro zu, wobei er sich auf dem ganzen Weg verfluchte.

Ich hätte es wissen müssen, dachte er. Ich hätte wissen müssen, daß das FBI sich hier einmischt und ein Dossier über Annes Vergangenheit anlegt. Und selbst wenn sie nicht herausfinden, daß sie ein Kurier war, wenn sie aber darüber stolpern, daß sie für Marta was erledigt hat...

Liefern Sie die Tonbänder um neun am Boat Basin ab.

Als er in seinem Büro ankam, lag die Howard-Akte wieder auf seinem Schreibtisch.

Eine kurze Aktennotiz von »Eingang und Verteilung« war am Aktendeckel befestigt. »Withers – bei uns wird die Akte Michael Howard unter dem Aktenzeichen AE576089 geführt. In Ihrem Untersuchungsbericht heißt das Aktenzeichen AE576809. Bitte korrigieren Sie das und reichen Sie den Bericht erneut mit dem ergänzenden Korrekturformular ein (IA 141). De Witt.«

Walter sah auf seine Armbanduhr. Es war 15.45 Uhr, und damit hatte er den Nachmittagsdurchlauf der Fledermäuse um volle fünfundvierzig Minuten verpaßt. Folglich konnte die Howard-Akte mit dem daran gehefteten ergänzenden Korrekturformular erst am nächsten Morgen um zehn Uhr wieder ins System geschleust werden. Er setzte sich hin, tippte den Bericht neu, fand ein leeres Formular IA 141 in einer Schreibtischschublade und füllte es aus. Unter dem Abschnitt mit der Überschrift ERKLÄRUNG DES IRRTUMS schrieb er: »Unabsichtliche Vertauschung der Zahlen Nummer drei und vier im Aktenzeichen.«

Als er diese Aufgabe beendet hatte – ein loses Ende, das sich immer wieder löst, dachte er –, läutete das Telefon.

»Mr. Withers«, sagte Mallon. »Sie sind ein sehr gefragter Mann!«

»Ist das wahr?«

»O ja. Hier unten warten an jeder Tür Freunde auf Sie.«

Wenn es doch nur so wäre, dachte Walter, als er auflegte. Wer konnte das da unten sein? Bestimmt Madsen und Stone, vielleicht mit ein paar kleinen Helfern, dann sind da noch Sam Zaif und vielleicht noch Keneallys Jungs... Und vielleicht wollen die glücklichen Leute, die mich am Boat Basin erwarten, doch nicht so lange warten, und...

Was soll das Gejammer, dachte er. Reiß dich zusammen, mein Junge. Noch hast du ein paar Asse im Ärmel. Erstens, versuch dir das zu merken, wenn es deinem Selbstbewußtsein auch schaden kann, daß sie nicht *dich* wollen, sondern die Tonbänder. Dann zweitens, von dem versammelten Mob da unten wird niemand auf dich losgehen, bis sie einigermaßen sicher sein können, daß du die Bänder hast. Und drittens können sie dich kaum mitten in Manhattan zur Rush hour schnappen.

Was mich alles zum vierten Punkt bringt, dachte Walter, was *tatsächlich* ein wenig egozentrisch ist, aber Tatsache bleibt Tatsache: Dies ist *meine* Stadt.

Ich habe den Heimvorteil und die Masse an Menschen auf meiner Seite, und werde auch noch Manhattan dazunehmen – falls nötig, auch die Bronx und Staten Island –, und wenn ich nichts weiter tun muß, als einen verzweifelten Cop, zwei FBI-Agenten, einige gedungene Schläger und ein paar professionelle Killer abzuhängen und die Ware um neun an die Feinde meines Landes zu übergeben, muß ich eben nur das tun und mehr nicht.

Und falls in meiner verzweifelt geplagten Psyche die kräfteraubende Frage auftauchen sollte – wie kannst du tun, was du heute abend tun mußt? –, nun, die Antwort steckt schon in der Frage, nicht wahr, mein Junge?

Er stand auf und zog die Fensterjalousien hoch. Manhattan in der Abenddämmerung war einer seiner liebsten Anblicke. Wenn die Stadt sich langsam wandelte, den grauen Tagesanzug ablegte und Pastelltöne annahm, um schließlich schwarze und funkelnde Abendkleidung anzulegen, war das eine Verwandlung, die seine erschöpfte Seele meist beruhigte.

Auf dem gegenüberliegenden Gebäude spiegelte sich der Sonnenuntergang in einem schwachen Orange. Er sah, wie 16 C aufstand und ans Fenster trat. Diesmal winkte Walter. Es konnte nicht schaden, Manieren zu zeigen.

16 C winkte zurück, langte dann nach unten und hielt etwas ans Fenster. Ein Schild. Mit einer Telefonnummer. Dann zog 16 C die Jalousien herunter, und das Licht ging aus.

Schön, schön, schön, dachte Walter. Schön, schön, schön.

Er griff zum Telefon und rief unten in der Lobby an.

»Mallon«, fragte er gleichmütig. »Wie würde es Ihnen gefallen, einen kleinen Aufruhr anzuzetteln?«

Sehr, wie sich herausstellte. Als Walter den Fahrstuhl verließ und die Halle voller Menschen betrat, ging Mallon, der in seiner scharlachroten Uniform hinter seinem Tresen eine prachtvolle Figur abgab, zum Zeitungsstand hinüber und trat an Detective Sergeant Samuel Zaif heran, der im Augenblick nichts tat, sondern nur herumzulungern schien.

Mallon packte Zaif mit einem eisernen Griff am Handgelenk und brüllte: »Halt, Sie Dieb! Ich habe genau gesehen, wie Sie diese Brieftasche genommen haben!«

Während Mallons Darbietung in Walters Augen die Subtilität eines, sagen wir, Alec Guinness fehlte, hatte sie doch die volltönende Wucht eines Laurence Olivier, und die meisten Männer in der Halle griffen sofort mit den Händen in ihre Jackentasche, um nachzuprüfen, ob die Brieftasche noch da war.

Walter nicht. Er ging weiter und machte zunächst einen weiten Bogen nach rechts, um zum Ausgang der 48. Straße zu kommen, und kehrte dann auf giffordeske Art gegen den Strom zurück und ging die Treppe zur U-Bahn hinunter. Er ging nicht hinaus, sondern erst hinunter und dann hinaus, und das verschaffte ihm die paar Sekunden, die er brauchte, um das offene Feld zu erreichen.

Nun ja, das und Mallons Ablenkungsmanöver hinter ihm. Denn als er seinen Schachzug machte, konnte Walter Mallon brüllen hören: »Polizei! Polizei!« sowie Zaifs irritierte (um es gelinde zu sagen) Reaktion in Form eines: »Sie Knallkopf, ich bin die Polizei!« Dann versuchte Zaif sich freizumachen, was Mallon veranlaßte, Zaif eine rechte Gerade an die Schläfe zu verpassen. Dann wurde das Ganze zu Finnegan's Wake, als Stone und Madsen Walter entdeckten, der gerade die Treppe hinunterstürmte, und sich durch die Menge hindurchzukämpfen versuchten, um zu ihm zu gelangen.

Was sie durchaus hätten schaffen können, wäre da nicht die rechtzeitige Intervention der Mallonettes gewesen, die wie aus dem Nichts auftauchten, um sich ins Getümmel zu stürzen. Der älteste Junge – war es Liam? fragte sich Walter – packte den unglücklichen Stone beim Revers und hob ihn, ganz gehorsamer Sohn, mit einem rührenden Ausruf: »Ich hab den zweiten, Daddy!« von dem polierten Fußboden in die Höhe. (Denn schließlich weiß jeder Großstadtbewohner, daß die besten Taschendiebe, die nicht in Ossining leben, sondern in gemütlichen Wohnungen der East Side, nicht allein arbeiten, sondern in Teams. Der eine schnappt sich die Brieftasche, die er dann sofort an den zweiten weitergibt.)

Dieses Tohuwabohu ließ Keneallys Jungs von der 48. Straße her in die Halle rennen, denn sie hatten Walter draußen auf seinem gewohnten Heimweg erwartet. Herein kamen sie nun – und liefen direkt Billy in die Arme, dem jüngsten Mallon, dem kleinsten Mallon, dem Mallon, der nicht ganz richtig im Kopf war, und dem Mallon, den das

Anwerbebüro der Marines am Times Square als zu gewalttätig abgelehnt hatte. Jetzt stürzten sie herbei, alle drei, kräftige Burschen mit stämmigen Beinen und mächtigen Brustkästen, und Billy »Böse Saat« Mallon sah keine andere Möglichkeit, als sich der Länge nach auf den Fußboden zu legen und auf die Angreifer *zuzurollen*, um ihnen so den Weg zu versperren. Und genau das tat er, holte sie damit von ihren kräftigen Beinen und verwandelte das erhabene Foyer dieses Tempels von Kommerz und Industrie in eine menschliche Bowlingbahn.

So schenkten Mallon und die Mallonettes Walter die kostbaren wenigen Augenblicke, die ihm einen Vorsprung vor seiner buntscheckigen Verfolgerschar verschafften, so daß er weit vor ihnen das Untergeschoß des Rockefeller Center erreichte.

Diese als Traum jedes Pendlers entworfene Untergrund-Ebene verlief unter den verschiedenen Gebäuden und verband sie alle miteinander und dem U-Bahn-System der Linien F, N und R. Es war durchaus möglich – Angestellte von Forbes und Forbes hatten es wiederholt bewiesen –, den ganzen Arbeitstag zu verbringen, ohne auch nur einmal die echte Stadtluft zu atmen. (Es ging sogar das Gerücht, »Dickless« Tracy sei noch nie draußen gewesen, sondern komme immer mit der U-Bahn und verzehre seine sämtlichen Mahlzeiten im Coffee Shop unten neben den Fahrstühlen.) Es gab Zeitungsstände und Schuhputzer, Restaurants, Bekleidungsgeschäfte, sogar Blumenläden, die dem vergeßlichen Ehemann eine letzte Chance gaben, sich zu Hause ein herzlicheres Willkommen zu sichern.

Walter hatte für diese unterirdische Ebene immer ambivalente Gefühle, denn diese Troglodyten-Luft war für seinen Geschmack ein wenig atavistisch, doch jetzt schob er diesen Vorbehalt beiseite und schloß sich dem Gedränge von Pendlern an, die in dem langen Mittelkorridor der U-Bahn zustrebten. Er brauchte seine Verfolger nicht abzuschütteln –

obwohl er auch nichts dagegen gehabt hätte –, sondern wünschte sich vielmehr einen anständigen Vorsprung. Es war gut, daß sein Ehrgeiz so bescheiden war, denn als er, den Rat von Satchel Paige ignorierend, über die Schulter blickte, sah er, daß Agent Madsen dabei war, ihn einzuholen.

Ah, aber es ist zu spät, Agent Madsen, denn meine Sturm-reihe hat mich auf das offene Feld katapultiert, und ich bin der Frank Gifford des städtischen Straßennetzes und werde mich nicht von hinten abfangen lassen.

Also drängte sich Walter zwischen zwei Pendler, ging dann quer zum Strom und schlich an der Wand entlang, überquerte den Korridor diagonal und wurde wieder schneller. Er konnte spüren, wie Madsen sich abmühte, um mit ihm Schritt zu halten.

Doch es gibt zu viele menschliche Hindernisse, die ihm den Weg verstellen, dachte Walter und segnete die sonst ver-fluchte Rush hour und die Sicherheit in der großen Menge. Er erreichte das Drehkreuz zur U-Bahn weit vor Madsen, warf seine Münze ein und eilte über den Bahnsteig, als der Zug in Richtung Downtown einlief.

Er schaffte es zum zweiten Wagen von vorn und sprang hinein, kurz bevor die Türen zugingen. Er hatte sich gerade hineingequetscht und einen Halteriemen gefunden, an dem er sich festhalten konnte, als der Zug mit einem Ruck anfuhr. Und dann stehenblieb. Die Türen gingen wieder auf und schlossen sich wieder. Als der Zug die Station verließ, stellte Walter sich vor, daß er reichlich Gesellschaft hatte.

Zwei Stationen weiter tauchte er in der Sardinenbüchse der Grand Central Station zur Rush hour auf. Selbst als er sich durch das Chaos hindurchmanövrierte, konnte er Madsen hinter sich spüren, Madsen und vielleicht auch die anderen – denn selbst das, was die Mallonettes leisten konnten, hatte seine Grenzen –, doch das war in Ordnung so. Er brauchte nur einen Vorsprung aufrechtzuerhalten, einen Vorsprung von wenigen Sekunden.

Was er mit knapper Not schaffte. Von einem langsamen Dahintrotten konnte jetzt keine Rede sein, er drehte sich auch nicht dauernd um, denn dies war ein klassisches Titanic-Rennen, ein Sprunglauf – falls man das in einem Bahnhof von Manhattan zur Hauptverkehrszeit sagen kann – zu den Schließfächern auf der Hauptebene. Er tastete in der Tasche nach dem Schlüssel und zog ihn heraus. Für eine langwierige Fummelei war jetzt keine Zeit. Er erreichte die Hauptebene, schob sich zur Wand mit den Schließfächern durch und steckte den Schlüssel ins Schloß, den Dieter ihm zugesteckt hatte. Seine Hand zitterte leicht, als er das Schließfach öffnete und den braunen Umschlag herausnahm. Er lachte, lachte laut und brach dann fast in Tränen aus.

Manchmal, dachte Walter, kommt die Rettung mit Engelstrompeten und der donnernden Stimme Gottes. Und manchmal kommt sie als der letzte Wille und das Testament eines Päderasten und Zuhälters, der immer ein Gentleman war, was immer er sonst sein mochte. Also Gott segne Dieter. Segne ihn und nimm ihn zu dir.

Auf der Straße leistete er sich den Luxus, sich umzudrehen, und sah, daß er einen beträchtlichen Vorsprung vor einer Karawane hatte, die sich nach Kräften abmühte. Madsen, Zaif und Keneallys Schläger folgten einander auf der 42. Straße und versuchten, ihm zu folgen, und das auch noch unauffällig.

Walter beschleunigte das Tempo. Er hatte zum Essen einen Tisch reserviert und war jetzt schon verspätet.

Er hatte sich entschlossen, sein vielleicht letztes Dinner in New York in The Palm einzunehmen, der alten Journalistenkneipe in der East 53. Er mochte Geist, Einfachheit und gutes Essen, und The Palm bot das alles. Karikaturen von Zeitungscartoonisten, die von anderen Zeitungscartoonisten gezeichnet worden waren, bildeten den spärlichen, aber zufriedenstellenden Schmuck der dunklen, holzgetäfelten Wände. Die Tische waren ebenfalls aus Holz mit einfachen, geraden Stühlen, und der kräftige Rotwein wurde in Saftgläsern serviert. Überdies ließen sich die Kellner von ihrer Kundschaft nicht sonderlich beeindrucken. Sie bedienten die Reporter, Künstler, Redakteure und gelegentlich auch Werbeleute mit einer Art dreistem Wohlwollen, wobei sie ganz allgemein davon ausgingen, daß die Gäste wegen des guten Essens kamen und nicht, um sich den Hintern küssen zu lassen.

Ebensowenig wurden die Kellner im Palm durch kunstvolle Beschreibungen der Gerichte belastet. The Palm bot Steaks – Sirloin, Tenderloin, T-Bone-Steaks und New York-Steaks, die so groß waren, daß sie über die Ränder der übergroßen Teller quollen. Oh, man bekam auch durchaus ein Schweinekotelett, einen Hamburger oder auch ein Hähnchen, wenn man einfach hereinspazierte und nicht wußte, was die kleine Kneipe in Wahrheit war – das beste Steakhaus von New York City.

Vermutlich das beste Steakhaus zwischen dem Atlantik und den Rangierbahnhöfen Omahas, dachte Walter, und die Bedienung war so schnell, wie man es von einem Restaurant mit einer Kundschaft erwarten konnte, die ständig Deadlines zu erfüllen hatte. Ja, das Palm hatte die Aufgabe, seine Gäste mit Steaks, Alkohol und vielleicht einer Kartoffel abzufüllen und sie dann wieder auf die Straße zu schaufeln, damit sie die Geschichten aus der Stadt weiterschreiben konnten. Es war kein Zufall, daß Walter für sein potentielles Abschiedsessen gerade dieses Lokal gewählt hatte.

Erstens lag es auf der East Side, und da er später nach Westen mußte, lenkte er seine Verfolger damit in die falsche Richtung. Zweitens war es rappelvoll mit Zeitungsreportern, was Keneallys Jungs, die FBI-Agenten, Detective Sergeant Zaif und sonstwen davon abhalten konnte – wer immer da draußen herumlungerte –, etwas besonders Dämliches zu versuchen, während Walter sich bemühte, seine Mahlzeit zu genießen. Und schließlich war da das Essen selbst, köstlich einfach und einfach köstlich, wie Walter dachte, obwohl nur die wenigen anwesenden Werbefritzen die feine adverbiale Symmetrie der Beschreibung zu schätzen wissen würden.

Aber mir macht das Ganze Spaß, dachte Walter, als der Oberkellner zu ihm kam, und an einem Abend wie dem heutigen ist das nicht unwichtig.

»Es ist gerade ein Einzeltisch frei geworden«, sagte der Kellner und ließ Walter damit wissen, daß er zu dieser Dinnerstunde nur an *dem* Tisch sitzen durfte und nicht an einem größeren, der mehr Geld ins Lokal bringen konnte.

Und das ist nur fair, dachte Walter. Und genau, wie es sein sollte, und so wartete er geduldig, als Paulie Martino von diesem Einzeltisch aufstand, die letzten Tropfen seines Grappa leerte, sich den Mund abwischte und hinausging, ohne auch nur einen Blick in Walters Richtung zu werfen.

Das muß man den Jungs vom Mob lassen, dachte Walter. Sie mögen bösartige Soziopathen sein, Parasiten, Abschaum ohne eine Spur von Stil oder Geschmack, aber sie vermurksen einen Auftrag selten oder nie. Nein, die Jungs vom Mob taten genau, was sie angekündigt hatten, effizient und ohne überflüssiges Tamtam. Aus diesem Grund ist es ihnen wohl auch gelungen, dachte Walter, die Iren aus der Unterwelt zu verdrängen und sie bei Polizei und Justiz zu Juniorpartnern zu machen.

Walter machte sich auch keine Sorgen, Madsen oder Stone, die jetzt zweifellos auf der Straße standen und zitterten, könnten Paulie als Mafioso erkennen. Die FBI-Leute sahen Mobster einfach nicht, waren der Mafia gegenüber sozusagen grundsätzlich blind und zogen es im allgemeinen vor, sich auf Kleinganoven mit Comics-Spitznamen wie »Machine Gun« und »Pretty Boy« zu konzentrieren. In den goldenen Tagen der großen Banküberfälle hatte Hoover seine Sturm-und-Drang-Zeit erlebt, und während er hinter Capone herjagte, hatte er Luciano und Lansky gleichzeitig Avancen gemacht. Doch um diese Zeit wurden Bestechungen üblich, und die »G-Men« – wenn wir schon bei Spitznamen aus Comics sind – hatten wenig zu tun, bis Mickey Spillane sie auf die kommunistische Bedrohung aufmerksam machte und Hoover seine Nummer als großer Supermann abzuziehen begann.

Und überall rote Spione witterte.

Ein tüchtiger Hilfskellner – er sah aus wie fünfzig und hatte offensichtlich eine steile Karriere als Hilfskellner hinter sich – trug Paulies schmutziges Geschirr ab, legte ein sauberes kariertes Tischtuch auf sowie einfaches neues Geschirr, und das innerhalb von Sekunden, wie es schien. Walter quetschte sich hinter dem Tisch auf die Bank an der Wand und spürte die Aktentasche an den Füßen. Ein brauner Aktenkoffer aus Leder direkt neben der Bank, genau dort, wo er stehen sollte. Das mußte man diesen Jungs vom Mob lassen, es lief immer alles wie vereinbart.

Der Kellner kam ohne Block oder Kugelschreiber an den Tisch und hörte sich Walters Bestellung einfach an: ein New York-Steak, *rare*, Bratkartoffeln, grüne Bohnen und ein Glas Rotwein.

Das Steak war natürlich köstlich – dampfend, saftig und duftend, und die Bratkartoffeln waren eine Spezialität des Palm, mit viel Paprika und Stücken von grünen und roten Peperoni. Walter hatte eigentlich nichts trinken wollen, doch es gefiel ihm einfach, Wein aus einem Saftglas zu trinken, so daß er trotzdem einen bestellte. Er genoß das Essen so sehr, daß er nur leicht verärgert war, als er Sam Zaif mit rotem Gesicht an seinem Tisch stehen und sich die unbehandschuhten Hände reiben sah.

»Juden fühlen sich in der Kälte nicht wohl«, sagte Zaif.

»Na ja, Sie sind ein Wüstenvolk«, erwiderte Walter. »Man sollte allerdings meinen, daß Sie nach all diesen Jahren des Herumwanderns in der Diaspora, in so tropischen Klimazonen wie Polen und Rußland...«

»Wir haben uns kaum mit diesen Völkern gekreuzt.«

»Das erklärt natürlich alles.«

»Ich habe dem Oberkellner gesagt, ich sei ein Freund von Ihnen«, sagte Zaif.

»Eine nur leichte Übertreibung«, gab Walter zurück, »und ich wünschte, ich könnte Sie bitten, sich zu mir zu setzen, doch wie Sie sehen können, ist hier nur Platz für einen.«

»Ich könnte mich auch noch auf die Bank quetschen«, fühlte Zaif vor.

»Ich will sowieso gleich wieder gehen.«

»Mit dem Aktenkoffer?«

Walter sagte: »Ich habe nicht vor, meine Arbeit in einem Restaurant liegen zu lassen.«

»Sie hatten ihn nicht bei sich, als Sie das Büro verließen.«

»An Ihnen kann man wirklich kaum etwas vorbeischmuggeln, Detective Sergeant Zaif.«

»Ich bin ein Freund«, entgegnete Zaif. »Und ich hatte recht, nicht wahr? Die Hühner laufen schon alle herum, Walter, und jetzt bleibt nur die Frage, welches Huhn als erstes singt.«

»Ich glaube nicht, daß Hühner wirklich singen«, erwiderte Walter.

»Sie wissen schon, etwas in der Richtung«, fuhr Zaif fort. »Da draußen stehen Typen, Walter, die das eindeutig neandertalhafte Aussehen von Keneally-Angestellten haben.«

Sowie einige Cro-Magnons vom FBI und vermutlich auch ein paar Exemplare des *homo sapiens*, dachte Walter, aber du scheinst sie verpaßt zu haben, Sam. Sie werden dich aber nicht verfehlen. Madsen und Stone werden dich in der Sekunde schnappen, in der du hier aus der Tür trittst, und dich mit Handschellen in irgendeinem netten Wagen unterbringen, und du wirst nie erfahren, was für ein Glück du gehabt hast.

»Geben Sie mir den Aktenkoffer«, sagte Zaif.

»Sam«, sagte Walter, als er mit einer Geste um die Rechnung bat, »was Sie wollen, befindet sich nicht *in* der Aktentasche, denn die ist nur ein Köder. Was Sie wollen, steckt in einem Umschlag in meiner Manteltasche. Nehmen Sie ihn und gehen Sie. Ich wiederum werde diese Parade um Manhattan herum anführen, bis ich das Gefühl habe, daß Sie die Ware sicher verstaut haben. Rufen Sie mich an, wenn Sie mir ein gutes Angebot machen können, aber sorgen Sie dafür, daß es auch wirklich gut wird.«

»Sie haben die richtige Wahl getroffen, Walter.«

»Besten Dank«, erwiderte Walter. »Und jetzt marschieren Sie bitte los, Sam.«

Walter sah nicht hin, als Zaif über den Tisch langte und den Umschlag an sich nahm. Walter beobachtete vielmehr Madsen und Stone, als *die* zusahen, wie Zaif den Umschlag nahm.

Zaif steckte ihn in seine Manteltasche, stand auf und ging zur Tür.

Walter aß das letzte Stück Steak und eine Gabel Kartoffeln, ließ Bargeld für die Rechnung und das Trinkgeld auf dem Tisch, zog Mantel und Hut an, hob den Aktenkoffer auf und ging in die unangenehme Kälte hinaus.

Innerlich jedoch durch die vorzügliche Mahlzeit gewärmt. Ganz zu schweigen von dem Anblick, wie Agent Madsen Zaif eine Pistole an die Brust hielt und ihm den Umschlag abnahm.

Detective Sergeant Sam Zaif wird also den Rest der Nacht in Bundesgewahrsam verbringen, dachte Walter, und wenn Madsen aufgeht, was in dem Umschlag steckt, nun, dann ...

Walter schlenderte die Straße entlang und ignorierte Stone, der sich einen halben Straßenblock hinter ihm auffällig in Marsch setzte. Er ignorierte auch die Limousine, die in dem Moment anfuhr, in dem er das Restaurant verließ, und jetzt schräg hinter ihm her fuhr.

Er wußte, daß der Anblick des Aktenkoffers bei seinen Verfolgern Adrenalinstöße durchs Blut jagen, daneben aber auch Frustration wecken würde, weil sie zweifellos nicht nur ihn entdeckt hatten, sondern auch einander. Und daß sie alle

überlegten und vielleicht auch diskutierten, was sie tun sollten und wann. Wenigstens habe ich den Trost, dachte Walter,
genau zu wissen, was ich zu tun habe und wann. Nämlich
einen Drink bei P. J. Clarke's zu nehmen. Wann? In dem
Augenblick, in dem ich dort ankomme. Ich werde dort ankommen, weil weder die FBI-Leute, Keneally noch diese andere Gruppe von Schritten – Himmel, wer kann das nur sein –
den Wunsch haben wird, in diesem Augenblick tätig zu werden. Was mir gut in den Kram paßt, denn ich möchte bei P. J.
wirklich nur einen Drink nehmen.

Also schlenderte er die Third Avenue hinauf und pfiff dabei
»My Name is MacNamara, I'm the Leader of the Band«. Sein
Atem war in der eisigen Nachtluft deutlich zu sehen.

Wie üblich war das P. J. randvoll mit ernsthaften Trinkern,
darunter Schriftsteller, Berufs-Iren und Ehemänner, die
Überstunden gemacht hatten und einen späteren Zug nach
Hause nahmen. Und fröhlich ging es auch zu, denn weder
lästige Verleger, Erins Sorgen noch potentiell wütende
Frauen konnten die whiskeybeschwingte Lebhaftigkeit
dämpfen, die in diesem männlichsten aller Wasserlöcher
herrschte. So wie man ins The Palm ging, um zu essen, ging
man ins P. J., um zu *trinken*. Um zu trinken und zu reden –
nicht zu plaudern, sondern zu *reden*, nämlich über philister-
hafte Lektoren und britische Scheißkerle und das Miststück
konnte nicht mal mit Karte und Taschenlampe das Schlafzimmer finden, und von der letzten Honorarabrechnung
hätte ich mir nicht mal im Taxi einen blasen lassen können,
geschweige denn Alimente zahlen.

Ja, gedrängt voll war es im P. J. Die geübten Ellbogen
hatten sich ebenso eingefunden wie ein paar Gelegenheitsgä-
ste, die sich für den Silvesterabend aufwärmten, einen Feiertag, den die professionellen Trinker verabscheuten, weil sie
mit der Horde der Amateure um kostbaren Raum an der Bar
kämpfen mußten. Mehr als einmal hatte Walter in diesem
Lokal Leute murren hören, daß man dilettantischen Trinkern

Lokalverbot erteilen solle, jawohl, Lokalverbot, denn sie hätten in einem so hochklassigen Laden wie dem P. J. nichts zu suchen. Sie könnten ihr Gesöff nicht bei sich behalten, trügen komische Hüte und machten ärgerliche Geräusche. Und hätten überdies die unverzeihliche Angewohnheit, im Zustand der Betrunkenheit Dinge zu sagen wie: »He, kenne ich Sie nicht? Haben Sie nicht diesen Roman Dingsbums geschrieben? Ich habe ihn zwar nicht gelesen, aber...« Vielleicht sollte man sie am Ende sogar erschießen und ihnen nicht nur Lokalverbot erteilen.

Walter war weder Schriftsteller, Ire noch – was wirklich ein Jammer ist, dachte er – Ehemann, war bei der Truppe im P. J. aber trotzdem willkommen, denn er war ein guter Trinker, ein noch besserer Zuhörer und konnte sogar ein großartiger Alleinunterhalter sein, wenn, was selten genug vorkam, die Konversation einmal erstarb und eine Lücke gefüllt werden mußte. Seine fröhliche Gleichgültigkeit gegenüber moderner Literatur außer James Jones, seine willige Bereitschaft, einen anständigen Anteil an den Rechnungen zu übernehmen, sowie sein Vorrat an guten Witzen hatten ihm einen Platz an diesem sinnbildlichen Lagerfeuer gesichert, an jenem Ritual, das so alt ist wie die menschliche Gesellschaft: wenn die Männer sich um die Flammen zusammenhocken und die Jagdgeschichten des Tages erzählen.

An diesem Abend hielt Sean McGuire vor einem kleinen Sub-Clan an der Peripherie der Hauptgruppe hof. Er und die Seinen waren zwar anders gekleidet als die meisten und trugen karierte Hemden und Cordjacken statt Sportjacketts und gelockerten Krawatten, doch man tolerierte sie wegen McGuires betontem Keltizismus und seines frischen literarischen Ruhms. Er war so etwas wie eine Kuriosität unter den Stammgästen des P. J., dieser Lieferant von »Prosaistik« oder »Jazzistik« oder von »Maschinegeschriebenem«, je nachdem, wer es gerade beschrieb, und alle wollten einen Blick auf ihn erhaschen und vielleicht seiner berühmten verbalen Brillanz lauschen, bevor er bald – was alle für unvermeidlich hielten – sein Pulver verschossen hatte.

Es gab also hier ein wissendes Lächeln und da ein Nicken zur Begrüßung, als Walter eintrat, einen Drink bestellte und einen Whiskey berühmter Provenienz und mit einem achtunggebietenden Alter bekam, um dann zum Rand von McGuires Sphäre hinüberzuschlendern.

McGuire hob seinen Krug mit dunklem Guinness, als er Walter entdeckte, führte ihn an die Lippen und nahm einen langen, nachlässigen Schluck, bevor er für die Zuhörer in nah und fern loslegte: »Es ist Silvester, eine letzte Chance für jeden Adam und jede Eva, dem stickigen Garten Eden und dem väterlich strengen Blick Gottes zu entfliehen! ›Aus dem Garten Eden vertrieben‹, Teufel auch! Wir sollten rennen, um unser Leben rennen, hinaus in die Dunkelheit und die undurchdringlichen Wälder unserer Seele, um unsere wahre Natur zu finden, was soll's, was zum Teufel, ich bin betrunken. Betrunken vor Alkohol, vor Freude, vor Kummer, vor Wut, vor *Leben*. Habt ihr je an einem sonnigen Tag in einer Indianerreservation in South Dakota einen Blitz hinter einer mächtigen Wolke aufleuchten sehen? Ich habe es, und das ist der wahre Gott, Mann. Das ist real.«

»Haben Sie an einem bewölkten Tag in New York neben Ihrer Schreibmaschine je ein Exemplar von Strunk and White gesehen?« hörte Walter jemanden hinter sich sagen. Gefolgt von Gelächter.

McGuire sagte, diesmal ein wenig lauter. »Die Zugpferde hassen die Mustangs! Sie hassen sie für das, was sie hätten sein können, wenn sie den Mumm gehabt hätten, auf den Horizont zuzulaufen.«

Jimmy Keneally bahnte sich einen Weg durch die Menge und setzte sich neben Walter.

»Sie haben etwas für mich, Withers?« fragte Jimmy.

»Meine herzlichsten Wünsche für ein wundervolles neues Jahr«, erwiderte Walter.

»Das ist alles?«

»Die tiefe Hoffnung, daß man Lyndon Johnson im Menger Hotel mit einer jungen Ziege erwischt?« fragte Walter.

»Wir können Ihnen das Leben sehr schwer machen«, drohte Keneally.

Walter drehte sich um und sah ihn an. Diesmal hatte Jimmy Keneally sein Hinterzimmer-Gesicht aufgesetzt. Ein tödlich ernster Ausdruck, nun ja . . . ein *tödlicher* Ausdruck.

»Das können Sie ohne Zweifel«, gab Walter zurück.

»Ich meine es ernst.«

»Das weiß ich«, sagte Walter. »Und wahrscheinlich können Sie auch Cerberus auf mich hetzen und mir diese Aktentasche abnehmen. Aber Sie werden es nicht hier bei P. J. Clarke's tun. Warum setzen Sie sich also nicht einfach und trinken etwas? Hatten Sie übrigens schon Gelegenheit, zu Abend zu essen? Die Cheeseburger hier sind großartig. Mein Leibgericht.«

»Sie sind ein cleverer Scheißkerl, Withers.«

»Stimmt.«

»Aber das bin ich auch«, erwiderte Jimmy. »Und ich habe sehr viel mehr im Rücken als Sie.«

McGuire leerte den Krug und hielt ihn dann zum Zeichen dafür hoch, daß irgendein Bewunderer ihm einen neuen besorgen sollte. Es war kein solcher Bewunderer, sondern ein Kerl, den Walter als einen Redakteur von *Time* erkannte, der aufstand und McGuire ein frisches Bier besorgte, um ihn zu weiterem betrunkenem Geschwafel zu ermuntern. Das wäre eine erzählenswerte Geschichte, vielleicht würde sogar ein Lunch dabei herausspringen, eine Geschichte darüber, wie der neue literarische Salonlöwe bei P. J. Clarke's sich nicht nur verbal erbrach, sondern auch noch das Lokal vollkotzte.

Madsen kam herein. Madsen konnte Walter in dem großen Spiegel hinter der Bar sehen und stellte Augenkontakt mit ihm her. Walter lächelte, und Madsen lächelte kalt zurück und machte sich dann daran, sich einen Überblick über den Raum zu verschaffen.

Jimmy Keneally entdeckte Madsen ebenfalls.

»Es wäre besser, wenn dies nicht das wäre, wofür ich es halte, Withers«, sagte er.

»Was sollte es Ihrer Meinung nach lieber nicht sein?« fragte Walter zurück.

»Sie übergeben die Bänder an Hoover.«

»Lassen Sie sich wegen Hoover keine grauen Haare wachsen.«

»Tu ich aber«, sagte Jimmy. »Ich mache mir große Sorgen.«

»Ah, nun ja...«

»Wieviel wollen Sie, Withers?« fragte Jimmy. »Was ist Ihr Preis?«

Walter drehte sich zu ihm um und warf ihm seinen Hinterzimmer-Blick zu.

»Wie ich Ihnen schon sagte, Keneally«, sagte er. »Ich will Ihr Geld nicht.«

Im Spiegel der Bar konnte Walter sehen, wie Madsen sie anstarrte. Er fürchtet, ich könnte die Sachen hier übergeben, dachte Walter. Ich werde aber etwas ganz anderes tun, mein lieber Agent Madsen, ich werde dich abhängen.

Aber wo ist dein dicker junger Agent Stone? Der so ein prachtvolles Braunhemd abgegeben hätte?

Du bist ein Maulheld, dachte er. Da spricht der Whiskey, und im Handbuch heißt es, man darf nicht trinken, aber im Handbuch heißt es auch, daß man tun soll, was man auch normalerweise tut, und normalerweise nehme ich um diese Zeit einen Drink. Also werde ich diesen scheinbaren Konflikt zu meinen Gunsten lösen und den Whiskey genießen. Und die Nerven beruhigen.

McGuire setzte erneut an: »Ich habe den Ozean nachts fluoreszierend funkeln sehen, um die Sterne vom Himmel zu locken, ich habe die Wüste üppig vor Wildblumen blühen sehen, und ich habe chinesische Opiumraucher sich zu Tode träumen und zusammengekrümmt und faltig in der Stockton Street im Rinnstein liegen sehen, und das ist alles derselbe Gott. Ich habe Saxophone die Nacht wie Rasiermesser durchschneiden hören, ich habe Seeleute durch papierdünne Puffwände ihren Höhepunkt grunzen hören, ich habe riesige Hemlocktannen in der Kälte bersten und in den weichen Schnee stürzen hören, und das alles ist Gott.«

»Und ich habe jetzt genug gehört«, sagte einer von der alten Truppe und legte etwas Geld auf den Tresen, um für seine Drinks zu bezahlen, bevor er aufstand und ging.

»Ich habe Himmel und Hölle berührt und die feuchte Hitze einer Frau«, sagte McGuire. »Und das ist alles Gott, und jetzt muß ich pissen.«

Gelächter und das sarkastische Händeklatschen der Stammgäste. McGuire verneigte sich vor ihnen und kämpfte sich zur Herrentoilette durch. Walter gab ihm eine Sekunde Vorsprung und folgte ihm in dem Wissen, daß Madsen auf ihn warten würde, wenn er zurückkam, doch er wußte auch, daß der Agent es sich keine Sekunde träumen lassen würde, daß die Übergabe durch einen betrunkenen Beat-Poeten erfolgte.

Der Mann fürs Grobe gab jedoch nicht auf.

»Wenn ich die Jungs auf Sie hetze«, sagte Jimmy, »wird es nicht angenehm sein. Sie werden Ihnen weh tun, Withers.«

»Wenn Sie erlauben, ich will gerade rausgehen, um mich zu erleichtern.«

»Und es wird nie aufhören«, fuhr Jimmy fort. »Ich vergesse nie und vergebe nie. Ich werde Sie aus Ihrem Job hetzen und aus dieser Stadt. Sie *und* Ihre Freundin.«

»Sie haben ein wundervolles Gespür für Ausgewogenheit«, sagte Walter. »Ist das Instinkt oder erworben?«

»Ihnen ist nicht klar, mit wem Sie es zu tun haben.«

»Ich glaube, ich erkenne es allmählich«, entgegnete Walter. »Wenn Sie mich jetzt entschuldigen wollen, James, vielleicht können wir diese bezaubernde Unterhaltung fortsetzen, wenn ich wieder da bin.«

McGuire spritzte sich gerade etwas Wasser auf den Kopf, als Walter eintrat und die Tür hinter sich verschloß. Der Dichter blickte mit blutunterlaufenen Augen und glasigem Blick auf und sagte: »Ich habe Ihnen das Band mitgebracht. Ich habe genau getan, was Sie gesagt haben.«

»Guter Mann.«

McGuire zog die schmale Schachtel hinten aus dem Gürtel seiner Jeans und reichte sie Walter.

»Damit sind wir durch, Mann. Kapiert?«

»Ich habe kapiert, begriffen, gerafft, geschnallt«, sagte Walter, als er das Tonband in den Aktenkoffer steckte.

McGuire blickte sein aufgedunsenes Gesicht prüfend im Spiegel an.

»Wissen Sie, was für einen Taoisten die Hölle ist?«

»Nein.«

»Dies hier«, sagte McGuire und reckte das Kinn gegen den Spiegel. »Wünsche, Bindungen, Ehrgeiz, Besitztümer, Leistungen … Sehnsucht.«

»Eine ziemliche Liste.«

Ein Klopfen an der Tür.

»Die Welt«, sagte McGuire zusammenfassend, »sie ist nicht real.«

»Machen Sie schon!« brüllte Madsen. »Machen Sie auf!«

Ein Anflug von Angst in der Stimme, dachte Walter nicht ohne ein wenig schuldbewußtes Vergnügen.

»Sie ist nicht real, Mann«, wiederholte McGuire.

»Dann brauchen wir uns ja keine Sorgen mehr zu machen, oder?« sagte Walter.

Er öffnete das Fenster der Herrentoilette und zog sich hinauf.

»Gottverdammt! Machen Sie die Tür auf!«

»Könnten Sie mir bitte den Aktenkoffer reichen?« fragte Walter.

McGuire gab ihn ihm und sagte: »Bis später, Walter.«

Ein paar Sekunden später krachte die Tür gegen McGuire, doch er hatte nichts Interessantes mehr bei sich, und Walter schlenderte schon durch die Seitenstraße.

Und wurde von einem Unterarm getroffen, der ihn aufs Straßenpflaster schickte.

Er blickte hoch und sah einen Pistolenlauf und das lange, lächelnde Gesicht von Special Agent Stone. Stone praktizierte die Pistole zwischen Walters Lippen.

»Möchtest du dran lutschen, du Schwuchtel?« fragte Stone. »Wahrscheinlich gefällt dir das, du bist doch schwul, nicht wahr? Der Cop hat uns alles über dich erzählt.«

»Immer mit der Ruhe«, sagte Madsen, der von hinten dazutrat.

»Ich bin ihm was schuldig«, knurrte Stone.

»Und ich sagte, immer mit der Ruhe«, wiederholte Madsen. »Das Fenster der Herrentoilette, was Besseres ist Ihnen nicht eingefallen, Withers?«

»Offenbar nicht.«

»Haben Sie etwas für uns?« fragte Madsen.

Stone entsicherte seine Pistole.

Walter griff in seine Jacke.

»Langsam«, sagte Madsen.

»Was ist mit dem Aktenkoffer?« fragte Stone.

»Darauf kommen wir noch«, sagte Madsen.

Walter zog den Umschlag aus der Tasche und reichte ihn Madsen.

»Vielen Dank«, sagte Madsen mit einem zufriedenen Lächeln. Das sich in einen Ausdruck schieren Entsetzens verwandelte, als er die Fotos sah. Walter konnte den Mann im schwachen Licht der Seitenstraße sogar erbleichen sehen.

»Sagen Sie dem Hitlerjungen hier, er soll mich loslassen«, befahl Walter.

»Lassen Sie ihn los.«

»Aber . . .«

»Lassen Sie ihn sofort los, Sie Arschloch!« brüllte Madsen.
Stone steckte die Pistole ins Holster und trat zurück.

Walter stand auf, wischte sich den Schmutz von den Hosen und fragte: »Haben Ihnen die Fotos Spaß gemacht?«

Madsen sagte: »Sagen Sie mir, was Sie wollen.«

»Was ...«, begann Stone.

»Halt's Maul«, sagte Madsen. Dann zu Walter: »Sagen Sie, was Sie von uns wollen.«

»Sie werden folgendes tun«, sagte Walter. »Sie nehmen den nächsten Zug zurück nach Washington und sagen dem Direktor, er soll seine Wurstfinger von Senator und Mrs. Keneally fernhalten.«

»In Ordnung.«

»In Ordnung«, sagte Walter. »Und seien Sie versichert, daß die Negative sicher in einem Schließfach in Zürich oder Bern liegen.«

»In Ordnung.«

»In Ordnung«, sagte Walter. »Und sie sollten lieber dafür sorgen, daß ich gesund und munter bleibe, denn sonst wird die ganze Welt diese Fotos von dem Direktor zu sehen bekommen.«

»Immer mit der Ruhe, Withers.«

»Oh, ich nehme es sehr mit der Ruhe.«

»Sonst noch was?«

»Ja«, sagte Walter. »Sagen Sie ihm, daß Schwarz ihm nicht steht.«

Walter hob den Aktenkoffer auf und ließ die beiden in der Seitenstraße stehen.

Einen langen Spaziergang machen.

Ein Taxi durfte er jetzt nicht nehmen, nichts, was sich später zurückverfolgen ließ. Folglich ging er nach Westen zur Fifth Avenue und dann in Richtung Uptown, wobei er sein Tempo nicht beschleunigte, da er sich jetzt unter den Lichtern der Stadt wieder sicher fühlte.

Zwei kann ich streichen, Zaif und die FBI-Leute. Damit bleiben noch Keneallys Jungs und ... noch jemand. Es war mehr ein Gefühl als sonst etwas, doch da draußen war jemand, der auf die richtige Schußmöglichkeit wartete.

Na schön, auf der Fifth Avenue wird es nicht passieren, dachte Walter, also genieß den Spaziergang.

Dann die Fifth Avenue hinauf, wobei er gegen den Verkehrsstrom ging, damit sie nicht hinter ihm anhalten konnten, an Saks und St. Patricks vorbei, vorbei an Tiffany's und Godiva, an Abercrombie & Fitch, Dunhill und Berghoff, und dann stand er vor dem Plaza Hotel, ging nach Westen und hielt sich auf der Downtown-Seite von Central Park South. Wieder gegen den Verkehrsstrom. Sollen die Scheißkerle ruhig ein bißchen dafür arbeiten, dachte er. Vorbei am St. Moritz und Rumpelmeyers und den schnieken Apartment-Gebäuden mit dem Doorman auf der Straße. Hier werdet ihr mich nicht schnappen, aber wo? Wo? Jungs, denn ich muß euch vor dem Boat Basin abschütteln. Also nehmen wir jetzt all unseren Mut zusammen und machen es hier. Inzwischen hatte er sie ausgemacht. Es waren zwei Schläger zu Fuß hinter ihm, während ein Wagen auf den Straßen herum und herum fuhr, um eine Stelle zu suchen, an der sie ihn stellen konnten.

Aber nichts. Nicht in der Sixth oder Seventh Avenue, auch nicht auf dem Broadway, und als er uptown in Richtung Columbus Circle ging, glaubte er schon, er müßte ihnen eine Stelle *zuweisen*, eine Stelle, um sie aus der Reserve zu locken und dann abzuschütteln, doch wo konnte das sein? Wo vor der Dunkelheit des Riverside Park, viel zu nahe am Treffpunkt, um sicher zu sein, wo konnte er diese Jungs aus Boston provozieren und dann abschütteln?

Nun, dafür kommt nur Needle Park in Frage, nicht wahr? dachte Walter. Ein Ort sowohl spiritueller als auch tatsächlicher Düsternis, ein Ort, an dem niemand eine Entführung sieht oder auch nur etwas davon wissen will. Und wo ich etwas unternehmen kann. Ein paar Fünfdollarscheine an ein paar Junkies, und die tun alles für mich. Stellen sich sogar vor die Kanonen, während ich im Chaos verschwinde.

Also den Broadway hinauf, gefolgt von Keneallys Jungs und dieser Präsenz, die er noch nicht identifizieren konnte. Doch die Präsenz hielt sich zurück, wartete, und wenn der Kerl bereit war, eins nach dem andern zu tun, war es Walter ebenfalls, also direkt den Broadway hinauf in Richtung Sherman Square, diesmal mit dem Verkehrsstrom. Sie mußten ein paar Kerle vor ihm aus dem Wagen gelassen haben, denn sie schnappten ihn direkt auf dem Broadway.

Es waren natürlich Callahan und Cahill, und jeder packte ihn an einem Ellbogen. Dann hoben sie ihn hoch und wuchteten ihn mühelos auf den Rücksitz der Limousine, die inzwischen herangefahren war, und parkten dann in der dunklen, stillen 67. Straße kurz vor der Amsterdam Avenue.

Walter verfluchte sich wegen seiner Dummheit und Sorglosigkeit, verfluchte sich, weil er diese Ortsfremden unterschätzt hatte, doch jetzt hatten sie ihn. Hatten ihn in der Falle auf dem Rücksitz eines verschlossenen Wagens.

»Wissen Sie, was ich noch mehr verabscheue als den *Baaastaner* Akzent?« fragte Walter.

»Nein, was?«

»Die *Baaastan* Red Sox«, entgegnete Walter.

Callahan würde ihn ohnehin schlagen, so daß Walter sich sagte, daß er vorher genausogut einen verbalen Treffer landen konnte, bevor er selbst einstecken mußte. Zum Glück hatte der Gorilla nicht genug Platz, um richtig mit dem Arm auszuholen, aber der Schlag tat trotzdem weh, eine kurze Gerade unter Walters linkes Auge.

»Ehrlich«, stöhnte Walter, »die ganze Stadt hört sich an, als würden sie Schafe bumsen, was sie vermutlich ...«

Der Schlag in die Rippen ließ ihn sich zusammenkrümmen und stopfte ihm den Mund. Walter schnappte nach Luft, als er sich erneut wegen seiner Dummheit verfluchte, sich von

Keneallys Leuten so leicht schnappen zu lassen. Es würde kein Treffen am Boat Basin geben.

Cahill versuchte schon, den Aktenkoffer zu öffnen.

»Wie ist die Kombination, Walt?« fragte Callahan.

Als Walter nicht antwortete, schnappte der Schläger Walters Hand und bog ihm den Daumen nach hinten.

»Niemand legt Joe Keneally aufs Kreuz«, sagte der Schläger.

Ganz im Gegenteil, dachte Walter, alle lassen sich von Joe Keneally aufs Kreuz legen.

»Jetzt sagen Sie mir die Kombination, dann werde ich Ihnen nur einen Daumen brechen und nicht alle beide«, sagte Callahan. »Oder vielleicht wollen Sie erst eine Probe.«

Er bog den Daumen bis zu dem Punkt zurück, an dem er gleich brechen mußte, als ein Gewehrkolben hinter ihm plötzlich die Seitenscheibe durchschlug und Glassplitter auf den Sitz regneten.

Dietz stieß dem Schläger den Gewehrlauf unsanft hinters Ohr und sagte: »Haben Sie so etwas wie ein Gehirn oder nicht? Wollen wir es herausfinden?«

»O Mann.«

»Falls Sie glauben, Sie könnten diesen Motor anlassen, bevor ich den Finger krumm mache«, sagte Dietz zu Brown, »versuchen Sie es doch mal. Ich habe schon seit Wochen keinem Menschen mehr den Kopf weggepustet.«

Brown nahm die Hände vom Zündschlüssel, und Dietz langte mit einer Hand hinunter und öffnete die Wagentür.

Walter sah Bill Dietz' berühmtes Grinsen, als der Ex-Cop sagte: »Ich hasse Boston auch, Walter. Das tue ich wirklich. Es ist eine beschissene Kleinstadt mit Harvard drin, ganz zu schweigen davon, daß sie sogar den falschen DiMaggio bekommen hat. Und ich werde sehr böse, wenn Provinzler aus Boston in eine richtige Stadt kommen und Bürger auf der Straße angreifen. Oh, du wirst ein wunderschönes Veilchen kriegen, Walter. Möchtest du, daß ich sie töte?«

»Ich glaube, ich möchte nur meine Freiheit und mein Eigentum zurückbekommen«, erwiderte Walter.

»Immer schön langsam«, sagte Callahan.

»Jetzt sind wir nicht mehr so mutig, was?« sagte Dietz. Mit
einer Bewegung, die so schnell war, daß Walter sie kaum
verfolgen konnte, ließ Dietz den Gewehrkolben Callahan ins
Gesicht schwingen, packte ihn am Haar, zog ihn aus dem
Wagen und richtete den Lauf dann auf Cahill.

»Ist das dein Aktenkoffer, Walter?« fragte Dietz.

Walter nickte, worauf Cahill ihm den Koffer schnell zurückgab. Walter stieg aus und betrat den Bürgersteig. Dietz
stieß Callahan mit dem Fuß, worauf der kräftige Mann zur
Tür der Limousine zurückkroch. Cahill half ihm in den Wagen, die Tür knallte zu, und eine Sekunde später fuhr das
Auto davon.

Eine vor Verblüffung sprachlose Passantin stand ein paar
Meter von ihnen entfernt auf dem Bürgersteig.

»Keine Angst, M'am«, sagte Dietz und ließ in der schwachen Straßenbeleuchtung seine Dienstmarke von Forbes und
Forbes aufblitzen. »New Yorks beste Truppe. Wir tun unser
Bestes, um die Straßen für nette Menschen wie Sie sicher zu
halten.«

Die Frau sah Dietz entsetzt an und eilte davon.

»Bill«, sagte Walter, »ein Dankeschön ist kaum angemessen für das, was...«

»Ja, nun, ich stellte mir vor, daß du irgendwelchen Ärger
hast«, sagte Dietz. »He, Walter, du kannst vielleicht vergessen zu erwähnen, daß du mich hier gesehen hast, okay?«

Weil du für deine sterbende Frau Stoff kaufst.

»Weißt du, William, von dir hatte ich das gleiche erhofft.«

»Ich gehe davon aus, daß es nichts gibt, was du mir sagen
willst...«

»Eine gute Annahme.«

»Brauchst du vielleicht noch Unterstützung?«

»Von hier an ist es eine Art Ein-Mann-Job, danke.«

Dietz sah ihn zweifelnd an. »Bist du sicher? Nimm es mir nicht übel, Walter, aber du bist nicht gerade ein harter Bursche.«

»Ich nehme es dir nicht übel«, erwiderte Walter.

Sie blickten einander kurz an und wechselten ein albernes, verlegenes Lächeln.

»Mann, Walter«, sagte Dietz. »Mickey Spillane?!«

»Was soll ich sagen?« fragte Walter. »Der literarische Geschmack deiner Frau ist nun mal so. Sie liebt den Müll. Wie hast du es herausgefunden?«

»Daß ich einen riesigen Schwanz habe, bedeutet noch lange nicht, daß ich ein kompletter Schwachkopf bin.« Dietz versteckte die Waffe unter seinem Mantel, um den peinlichen Augenblick zu überspielen, und sagt dann: »Im Ernst, Walter, ich danke dir.«

»Im Ernst, William, ich danke *dir*.«

Dietz reckte das Kinn in Richtung Needle Park und sagte: »Ich hatte sowieso etwas zu erledigen.«

»Du solltest einen Musiker aufsuchen, den ich kenne«, sagte Walter. »Er heißt Mickey Evans.«

»Ja?«

Walter nickte.

»Gut, vielleicht werde ich das tun.«

»Tu es.«

Ein Abschiedsgeschenk für William Dietz. Saubere Nadeln und Heroin für seine Frau.

Walter zuckte die Achseln, drehte sich um und ging in Richtung Boat Basin.

Das Boat Basin wirkt völlig fehl am Platz, dachte Walter, als er an der Telefonzelle stand und auf die kleine Marina hinunterblickte, die in das Ufer des Hudson eingeschnitten war. Doch das Boat Basin mit seinen kleinen Segelbooten wirkte zu idyllisch für diese Stadt mit ihren riesigen Anlegern für Kreuzfahrtschiffe und Frachter. Das Boat Basin wirkte zu ruhig, zu klein – nur ein paar Segelboote bewegten sich sacht auf diesem stillen, dunklen Teil des Flusses, der mehr durch die Lagerhäuser auf der Jersey-Seite erleuchtet wurde als durch die Lichter Manhattans, die durch die dichtbelaubten Bäume des Riverside Park ausgesperrt wurden.

»Um neun Uhr am Boat Basin«, sprach er in den Hörer und legte dann auf.

Er beobachtete vom Ufer aus, wie ein Licht auf einem der kleinen vertäuten Segelboote viermal blinkte – das vereinbarte Signal. Er sah sich noch einmal um, um sich zu vergewissern, daß niemand ihm gefolgt war. Dann schlenderte er zum Dock hinunter und ging an Bord.

Der Schwerfällige begrüßte ihn mit einer Pistole, die er auf Walters Brust gerichtet hielt, und befahl ihm mit einer Handbewegung, in die Kabine hinunterzugehen.

»Du bist umwerfend, Walter«, sagte Morrison. Er saß in einem Decksstuhl und streckte seine langen Beine vor sich aus. »Das war wirklich ein glänzender Einfall, die Bänder zu klauen und dann am Treffpunkt diese Botschaft zu hinterlassen... Ich bin aber ziemlich sauer auf dich, weil du mich gezwungen hast, in Territorialgewässer zu segeln. Scheiße, von all den eleganten Sicherheitsleuten in der Welt muß Keneally ausgerechnet dich aussuchen. Das ist vielleicht ein Pech. Martini? Echter russischer Wodka?«

»Nein danke.«

»Nun werde nicht gleich wütend, Walter«, fuhr Morrison fort. Er zeigte auf einen zweiten Mann in der Kajüte, der der Skipper des Boots zu sein schien. Der Mann füllte Morrisons Glas mit einem neuen Drink.

Der Schwerfällige trat hinter Walter und begann ihn abzutasten.

»Du verschwendest deine Zeit, Igor«, sagte Morrison. »Mr. Withers trägt keine Waffe.«

Der Schwerfällige ignorierte Morrison und beendete seine Durchsuchung.

»Hab ich dir doch gesagt«, knurrte Morrison. Er zeigte auf einen Stuhl vor sich und sagte: »Mach es dir bequem, Walt.«

Walter setzte sich und legte den Aktenkoffer auf den Schoß. Der Schwerfällige nahm sich einen Stuhl neben Morrison und legte die Hand mit der Pistole auf den Schoß, wobei der Lauf immer noch auf Walter zeigte. Die drei Männer waren in der winzigen Kajüte so eng zusammengepfercht, daß sich ihre Knie fast berührten.

»Heißt er wirklich Igor?« fragte Walter.

Morrison zuckte die Achseln. »Woher zum Teufel soll ich das wissen? Um die Wahrheit zu sagen, Walter, war ich nicht so sicher, daß du es heute abend schaffen würdest.«

»Um ein Haar hätte ich es nicht getan.«

»Richtig«, erwiderte Morrison. »Igor und seine kleinen Spielgefährten waren fest davon überzeugt, daß du es nicht schaffen würdest, weil du kein richtiger Operateur bist, du weißt schon. Ich habe sie darauf hingewiesen, daß du dich bisher ganz gut gegen sie behauptet hast. Das hat ihnen gar nicht gefallen, aber irgendwie freue ich mich, dich zu sehen. Bist du wirklich sicher, was diesen Martini angeht?«

»Hast du Pentobarbitol reingetan?«

Morrison gluckste und sagte: »Sei nicht so giftig.«

»Hast du sie getötet?«

»Persönlich?« fragte Morrison. »Nein, ich bin gerade erst angekommen. Das war Igor, oder wie zum Teufel er auch heißen mag. Ich habe allerdings den Befehl dazu gegeben. Mußte es tun. Du warst uns auf der Spur, und sie war außer Kontrolle geraten. Wenn du mich nicht angerufen hättest, Walter, hätte ich es vielleicht nie erfahren, und dann würde Marta noch heute fröhlich rumbumsen. Statt dessen bekam sie eine Spritze von Igor. Er ist ein häßliches Werkzeug, nicht wahr?«

Er ist ein kräftiges Werkzeug, dachte Walter, und ja, häßlich auch. Ein großer kahlköpfiger Kugelschädel mit weit auseinanderstehenden Augen.

»Und er hat auch die arme Alicia getötet und vergewaltigt?«

»Das nehme ich an«, erwiderte Morrison. »Getötet *und* vergewaltigt? In der Reihenfolge? Igor, du böser kleiner Iwan, du.«

Igor zeigte keine sichtbare Reaktion, wenn man davon absah, daß er Walter noch finsterer anstarrte.

Morrison sagte: »Ich hoffe, du hast die Sex-Bänder von Joe Keneally mitgebracht.«

Walter tippte auf den Aktenkoffer.

»Gute Entscheidung, Walt«, lobte Morrison. »Die Russen sagten, du würdest dein Land niemals verraten, aber ich habe ihnen versichert, daß diese Puppe Blanchard dich so weich geklopft hat, daß du so gut wie alles tun würdest, um sie zu retten. Wahre Liebe und all das. Habe ich recht?«

Walter nickte.

Morrison fuhr fort: »Also, du wirst folgendes tun. Erstens wirst du natürlich die Tonbänder übergeben. Zweitens wirst du zu Keneally gehen und ihm die schlechte Nachricht überbringen, daß er eine russische Spionin gevögelt hat und *erledigt* ist, es sei denn, er spielt mit. Und drittens wirst du ihm beibringen, wie man mitspielt.«

»Du willst, daß ich Keneally für dich führe?«

»Aber sicher«, erwiderte Morrison. »Bring ihn einfach dazu, dir ein paar geheime Informationen zu geben, und schieb ihn an, damit es langsam mit ihm bergab geht ... Mein Gott, wozu erzähl ich dir das? Du weißt doch besser als jeder andere, wie das gemacht wird. Du hast doch die Hälfte aller Kommunisten in Skandinavien umgedreht.«

»Und die meisten von ihnen sind nach ein paar Monaten verschwunden.«

»Wie war das?« fragte Morrison. Sein normales Galgenvogelgesicht war jetzt einem schiefen Grinsen gewichen, dem Grinsen einer Katze, die einen Kanarienvogel verspeisen will. Es brachte Walter aufrichtig in Wut. »Und wie ich höre, haben alle dir die Schuld gegeben, Walter, als man sie verhörte. Sie hätten die Arbeiter dieser Welt nie verraten, wenn du sie nicht mit deinen kapitalistischen Tricks reingelegt hättest, Walter Withers. Dein Name war der letzte Fluch auf ihren sterbenden Lippen, wie ich gehört habe.«

Walter erinnerte sich. Zielperson um Zielperson – *seine* Zielpersonen, verdammt – verschwand einfach vom Radarschirm. Oder die Leute kamen mit schlechten Informationen wieder, nachdem die Sowjets sie erneut umgedreht hatten. Und ihre eigenen Agenten, Männer der Firma, gingen in Fallen. Und das alte Gerücht von einem wiederauftauchenden Maulwurf ging um. Die Paranoia drohte jeden in der Firma zu verschlucken wie ein bodenloser Morast. In wenigen Monaten war aus Paranoia Paralyse geworden. Und dann der Alptraum, nur daran zu denken, daß die armen Kerle mit seinem Namen auf den Lippen gestorben waren.

»Ich habe keine Lust, Keneally zu führen«, sagte Walter. »Ich möchte nur aussteigen.«

Morrison schüttelte den Kopf. »Du weißt genau, daß es so nicht läuft. Wir holen dich raus, wenn du verbraucht bist, und nicht vorher. Solltest du dann ein guter kleiner Arbeiter gewesen sein, werden wir dich und die Dame zu einem kleinen Urlaub in Wien einladen, dann reist ihr weiter nach Osten und bekommt in Moskau eine hübsche kleine Wohnung für zwei und vielleicht sogar einen Kühlschrank. Übrigens, diese Bilder von Anne und Marta . . . puh. Haben mich ziemlich angemacht, das kann ich dir sagen.«

»Ich dachte, du hättest Probleme auf diesem Gebiet, Michael.«

»Tarnung, Walt. Reine Tarnung. Jeder Teil von Michael Morrison funktioniert bestens, das kann ich dir versichern.«

»Freut mich, das zu hören«, gab Walter zurück. »Doch was dein großzügiges Angebot betrifft, werde ich wohl einfach zur Firma gehen und auspacken. Ich werde ihnen von dir erzählen.«

Morrison schien kurz die Fassung zu verlieren, verbarg es aber schnell hinter seinem Grinsen.

»Walt«, sagte er. »Du bist im Moment nicht am Zug. Ich meine, bitte gib mir keinen Anlaß, dich auf der Stelle zu erschießen und in den Fluß zu kippen. Und was ist mit *mir*? Du warst derjenige, der mit Marta im Zimmer war, nicht ich. Du warst derjenige, der Keneally in das verwanzte Zimmer brachte, nicht ich. Du warst der alte Fliegenfängerkünstler, nicht ich. Dabei fällt mir übrigens ein, daß du die Bänder hast, nicht ich.

Und dann ist da noch Anne. Du lieber Himmel, Walter, du hattest in jeder Stadt Europas ein Rendezvous mit ihr! Sie arbeitet seit McCarthy als Kurier für uns! Wie wird das wohl aussehen? Es ist doch zum Kringeln, wenn man sich das vorstellt: Withers klebt an einem Fliegenfänger. Einfach wundervoll!«

Morrison, der sonst keinerlei Sinn für Humor hatte, lehnte sich in seinem Deckstuhl zurück, nippte an seinem Wodka-Martini mit echtem russischem Wodka und lachte.

»Hat Anne Bescheid gewußt?« fragte Walter.

»Anne weiß gar nichts«, erwiderte Morrison. »Sie weiß nicht einmal, daß du zur Firma gehörtest. Sie weiß nicht einmal, daß ich die Gegenseite bin. Sie glaubte nur, bei einer Erpressung Keneallys zu helfen, damit der Senatsausschuß ein paar ihrer Freunde in Ruhe läßt. Das wird ihr natürlich nicht helfen, wenn die Jungs von der Firma in einer dieser Hütten in Virginia den Saft aufdrehen, denn sie werden viel Zeit und Energie darauf verwenden, sie dazu zu bringen, Dinge zu erzählen, die sie nicht einmal weiß. Irgendwann werden sie ihr vielleicht glauben, doch dann wird sie, du weißt schon, gaga sein.«

Er ließ seinen Zeigefinger an der Schläfe herumwirbeln.

»Nein«, fuhr er fort. »Die arme Anne weiß gar nichts. Sie hat nichts weiter getan, als bei ihrer alten Freundin Marta ein paar Tonbänder abzuholen und sie ihrer neuen Freundin

Alicia zu übergeben. Wenn ich du wäre, Walter, würde ich mit diesem Lesben-Dreieck spielen. Das könnte das gute alte Sexleben wirklich ein bißchen auffrischen. Aber Himmel, wenn ich daran denke, was die Jungs mit Anne tun könnten, wenn sie sie erwischen, überläuft es mich kalt. Mit dir übrigens auch. Wie ich höre, haben sie ein paar neue Drogen, die einen einfach verrückt machen. Irgendwie permanent.«

Morrison schüttelte den Kopf und fuhr fort: »Jahre und Jahre mit dieser Scheiße. Eingesperrt. Die Aussicht darauf konnte ich nicht ertragen, als sie mich umdrehten. Sie haben mich mit einem dieser tschechischen Lockvögel im Bett erwischt. Ich war bei dem Mädchen ein wenig indiskret gewesen, und urplötzlich drohten ihre Führungsoffiziere, alles der Firma zu erzählen, es sei denn, ich täte ihnen einen kleinen Gefallen. Und, Walter, ich muß dir sagen, daß ich ein solches Verhör nicht hätte ertragen können. Ich konnte keinen Sinn darin sehen. CIA und KGB? Die gleichen sich wie ein Ei dem anderen, wenn du mich fragst. Die Russen sind anständig zu mir gewesen, Walter. Sie werden es auch zu dir sein. Wie also hättest du es gern? Wirst du dich jetzt der Realität beugen, oder willst du untergehen und Anne mit in den Abgrund reißen?«

Walter lächelte und sagte melodramatisch: »Soll ich mein Land verraten oder die Frau, die ich liebe?«

»Das ist ziemlich genau die Frage.«

»Na schön«, sagte Walter, »ich bin mit den Bändern hier.«

Er stellte die Kombination des Schlosses ein und klappte den Deckel des Aktenkoffers auf.

»Du solltest dich nicht so schlecht fühlen, Walter«, sagte Morrison. »Das könnte jedem passieren. Mir ist es auch passiert.«

»Das ist für mich kein Trost.«

Ein Schatten aufrichtigen Zorns huschte Morrison übers Gesicht.

»Sieh mal, das ist das Unangenehme an dir, Walter«, sagte

er. »Im Grunde bist du davon überzeugt, besser zu sein als alle anderen. Vermutlich bist du das auch. Du gehörst zu der wahren Elite. Doch die Tage der Elite sind vorbei. Wir haben jetzt das Zeitalter des einfachen Mannes. Anne weiß es, und ich weiß es auch. Und der einfache Mann wird gewinnen. Es ist unvermeidlich. Von uns gibt es einfach viel mehr als von euch.«

»Nun ja«, meinte Walter. »Es besteht immer noch die Hoffnung, daß sie mich zum Oberst machen werden.«

»Der Leninorden ist das mindeste«, scherzte Morrison. »Dafür, daß du einen US-Senator und vielleicht einen Präsidenten umgedreht hast...?«

Er streckte die Hand nach dem Tonband aus. Walter reichte ihm die Bänder und machte Anstalten aufzustehen.

»Setz dich«, sagte Morrison. Er reichte dem Sprinter die Tonbänder, und während der Mann sie in das Tonbandgerät einfädelte, sagte er: »Wir haben eine Menge zu besprechen. Außerdem willst du dir diese Dinger sicher anhören, oder? Marta war im Bett nicht gerade stumm.«

Als die ersten Zentimeter Band durchliefen, war zunächst nur ein Kratzen zu hören, doch dann ertönte das Dröhnen des Basses, dann Annes Stimme:

>»I'll take Manhattan
>The Bronx and Staten Island, too...«

Morrison runzelte die Stirn und seufzte. »Du stellst meine Geduld auf die Probe, Walter.«

»Ich wollte nur deinen Gesichtsausdruck sehen«, erklärte Walter.

Er riß die Automatik mit Schalldämpfer los, die Paulie mit Klebeband im Deckel des Aktenkoffers befestigt hatte, und schoß Igor zweimal ins Gesicht, bevor der kräftige Mann seine Pistole heben konnte. Dann schoß er dem Sprinter einmal unters Kinn und einmal in die Stirn. Der Mann brach

354

auf dem Deck zusammen. Dann richtete Walter die Waffe auf Morrison.

»Himmel, ich mach mir gleich in die Hosen«, krächzte Morrison. »Was willst du damit erreichen?«

Walter mußte tief durchatmen, um überhaupt sprechen zu können. Seine Brust hob und senkte sich, das Adrenalin schoß durch seinen Körper. »Ich werde dich ihnen übergeben.«

Morrison erbleichte.

»Du hast dich gerade selbst umgebracht«, sagte er. »Und Anne dazu. Ihr Name ist der erste, den ich ihnen nennen werde.«

»Ich fürchte, das ist ihr Problem«, erwiderte Walter. »Was mich betrifft, werde ich meine Chancen wahrnehmen.«

»Walter, ich kann das nicht ertragen«, schniefte er. »Ich kann damit nicht umgehen. Die Verhöre ... das Eingesperrtsein ... ich kann nicht ... erschieß mich, Walter. Na los, wir waren doch Freunde. Erschieß mich einfach.«

»Ich würde es gern, Michael. Wirklich.«

Wirklich, Michael. Jetzt, da mir die Gesichter meiner armen toten Opfer, die ich verführt habe, durchs Gedächtnis wandern. Zusammen mit Marta. Und Alicia. Und Anne. Oh, ich würde es nur zu gern, Michael.

Morrison beugte sich vornüber und schluchzte.

»Ich habe alle deine Leute umgedreht, Walt. Jeden einzelnen. Diejenigen, die noch nicht tot sind, werden es bald sein.«

»Führe mich nicht in Versuchung.«

»Ich *will* dich in Versuchung führen«, sagte Morrison. »Ich habe Anne benutzt, um dir auf die Spur zu kommen, Walter. Ich kannte jede Stadt, in der du gerade warst, und habe sie benutzt, um deine Agenten aufzuspüren. Drück ab, Walter.«

»Ich erwarte, daß sie dich am Leben erhalten werden, Michael. Sie werden dich jahrelang reden lassen«, sagte Walter. »Ich stelle mir eine kleine Zelle irgendwo in einem Keller vor, eine kleine Elektroschock-Therapie von Zeit zu Zeit, um dein Gedächtnis anzuregen ... eine Art Vorhölle zur Hölle.«

Morrison blickte hoch und spie: »Vielleicht werde ich dort Anne sehen.«

Walter zuckte die Schultern und gab Morrison mit der Pistole zu verstehen, daß er aufstehen sollte. Er führte ihn behutsam vom Boot herunter auf das Dock und ging dann mit ihm auf den Riverside Drive. Zwei hochgewachsene, kräftige Männer stiegen aus der schwarzen Limousine aus, packten Morrison und legten ihm Handschellen an.

»Ich werde Anne von dir grüßen«, sagte Morrison.

»Tu das«, erwiderte Walter. Ihre Blicke trafen sich für eine Sekunde, bevor die Jungs der Firma Morrison eine schwarze Kapuze über den Kopf zogen und ihn auf den Rücksitz stießen.

Die vordere rechte Seitenscheibe ging herunter. 16 C steckte den Kopf heraus und fragte: »Haben Sie angerufen?«

»Da unten muß gründlich aufgeräumt werden«, sagte ihm Walter.

16 C nickte. Walter wußte, daß es noch vor Sonnenaufgang keine Leichen und kein Boot mehr geben würde.

»Die Waffe«, sagte 16 C.

»Bitte?«

»Sie werden mir vermutlich die Waffe geben wollen.«

»Ach ja, richtig. Hier.«

Er reichte 16 C die Waffe.

»Wo ist sie?« fragte 16 C.

»Im Stanhope«, erwiderte Walter. »Werden Sie...«

»Wir werden uns darum kümmern.«

Die Seitenscheibe ging hoch, und der Wagen rollte davon.

Walter blieb ein paar Minuten auf dem Bürgersteig stehen und wartete darauf, daß sich die Adrenalinschübe legten. Als es soweit war, bedauerte er es, denn jetzt begann es im Hinterkopf wieder zu pochen, und sein linkes Auge fühlte sich geschwollen und wund an. Die Rippen schmerzten, der Fußknöchel tat ihm weh. Er wollte nur noch nach Hause, eine Zigarette rauchen und etwas trinken und seinen geschundenen Körper in heißes Badewasser legen, während auf der Hi-Fi-Anlage ruhiger Jazz zu hören war.

Doch aus irgendeinem Grund bewegte er sich nicht von der Stelle. Er zog sein Zigarettenetui aus der Tasche, zündete eine Gauloise an, blieb in der kalten Luft stehen, um über alles nachzudenken. Dann humpelte er auf die 72. Straße, hielt ein Taxi an und fuhr ins Büro.

Er läutete an der Außenglocke und wartete ein paar Minuten, bis der jüngste Mallon – Billy, nicht wahr? –, derjenige, der von der Anwerber-Dienststelle der Marines als ein wenig zu klein und viel zu gewalttätig abgelehnt worden war, an die Tür kam.

»Mr. Withers?«

»Derselbe.«

»Sie sehen furchtbar aus, Mr. Withers. Haben Sie was vergessen?«

»Nur ein paar Papiere.«

»Kommen Sie doch rein. Draußen ist es so kalt.«

»Ach, übrigens«, sagte Walter. »Ich danke Ihnen für das kleine Ablenkungsmanöver heute.«

»Machen Sie Witze, Mr. Withers?« sagte Billy Mallon. »Es hat mir Spaß gemacht.«

Spaß, dachte Walter. Ich werde wohl langsam alt.

»Nun, sagen Sie Ihrem Vater, daß ich ihm danke.«

»Sie können sich darauf verlassen.«

Walter fuhr zu seinem Büro hinauf und stellte sich eine Zeitlang ans Fenster, um hinauszusehen. Er genoß seine Teilaussicht auf Saks und St. Patrick's, die jetzt spätabends beide still dalagen und von den Straßenlaternen in weiches Licht getaucht wurden.

Dann setzte er sich an seinen Schreibtisch, nahm den Bericht über Michael Howard aus dem Ausgangskorb und zer-

riß ihn. Dann schrieb er sorgfältig das Aktenzeichen auf eine
frisches Formular und tippte:

Der Unterzeichnete hat die fragliche Person über einen länge-
ren Zeitraum hinweg beobachtet, darunter auch vom 24. 12.
1958 bis zum 29. 12. 1958. Weder eine Hintergrund-Überprüfung noch persönliche Beobachtungen haben irgendwelche negativen oder verdächtigen Informationen ergeben. Ich
empfehle die Sicherheitseinstufung als »kein erkennbares Risiko« (ich verweise auf Memorandum 328-F vom 19. 3. 55,
etc.). Sollten wir Ihnen in dieser Angelegenheit weiterhin
dienlich sein können, zögern Sie bitte nicht, mit unserem
Büro Verbindung aufzunehmen.

Weil Gott von mir am Ende des Tages, dachte er, zumindest
den Versuch zu etwas menschlichem Anstand erwartet.

Er legte den neuen Bericht in den Ausgangskorb, rauchte
noch eine Zigarette und rief unten in der Halle an, um ein
Taxi zu bestellen.

Als er zu Hause war, legte er von Miles Davis *Sketches of
Spain* auf, ließ die Badewanne vollaufen und goß sich einen
Drink ein. Die Wanne war nur wenig voller als das Glas.
Dann ließ er sich in das heiße Wasser sinken. Als er mit dem
Baden fertig war, nahm er drei Aspirin und fiel sowohl ins
Bett als auch in Schlaf.

Sein Schlaf in dieser Nacht war traumlos, und er wachte
erst kurz vor ein Uhr am folgenden Nachmittag auf.

Epilog:

Insel der Seligen
Silvester, 31. Dezember 1958

»Einen schönen Nachmittag, Mr. Withers«, sagte Mallon. Er reichte Walter einen Kaffee, zwei Aspirin und einen Kopenhagener und erklärte: »Das Büro hat hier unten angerufen und gesagt, Sie würden sich verspäten.«

»Sie sind ein wundervolles Büro«, erwiderte Walter. »Und für Sie auch einen schönen Nachmittag.«

»Sie sehen aus, als hätten Sie Finnegans Totenwache gehalten, Sir.«

»Ich fühle mich eher wie Finnegan.«

»Nun, wenn Sie sich erinnern, stand er von den Toten auf«, bemerkte Mallon.

»Ah, ja, richtig.«

Mallon beugte sich vor und flüsterte: »Die Jungs und ich werden im Lauf des Tages ein paar gute Sachen zu uns nehmen, um 1958 gebührend zu verabschieden. Kommen Sie doch runter und trinken Sie einen Schluck mit uns, wenn Sie Zeit haben.«

»Das werde ich bestimmt tun, Mallon«, erwiderte Walter. »Danke.«

Mallon zwinkerte.

»Große Pläne für heute abend?« fragte er.

»Nichts Besonderes. Und Sie?«

»Stiller Abend. Werde mir im Fernsehen ansehen, wie der Ball am Times Square runter geht.«

Als Walter im sechzehnten Stock ankam, war bei Forbes

und Forbes alles still. Im Büro ging es etwa so lebhaft zu wie in allen Büros am Spätnachmittag des Silvestertags. Die meisten Detektive hatten sich zu irgendwelchen Aufträgen abgemeldet, und die Sekretärinnen saßen mißgelaunt an ihren Schreibtischen, polierten sich die Fingernägel und taten ihr Bestes, wie wenig es auch sein mochte, um sich auf die Festlichkeiten des Abends vorzubereiten.

Walter goß seinen Kaffee in seinen Becher und trank ihn im Stehen, als er aus dem Fenster starrte. Er fühlte sich nicht so schlimm, wie er geglaubt hatte. Er hatte erträgliche Kopfschmerzen, ein blaues Auge, das zwar durchaus sichtbar, aber nicht grotesk war, und ein paar gequetschte Rippen. Sein Fußknöchel machte ihm die größten Sorgen, denn er war immer noch verletzt und konnte jederzeit umknicken, doch alles in allem war sein Zustand der Kugel oder den drei Kugeln in den Kopf vorzuziehen, die er erwartet hatte.

Es war geradezu besorgniserregend leicht gewesen, zwei Menschen zu töten. *Zielen Sie einfach mit der Waffe und feuern Sie zweimal,* hatten ihm die Ausbilder der Firma beigebracht. *Schießen Sie in Zweierserien. Die Hand korrigiert beim zweiten Schuß automatisch.* Das hatte er gemacht, und die Hand hatte tatsächlich bei den zweiten Schüssen die Richtung korrigiert. Aber trotzdem, auf die Entfernung...

Aber er hatte geglaubt, mehr zu empfinden. Mehr als nur quälende Erschöpfung, die sich jetzt bemerkbar machte. Reue? Scham? Gott vergebe mir, Stolz? Nein, nur müde.

Schließlich trat 16 C ans Fenster und hob seinen Becher. Auch für dich ein glückliches neues Jahr, 16 C. Es wird mir fehlen, dich da drüben zu sehen, nehme ich an. Walter hob seinen Becher und ließ sich dann auf seinen Schreibtischstuhl sinken. Er zündete eine Zigarette an und machte sich an die Arbeit. Er gluckste leise, als er sich erinnerte, wie es seinen Vater irritiert hatte, daß die Leute zu früh mit dem Urlaub beginnen wollten.

Der Urlaub beginnt, wenn er beginnt, und keinen Augen-

blick vorher. Das ist es, was mit diesem Land nicht stimmt: Jeder will schon einen Tag vor Beginn des verdammten Urlaubs mit der Arbeit aufhören und sich auch danach noch den ganzen Tag ausruhen. Schon sehr bald werden wir überhaupt nicht mehr arbeiten, sondern nur noch Urlaub machen. Folglich vervollständigte Walter seinen täglichen Ausgabenbericht und seinen Tätigkeitsbericht, bevor er in den Eingangskorb blickte. Natürlich hatten die Fledermäuse ihm frischen *guano* in Form von fünf neuen Akten auf den Tisch geklekkert, doch es hatte keinen Zweck, sie am Silvesternachmittag in Angriff zu nehmen. Sein Ausgangskorb war leer, so daß der Howard-Bericht ins System eingegeben worden war, und das System würde seinen gewohnten Gang gehen, und Michael Howard würde seine Beförderung bekommen.

Und ich habe meine Firma und meinen Kunden betrogen, dachte Walter. Und ein rundes Dutzend Vorschriften umgangen.

Aber wenn eben die Vorschriften falsch sind, dachte er, sind wir vielleicht verpflichtet, sie zu umgehen. Doch in meinem angegriffenen Zustand ist das eine viel zu komplizierte Frage. Es genügt, wenn ich sage: »Fröhliches neues Jahr, Michael Howard«, und es dabei bewenden lasse.

Er wurde von weiteren Überlegungen befreit, als die Gegensprechanlage summte und er in Forbes' Büro befohlen wurde.

Forbes jr. musterte Walter mit einem Blick und fragte: »Was ist denn mit Ihnen passiert?!«

»Es ist mir sehr peinlich, aber ich bin in der U-Bahn überfallen worden.«

»Nein!«

Walter zuckte verschämt die Schultern.

»Sind Sie ganz in Ordnung?«

»Mein Stolz ist mehr verletzt als sonst etwas.«

»Nettes Veilchen haben Sie da.«

»Dann sollten Sie mal den anderen Kerl sehen.«

Forbes mühte sich eine Minute lang erfolglos mit seiner Pfeife ab, gab auf und sagte: »Ich habe heute morgen von einem Sergeant Zaif bei der New Yorker Polizei einen Anruf bekommen.«

»Oh?«

»Er wollte mir nur sagen, daß Marta Marlunds Tod offiziell zum Selbstmord erklärt worden ist«, sagte Forbes, »und er hat mir versichert, daß Sie vollständig aus der Sache heraus sind.«

»Es war nett von ihm, sich die Zeit dazu zu nehmen.«

»Ja«, stimmte Forbes zu. Dann fragte er: »Ist der Howard-Bericht fertig?«

»Gestern rausgegangen.«

»Und?«

»Oh«, erwiderte Walter. »Gesundheit bestens. Überhaupt kein Sicherheitsrisiko.«

Forbes runzelte die Stirn. »Sie haben sich ziemlich lange Zeit für ein ›Kein Risiko‹ gelassen, meinen Sie nicht auch, Withers?«

Walter tat, als überlegte er sich die Antwort einen Moment, bevor er sagte: »Nun, er ist ein wenig zur Seite gerutscht.«

»Ich wußte gar nicht, daß Sie schlechte Augen haben«, erwiderte Forbes.

Walter staunte, als er diesen blöden alten Scherz hörte. Er stellte Forbes jr. ersten Versuch von Humor dar, seit Walter in der Firma war. Er lachte vor echtem Entzücken, und Forbes fiel mit hilfloser Freude darüber ein, daß seine Anstrengung von Erfolg gekrönt war.

»Im Bericht habe ich es allerdings nicht erwähnt«, fügte Walter hinzu.

»Nein, verstehe«, erwiderte Forbes. Dann wurde er mit Mühe wieder ernst und sagte: »Ich habe gerade ein Buch von diesem Engländer Parkinson gelesen. Haben Sie schon davon gehört?«

»Ich fürchte nein.«

»Parkinson hat die Theorie entwickelt, daß jede Arbeit dazu neigt, die dafür vorgesehene Zeit zu überschreiten. Wir wollen hier nicht in Parkinsons Gesetz versinken, sind wir uns darüber einig, Withers?«

»Ich verstehe, was Sie meinen, Mr. Forbes.«

Walter wollte gerade gehen, als Forbes sagte: »Oh! Joe und Madeleine haben angerufen. Sie sind heute abend auf einer kleinen Fete im Waldorf und würden sich freuen, wenn Sie kurz mal hereinschauen könnten.«

»Auf gesellschaftlicher Basis . . .«

»Strikt gesellschaftlich«, sagte Forbes. Er senkte die Stimme und fügte hinzu: »Joe hat sich in dieser Marlund-Sache rechtzeitig geduckt, als die Kugel angeflogen kam, nicht wahr?«

»Er ging durch den Regen, ohne naß zu werden«, gab Walter zu. »Glückliches neues Jahr, Chef.«

»Glückliches neues Jahr, Withers.«

Walter blieb bis zum Ende der Bürozeit an seinem Schreibtisch, wünschte den Sekretärinnen ein glückliches neues Jahr und fuhr dann hinunter, um mit Mallon und den Mallonettes einen Drink zu nehmen. Als er sich aufmachte, um ins Waldorf zu gehen, stieß er draußen auf der Straße mit Sam Zaif zusammen. Der Detective hielt ihn an und zeigte ihm seine Marke.

»Zaif, Hundefänger.«

»O nein, Sam.«

»Nun, ganz so schlimm ist es nicht«, fuhr Zaif fort. »Zivilstreife, Brooklyn.«

»Es hätte schlimmer kommen können.«

»Sie haben die Ermittlungen abgewürgt«, sagte Zaif. »›Nationale Sicherheitsinteressen‹.«

»Oh, verstehe.«

»Sie haben versucht, mich zu warnen.«

Walter antwortete nicht. Sie standen neben dem Weihnachtsbaum, der inzwischen müde aussah und die Äste hän-

gen ließ. Einige Schlittschuhläufer drehten auf der Eisbahn
ihre Runden.

»Hören Sie zu«, sagte Zaif. »Ich werde es schaffen, wieder
nach Manhattan zu kommen.«

»Davon bin ich überzeugt«, erwiderte Walter.

Das war er auch. Zaif war zu klug und arbeitete zu hart.
Die Oberen würden diese Qualitäten zwar nie verzeihen,
konnten sie aber auch nicht ignorieren.

»Wissen Sie«, sagte Zaif, »daß ein zu den Akten gelegter
Todesfall jederzeit wieder aufgerollt werden kann?«

»Das habe ich nicht gewußt.«

»Ich werde Sie im Auge behalten, Walter.«

»Das würde mich freuen, Sam.«

Das würde es tatsächlich, dachte Walter. Detective Sergeant Zaif wird mir fast fehlen.

»Auf Wiedersehen, Sam«, sagte Walter. »Oder etwas in
der Richtung.«

»Walter Withers, Sie lieber Mann! Ich bin *so* froh, daß Sie
kommen konnten!« sagte Madeleine Keneally begeistert.

Walter fand sie hübsch in ihrem weißen Abendkleid, als sie
sich im Ballsaal des Waldorf den Weg durch die Menge
bahnte. Hübsch und hochgewachsen, und wie lautete das
Klischee noch? Königlich? Nun, »königlich« paßte durchaus,
doch er war der Meinung, daß sie sich seit der Party vor einer
Woche verändert hatte. Am Heiligen Abend war sie geschrit-
ten wie eine Prinzessin. An diesem Vorabend des Jahres 1959
hatte sie eher die Haltung einer Königin. Vielleicht weil eine
Königin – anders als eine Prinzessin – die Opfer kennt, die
nötig sind, um das Reich zu erhalten. Sie kennt die Nöte und
hat gelernt, sie zu verbergen.

»Sie ist umwerfend, nicht wahr?« sagte Jimmy Keneally.

»Sie haben eine Art, an meiner Seite aufzutauchen, die ich
beunruhigend finde«, erwiderte Walter. »Ja, sie ist umwerfend.«

»Finden Sie, daß er sie verdient?«

»Ich bin nicht davon überzeugt, daß Liebe etwas mit dem zu tun hat, was wir verdienen«, gab Walter zurück. »Zumindest in meinem Fall bin ich sicher, daß es nicht so ist.«

»Ich habe eine merkwürdige Nachricht von Hoover erhalten.«

»Das kann ich mir vorstellen.«

»Nehmen Sie meine Entschuldigung an?«

»Solange Ihnen klar ist«, entgegnete Walter, »daß ich alles, was ich getan oder nicht getan habe, nur für sie getan habe und nicht für Sie. Und ganz gewiß nicht für ihn.«

»Die Welt ist hart und ungerecht, Walter«, sagte Jimmy. »Selbst als die Guten müssen wir hart spielen, wenn wir gewinnen wollen.«

»Das habe ich früher auch immer gedacht«, sagte Walter. »So habe ich immer gedacht.«

Ohne den Blick von Madeleine zu wenden, gab er Jimmy die Hand.

»Jedenfalls«, sagte Walter, »sollten wir uns nicht auf ›alte Bekanntschaft‹ berufen.«

»Glückliches neues Jahr, Walter.«

»Das wünsche ich Ihnen auch.«

Madeleine entdeckte ihn. Ein strahlendes Lächeln breitete sich auf ihrem Gesicht aus, und sie schwebte durch den Raum und küßte ihn auf die Wange.

»Kommen Sie«, sagte sie, nahm ihn beim Ellbogen und führte ihn. »Hier sind Leute, die Sie einfach kennenlernen *müssen*.«

Er sperrte sich behutsam gegen ihre Hand und sagte: »Ich fürchte, ich kann nicht bleiben. Ich bin nur gekommen, um hallo zu sagen und gleich wieder zu gehen.«

Sie schürzte die Lippen zu einem gesellschaftlich akzeptablen verführerischen Schmollmund und sagte: »Aber es ist noch früh, Walter! Außerdem habe ich mich so darauf gefreut, Ihnen um Mitternacht einen Kuß zu geben.«

»Es gibt doch bestimmt noch einen anderen Frosch...«, rutschte ihm heraus. Dann entdeckte er Joe Keneally, der in eine Unterhaltung mit einer Gruppe älterer Männer vertieft war, die nur potentielle Geldgeber sein konnten. »Wie wär's mit dem da drüben?«

»Meinen Sie wirklich?« gab Madeleine zurück. »Glauben Sie, daß er sich in einen Prinzen verwandelt, wenn ich ihn küsse?«

»Darling, wenn *Sie* ihn küssen, verwandelt er sich in einen *König*.«

»Sie sind *wirklich* ein lieber Mann«, sagte sie und drückte ihm die Hand.

Er führte sie an die Lippen und küßte sie.

»Auf Wiedersehen, Maddy«, sagte er.

»Auf Wiedersehen, Walter.«

Er lungerte am Rand von Keneallys Bewundererschar entlang und fing einen Blick des Senators auf. Keneally lächelte über die Schulter eines kleinwüchsigen, glatzköpfigen Herrn hinweg und nickte in Richtung Tür.

Einige Minuten später trafen sie sich im Waschraum.

Ohne irgendwelche Präliminarien sagte Keneally: »Ich habe Sie völlig falsch eingeschätzt, nicht wahr?«

»Ich denke schon.«

Walter mußte sich eingestehen, daß Keneallys Lächeln charmant war. Ein jungenhaftes, unaffektiertes Grinsen, das einem das Gefühl gab, als wäre man ein Spielverderber, weil man sich nicht an dem Spaß beteiligte.

»Eine Zeitlang hielt ich Sie für einen Erpresser«, fügte Keneally hinzu.

Walter zuckte die Schultern. »Eine Zeitlang hielt ich Sie für einen Mörder.«

Keneally streckte eine Hand aus. »Wollen wir sagen, wir sind quitt?«

»Noch nicht ganz«, sagte Walter und verpaßte Keneally eine harte Rechte in den Bauch.

In den B-Filmen aus Walters Jugend hätte ein solcher Schlag Keneally glatt auf den gefliesten Fußboden geschickt. Doch Joe Keneally war ein schwerer, kräftiger Mann, und so atmete er nur einmal tief durch und richtete sich wieder auf.

Walter sah, wie ein kämpferisches Glitzern in Keneallys Augen aufblitzte, und glaubte für einen Augenblick, der sichere Verlierer eines ehrlichen Kampfs unter Männern zu werden, doch das Glitzern verschwand schnell, und Keneally fragte: »Wofür war das denn, Walter?«

»Ich erlaube niemandem, mich herumzuschubsen«, entgegnete Walter. Er kam sich ein wenig albern und altmodisch vor, fügte aber hinzu: »Nicht mal durch Stellvertreter.«

Keneally nickte. »Die Jungs haben Ihnen ein ganz schönes Veilchen verpaßt, nicht wahr?«

»Es war auch für Marta.«

»Okay.«

»Und Madeleine.«

»Mein Gott, sonst noch was?«

»Ich denke, das wird genügen.«

»Nun, ich vermute, ich habe es nicht anders verdient«, sagte Keneally. Er trat zum Spiegel und zupfte seine Krawatte zurecht. Er blickte sich prüfend an und sagte: »Sie sollten sich aber wirklich überlegen, ob Sie nicht ins zwanzigste Jahrhundert eintreten wollen, Withers.«

»Dieses Jahrhundert taugt nicht viel,« sagte Walter, als er zur Tür hinausging. »Aber ich werde darüber nachdenken.«

Er beschloß, mit dem Nachdenken unten in Peacock Alley anzufangen, der dunklen Klavierbar, die perfekt zu seinem europäischen Geschmack paßte. Er bestellte einen Whiskey, setzte sich neben den Steinway und steckte eine Fünfdollarnote ins Glas.

»Glückliches neues Jahr, Norman«, sagte er zu dem Pianisten.

»Auch Ihnen ein glückliches neues Jahr, Walter«, erwiderte der Pianist. »Gibt es etwas, was Sie gern hören würden?«

»Was von Cole Porter.«

Dann setzte sich Walter und lauschte fast mit Verzükkung, als Norman auf dem Flügel Cole Porters ein Medley von dessen großen Songs spielte.

Nur in New York, dachte Walter. Nur in New York.

Städte wechseln das Geschlecht, wenn die Sonne untergeht.

So dachte Walter jedenfalls, als er auf der 46. Straße an der Ecke Broodway stand und downtown in Richtung Times Square blickte. Am Tag war die Stadt männlich, ein grauer, hartgesottener, gehetzter Geschäftsmann. Doch nachts war sie eine Dame mit einem schwarzen Samtkleid und einer Halskette aus funkelnden Lichtern. Die Lichter blendeten: Der Anblick beschleunigte unfehlbar seinen Puls, brachte sein Blut in Wallung und ließ in ihm das Gefühl zurück, daß dies der Mittelpunkt der Welt war.

Also war es sinnvoll, daß sich die Menschenmenge hier versammelte, um das neue Jahr zu begrüßen, um den Ball fallen zu sehen, und fröhlich zu rufen und zu küssen und zu glauben, daß das einzige Jahr, das besser als 1958 sein würde, 1959 war. Und danach 1960.

Dort unter den funkelnden Globen und flackernden Neonlichtern schien jeder Traum eine kurz bevorstehende Realität zu sein, jeder frische, strahlende Augenblick ein Neubeginn.

Dies war der Times Square, New York City, lebendig mitten im Winter.

Es war erst zehn Uhr, und der Times Square füllte sich schon jetzt mit Menschen, die auf den großen Augenblick warteten. Es war eine gutgelaunte Menge. Sie hatten sich in Wintermäntel gehüllt und sich ohne Zweifel noch mit wärmenden Getränken gestärkt, und jetzt drängten sie sich fröhlich hinter den Poliezeiabsperrungen um die beste Aussicht auf den riesigen Ball, der auf den endgültigen Countdown wartete.

Walter bewegte sich glücklich unter ihnen. Er war froh, der widerwärtigen Atmosphäre des Waldorf entronnen zu sein, glücklich, wieder in den warmen Lichtern des Times Square zu baden, glücklich, noch am Leben zu sein, um dem ereignisreichen Jahr 1958 Lebewohl sagen zu können. Von den Zeitungsständen kreischten die Schlagzeilen vom Chaos in Belgisch-Kongo und von Castros unmittelbar bevorstehendem Sieg in Kuba und trompeteten etwas fröhlicher davon, daß Amerika den Daviscup aus Australien heimgeholt habe. Was Walter an seinen Vorsatz erinnerte, wieder mit dem Tennisspielen anzufangen. Und weniger zu saufen.

Aber nicht heute abend, nicht am Silvesterabend in New York. So zog er seinen Flachmann aus der Manteltasche, nippte an dem Bourbon und genoß den Lärm der Knallfrösche, das Hufgetrappel der Polizeipferde und das von vielen vorzeitig betrunken gegrölte *Auld Lang Syne*.

McGuire verspätete sich nur um wenige Minuten. Er kam in seiner Handelsmarine-Kluft an – in blauer Matrosenjacke, Strickmütze, Jeans und mit einem Seesack.

»Wollen Sie einen Drink?« fragte Walter. Er brüllte, um sich im Lärm der Menge Gehör zu verschaffen, und reichte McGuire den Flachmann.

McGuire nahm einen kräftigen Schluck und sagte: »Das ist das richtige Zeug!«

»Nach meiner Erfahrung«, erwiderte Walter, »kann man zwar immer billig essen, aber es ist keine gute Idee, billig zu trinken!«

»Ein umwerfender Anblick ist das!« sagte McGuire.

»Sie sind noch nie hier gewesen?!«

»Nicht am Silvesterabend!«

»Das ist ja irre, Mann!« sagte McGuire mit einem Gesichtsausdruck, der Walter glauben ließ, es sei ein hohes Lob.

Der Schriftsteller nahm das Joe-Keneally-Tonband aus seinem Seesack und reichte es Walter.

Walter steckte es in den Mantel.

»Wohin wollen Sie?« fragte er.

McGuire zuckte die Schultern und zeigte nach Westen. »Dahin!«

»Nachts auf dem Highway?!« fragte Walter.

McGuire lachte und sagte: »Genau dort lebe ich!«

»Es gibt schlimmere Orte, nehme ich an!«

»Wie diese Stadt!«

Nein, dachte Walter, nicht wie diese Stadt. Dies ist der beste Ort auf der Welt.

»Nun, ich wünsche Ihnen viel Glück!« sagte Walter.

»Mit dem Glück bin ich durch, Mann!« entgegnete McGuire. »Ich weiß, wann ich geschlagen bin!«

»Das ist gut!« brüllte Walter. »Es ist gut, wenn man das weiß!«

McGuire packte Walter an den Schultern und starrte ihm in die Augen.

»Ich habe viel über Sie nachgedacht, Mann!« rief er. »Ich habe entschieden, daß Sie ein buddhistischer Heiliger sind! Einer dieser dämonischen Heiligen! Ein Koan! Ein unlösbares Rätsel!«

»Wissen Sie, eines Tages werde ich mich vielleicht selbst lösen!«

»Dann werden Sie sterben!« schrie McGuire. »Geben Sie mir noch einen Drink, dann mache ich mich auf den Weg!«

Er nahm noch einen kräftigen Schluck und krakeelte in den Nachthimmel: »Ein Gedicht für Walter Withers: *Unter einer Million künstlicher Lichter! Zwei Heilige humpeln! Einer ist ein gescheiterter Barde! Der andere ein wandernder Ritter! Beide betrunken! Mit Trauer und Ekstase! Wer weiß, wohin der Weg uns führt!*«

Walter klatschte Beifall, und McGuire verneigte sich. Er drehte sich um und war in der Menge verschwunden.

Walter sah sich die Szene auf dem Times Square noch ein paar Minuten lang an und ging dann auf der 45. Straße nach Westen. Er überquerte den Broadway, dann die Eighth Avenue und ging weiter nach Westen, weg von den Lichtern, ging gegen den Strom der Menschen, die sich beeilten, um auf dem Times Square zusammenzuströmen. Er befand sich tief in Hell's Kitchen westlich der Tenth Avenue, als er hörte, wie die Limousine neben ihm anhielt.

Die hintere Seitentür ging auf, und Walter stieg ein.

Der Alte streckte ihm eine verwitterte Kralle hin und schüttelte Walter die Hand. Sein Fleisch fühlte sich so trocken und spröde an wie altes Pergament.

»Hallo, junger Freund«, zischte er.

Selbst in dem schwachen Licht sah sein dünnes Gesicht geisterhaft blaß aus. Sein weißes Haar kontrastierte scharf mit seinem schwarzen Dinnerjackett, und Walter fragte sich, von welcher düsteren und grotesken Versammlung er gekommen war.

»Hallo, Sir.«

»Ja, unser Mr. Morrison ist sehr kooperativ«, sagte der Alte mit einem Lächeln und entblößte lange gelbe Zähne.

»Sie haben also Ihren Maulwurf...«, begann Walter.

»Einen davon.«

»...und jetzt besitzt die Firma sogar einen Senator«, ergänzte Walter.

»*Noch* einen Senator«, verbesserte ihn der Alte. »Und einen möglichen Präsidenten.«

Walter zog das Tonband aus dem Mantel und legte es neben dem Alten auf den Sitz. Irgendwann in der nahen Zukunft würde irgendein Beamter es Joe Keneally vorspielen, ihn darüber aufklären, daß er eine Affäre mit einer sowjetischen Agentin gehabt habe, und ihm erklären, daß die Firma Loyalität stets mit Loyalität vergelte. Das wird für Joe Keneally ein schlechter Tag sein, doch andererseits, dachte Walter, hätte es noch weit schlimmer kommen können.

Er zeigte auf das Tonband und sagte: »Jetzt sind Sie an der Reihe.«

»Sie haben gute Arbeit geleistet«, wiederholte der Alte. »Ihr Vater wäre...«

»Erschüttert gewesen«, sagte Walter. »Wie lange wußten Sie schon über Anne Blanchard Bescheid?«

»Seit Hamburg, junger Withers«, erwiderte der Alte. »Es gab ein Signal, ein kurzes Zeichen von einem Ihrer Agenten, bevor alle Signale verstummten, über eine Operation gegen einen bestimmten US-Senator. Ein Fliegenfänger, junger Withers, und wer wäre besser geeignet gewesen, ihn unschädlich zu machen, ja sogar umzudrehen, als der Große Skandinavische Lude und Tödliche Anwerber persönlich?«

»Der selbst an einem Fliegenfänger klebte.«

»Ein Grund mehr«, sagte der Alte lachend.

»Und Sie haben mich mit Keneally zusammenrasseln lassen, nicht wahr?« fragte Walter. »Sie wußten Bescheid.«

»Ich wußte Bescheid«, bestätigte der Alte. »Ich wußte, daß Sie gute Arbeit leisten würden, selbst wenn Sie nicht wußten, daß Sie darauf angesetzt waren.«

»Warum haben Sie sie nicht einfach in Stockholm geschnappt?«

»Dort wäre es zu riskant gewesen«, erwiderte der Alte. »Sie wären vielleicht geflüchtet. Und dann hätte ich Keneally nicht. Und ich wollte Keneally, damit Hoover ihn nicht als erster erwischt.«

»Also darum ist es gegangen.«

»Darum geht es *noch immer*.«

»Sind Sie sicher, daß Sie jetzt in Pension gehen wollen, junger Freund?« fragte der Alte. »Europa kommt für Sie nicht mehr in Frage, aber in Indochina könnten wir einen guten Mann gebrauchen.«

»Ich bin sicher.«

»Der Krieg ist noch nicht vorbei«, fügte der Alte hinzu.

»Für mich ist er es aber«, entgegnete Walter.

»Wenn das so ist«, sagte der Alte und schüttelte traurig den Kopf, »ist es erledigt. Ein Deal ist ein Deal.«

Er griff neben sich und reichte Walter die dicke Akte der Firma über Anne Blanchard.

»Ist dies alles? Keine Kopien irgendwo?« fragte Walter.

»Nicht bei uns. Die Vergangenheit Ihrer Geliebten ist makellos, soweit es die Firma betrifft.« Die Augen des Alten weiteten sich in gespielter verletzter Unschuld, doch dann fügte er hinzu: »Natürlich kann ich nicht für das FBI sprechen...«

»Nein.«

Der Alte schnaufte: »Wenn Sie zu uns zurückkämen, könnten wir natürlich etwas arrangieren.«

»Ich werde mit dem FBI allein fertig«, entgegnete Walter.

»Ach, tatsächlich, junger Freund?«

»O ja«, erwiderte Walter. Er sah Dieters Geschenk vor sich – grobkörnige Fotos des berühmten bulldoggenhaften Direktors in einem umwerfenden schwarzen Kleid, mit Strümpfen und einer geschmackvollen Perlenkette. Dann noch Fotos von ihm im selben Outfit, wenn auch etwas, sollen wir sagen, *déshabillé*? Verschmierter roter Lippenstift... Nun ja, jedenfalls Fotos, die so brisant waren, daß sie Walter und Anne für lange, lange Zeit vor dem FBI schützten.

»Ja, ich glaube, daß Sie es schaffen werden«, sagte der Alte, als er Walters Gesicht musterte. Dann wurde sein Ton schärfer, als er zu wissen verlangte: »Worüber lachen Sie, junger Freund?«

»Über nichts, Sir.«

Der Alte beugte sich zu Walter. Sein Atem roch uralt und muffig.

»Sie sind ein cleverer junger Mann«, zischte er. »Sie sollten aber aufpassen, daß Sie nicht *zu* clever werden.«

»Darauf werde ich aufpassen, Sir«, sagte Walter, als er die Tür aufmachte und auf den Bürgersteig trat.

Kurze Zeit später stand Walter auf dem Treppenabsatz des Rainbow Room und blickte hinunter, wo Anne Blanchard auf dem Podium stand und sang. Das silbrige Licht verwandelte ihr blondes Haar in leuchtendes Platin und ihre weißen Schultern in weiches warmes Gold. Ihr Gesicht sah er nur in seiner Vorstellung vor sich, doch er wußte genau, welchen Ausdruck es hatte, als sie sang:

»I'll take Manhattan
The Bronx and Staten Island, too.«

Als er die Treppenstufen hinunterging, sah er die beiden Beschatter der Firma, die 16 C auf Anne angesetzt hatte. Sie sahen ihn auch und baten ihre Kellnerin mit einem Handzeichen um die Rechnung.

Jetzt war ihr Auftrag erledigt. Anne Blanchard befand sich in den Händen des legendären Walter Withers in Sicherheit.

Der Oberkellner führte ihn an einen kleinen Tisch im hinteren Teil des überfüllten Saals. Die anderen Verehrer sahen in ihrer Abendgarderobe und ihren komischen spitzen Silvesterhüten rührend albern aus. In hohen Eiskübeln neben den Tischen standen Champagnerflaschen. Einige Paare bewegten sich langsam auf der Tanzfläche, während andere still an ihren Tischen saßen und den sanften Baß-Akkorden den behutsam gerührten Besen und Annes zarter, trällernder Stimme lauschten.

»It's such fun going through
The zoo.«

Jetzt konnte Walter ihr Gesicht sehen. Ihre durchsichtige Haut, ihr starkes Kinn, die grauen, traurigen und liebevollen Augen, die ihn noch nicht entdeckt hatten. Diese kleine Frau, so mutig.

»It's very fancy
On old Delancey Street, you know.«

Der Kellner brachte ihm seinen Martini. Walter nippte daran, zündete sich eine Zigarette an und lehnte sich zurück, um ihr zuzusehen und ihr zu lauschen. Und, wie er leicht amüsiert bemerkte, fühlte er sich mit seinem schmerzenden Körper und dem schmerzenden Herzen zum ersten Mal in seinem Leben ein wenig wie Humphrey Bogart.

»As balmy breezes blow
To and fro.«

Und durch das Fenster konnte er sehen, wie unter ihm die Stadt dalag wie eine schöne Dame in ihrem funkelnden, mit Ziermünzen besetzten Kleid.

»And tell me what street
Compares with Mott Street in July...«

In diesem Augenblick entdeckte ihn Anne. Sah ihn, drehte sich zu ihm um und lächelte. Und vielleicht waren es Tränen, was er in ihren Augen sah, vielleicht war es aber nur die Spiegelung der Lichter, als sie für ihn sang:

»Sweet pushcarts gently gliding by.«

Und als er sie ansah, erinnerte er sich, wie er einmal in der vollen Frustration jugendlichen Beleidigtseins seinen Vater gefragt hatte: *Aber was tut denn ein Mann wirklich? Was er wirklich tut, mein Sohn? Ja, was tut er?* Sein Vater hatte kurz überlegt und dann geantwortet: *Ein Mann beschützt, was er liebt.*

Und das ist alles?

In dieser Welt, hatte sein Vater gesagt, *ist das alles, was ein Mann zu tun hat.*

Es ist fast Mitternacht, dachte Walter, und damit fängt das neue Jahr an. Ein neues Jahr, Anne. Für dich und mich, für Gott und die Vergebung der Sünden.

> *»The great big city's a wondrous toy*
> *Made for a girl and boy«*

Ein Mann beschützt, was er liebt.
Als sie für ihn sang:

> *»We'll turn Manhattan*
> *Into an isle of joy…«*

Behutsames Streichen der Besen über die Becken. Schlußakkord.

Eine Insel der Seligen, dachte Walter.

Insel der Seligen.

PIPER

Edith Wharton
Die kühle Woge des Glücks

Roman. Aus dem Amerikanischen von Karen Lauer.
504 Seiten. Geb.

In der Absicht, sich einen möglichst wohlhabenden, vornehmen Mann fürs Leben zu angeln, zieht die junge,
strahlend schöne Undine Spragg mit ihren Eltern nach
New York. Tatsächlich wird sie in den eleganten Salons
der Fifth Avenue bald fündig – muß aber zu ihrem
Kummer erkennen, daß Reichtum und gesellschaftliches
Ansehen nur noch selten konform gehen.

Sehnsüchtig wie Madame Bovary und skrupellos wie
Scarlett O'Hara gehört Undine Spragg zu den großen
Frauenfiguren der Weltliteratur, an deren Schicksal der
Umbruch einer ganzen Epoche sichtbar wird.

PIPER

Barbara Kingsolver
Die Pfauenschwestern

Roman. Aus dem Amerikanischen von Astrid Arz.
442 Seiten. Geb.

»Cosima ist nicht gerade glücklich über ihre Heimkehr
nach Arizona, in das heiße Wüstendorf Grace mit seinen
künstlich bewässerten Obstplantagen und den zahmen
Pfauen, in dem sie und ihre Schwester Halimeda aufgewachsen sind. Die letzten 14 Jahre haben sie gemeinsam in der Schule verbracht, aber nun ist Hallie nach Nica-
ragua gefahren, um beim Wiederaufbau des zerstörten
Landes zu helfen. Cosima muß sich allein mit der Vergangenheit herumschlagen, mit dem senilen Vater, den immer
wieder aufbrechenden traumatischen Erinnerungen. Sehr
spannend, nachdenklich und klug beschreibt Barbara
Kingsolver, wie Cosima allmählich gesundet und sich ver-
grabenen Gefühlen und verleugneten Schmerzen zu stellen
vermag: dem Tod der Mutter, dem Verlust des eigenen
Babys.«
Brigitte

» ›Die Pfauenschwestern‹ ist ein sensibles Buch über
Träume und Gefühle, über die Suche nach einer Heimat
für Körper und Seele.«
Norddeutscher Rundfunk

PIPER

Ann-Marie MacDonald
Vernimm mein Flehen

Roman. Aus dem Englischen von Astrid Arz.
686 Seiten. Geb.

Voller Träume und Ambitionen steckt der junge Klavier-
stimmer James, als er sich zu Beginn dieses Jahrhunderts
in einem gottverlassenen Bergbauernstädtchen an
Kanadas Nordküste niederläßt. Mit seiner Kindbraut
Materia, der dreizehnjährigen Tochter libanesischer
Einwanderer, wird er eines Tages vier außergewöhnliche
Töchter haben: Kathleen, eine Schönheit, die mit einer
begnadeten Stimme begabt ist; Mercedes, die besessene
Katholikin, die sich das Seelenheil der Familie zur Lebens-
aufgabe macht; Frances, die Wilde, Unberechenbare,
»Teuflische«; und Lily, die von allen vergötterte Invalide,
die ein schreckliches Geheimnis entdeckt, welches die
Bande zwischen den Schwestern nur noch enger mit-
einander verknüpft.
Eine meisterhaft komponierte Familiensaga, die vom heh-
ren Glück in die Abgründe der menschlichen Seele führt:
Liebe und Sehnsucht danach, Geburt, Inzest und Tod sind
hier schicksalbestimmend.

PIPER

Karin Fossum

Evas Auge

Roman. Aus dem Norwegischen von Gabriele Haefs.
368 Seiten. Geb.

Eine packende Kriminalgeschichte mit einem raffinierten
psychologischen Hintergrund: Karin Fossum läßt eine
junge Frau in den Mahlstrom eines Verbrechens geraten,
bei dem sie aus reiner Neugier Zeugin geworden ist.
Nachdem Eva einmal der Versuchung des schnellen Reich-
tums nachgegeben hat, gibt es für sie kein Entrinnen mehr.

In ihrem ersten Kriminalroman ist der norwegischen Auto-
rin Karin Fossum ein ungemein spannendes, psychologisch
äußerst dichtes Drama um eine junge Frau gelungen, die
durch bloße Neugier in ein Verbrechen verwickelt wird.
Durch eine raffinierte, nur ganz langsam die wahren
Begebenheiten aufdeckende Erzählweise, die an Patricia
Highsmith erinnert, entsteht eine magische Landschaft des
Geheimnisses. Karin Fossum ist eine weitere aufregende
literarische Neuentdeckung aus Skandinavien.

PIPER

Susanne Mischke
Mordskind

Roman. 360 Seiten. Geb.

Susanne Mischke hat mit »Mordskind« einen beklemmen-
den Psychokrimi geschrieben, der zugleich sarkastische
Schlaglichter auf einen grassierenden Mutterschaftswahn
wirft und das Dilemma zwischen Kind und Karriere, in
dem sich so viele Frauen heute befinden, mit Ironie und
Einfühlungsvermögen zur Sprache bringt. Ihre Heldin
Paula wandert auf einem immer schmaler werdenden
Grat, denn hinter der bröckelnden Fassade mütterlicher
Fürsorge tun sich ungeahnte Abgründe auf, und der
Schrecken des Lesers wächst von Seite zu Seite.

»›Mordskind‹ ist ein Kriminalroman der Extraklasse,
lebensnah und spannungsvoll... Die distanzierende Ironie
kommt nicht zu kurz dabei.«
Der Tagesspiegel